De laatste sterft

Van dezelfde auteur verschenen bij The House of Books:

Hartslag
Diagnose besmet
Koud bloed
Alarmfase rood
Koud hart

RIZZOLI & ISLES-THRILLERS

Het stille meisje
Sneeuwval
Het aandenken
De Mefistoclub
Verdwijn
Zustermoord
De zondares
De leerling
De chirurg

Tess Gerritsen

De laatste sterft

the house of books

Eerste druk, oktober 2012
Tweede druk, november 2012

Oorspronkelijke titel
Last to Die
Uitgave
Ballantine Books, New York

Vertaling
Els Franci-Ekeler
Omslagontwerp
Studio Jan de Boer BNO, Amsterdam
Omslagbeeld
© Serov
Foto auteur
© Jessica Hills
Opmaak binnenwerk
ZetSpiegel, Best

ISBN 978 90 443 3690 0
ISBN 978 90 443 3706 8 (e-book)
D/2012/8899/139
NUR 332

www.thehouseofbooks.com
www.tessgerritsen.nl

Ter nagedachtenis aan mijn moeder, Ruby Jui Chiung Tom

We noemden hem Icarus.

Zo heette hij natuurlijk niet echt. Ik had als kind op de boerderij al geleerd dat je dieren die uiteindelijk geslacht zouden worden nooit een naam moest geven. Je noemde ze Varken Nummer Een en Varken Nummer Twee en je keek ze nooit in de ogen, om te voorkomen dat je een glimp van zelfbewustzijn of karakter of genegenheid zou opvangen. Als een dier je vertrouwt, is er veel meer doorzettingsvermogen nodig om het de keel door te snijden.

Dat probleem hadden we niet met Icarus, die ons niet vertrouwde en niet eens wist wie we waren. Wij, daarentegen, wisten heel veel over hem. We wisten dat hij achter hoge muren in een villa op een heuvel aan de rand van Rome woonde. Dat hij en zijn vrouw Lucia twee zonen hadden, die acht en tien waren. Dat hij stinkend rijk was maar desondanks van eenvoudige kost hield en dat hij dicht bij zijn huis een favoriet restaurant had dat La Nonna heette, waar hij meestal op donderdagavond ging eten.

En dat hij een monster was.

Dat was de reden waarom we die zomer naar Italië waren gegaan.

Jagen op monsters is geen werk voor teerhartigen. En ook niet voor wie zich gebonden voelt door triviale rechtsbeginse-

len zoals wetten en landgrenzen. Monsters houden zich niet aan de regels, dus moeten wij dat ook niet doen. Niet als we hen wensen te verslaan.

Maar als je je niet meer aan algemeen aanvaarde gedragsregels houdt, loop je gevaar zelf in een monster te veranderen. En dat is wat er die zomer in Rome gebeurde. Ik zag het destijds niet in. De anderen ook niet.

Tot het te laat was.

1

Op de avond dat de dertienjarige Claire Ward had moeten sterven, stond ze op de vensterbank van haar slaapkamer in Ithaca te weifelen of ze de sprong zou wagen. Haar kamer was op de tweede etage, het raam zeven meter boven de grond. In de diepte stonden wat uitgebloeide forsythiastruiken die haar val wel zouden breken, maar ze zou er hoogstwaarschijnlijk niet zonder botbreuken van afkomen. Ze keek naar de esdoorn. Op een meter of twee van haar raam zat een dikke tak. Ze had dit nog nooit geprobeerd, omdat ze er nog nooit toe was gedwongen. Tot nu toe was ze er steeds in geslaagd ongezien de voordeur uit te glippen. Maar de avonden van eenvoudige ontsnappingen waren verleden tijd, want Brave Bob had het in de gaten gekregen. *Van nu af aan blijf je thuis, jongedame! Ik wil niet hebben dat je 's avonds laat als een zwerfkat door de stad zwalkt.*

Als ik mijn nek breek, dacht ze, is het zíjn schuld.

Ja, die tak haalde ze wel. Ze moest weg, dingen doen, mensen spreken. Ze kon niet de hele avond op de vensterbank in dubio staan.

Ze bukte zich voor de sprong, maar bleef als bevroren staan toen de koplampen van een auto de hoek om kwamen. Een SUV gleed voorbij als een zwarte haai en vervolgde zijn weg door de stille straat alsof hij op zoek was naar een bepaald adres. Niet ons adres, dacht ze. Bij haar pleegouders, Brave

Bob en de al even Brave Barbara Buckley, kwamen nooit interessante mensen op bezoek. Ze hadden brave namen en ze voerden brave gesprekken. *Heb je een fijne dag gehad, schat? Ja, dank je, en jij? Wat een heerlijk weertje, hè? Kun je de aardappelen even doorgeven?*

In hun degelijke, brave wereld was Claire de vreemdeling, het wilde kind dat ze nooit zouden begrijpen, al deden ze nog zo hun best. Claire wou dat ze bij kunstenaars of toneelspelers of musici geplaatst was, mensen die de hele nacht opbleven en wilde feesten hielden. *Haar* soort mensen.

De zwarte auto was uit het zicht verdwenen. Het was nu of nooit.

Ze haalde diep adem en sprong. Haar lange haar wapperde achter haar aan. Soepel als een kat landde ze op de tak, die meeveerde onder haar gewicht. Eitje. Ze zakte af naar een lagere tak en wilde er net vanaf springen toen de zwarte SUV terugkeerde. Weer gleed hij zacht snorrend onder haar door. Ze keek hem na tot hij om de hoek was verdwenen. Toen sprong ze op het vochtige gras.

Ze keek om naar het huis, half verwachtend Bob naar buiten te zien stormen: *Naar binnen en wel nu meteen, jongedame!* Maar de lamp boven de voordeur ging niet aan.

De nacht kon beginnen.

Ze trok de rits van haar hoody omhoog en ging op weg naar het plein, waar wel iets te doen zou zijn, al gebeurde hier nooit erg veel. Het was stil buiten en in veel huizen brandde al geen licht meer. Het was een straat met van die typische buitenwijkvilla's, waar doctoren en professoren woonden die lesgaven op de universiteit. Hun vrouwen aten glutenvrij en vegetarisch en waren lid van leesclubjes. Bob had het stadje liefdevol beschreven als *vijfentwintig vierkante kilometer te midden van de harde werkelijkheid.* Hij en Barbara hoorden hier thuis.

Claire wist niet waar ze thuishoorde.

Ze schopte met haar afgetrapte schoenen dode bladeren voor

zich uit. Een eindje verderop stonden drie tieners in de lichtcirkel van een straatlantaarn te roken. Twee jongens en een meisje.

'Hoi,' zei ze.

De langste van de twee jongens stak zijn hand op. 'Hoi, Claire. Ik dacht dat je huisarrest had.'

'Ja, dat heeft precies één minuut geduurd.' Ze pakte de brandende sigaret van hem aan, nam een lange trek en blies met een vergenoegde zucht de rook uit. 'Wat zijn de plannen voor vanavond? Waar gaan we naartoe?'

'Ik heb gehoord dat er een feestje is bij de waterval, maar dan moeten we wel zien dat we van iemand een lift krijgen.'

'Kan je zus ons niet brengen?'

'Nee, mijn vader heeft haar autosleutels in beslag genomen. Laten we even wachten of er nog meer mensen komen.' De jongen keek fronsend over Claire's schouder. 'O nee, kijk eens wie daar aankomt.'

Ze draaide zich om en kreunde toen een donkerblauwe Saab langs de stoeprand stopte. Het raampje aan de passagierskant ging naar beneden en Barbara Buckley zei: 'Instappen, jongedame!'

'Jullie zijn mijn ouders niet.'

'Maar we zijn voor je verantwoordelijk. Het is onze taak voor je te zorgen en je naar behoren op te voeden en daar doen we erg ons best voor. Als je niet met ons mee naar huis gaat, dan... dan zwaait er wat!'

Dan zwááit er wat? Ze schoot in de lach, maar zag toen dat Barbara een peignoir aanhad en dat Bobs haar aan één kant overeind stond. Ze hadden zo'n haast gehad om haar te gaan zoeken dat ze niet eens de tijd hadden genomen zich aan te kleden. Ze zagen er allebei opeens oud en vermoeid uit, een verkreukeld echtpaar van middelbare leeftijd dat al in bed had gelegen en vanwege haar gedrag morgenochtend uitgeput wakker zou worden.

Barbara slaakte een diepe zucht. 'Ik weet dat we je ouders niet zijn, Claire. Ik weet dat je het vreselijk vindt dat je bij ons moet wonen, maar we doen ons best. Ga dus alsjeblieft mee naar huis. Het is op straat niet veilig.'

Claire keek met een vertwijfelde blik naar haar vrienden, stapte toen in de Saab en trok het portier dicht. 'Oké?' vroeg ze. 'Zijn jullie nou tevreden?'

Bob keek naar haar om. 'Het gaat niet om ons. Het gaat om jou. We hebben je ouders beloofd dat we voor je zouden zorgen. Als Isabel je nu kon zien, zou ze veel verdriet hebben om je gedrag. Zo onbeheerst, zo bokkig. Je hebt een tweede kans gekregen, Claire, en dat is een groot geschenk. Verkwist die kans alsjeblieft niet.' Hij zuchtte. 'Doe je gordel om.'

Ze had liever gehad dat hij kwaad was geworden en tegen haar tekeer was gegaan. De bedroefde blik waarmee hij naar haar keek, bezorgde haar een enorm schuldgevoel. Ze deed altijd dwars, reageerde altijd opstandig op hun goede bedoelingen. De Buckleys konden het ook niet helpen dat haar ouders dood waren en dat haar leven zo'n puinhoop was geworden.

Toen ze optrokken, dook ze weg in haar hoekje van de auto, berouwvol maar te trots om haar excuses aan te bieden. Morgen zal ik het goedmaken, dacht ze. Ik zal Barbara helpen de tafel te dekken en af te ruimen. Ik zal zelfs de auto wassen. Dat is trouwens hoog tijd.

'Bob,' zei Barbara. 'Pas op voor die auto.'

Een motor loeide. Koplampen kwamen in volle vaart op hen af.

Barbara gilde: '*Bob!*'

Claire klapte door de botsing naar voren, maar haar autogordel hield haar op haar plek. De nacht spatte uiteen met afgrijselijke geluiden. Ruiten die verbrijzelden. Staal dat in elkaar werd gedrukt.

Ze hoorde iemand huilen, zachtjes, jammerend. Toen ze haar ogen opendeed, zag ze dat de wereld op zijn kop stond en drong tot haar door dat zij het was die huilde. 'Barbara?' fluisterde ze.

Ze hoorde een gedempte knal en toen nog een. Ze rook benzine. Haar autogordel zat zo strak tegen haar borstkas geklemd dat ze moeite had met ademhalen. Ze tastte naar de drukknop. Met een klikje kwam de gordel los. Ze gleed naar beneden en kwam op haar hoofd terecht, wat een stekende pijn in haar nek veroorzaakte. Ze wist zich om te draaien zodat ze plat kwam te liggen. Ze kon de verbrijzelde ruit zien. De stank van benzine werd sterker. Ze wurmde zich naar het raam. Ze dacht aan vlammen, aan verzengende hitte, aan hoe haar vlees tot op haar botten zou verbranden. *Ze moest uit de auto zien te komen! Ze moest Bob en Barbara redden!* Ze stompte tegen de kiezelachtige stukjes glas die nog in de sponning van het raam zaten en hoorde ze op de straat neerkomen.

Er verscheen een paar voeten in beeld. Ze bleven vlak bij haar staan. Ze keek op naar de man die haar belette te ontsnappen. Ze kon zijn gezicht niet onderscheiden, alleen zijn silhouet. Hij had een pistool.

Nu scheurde er een andere auto door de straat.

Claire dook weer weg in de Saab, als een schildpad die zich terugtrekt onder zijn veilige schild. Zo ver mogelijk bij het raam vandaan sloeg ze haar armen om haar hoofd. Ze vroeg zich af of de kogel ditmaal pijn zou doen. Of ze zou voelen hoe hij in haar hoofd explodeerde. Ze zat zo strak ineengedoken dat ze alleen maar het geluid van haar eigen ademhaling en het ruisen van het bloed in haar oren hoorde.

Het ontging haar bijna dat iemand haar bij haar naam riep.

'Claire Ward?' Het was een vrouw.

Ik ben dood en dat is een engel, die me roept.

'Hij is weg. Je kunt tevoorschijn komen,' zei de engel. 'Maar je moet snel zijn.'

Claire deed haar ogen open en keek tussen haar vingers door naar het gezicht achter het verbrijzelde raam. Er werd een slanke arm naar haar uitgestoken. Geschrokken dook Claire weer ineen.

'Schiet op,' zei de vrouw. 'Zo dadelijk komt hij terug.'

Claire greep de uitgestoken hand. De vrouw trok haar uit de auto. Glasscherven kletterden als harde regendruppels op de grond toen Claire op het asfalt terechtkwam. Ze werd duizelig toen ze te snel rechtop ging zitten. Ze keek naar de Saab, die op zijn kop lag, en liet haar hoofd tussen haar knieën zakken.

'Kun je opstaan?'

Langzaam hief Claire haar hoofd op. De vrouw was van top tot teen in het zwart gekleed. Haar haar was tot een paardenstaart gebonden en de blonde lokken waren zo licht dat ze de gloed van de straatlantaarn reflecteerden. 'Wie bent u?' fluisterde Claire.

'Mijn naam is niet belangrijk.'

'Bob... Barbara...' Claire keek weer naar de verkreukelde Saab. 'We moeten ze uit de auto halen! Help me.' Ze kroop naar de auto en trok het voorportier open.

Bob Buckley zakte naar buiten. Zijn ogen waren open, maar zagen niets meer. Claire staarde naar de kogelwond in zijn slaap. 'Bob,' huilde ze. 'Bob!'

'Je kunt niets meer voor hem doen.'

'En Barbara?'

'Het is te laat.' De vrouw pakte haar bij haar schouders en schudde haar ruw door elkaar. 'Ze zijn dood. Hoor je me? Ze zijn dood.'

Claire keek weer naar Bob en schudde haar hoofd. Een plas bloed verspreidde zich als een donker aureool rond zijn hoofd. 'Dit kan niet waar zijn,' fluisterde ze. 'Niet wéér.'

'Kom, Claire.' De vrouw pakte haar hand en trok haar overeind. 'Ga met me mee. Als je in leven wilt blijven.'

2

Op de avond dat de veertienjarige Will Yablonski had moeten sterven, stond hij in een donkere wei in New Hampshire te speuren naar buitenaardse objecten.

Hij had daarvoor alle benodigde apparatuur. Zijn Dobsontelescoop had een spiegel met een doorsnee van maar liefst vijfentwintig centimeter. Hij had die spiegel drie jaar geleden, toen hij nog maar elf was, eigenhandig gemaakt. Twee maanden had hij erover gedaan om het glas te slijpen en te polijsten, eerst met schuurpapier nr. 80 en daarna stap voor stap met papier dat een steeds fijnere korrel had. Met hulp van zijn vader had hij zijn eigen alt-azimutmontering gebouwd. De vijfentwintig-millimeter Plössl-lens had hij cadeau gekregen van zijn oom Brian, die hem op heldere avonden na het eten hielp de telescoop naar het veld achter het huis te dragen. Maar oom Brian was een leeuwerik, geen nachtuil. Tegen tienen vond hij het welletjes en ging hij naar bed.

Zo kwam het dat Will ook nu in zijn eentje in de wei achter de boerderij van zijn oom en tante stond om het hemelruim af te zoeken naar onbekende 'vuile sneeuwballen', beter bekend als kometen. Als hij ooit een nieuwe komeet zou ontdekken, wist hij al precies hoe hij hem zou noemen: Komeet Neil Yablonski, ter nagedachtenis aan zijn vader. Er werden voortdurend nieuwe kometen ontdekt door amateurastronomen; waarom zou een veertienjarige jongen er dan niet eentje kunnen vinden? Zijn vader had ooit gezegd dat je daarvoor niets anders nodig had dan volharding, een ervaren blik en een hoop geluk. *Het is schatzoeken, Will. Het heelal is als een strand en de sterren zijn zandkorrels die verbergen wat jij zoekt.*

Voor Will verveelde het schatzoeken nooit. Elke keer dat hij en oom Brian de telescoop naar buiten droegen en opstelden, raakte hij vervuld van opwinding en hoopvolle verwachting dat dit weleens de avond kon zijn dat hij Komeet Neil Yablonski zou ontdekken. Dat zou alles goedmaken. Alle nachten die hij buiten had doorgebracht, zich warm houdend met hete chocolademelk en koekjes; alle beledigingen die hij van zijn voormalige klasgenoten in Maryland had moeten verduren: *Vetklodder. Papzak.*

Naar kometen zoeken was geen hobby waar je van afslankte.

Vanavond was hij zoals gewoonlijk met speuren begonnen zodra de schemering was gevallen, omdat kometen vlak na zonsondergang en vlak voor zonsopgang het beste zichtbaar waren. Maar de zon was nu al uren onder en hij had nog geen enkele vuile sneeuwbal gezien. Wel een paar satellieten en een kort oplichtende meteoor, maar verder niets wat hij niet eerder had gezien in dit deel van het heelal. Hij richtte de telescoop op een andere sector. De onderste ster van Canes Venatici kwam in zicht. De Jachthonden. Hij herinnerde zich de nacht waarin zijn vader hem de naam van dat sterrenbeeld had verteld, een koude nacht die ze samen tot aan de ochtendstond hadden getrotseerd, met hun thermosflessen en hun –

Geschrokken hief hij zijn hoofd op. Hij keek om zich heen. Wat was dat? Een dier of alleen maar het ritselen van de bladeren? Hij bleef doodstil staan en spitste zijn oren, maar nu was het opeens onnatuurlijk stil, zo stil dat zijn ademhaling versterkt klonk. Oom Brian had hem de verzekering gegeven dat er in de omliggende bossen geen gevaarlijke roofdieren zaten, maar in zijn eentje in het donker had Will geen enkele moeite zich allerlei beesten met scherpe tanden en klauwen in te beelden. Beren. Wolven. Poema's.

Met een onbehaaglijk gevoel boog hij zich weer over de telescoop. Hij verlegde het gezichtsveld en opeens verscheen er midden in de lens een wazige vlek. *O! Ik heb hem gevonden! Komeet Neil Yablonski!*

Nee, sufferd, dat is geen komeet. Hij zuchtte teleurgesteld toen hij besefte dat hij naar M3 keek. Een bolhoop die elke astronoom diende te herkennen. Wat een geluk dat hij oom Brian niet was gaan roepen. Hij zou een enorme flater hebben geslagen.

Met een ruk hief hij zijn hoofd weer op toen hij een takje hoorde breken. Er zat wel degelijk iets of iemand in het bos.

De luchtdruk van de explosie was zo groot dat hij omver werd geworpen. Hij kwam languit neer op het zachte gras en bleef versuft liggen. Licht flikkerde en werd sterker. Toen hij zijn hoofd optilde, zag hij dat de bomen een oranje gloed hadden. Hij voelde iets warms in zijn nek, als de adem van een draak, en keek over zijn schouder.

De boerderij stond in lichterlaaie. Vlammen schoten op als vingers die de sterren wilden grijpen.

'Oom Brian!' gilde hij. 'Tante Lynn!'

Hij holde naar het huis, maar een muur van vuur belette hem door te lopen. Hij werd achteruit gedreven door de hitte die zo intens was dat het schroeide in zijn keel. Terwijl hij hoestend achteruitdeinsde, rook hij de stank van zijn verschroeide haar.

Ik moet hulp halen! De buren! Hij draaide zich om naar de weg en begon te rennen, maar na een paar stappen stopte hij.

Er kwam een vrouw naar hem toe. Ze was van top tot teen in het zwart gekleed en was zo slank en soepel als een panter. Haar blonde haar was tot een paardenstaart gebonden. Het flikkerende licht speelde over haar scherpe gelaatstrekken.

‘Help!’ schreeuwde hij. ‘Mijn oom en tante zijn in het huis!’

Ze keek naar de boerderij, die in een vuurzee was veranderd. ‘Het spijt me. Voor hen is het te laat.’

‘Nee! Het is niet te laat! We moeten ze redden!’

Ze schudde spijtig haar hoofd. ‘Ik kan hen niet helpen, Will. Maar jou kan ik redden.’ Ze stak haar hand uit. ‘Ga met me mee. Als je in leven wilt blijven.’

3

Er waren meisjes wie roze goed stond. Er waren meisjes die er met strikjes en roesjes in ruisend satijn lieftallig en vrouwelijk uitzagen.

Jane Rizzoli was niet zo'n meisje.

Ze staarde in haar moeders slaapkamer naar haar spiegelbeeld en dacht: Dit overleef ik niet. Ze kunnen me net zo goed nu meteen afmaken.

De jurk was hardroze en had een brede, geplooide clownskraag. De wijde klokrok bestond uit laagjes die met kant waren afgezet. Rond de taille zat een brede satijnen band met een reusachtige strik. Zelfs Scarlett O'Hara zou gillend zijn weggelopen.

'O, kijk nou toch eens!' zei Angela Rizzoli. Ze klapte opgetogen in haar handen. 'Je bent zo mooi dat je mij nog naar de kroon zult steken. Wat vind je zelf?'

Jane wist van ellende niet wat ze moest zeggen.

'Je moet er natuurlijk wel hoge hakken bij aan. Satijnen pumps, lijkt mij. En dan een boeket van roze rozen met gipskruid erbij. Of is dat ouderwets? Vind je dat ik iets moderners moet nemen, witte aronskelken misschien?'

'Mam...'

'Ik zie dat ik de taille iets moet innemen. Ben je afgevallen? Eet je wel goed?'

'Mam, dit meen je toch niet, hè? Wil je echt dat ik deze jurk aantrek?'

'Wat is er niet goed aan?'

'Hij is... *roze*.'

'En hij staat je prachtig.'

'Wanneer heb je mij ooit in roze gezien?'

'Ik maak er precies zo een voor Regina. Jullie zullen er snoezig uitzien samen. Moeder en dochter in dezelfde jurk.'

'Regina zal er snoezig uitzien. Ik niet.'

Angela's lip begon te trillen. Dat was net zo'n onheilspellend teken als het eerste klikje van de tijdklok van een atoomreactor. 'Ik heb het hele weekend aan die jurk gewerkt. Ik heb hem steek voor steek in elkaar gezet. En nu wil jij hem niet aan? Niet eens voor mijn bruiloft?'

Jane slikte. 'Dat heb ik niet gezegd. Niet precies.'

'Maar ik zie het aan je gezicht. Je vindt hem niet mooi.'

'Nee, mam, de jurk op zich is erg mooi.' *Voor een Barbiepop.*

Angela ging op het bed zitten met een zucht die een op sterven liggende heldin waardig was. 'Misschien moeten Vince en ik er gewoon vandoor gaan en in het geheim ergens trouwen. Het zou voor iedereen beter zijn. Dan ben ik van Frankies gezeur af en hoef ik niet meer te piekeren over wie ik wel en niet zal uitnodigen. En jij hoeft geen jurk aan die je niet mooi vindt.'

Jane ging naast haar zitten. De rok bolde op. Ze sloeg hem plat. 'Mam, je bent nog niet eens officieel gescheiden. Je hebt massa's tijd om je bruiloft voor te bereiden. Daar gaat het toch om? Om de voorpret? Waarom zou je je haasten?' Ze keek op toen er gebeld werd.

'Vince is ongeduldig. Weet je wat hij zei? Dat hij zijn bruid helemaal voor zichzelf wil hebben. Vind je dat niet romantisch?'

Jane stond op. 'Ik ga even kijken wie er aan de deur is.'

'We kunnen in Miami trouwen,' riep Angela haar na. 'Veel

eenvoudiger, en ook goedkoper, omdat ik dan niet de hele familie te eten hoef te geven!'

Jane deed open en zag twee mannen die ze op deze zondagochtend liever niet had gezien.

Haar broer Frankie schoot in de lach. 'Wat heb *jij* aan?'

Haar vader, Frank senior, liep naar binnen en zei: 'Ik moet je moeder spreken.'

'Het komt niet erg gelegen, pa,' zei Jane.

'Ik zou niet weten waarom niet. Waar is ze?' Hij liep de woonkamer in en keek om zich heen.

'Ik denk niet dat ze met je wil praten.'

'Ze zal wel moeten. We moeten een punt achter deze waanzin zetten.'

'Waanzin?' zei Angela, die de slaapkamer uitkwam. 'Hoor wie het zegt.'

'Frankie zegt dat je serieuze plannen hebt om met die vent te gaan trouwen,' zei Jane's vader.

'Vince heeft me ten huwelijk gevraagd en ik heb ja gezegd.'

'Ben je vergeten dat jij en ik nog getrouwd zijn?'

'Dat is een kwestie van een formuliertje ondertekenen.'

'Vergeet het maar.'

'Wat?'

'Ik teken niks. En jij gaat niet met die kerel trouwen.'

Angela lachte ongelovig. 'Jij hebt míj verlaten, Frank.'

'Maar ik wist niet dat je met iemand anders zou gaan trouwen!'

'Wat had je dan gedacht? Dat ik hier zou gaan zitten kniezen toen je mij voor een ander had verlaten? Ik ben nog jong, Frank. Er zijn mannen die me begeren. Mannen die met me naar bed willen!'

'Jezus, mam.' Frankie trok een vies gezicht.

'En weet je wat?' ging Angela door. 'De seks is beter dan ooit!'

In de slaapkamer begon Jane's mobieltje te rinkelen. Ze negeerde het en greep haar vader bij zijn arm. 'Ik denk dat je beter kunt gaan, pa. Kom, dan loop ik even met je mee.'

'Ik ben *blij* dat je me hebt verlaten, Frank,' zei Angela. 'Nu heb ik tenminste weer een eigen leven en weet ik hoe het voelt om gewaardeerd te worden.'

'Je bent mijn vrouw. Je hoort bij mij.'

Jane's mobieltje bleef rinkelen, zo indringend en aanhoudend dat ze het niet meer kon negeren. 'Frankie,' smeekte ze, 'doe iets! Zorg dat hij weggaat.'

'Kom, pa.' Frankie sloeg zijn vader op zijn schouder. 'Laten we ergens een pilsje gaan drinken.'

'Ik ben nog niet klaar.'

'Dat ben je wel,' zei Angela.

Jane rende naar de slaapkamer en viste haar mobieltje uit haar tas. Ze probeerde zich af te sluiten voor het gekijf in de huiskamer en zei: 'Rizzoli.'

Rechercheur Darren Crowe zei: 'We hebben je nodig. Hoe snel kun je hier zijn?' Geen begroeting, geen beleefdheden. Crowe was even charmant als altijd.

Ze antwoordde net zo kortaf: 'Ik heb geen dienst.'

'Marquette heeft maar liefst drie ploegen gestuurd. Ik heb de leiding. Frost is er al, maar we hebben een vrouw nodig.'

'Hoor ik dat goed? Zei je dat je de hulp van een vrouw nodig hebt?'

'Rizzoli, de getuige is zo getraumatiseerd dat hij ons niet veel kan vertellen. Moore heeft geprobeerd met het joch te praten, maar zegt dat we het beter aan jou kunnen overlaten.'

Het joch? Jane schrok. 'Is de getuige een kind?'

'Ik schat hem op dertien of veertien. Hij is de enige overlevende.'

'Wat is er gebeurd?'

Ze hoorde stemmen op de achtergrond, agenten van de technische recherche die in staccato met elkaar spraken, de weergalm van voetstappen in een ruimte met een harde vloer. In haar verbeelding zag ze Crowe gewichtig heen en weer lopen met zijn brede schouders en zijn filmsterrenkapsel. 'Een bloedbad,' zei hij. 'Vijf slachtoffers, twee volwassenen, drie kinderen. De jongste is hooguit acht.'

Ik wil dat niet zien, dacht ze. Niet vandaag. Eigenlijk nooit. Maar ze vroeg: 'Wat is het adres?'

'Louisburg Square. De straat is al half geblokkeerd door reportagewagens. Je moet maar kijken waar je je auto kwijt kunt.'

Verrast trok ze haar wenkbrauwen op. 'Is het op Beacon Hill gebeurd?'

'Ja. Blijkt dat rijkelui ook gewoon vermoord kunnen worden.'

'Wie zijn de slachtoffers?'

'Bernard en Cecilia Ackerman, respectievelijk vijftig en achtenveertig jaar, en hun drie geadopteerde dochters.'

'En de jongen die het overleefd heeft? Is hij hun zoon?'

'Nee. Zijn naam is Teddy Clock. Hij woont sinds een paar jaar bij de Ackermans.'

'Hoe bedoel je? Is hij familie?'

'Nee,' zei Crowe. 'Hij is hun pleegkind.'

4

Toen Jane bij Louisburg Square aankwam, zag ze de bekende zwarte Lexus tussen de schots en scheef geparkeerde voertuigen van het Boston PD staan. Forensisch patholoog Maura Isles was er dus al. Te oordelen naar de vele reportagewagens waren ook alle televisiestations van Boston er en dat was geen wonder: van alle dure wijken van de stad was er geen zo mooi als dit lommerrijke plein met zijn exquise park. In de neoklassieke herenhuizen rond het park woonde zowel oud als nieuw geld, afstammelingen van de oudste families van Boston naast zakenmagnaten en een oud-senator. Maar zelfs wijken als deze waren niet van gewelddaden gevrijwaard. *Rijkelui kunnen ook vermoord worden*, had rechercheur Crowe gezegd. Alleen werd er meer aandacht aan besteed als het hén overkwam. Rond het door politielint afgezette deel van het plein verdrongen nieuwsgierigen elkaar om een goed plekje. Beacon Hill was een populaire halte voor tourbussen en vandaag kregen de toeristen waar voor hun geld.

'Daar heb je Rizzoli!'

Jane zag een televisiereporter en haar cameraman op haar af komen en hief haar hand op om de vragen af te weren. Ze negeerden dat en achtervolgden haar over het plein.

'Rechercheur Rizzoli, we hebben gehoord dat er een ooggetuige is!'

'Politie. Laat me erdoor,' bleef Jane herhalen toen ze door de menigte drong.

'Is het waar dat het alarmsysteem was uitgeschakeld? En dat er niets is gestolen?'

Die ellendige verslaggevers wisten meer dan zij. Ze dook onder het lint door en gaf de agent die op wacht stond haar naam en afdelingsnummer. Het was slechts voor de vorm, want hij wist wie ze was en had haar naam al genoteerd op zijn klembord.

'U had dat wijf daarnet op rechercheur Frost moeten zien jagen,' zei de agent lachend. 'Hij zag eruit als een angstig konijn.'

'Is Frost binnen?'

'Ja, en inspecteur Marquette ook. De commissaris is onderweg en ik heb het idee dat Zijne Hoogheid ook wel zal komen.'

Ze keek op naar het indrukwekkende, drie verdiepingen tellende huis en zei: 'Wauw.'

'Ik schat dit stulpje op vijftien tot twintig miljoen.'

Ja, maar nu hebben spoken er bezit van genomen, dacht ze, terwijl ze haar blik over de sierlijke boogramen en het rijkelijk versierde timpaan boven de brede voordeur liet gaan. Achter die deur bevonden zich gruwelen die ze niet wilde zien. Drie dode kinderen. Dit was de vloek van het ouderschap; in elk dood kind zag je je eigen kind. Toen ze schoenbeschermers en handschoenen aantrok, probeerde ze zich ook te beschermen tegen haar emoties. Zoals de bouwvakker zijn helm opzet, trok zij een onzichtbaar pantser aan voordat ze naar binnen ging.

Het eerste wat ze binnen zag, was een brede trap die opsteeg naar een glazen koepeldak waardoor zonlicht naar binnen stroomde als een gouden waterval. Boven klonken stemmen, hoofdzakelijk mannelijke stemmen, die zacht echoden in het trappenhuis, maar ze zag niemand, zelfs niet toen ze langs de welvende leuning omhoogkeek. Ze hoorde alleen die stemmen, die klonken als het gemompel van geesten in een huis dat meer dan een eeuw zijn bewoners beschutting had geboden.

'Nu kun je eens zien hoe rijke mensen leven,' zei iemand.

Ze keek om en zag rechercheur Crowe in een deuropening staan. 'En hoe ze sterven,' reageerde Jane.

'We hebben de jongen naar de buren gebracht. De buurvrouw vond het goed dat hij zolang bij haar bleef. Hij kent haar en het leek ons voor hem beter als hij daar ondervraagd werd.'

'Ik moet eerst weten wat hier gebeurd is.'

'We zijn het aan het uitzoeken.'

'Wat moeten al die hoge pieten hier? Ik heb gehoord dat de commissaris ook onderweg is.'

'Kijk even om je heen. Geld telt, ook als je dood bent.'

'En hoe is deze familie aan haar geld gekomen?'

'Bernard Ackerman was eigenaar van een investeringsbank. Onlangs gepensioneerd. Tweede generatie in dit huis. Groot filantroop. Je kunt geen liefdadigheidheidsorganisatie noemen, of hij heeft er geld aan gegeven.'

'Wat is er gebeurd?'

'Ik zou zeggen: neem een kijkje.' Hij wees naar het vertrek dat hij zojuist had verlaten. 'En vertel me dan wat je ervan denkt.'

Niet dat Darren Crowe veel om haar mening gaf. Toen ze pas bij Moordzaken zat, had Crowe zijn verachting voor haar niet onder stoelen of banken gestoken. Bittere schermutselingen waren het gevolg geweest. Ook nu bespeurde ze een zweem van minachting in zijn toon. Het respect dat ze de afgelopen jaren had verdiend, zou wat hem betrof altijd voorwaardelijk zijn en hier deed zich alweer een gelegenheid voor het te verliezen.

Ze liep met hem mee door een zitkamer waar het zeven meter hoge plafond was beschilderd met engeltjes en druivenranken en versierd met rozetten van bladgoud. Ze kreeg echter geen tijd het plafond of de olieverfschilderijen te bewonderen, want Crowe liep met grote stappen naar de bibliotheek. Daar waren inspecteur Marquette en dr. Maura Isles. Op deze warme junidag droeg Maura een perzikkleurige blouse, wat een opvallend blijmoedige kleur was voor iemand die over het algemeen rondliep in winters zwart en grijs. Met haar stijlvolle, geometrische kapsel en haar elegante gelaatstrekken zag Maura eruit als een vrouw die zelf de eigenaresse kon zijn van zo'n kast van een huis vol olieverfschilderijen en Perzische tapijten.

Langs alle wanden van de bibliotheek reikten mahoniehouten boekenplanken van de vloer tot aan het plafond. Op één plek was een aantal boeken op de grond gevallen. Ze lagen verspreid rond een man met zilvergrijs haar die languit op zijn buik lag met één arm recht omhoog tegen de planken, alsof hij zelfs nu nog een boek wilde pakken. Hij droeg een pyjama en pantoffels. De kogel had zijn andere hand en voorhoofd doorboord. Op een plank boven het lijk waren de leren ruggen van de boeken ontsierd door een rozet van bloedspatten. Jane dacht: Hij heeft zijn hand opgeheven om de kogel te weren. Hij heeft het zien aankomen. Hij wist dat hij ging sterven.

'Mijn schatting over het tijdstip waarop de dood is ingetreden, komt overeen met wat de getuige u heeft verteld,' zei Maura tegen Marquette.

'Vanochtend vroeg dus. In elk geval na middernacht.'

'Ja.'

Jane boog zich over de dode man om de ingangswond te bekijken. 'Negen millimeter?'

'Het kan ook een drie punt zevenenvijftig zijn,' zei Maura.

'Weten we dat niet? Hebben we geen patroonhulzen?'

'Nee. Er is er in het hele huis niet één te vinden.'

Jane keek verrast op. 'Dan hebben we dus te maken met een nette moordenaar. Eentje die geen rommel achterlaat.'

'Daar ziet het naar uit,' zei Maura. Ze keek peinzend naar de dode Bernard Ackerman. 'De moord is snel en efficiënt gepleegd. Er is vrijwel niets verstoord. Boven ook niet.'

Boven, dacht Jane. De kinderen.

Op een toon die veel zakelijker klonk dan ze zich voelde, vroeg ze: 'Zijn de andere leden van het gezin rond dezelfde tijd gestorven als meneer Ackerman? Of zit er tijd tussen?'

'Ik kan dat slechts bij benadering inschatten. Om het nauwkeuriger te kunnen vaststellen, hebben we meer informatie nodig van de getuige.'

'En rechercheur Rizzoli zal ervoor zorgen die informatie los te krijgen,' zei Crowe.

'Hoe weet jij zo zeker dat ik iets van de jongen zal loskrijgen?' vroeg Jane. 'Ik kan niet toveren.'

'We rekenen daar gewoon op, omdat we zo goed als niets hebben om mee te werken. Een paar vingerafdrukken op de deurkruk van de keukendeur en verder niks. Er zijn geen sporen van inbraak. En het alarmsysteem was afgezet.'

'O ja?' Jane keek weer naar het lijk. 'Zou meneer Ackerman de moordenaar dan zelf hebben binnengelaten?'

'Of hij had vergeten het alarm in te schakelen en is naar beneden gegaan toen hij iets hoorde.'

'Zouden het dieven zijn geweest? Wordt er iets vermist?'

'Het juwelenkistje van mevrouw Ackerman staat boven en we hebben niet de indruk dat er iets ontbreekt,' zei Crowe. 'Zijn portefeuille en haar handtas liggen in de slaapkamer op de commode.'

'Is de moordenaar wel hun slaapkamer binnengegaan?'

'Hij is álle slaapkamers binnengegaan.' De onheilspellende klank van Crowe's stem vertelde haar dat haar boven iets wachtte dat veel erger was dan de bescheiden hoeveelheid bloed in de bibliotheek.

Maura zei: 'Ik loop wel even met je mee, Jane.'

Jane liep samen met haar terug naar de hal. Ze zeiden niets, alsof deze zware taak het beste in stilte volbracht kon worden. Toen ze de elegante trap bestegen, ving Jane hier en daar een glimp op van kostbare voorwerpen. Een antieke klok. Een schilderij van een vrouw in een rode japon. Ze nam die details automatisch in zich op terwijl ze zich schrap zette voor wat ze boven in de slaapkamers te zien zou krijgen.

Op de overloop van de eerste verdieping sloeg Maura rechtsaf en liep naar de kamer aan het eind van de gang. Door de open deur zag Jane haar partner, rechercheur Barry Frost, die felpaarse latexhandschoenen aanhad. Hij stond met zijn ellebogen tegen zijn lichaam gedrukt, de houding die iedere politieman op een plaats delict instinctief aanneemt om te voorkomen dat hij iets contamineert. Hij zag Jane en schudde bedroefd zijn hoofd, met een blik die zei: *Ik was op deze mooie dag ook liever ergens anders.*

Jane liep de kamer in en werd bijna verblind door het zonlicht dat binnenstroomde door de ramen die van de vloer tot het plafond reikten. Het was een slaapkamer, maar gordijnen waren overbodig, want de kamer keek uit op een ommuurde binnenplaats waar een Japanse esdoorn met een schitterende paarsrode bladertooi te midden van bloeiende rozenstruiken stond. Jane had echter alleen aandacht voor de vrouw. Cecilia Ackerman lag, gekleed in een roomkleurige nachtpon, op haar rug in het bed, met de deken tot over haar borst opgetrokken. Ze zag er jonger uit dan achtenveertig. Haar haar had vakkundig aangebrachte highlights, haar ogen waren gesloten en haar gezicht was volkomen in rust. De kogel was vlak boven haar linkerwenkbrauw binnengedrongen. De ronde schroeiplek op de huid gaf aan dat het een contactwond was: de loop van het vuurwapen was tegen haar hoofd gedrukt toen de trekker was overgehaald. Je bent in je slaap vermoord, dacht Jane. Je hebt niet gegild, je hebt je niet verzet, je vormde geen bedreiging. De dader kon zomaar deze kamer binnengaan, naar het bed lopen en een kogel in je hoofd schieten.

'En dit is nog lang niet het ergste,' zei Frost.

Ze keek naar haar partner. In het ongenadige ochtendlicht zag hij er grauw uit en wat ze in zijn ogen zag, was niet alleen vermoeidheid. Hij was diep geraakt door wat hij hier allemaal had gezien.

'De slaapkamers van de kinderen zijn op de tweede verdieping,' zei Maura. De woorden klonken alledaags, alsof ze een makelaar was die het huis aan een cliënt liet zien. Jane hoorde boven de vloer kraken, voetstappen van collega's die door de kamers liepen, en moest opeens denken aan het jaar waarin ze op de middelbare school had meegeholpen een spookhuis te bouwen voor Halloween. Ze waren kwistig omgesprongen met nepbloed en hadden gruwelijke taferelen gecreëerd, die veel wanstaltiger waren geweest dan wat ze in deze slaapkamer met het stille slachtoffer zag. In het echt was een kleine hoeveelheid gestold bloed al voldoende om afgrijzen op te wekken.

Maura liep de kamer uit, alsof ze wilde aangeven dat ze hier alles gezien hadden wat van belang was en dat het tijd was om verder te gaan. Jane liep met haar mee terug naar het trappenhuis. Gouden licht stroomde door het koepeldak. Het was alsof ze een trap bestegen naar het paradijs, al voerden deze treden hen naar een heel andere eindbestemming. Naar een plek waar Jane niet wilde zijn. Jane vond Maura's perzikkleurige blouse net zo uit de toon vallen als een hardroze mantelpak op een begrafenis. Het was een onbeduidend detail, maar het stoorde haar. Het irriteerde haar dat Maura juist op de ochtend dat er drie kinderen waren vermoord, zo'n vrolijke kleur had gekozen.

Maura bereikte als eerste de tweede verdieping en deed bevallig een stap opzij. Ze droeg net als Jane schoenbeschermers en liep voorzichtig rond een obstakel op de overloop. Pas toen Jane ook boven was, zag ze de hartverscheurend kleine gestalte, bedekt met een vel plastic. Maura hurkte en tilde een hoek van het geïmproviseerde lijkkleed op.

Het meisje lag op haar zij, in de foetushouding, alsof ze had willen terugkeren naar de in haar geheugen sluimerende veiligheid van de moederschoot. Ze had een koffiekleurige huid en zwart haar dat tot cornrows was gevlochten en versierd met felgekleurde kralen. In tegenstelling tot de blanke slachtoffers beneden, was dit kind Afro-Amerikaans.

'Slachtoffer nummer drie is Kimmie Ackerman, acht jaar oud,' zei Maura op een vlakke, beroepsmatige toon, waar Jane zich aan begon te ergeren. Ze staarde naar het dode kind op de overloop. Zo jong. Een klein meisje in een roze pyjama met dansende pony's. Iemand had in het bloed van het kind getrapt en een voetafdruk achtergelaten toen hij was gevlucht. De afdruk was te klein voor een man. *Dan moest hij van Teddy zijn.*

'De kogel is via het achterhoofdsbeen binnengedrongen, maar niet naar buiten gekomen. De invalshoek wijst erop dat de dader langer was dan het slachtoffer en van achteren op haar heeft geschoten.'

'Ze probeerde te vluchten,' zei Jane zachtjes.

'Te oordelen naar haar positie lijkt mij dat ze naar een van deze slaapkamers op de tweede verdieping probeerde te vluchten toen ze werd neergeschoten.'

'Van achteren.'

'Ja.'

'Wie doet zoiets? Een klein kind in haar achterhoofd schieten?'

Maura liet het plastic zakken en stond op. 'Misschien is ze ergens getuige van geweest. Misschien heeft ze het gezicht van de moordenaar gezien. Dat zou een logische verklaring kunnen zijn.'

'Ik heb op dit moment geen behoefte aan logische verklaringen. De persoon die in dit huis is binnengedrongen, was bereid op kinderen te schieten. Hij was bereid een heel gezin uit te roeien.'

'Ik kan niets zeggen over motieven.'
'Alleen over de toedracht.'
'Ja. De toedracht was moord.'
'Dat meen je niet.'
Maura fronste. 'Waarom ben je boos op me?'
'Waarom zie jij eruit alsof dit je niets doet?'
'Denk jij dat dit me niets doet? Denk jij dat ik naar dit kind kan kijken zonder te voelen wat jij voelt?'

Ze staarden elkaar aan, met het lijk van het kind tussen hen in. Het herinnerde hen opnieuw aan de kloof die in hun vriendschap was ontstaan sinds Maura een bezwarende getuigenis had afgelegd tegen een agent van het Bostonse politiekorps, wat ertoe had geleid dat de politieman in kwestie nu in de gevangenis zat. Alhoewel schendingen van de dunne, blauwe lijn niet snel vergeten worden, had Jane zich voorgenomen de kloof tussen hen te dichten, maar verontschuldigingen aanbieden was niet makkelijk en er waren inmiddels al weken verstreken waarin de kloof was gehard tot beton.

'Nee, maar...' Jane zuchtte. 'Ik vind het zo erg als het om kinderen gaat. Ik zou die schoft met mijn blote handen kunnen wurgen.'

'Ik net zo goed.' Alhoewel ze het kalm zei, zag Jane de stalen blik in Maura's ogen. Ja, ze was wel degelijk kwaad, maar wist haar woede beter te maskeren en beheersen, precies zoals Maura altijd alles in haar leven probeerde te beheersen.

'Rizzoli,' riep rechercheur Thomas Moore vanuit een deuropening. Net als Frost zag hij er grauw uit, alsof de tol die deze dag van hem eiste, hem tien jaar ouder had gemaakt. 'Heb je al met de jongen gepraat?'

'Nog niet. Ik wilde eerst zien waar we mee te maken hebben.'

'Ik heb een uur bij hem gezeten. Hij heeft amper twee woorden gezegd. Volgens mevrouw Lyman, de buurvrouw, was hij volkomen apathisch toen hij vanochtend om acht uur bij haar aanbelde.'

'Zo te horen kan er beter een psychiater met hem gaan praten.'

'We hebben dr. Zucker opgeroepen en er komt zo dadelijk een maatschappelijk werkster, maar ik hoop eigenlijk dat de jongen met jou zal willen praten. Met iemand die moeder is.'

'Wat heeft hij gezien? Heb je daar enig idee van?'

Moore schudde zijn hoofd. 'Ik hoop alleen dat hij niet heeft gezien wat zich in deze kamer bevindt.'

Jane voelde haar vingers in de latexhandschoenen ijskoud worden bij die onheilspellende woorden. Moore had een fors postuur en zijn schouders benamen haar het zicht op de slaapkamer, alsof hij haar wilde beschermen tegen de eerste blik op wat haar daar wachtte. Nu deed hij zwijgend een stap opzij.

Twee leden van het forensisch-technische team zaten gehurkt in een hoek van de kamer. Ze keken om toen Jane binnenkwam. Het waren twee jonge vrouwen, die deel uitmaakten van de golf van vrouwelijke criminologen die dit vak langzaam maar zeker begonnen te overheersen. Ze zagen er geen van beiden uit alsof ze oud genoeg waren om kinderen te hebben, om te weten hoe het voelt als je je lippen op een koortsig wangetje drukt en hoe de angst je om het hart slaat als je een open raam ziet, of een leeg bedje. Moederschap ging gepaard met nachtmerries en in deze kamer was een van die nachtmerries werkelijkheid geworden.

'We gaan ervan uit dat deze slachtoffers de dochters van de Ackermans zijn. Cassandra van tien en Sarah van negen. Beiden geadopteerd,' zei Maura. 'Aangezien ze niet in bed liggen, moeten ze ergens van wakker zijn geworden.'

'Misschien van schoten?' vroeg Jane zachtjes.

'Geen van de buren heeft melding gemaakt van schoten,' zei Moore. 'De dader moet een geluiddemper hebben gebruikt.'

'Toch zijn de meisjes ergens van geschrokken,' zei Maura. 'Daarom zijn ze uit hun bed gekomen.'

Jane stond nog steeds bij de deur. Pas toen niemand meer iets zei, besefte ze dat de anderen wachtten tot ze naar de slachtoffertjes zou lopen om haar taak te verrichten. Ze wilde niet, maar dwong zichzelf naar de verstrengelde lichaampjes van de meisjes te lopen. Ze knielde naast hen neer. *Ze hielden elkaar omklemd toen ze werden vermoord.*

'Te oordelen naar hun positie,' zei Maura, 'zou ik zeggen dat Cassandra probeerde haar jongere zusje te beschermen. Twee van de kogels zijn dwars door Cassandra's lichaam heen gegaan en toen in dat van Sarah gedrongen. Elk van de meisjes heeft een genadeschot in het hoofd gekregen. Met hun kleding lijkt niet gerommeld te zijn en er zijn geen uiterlijke aanwijzingen over seksueel misbruik, maar dat kan ik na de autopsie pas bevestigen. De secties worden vanmiddag verricht, Jane, als je daar soms bij wilt zijn.'

'Nee. Daar wil ik *niet* bij zijn. Ik heb niet eens dienst.' Jane kwam abrupt overeind en liep de kamer uit. De papieren schoenbeschermers ritselden toen ze vluchtte voor de aanblik van de twee meisjes die zich zelfs in de dood aan elkaar bleven vastklampen, maar toen ze naar de trap liep, stuitte ze weer op het lijkje van het jongste kind, de achtjarige Kimmie. Waar je je in dit huis ook wendde of keerde, overal werd je geconfronteerd met leed.

'Gaat het een beetje, Jane?' vroeg Maura.

'Afgezien van het feit dat ik die schoft eigenhandig in stukken wil hakken?'

'Ik voel me precies zo.'

Dan weet jij dat beter te verbergen dan ik. Jane staarde naar het afgedekte lijkje. 'Ik kijk naar dit meisje,' zei ze zachtjes, 'en zie mijn eigen dochter. Ik kan er niets aan doen.'

'Dat is voor een moeder heel normaal. Crowe en Moore zullen de autopsie bijwonen. Jij hoeft niet te komen.' Ze keek op haar horloge. 'Dit gaat een lange dag worden. En ik heb mijn koffer nog niet eens gepakt.'

'Is dit de week dat je naar Julians school gaat?'

'Ja, wat er ook gebeurt, morgen vertrek ik naar Maine. Ik ga twee weken doorbrengen met een tienerjongen en zijn hond. Ik heb geen idee wat ik ervan moet verwachten.'

Maura had zelf geen kinderen, dus kon ze dat ook niet weten. Zij en de zestienjarige Julian Perkins hadden niets anders gemeen dan de beproevingen die ze de afgelopen winter samen hadden doorstaan toen ze in de wildernis van Wyoming voor hun leven hadden gevochten. Ze had het aan de jongen te danken dat ze het had overleefd en wilde nu de moeder zijn die hij had verloren.

'Eens even kijken, wat kan ik je over tienerjongens vertellen?' zei Jane behulpzaam. 'Mijn broers hadden op die leeftijd zweetvoeten, lagen tot twaalf uur 's middags in hun nest en aten twaalf maaltijden per dag.'

'Mannelijk puberaal metabolisme. Daar kunnen ze niets aan doen.'

'Wauw. Je begint al echt een moeder te worden.'

Maura glimlachte. 'En dat voelt best goed.'

Maar moederschap gaat gepaard met nachtmerries, dacht Jane nogmaals, toen ze zich afwendde van Kimmies lijk. Ze was blij dat ze naar beneden kon gaan en het huis en zijn gruwelen achter zich kon laten. Toen ze buiten stond, haalde ze diep adem, alsof ze de geur van de dood uit haar longen wilde verdrijven. De meute mediamensen was nog groter geworden en televisiecamera's stonden als stormrammen opgesteld achter het gele lint. Crowe stond er ontspannen tegenover: 'rechercheur Hollywood' die zijn publiek te woord stond. Niemand merkte Jane op toen ze achter hem langs glipte en naar het naburige huis liep.

Er stond een agent op wacht bij de voordeur. Hij keek grinnikend naar Crowe's optreden voor de televisiecamera's. 'Wie zal hem spelen als hier een film van wordt gemaakt?' vroeg hij zich hardop af. 'Vindt u Brad Pitt er knap genoeg voor?'

'Niemand is knap genoeg om Crowe te kunnen spelen,' zei ze sarcastisch. 'Ik moet met de jongen praten. Is hij hier?'

'Ja. Agent Vasquez is bij hem.'

'Het wachten is op dr. Zucker, de psychiater. Als hij komt, moet je hem meteen binnenlaten.'

'Goed.'

Jane merkte nu pas dat ze de handschoenen en schoenbeschermers nog aanhad. Ze stroopte ze af, propte ze in haar zak en belde aan. Een knappe vrouw met zilvergrijs haar deed open.

'Mevrouw Lyman?' vroeg Jane. 'Ik ben rechercheur Rizzoli.'

De vrouw knikte en wenkte haar. 'Komt u gauw binnen. Ik wil niet dat die afschuwelijke televisiecamera's ons zien. Het is zo'n inbreuk op je privacy.'

Jane ging naar binnen en de vrouw deed snel de deur dicht.

'Ze zeiden dat u zou komen, al weet ik echt niet of u bij Teddy meer zult kunnen bereiken. Die aardige rechercheur Moore was al zo geduldig.'

'Waar is Teddy?'

'In de tuinkamer. De arme jongen heeft amper een woord tegen me gezegd. Hij stond vanochtend opeens in zijn pyjama voor de deur. Toen ik zijn gezicht zag, wist ik meteen dat er iets verschrikkelijks was gebeurd.' Ze draaide zich om. 'Komt u maar mee.'

Jane liep met mevrouw Lyman mee en zag net zo'n trap als bij de Ackermans. En net als bij de Ackermans bevatte ook dit huis schitterende, duur ogende kunstwerken.

'Wat heeft hij tegen u gezegd?' vroeg Jane.

'Hij zei: "Ze zijn dood. Ze zijn allemaal dood." Dat was het enige wat hij wist uit te brengen. Ik zag dat hij bloed aan zijn blote voeten had en heb onmiddellijk de politie gebeld.' Ze stopte bij de deur van de serre. 'Zulke fijne mensen, Cecilia en Bernard. En Cecilia was zo gelukkig omdat ze eindelijk had gekregen wat ze altijd had gewild, een huis vol kinderen. Ze zaten midden in de adoptieprocedure voor Teddy. Nu is hij weer helemaal alleen.' Ze slikte en zei toen: 'Ik zou hem best willen houden. Hij kent me en hij kent dit huis. Cecilia zou dat ook gewild hebben.'

'Dat is heel lief aangeboden, mevrouw Lyman, maar de sociale dienst heeft pleeggezinnen die speciaal zijn opgeleid om met getraumatiseerde kinderen om te gaan.'

'O. Nou ja, het was maar een idee. Omdat ik hem al ken.'

'Dan kunt u me in elk geval iets meer over hem vertellen. Hoe kan ik het beste proberen contact met hem te krijgen? Waar houdt hij van?'

'Het is een erg stille jongen. Hij houdt van boeken. Elke keer dat ik hiernaast kwam, zat Teddy in Bernards bibliotheek te lezen in boeken over het Romeinse Rijk. U zou kunnen proberen het ijs te breken door daarover te praten.'

De geschiedenis van het Romeinse Rijk. Niet mijn specialiteit. 'Waar houdt hij nog meer van?'

'Horticultuur. Hij houdt van de exotische planten in mijn serre.'

'Houdt hij ook van sport? Is hij een fan van de Bruins of de Patriots?'

'Och nee, sport interesseert hem niet. Daarvoor is hij veel te verfijnd.'

Ik zal me naast die jongen voelen als een holbewoner.

Mevrouw Lyman stond op het punt de deur van de serre open te doen, toen Jane vroeg: 'Hoe heeft hij zijn ouders verloren? Hoe is hij bij de familie Ackerman terechtgekomen?'

Mevrouw Lyman keek haar aan. 'Weet u dat niet?'

'Ze zeiden dat hij een wees is die geen enkele familie meer heeft.'

'Daarom is dit zo'n ramp, vooral voor Teddy. Cecilia wilde hem zo graag een nieuw leven geven, een reële kans om weer gelukkig te worden. Ik denk niet dat die kans nu nog bestaat. Niet nu het hem voor de tweede keer is overkomen.'

'Hoe bedoelt u?'

'Twee jaar geleden was Teddy met zijn ouders en zusjes met hun zeiljacht op vakantie. Toen ze bij Saint Thomas voor anker lagen is er midden in de nacht, toen iedereen sliep, iemand aan boord gekomen. Teddy's ouders en zusjes zijn vermoord. Doodgeschoten.'

In de lange pauze die daarop volgde, besefte Jane opeens hoe stil het huis was. Zo stil dat ze haar volgende vraag op gedempte toon stelde. 'Hoe komt het dat Teddy dat heeft overleefd?'

'Ik heb van Cecilia gehoord dat hij met zijn zwemvest aan in het water dreef. Hij kon zich niet herinneren hoe hij daar terecht was gekomen.' Mevrouw Lyman keek naar de gesloten serredeur. 'Daarom is dit voor hem zo verschrikkelijk. Het is al erg genoeg als je één keer je hele familie kwijtraakt. Maar twee keer?' Ze schudde haar hoofd. 'Dat is iets wat geen enkel kind kan doorstaan.'

5

Ze hadden geen rustgevender plek kunnen kiezen voor een getraumatiseerd kind dan de tuinkamer van mevrouw Lyman. De geheel uit glaswanden bestaande ruimte keek uit op een ommuurde tuin. Het zonlicht dat vrij naar binnen stroomde deed de vochtige jungle van klimplanten, varens en bomen goed gedijen. Tussen al dat weelderige groen zag Jane de jongen niet, alleen de vrouwelijke agent, die op een rotan tuinstoel zat en snel opstond toen ze Jane zag.

'Rechercheur Rizzoli?' vroeg ze. 'Ik ben agent Vasquez.'

'Hoe is het met Teddy?'

Vasquez keek naar een hoek van het vertrek, waar klimplanten over een rek groeiden en een dik bladerdak vormden. Ze fluisterde: 'Hij heeft geen woord tegen me gezegd. Hij doet niets anders dan zachtjes jammeren.'

Nu zag Jane het figuurtje dat tussen het gebladerte verscholen zat. De jongen zat met zijn benen opgetrokken en zijn armen eromheen geslagen. Ze hadden gezegd dat hij veertien was, maar hij maakte de indruk jonger te zijn. Hij droeg een lichtblauwe pyjama en er viel een lok lichtbruin haar over zijn gezicht.

Jane bukte zich en kroop naar hem toe, onder uitlopers van de planten door duikend, diep de beschaduwde ruimte in. De jongen bewoog zich niet toen ze in zijn groene schuilplaats naast hem ging zitten.

'Teddy,' zei ze. 'Mijn naam is Jane. Ik ben gekomen om je te helpen.'

Hij keek niet op. Hij reageerde helemaal niet.

'Je zit hier nu al een tijdje. Heb je geen honger?'

Het leek alsof hij heel even zijn hoofd schudde, maar misschien vergiste ze zich. Misschien was het alleen maar een huivering, een schokje veroorzaakt door al het verdriet dat in zijn tengere lijf zat opgesloten.

'Wat dacht je van een kopje warme chocolademelk? Of een bakje ijs? Dat heeft mevrouw Lyman vast wel in huis.'

De jongen leek nog dieper in zichzelf weg te kruipen. Hij hield zichzelf zo strak omklemd dat Jane vreesde dat niemand ooit nog in staat zou zijn die armen los te peuteren. Ze keek door de wirwar van stengels op naar agent Vasquez, die ingespannen toekeek. 'Zou je ons alleen willen laten?' zei ze. 'Ik geloof dat het iets te veel voor hem is dat we hier allebei zijn.'

Vasquez verliet de kamer en deed de deur achter zich dicht. Vijf, tien, vijftien minuten zei Jane helemaal niets. Ze keek ook niet naar de jongen. Ze zaten alleen maar naast elkaar, als zwijgende metgezellen, en het enige geluid was het zachte klateren van het water in de marmeren fontein. Jane leunde achterover onder het gebladerte en keek op naar de gebogen takken. In dit paradijsje, beschut tegen de kou, groeiden zelfs bananen- en sinaasappelbomen. Ze probeerde zich voor te stellen hoe het hier zou zijn op een dag midden in de winter, als het buiten sneeuwde en je hier de geur van warme aarde en groene planten kon inademen. Wie geld heeft, kan het hele jaar van de lente genieten. Terwijl ze naar het gefilterde zonlicht boven haar hoofd bleef kijken, merkte ze dat de ademhaling van de jongen iets trager en kalmer werd. De bladeren ritselden toen hij tegen het rek leunde, maar ze weerstond de verleiding opzij te kijken. Ze dacht aan de driftbui van haar tweejarige dochtertje vorige week. *Kijk niet naar me! Kijk niet naar me!* had de kleine Regina gegild. Jane en Gabriel hadden erom moeten lachen, waardoor Regina nog veel bozer was geworden. Zelfs een kind van twee vindt het niet leuk als je naar haar zit te staren. Het maakt inbreuk op je privacy. Daarom deed Jane nu haar best geen inbreuk te maken op Teddy's privacy en alleen maar zijn groene schuilplaats met hem te delen. Zelfs toen ze hem hoorde zuchten, hield ze haar blik gericht op het zonlicht dat door het gebladerte werd gefilterd.

'Wie bent u?' Hij fluisterde het zo zacht dat het haar bijna ontging. Ze dwong zichzelf te wachten tot de verstoorde stilte weer tot rust was gekomen.

'Mijn naam is Jane,' zei ze toen, net zo zachtjes.

'Maar wie bént u?'

'Iemand die het goed met je voor heeft.'

Hij zuchtte op een wijze die veel te vermoeid en verslagen klonk voor een jongen van veertien. 'Waarom? Ik ken u niet eens.'

Ze dacht daarover na en gaf toe dat hij gelijk had. Ze had het weliswaar goed met hem voor, maar ze was op de eerste plaats een politieagent die iets van hem nodig had en zodra ze hem dat had ontfutseld, zou ze hem overdragen aan een maatschappelijk werkster.

'Je hebt gelijk, Teddy,' zei ze. 'Je kent me niet. Ik ben een rechercheur van de politie. Maar ik wil je wel degelijk helpen.'

'Niemand kan me helpen.'

'Ik wel. Ik zal je helpen.'

'Dan gaat u ook dood.'

Zijn stem klonk toonloos en de woorden bezorgden Jane koude rillingen. *Dan gaat u ook dood.* Ze draaide haar hoofd naar de jongen. Hij keek niet naar haar. Hij staarde treurig voor zich uit, alsof hij een hopeloze toekomst zag. Zijn ogen hadden zo'n bleke blauwe kleur dat ze bijna niet menselijk leken. Zijn lichtbruine haar was zo vlassig als maïspluim en hing over zijn wat bolle, bleke voorhoofd. Hij droeg geen schoenen en terwijl hij van voren naar achteren wiegde, zag ze plekjes opgedroogd bloed onder de tenen van zijn rechtervoet. Ze herinnerde zich de voetafdrukken op de overloop, bij het lichaam van de achtjarige Kimmie. Om te kunnen vluchten had Teddy in haar bloed moeten stappen.

'Zult u me echt helpen?' vroeg hij.

'Erewoord.'

'Ik kan niets zien. Ik weet niet waar hij is en durf niet terug te gaan om hem te zoeken.'

'Waar heb je het over, Teddy?'

'Mijn bril. Ik denk dat hij in mijn slaapkamer ligt. Dat moet wel, maar ik weet het niet zeker...'

'Ik haal hem wel voor je.'

'Daarom kan ik u niet vertellen hoe hij eruitzag. Omdat ik hem niet kon zien.'

Jane gaf geen antwoord. Ze durfde hem niet te onderbreken, bang dat hij, als ze iets zei, als ze zich zelfs maar bewoog, weer in zijn schulp zou kruipen als een angstige schildpad. Ze wachtte af, maar het enige geluid was dat van het ruisende water van de fontein.

'Over wie heb je het?' vroeg ze uiteindelijk.

Hij keek haar aan. Het was alsof er diep in zijn ogen blauw vuur brandde. 'De man die ze heeft doodgeschoten.' Zijn stem brak. Verstikt door tranen ging hij op hoge toon door: 'Ik wou dat ik u kon helpen, maar ik kán het niet. Ik kan het niet, ik kan het niet...'

Nu nam het moederinstinct het over van Jane's gezonde verstand. Ze spreidde haar armen. De jongen kroop tegen haar aan en legde zijn hoofd op haar schouder. Ze sloeg haar armen om hem heen en voelde zijn lichaam hevig schokken, alsof het ieder moment uit elkaar kon vallen en alleen de kracht van haar armen de bundel botjes bij elkaar hield. Hij was niet haar kind, maar toen hij zich aan haar vastklampte en haar blouse nat werd van zijn tranen, voelde ze zich als zijn moeder en was ze bereid hem te beschermen tegen alle monsters.

'Hij zal niet stoppen.' Omdat hij zijn gezicht tegen haar schouder gedrukt hield, waren zijn woorden bijna niet te verstaan. 'De volgende keer zal hij me vinden.'

'Nee.' Ze pakte hem bij zijn schouders en duwde hem zachtjes van zich af om zijn gezicht te kunnen zien. Lange wimpers wierpen schaduwen op zijn poederwitte wangen. 'Hij zal je niet vinden.'

'Hij zal terugkomen.' Teddy sloeg zijn armen om zijn bovenlichaam en keerde zijn blik binnenwaarts, naar een verre, veilige plek waar niemand hem iets kon doen. 'Hij komt altijd terug.'

'Teddy, we kunnen hem alleen pakken, hem alleen tegenhouden, als jij ons helpt. Als je me vertelt wat er vannacht is gebeurd.'

Ze zag zijn magere borst uitzetten en de zucht die volgde, was veel te vermoeid en verslagen voor zo'n jonge jongen. 'Ik was in mijn kamer,' fluisterde hij. 'Ik zat een van Bernards boeken te lezen.'

'En toen?' spoorde Jane hem aan.

Teddy richtte zijn holle blik op haar. 'En toen begon het.'

Tegen de tijd dat Jane naar het huis van de Ackermans terugkeerde, werd het laatste lijk juist naar buiten gebracht – een van de kinderen. Jane bleef in de hal staan toen de brancard met piepende wieltjes over de glanzende parketvloer werd geduwd en kon het niet helpen dat ze zich verbeeldde dat haar eigen dochter onder het laken lag. Ze huiverde, draaide zich om en zag Moore de trap afkomen.

'Heeft de jongen iets gezegd?'

'Genoeg om me te vertellen dat hij niets heeft gezien waar wij iets aan hebben.'

'Dan ben je met hem heel wat verder gekomen dan ik. Ik had al zo'n gevoel dat jij in staat zou zijn tot hem door te dringen.'

'Niet dat ik nou zo'n troeteltype ben.'

'Het gaat erom dat hij is losgekomen. Crowe wil dat jij het contact met hem onderhoudt.'

'Ben ik opeens de kinderopvang?'

Hij haalde verontschuldigend zijn schouders op. 'Crowe heeft de leiding.'

Ze keek langs de trap naar de bovenverdiepingen, waar het nu griezelig stil was. 'Waar is iedereen?'

'Achter een tip aan over de huishoudster, Maria Salazar. Zij heeft de sleutels en de code van het alarmsysteem.'

'Dat lijkt me nogal logisch.'

'Ja, maar ze heeft ook een vriendje dat regelmatig met de wet overhoop ligt.'

'Wie?'

'Een illegale vreemdeling genaamd Andres Zapata. Hij heeft in Colombia een strafblad. Inbraak en drugssmokkel.'

'Is hij ooit opgepakt wegens geweldpleging?'

'Niet voor zover we weten. Maar dat zegt niet veel.'

Jane keek naar de antieke klok aan de muur. Een ervaren inbreker zou die niet over het hoofd hebben gezien. Ze dacht aan wat haar daarstraks was verteld, dat de handtas van Cecilia en de portefeuille van Bernard nog in de slaapkamer lagen en dat er waarschijnlijk ook niets ontbrak in het juwelenkistje.

'Als het om inbraak ging,' zei ze, 'wat heeft hij dan meegenomen?'

'In een huis van deze afmetingen, met zoveel waardevolle spullen om uit te kiezen?' Moore schudde zijn hoofd. 'De enige die ons dat misschien kan vertellen, is de huishoudster.'

Die nu misschien een verdachte was.

'Ik ga een kijkje nemen in Teddy's kamer,' zei ze en ze liep de trap op.

Moore volgde niet. Toen ze op de derde verdieping aankwam, merkte ze dat ze daar helemaal alleen was. Zelfs de mensen van de technische recherche waren al vertrokken. Daarstraks had ze alleen naar de deur van Teddy's kamer gekeken, nu ging ze naar binnen en keek om zich heen. Op het bureau dat voor het raam stond, lag een stapel oude boeken, beduimeld door veelvuldig gebruik. Ze bekeek de titels: *Oorlogstechnieken in de oudheid. De beginselen van etnobotanie. Handboek der cryptozoölogie. Alexander in Egypte.* Niet de boeken die je in een kamer van een veertienjarige jongen zou verwachten, maar Teddy Clock was dan ook niet zoals andere jongens van zijn leeftijd. Ze drukte op een willekeurige toets van het toetsenbord en het scherm kwam tot leven bij de laatste website die Teddy had bekeken. Het was een zoekpagina van Google en hij had ingetypt: *Is Alexander de Grote vermoord?*

Te oordelen naar het geordende bureau en de kaarsrechte stapel boeken, was de jongen overdreven netjes. De potloden in zijn la hadden vlijmscherpe punten, als speren, en de paperclips en nietjes lagen in hun eigen bakjes. Veertien jaar en nu al hopeloos obsessief-compulsief. Hier had hij gisteravond om middernacht gezeten, had hij haar verteld, toen hij de plopjes had gehoord en daarna het gekrijs van Kimmie, die de trap op was gerend. Zijn hang naar orde had hem gedwongen het boek, *Alexander in Egypte,* dicht te doen, ook al was hij doodsbang. Hij wist wat die plopjes en dat gekrijs betekenden.

Het was net als de vorige keer. Dezelfde geluiden die ik op de boot had gehoord. Ik wist dat het schoten waren.

Hij kon niet uit het raam springen en had op de tweede etage weinig andere ontsnappingsmogelijkheden.

Dus had hij het licht uitgedaan. Hij had de meisjes horen gillen, nog meer plopjes gehoord en zich verstopt op de plek die ieder bang kind gekozen zou hebben: onder het bed.

Jane draaide zich om en keek naar het gladde dekbed en de lakens die strak waren ingestopt, als voor een legerinspectie.

Was het bed zo strak opgemaakt vanwege Teddy's dwangneurose? Zo ja, dan had dat hem waarschijnlijk het leven gered. Toen Teddy onder het bed lag, had de moordenaar het licht aangedaan en was hij de kamer ingekomen.

Zwarte schoenen. Dat is het enige wat ik heb gezien. Hij had zwarte schoenen aan en hij stond pal naast mijn bed.

Een bed waarin om middernacht niet was geslapen. Voor een indringer moet dat de indruk hebben gewekt dat het kind aan wie deze kamer toebehoorde, niet thuis was.

De moordenaar met de zwarte schoenen was vertrokken. De uren waren verstreken, maar Teddy was onder het bed blijven liggen en had bij ieder geluidje angstig zijn adem ingehouden. Hij had gedacht dat hij de voetstappen hoorde terugkeren, stil en stiekem. Hij had gedacht dat de moordenaar er nog was, dat hij op hem zat te wachten.

Hij wist niet hoe laat het was toen hij in slaap was gevallen. Hij wist alleen dat de zon scheen toen hij wakker werd. Toen pas durfde hij uit zijn schuilplaats te kruipen, stijf en stram na een nacht op de vloer. Door het raam had hij met zijn bijziende ogen de vage gedaante van mevrouw Lyman in haar tuin gezien. Bij de buren zou hij veilig zijn; bij de buren waren mensen bij wie hij zich kon verbergen.

Dus was hij daar naartoe gegaan.

Jane ging op haar knieën zitten en keek onder het bed. Er was zo weinig ruimte tussen de boxspring en de vloer dat zij er nooit onder zou passen. Maar de doodsbange jongen was in deze ruimte gekropen, die benauwder was dan een doodskist. Er glinsterde iets in de schaduw. Ze moest plat op de vloer gaan liggen om haar arm ernaar uit te strekken.

Het was Teddy's bril.

Ze stond op en keek nog één keer om zich heen. Alhoewel de zon buiten hoog aan de hemel stond en het met vierentwintig graden zomers warm was, kreeg ze het opeens koud tussen deze vier muren en liep er een rilling over haar rug. Het was vreemd dat ze geen koude rillingen had gekregen in de kamers waar de rest van de familie was vermoord. Alleen hier waren de verschrikkingen van wat vannacht was gebeurd nog voelbaar.

Hier, in de kamer van de jongen die het had overleefd.

6

'Teddy Clock moet het ongelukkigste kind op de hele wereld zijn,' zei rechercheur Thomas Moore. 'Als je bedenkt wat die jongen allemaal heeft moeten doorstaan, is het geen wonder dat hij met geestelijke problemen kampt.'

'Volgens mij was hij voorheen ook al niet helemaal normaal,' zei Darren Crowe. 'Het is een eigenaardige jongen.'

'Eigenaardig in welk opzicht?'

'Een jongen van veertien die niet aan sport doet en geen televisie kijkt, en alleen maar over saaie, oude boeken gebogen zit?'

'Niet iedereen vindt zoiets eigenaardig.'

'Jij hebt de meeste tijd met hem doorgebracht, Rizzoli,' zei Crowe tegen Jane. 'Je moet gemerkt hebben dat die jongen niet normaal is.'

'Volgens *jouw* normen,' zei Jane. 'Daar staat Teddy intellectueel een stuk boven.'

Er klonk een gezamenlijk '*oei*' op en de andere vier rechercheurs wachtten af hoe Crowe op de weinig subtiele belediging zou reageren.

'Er is een verschil tussen nutteloos intellect en gezond verstand,' zei Crowe.

'Hij is twee keer aan een massamoordenaar ontsnapt,' zei ze. 'Ga mij niet vertellen dat deze jongen geen gezond verstand heeft.'

Als hoofd van het onderzoeksteam in de zaak-Ackerman gedroeg Crowe zich nog arroganter dan anders. Ze zaten al bijna een uur in vergadering en iedereen was gespannen. Er was dertig uur verstreken sinds de moord op de Ackermans en de pers liep te stuiteren. Het eerste wat Jane die ochtend had gezien, was de opruiende krantenkop HORROR OP BEACON HILL met een foto van hun hoofdverdachte, Andres Zapata, het voortvluchtige vriendje van de huishoudster. De foto kwam uit een Colombiaans politiedossier en Zapata zag eruit als een moordenaar. Hij was een illegale immigrant, had een strafblad, en zijn vingerafdrukken stonden op de keukendeur en het aanrecht van de Ackermans. Dat was voldoende om hem in hechtenis te nemen, maar was het voldoende voor een aanklacht? Daar was Jane allesbehalve zeker van.

Ze zei: 'We mogen er niet op rekenen dat Teddy ons zal helpen Zapata voor de rechter te krijgen.'

'Je hebt anders tijd genoeg om hem voor te bereiden,' zei Crowe.

'Hij heeft het gezicht van de moordenaar niet gezien.'

'Hij moet iets gezien hebben wat we tijdens de rechtszaak kunnen gebruiken.'

'Teddy is veel kwetsbaarder dan jij denkt. Verwacht niet dat hij als getuige zal kunnen optreden.'

'Schei uit zeg. Hij is véértien,' snauwde Crowe. 'Toen ik veertien was –'

'Wurgde je pythons met je blote handen?'

Crowe leunde naar voren. 'Ik ben niet van plan deze zaak te laten verzanden. We moeten ervoor zorgen dat we al onze pionnen in positie houden.'

'Teddy is geen pion,' zei Jane. 'Hij is een kind.'

'Een geestelijk zeer aangeslagen kind,' zei Moore. Hij deed het dossier open dat hij had meegebracht. 'Ik heb nogmaals gesproken met rechercheur Edmonds, op de Amerikaanse

Maagdeneilanden. Hij heeft me het dossier over de moord op de familie Clock gefaxt en –'

'Dat geval is van twee jaar geleden,' viel Crowe hem in de rede. 'Ander rechtsgebied, ander land zelfs. Wat heeft dit met onze zaak te maken?'

'Waarschijnlijk niets,' gaf Moore toe, 'maar de informatie werpt licht op de emotionele problemen van de jongen. Op de reden waarom hij er zo kapot van is. Wat hij op Saint Thomas heeft meegemaakt was even gruwelijk als wat hem hier is overkomen.'

'En die zaak is nooit opgelost?' vroeg Frost.

Moore schudde zijn hoofd. 'Maar de pers heeft er veel aandacht aan besteed. Ik heb de berichten destijds gevolgd. Een Amerikaans gezin op een droomreis rond de wereld, vermoord aan boord van hun drieëntwintig meter lange jacht. Ik weet dat er op de Amerikaanse Maagdeneilanden bijna tien keer zoveel moorden worden gepleegd als hier, maar zelfs naar hun begrippen was het bloedbad schokkend. Het jacht, *Pantomime*, lag afgemeerd voor Capella Eiland, niet ver van Saint Thomas. Het gezin – Nicholas, Annabelle en hun drie kinderen – leefde aan boord. Ze hadden die avond een afgelegen baai gekozen waar geen andere schepen lagen. Toen ze sliepen, is de moordenaar – of moordenaars – aan boord gekomen. Er klonken schoten. Gegil, geschreeuw. En toen een explosie. Dat is in elk geval wat Teddy later aan de politie heeft verteld.'

'Hoe heeft hij het overleefd?' vroeg Frost.

'Door de explosie heeft hij tijdelijk het bewustzijn verloren, dus zitten er gaten in zijn geheugen, maar hij herinnert zich nog dat zijn vader riep dat hij overboord moest springen. Toen hij weer bijkwam, lag hij met zijn zwemvest aan in het water. Duikers hebben hem de volgende ochtend gevonden, tussen de wrakstukken van de *Pantomime*.'

'En de rest van het gezin?'

'Er is een grootscheepse zoekactie op touw gezet. Ze hebben het lijk van Annabelle en een van de dochters gevonden, of liever gezegd, wat de haaien ervan hadden overgelaten. De autopsies hebben uitgewezen dat ze allebei in het hoofd waren geschoten. De lijken van Nicholas en de andere dochter zijn nooit gevonden.' Moore deelde kopieën uit van het gefaxte dossier. 'Rechercheur Edmonds zei dat hij nog nooit zo'n schokkende zaak had meegemaakt. Zo'n groot, duur zeiljacht is een verleidelijk doelwit, dus is hij ervan uitgegaan dat diefstal het motief was. De moordenaars hebben waarschijnlijk alles wat waarde had van de boot gehaald en die toen opgeblazen om het bewijsmateriaal te vernietigen, zodat de politie niets zou hebben om mee te werken. De daders zijn nooit achterhaald.'

'En de jongen kon zich ook toen niets bruikbaars herinneren,' zei Crowe. 'Is er iets mis met hem?'

'Hij was toen pas twaalf,' zei Moore. 'Maar hij is wel degelijk intelligent. Ik heb gesproken met hun voormalige buurvrouw in Providence, waar de Clocks woonden voordat ze aan hun wereldreis begonnen. Ze zei dat Teddy werd beschouwd als een begaafde jongen. Hij zat op school in het Plusprogramma. Hij maakte niet gauw vrienden en was een buitenbeentje, maar zijn IQ lag minstens twaalf punten hoger dan dat van zijn leeftijdgenoten.'

Jane dacht aan de boeken die ze in Teddy's slaapkamer had gezien en aan de grote verscheidenheid aan onderwerpen die daarin werden behandeld. De geschiedenis van de Griekse oudheid. Etnobotanie. Cryptozoölogie. Onderwerpen waar de meeste veertienjarigen vermoedelijk nog nooit van gehoord hadden. 'Aspergersyndroom,' zei ze.

Moore knikte. 'Dat zei de buurvrouw inderdaad. De Clocks hadden Teddy laten onderzoeken. Volgens de dokter is Teddy hoogfunctionerend, maar heeft hij moeite met emotionele signalen. Daarom slaagt hij er zo slecht in vrienden te maken.'

'En nu staat hij helemaal alleen op de wereld,' zei Jane. Ze dacht aan hoe de jongen zich aan haar had vastgeklampt in de serre van mevrouw Lyman. Nog voelde ze zijn zijdezachte haar tegen haar wang en herinnerde ze zich de geur van zijn pyjama, de geur van slapende kinderen. Ze vroeg zich af hoe het met hem ging in het pleeggezin waar hij tijdelijk was ondergebracht. Voordat ze gisteravond naar huis was gegaan, was ze ernaartoe gereden om zijn bril af te geven. Hij verbleef bij een ouder echtpaar, ervaren pleegouders die jarenlange ervaring hadden met het opvangen van kinderen in nood.

De blik waarmee Teddy haar had nagekeken toen ze na haar bezoek was vertrokken, zou het hart van iedere moeder hebben gebroken. Hij had gekeken alsof zij de enige persoon op de hele wereld was die hem kon redden. Maar ze had hem achtergelaten bij volslagen vreemden.

Moore bladerde in zijn dossiermap en haalde er een fotokopie uit van een zelfgemaakte kerstkaart met een foto van de Clocks en het opschrift: FIJNE FEESTDAGEN GEWENST! ‘Dit is het laatste dat de buren van de Clocks hebben ontvangen. Het is een e-kaart die ze ongeveer een maand na hun vertrek uit Providence hebben verstuurd. Ze hadden hun kinderen van school gehaald, hun huis te koop gezet en waren met het hele gezin aan een zeiltocht rond de wereld begonnen.’

‘Wie zich een jacht van drieëntwintig meter kan veroorloven, moet erg rijk zijn,’ zei Frost. ‘Wat deden ze voor de kost?’

‘Annabelle was huisvrouw. Nicholas was financieel adviseur voor een firma in Providence. De buurvrouw kon zich de naam van die firma niet herinneren.’

Crowe lachte. ‘*Financieel adviseur* klinkt inderdaad als iets waar je veel geld mee kunt verdienen.’

‘Nogal drastisch, vinden jullie niet?’ zei Frost. ‘Om zomaar opeens alles achter je te laten en met je gezin rond de wereld te gaan zeilen?’

‘Dat vond de buurvrouw ook,’ zei Moore. ‘En het gebeurde ook heel onverwacht. Annabelle had er tot op de dag voor hun vertrek helemaal niets over gezegd. En dat roept toch wel vragen op.'

'Zoals?' vroeg Crowe.

'Waren ze ergens voor op de vlucht? Waren ze ergens bang voor? Misschien bestaat er wel degelijk verband tussen deze twee aanslagen op Teddy's leven.'

'Met twee jaar verschil?' Crowe schudde zijn hoofd. 'Voor zover we weten kenden de Clocks en de Ackermans elkaar niet eens. Het enige wat ze gemeen hadden, was de jongen.'

'Toch zit het me niet lekker.'

Het zat Jane ook niet lekker. Ze keek naar de kerstfoto, misschien de laatste foto die van de familie Clock was gemaakt. Annabelle Clocks kastanjebruine haar was losjes opgestoken, moeiteloos elegant, en had een gouden glans. Haar gezicht, gebeeldhouwd ivoor met smalle, gebogen wenkbrauwen, had geschilderd kunnen zijn door een middeleeuwse grootmeester.

Nicholas was blond en atletisch gebouwd. Zijn citroengele poloshirt spande om zijn brede schouders. Met zijn vierkante kin en openhartige blik zag hij eruit als een man die ervoor geschapen was zijn gezin tegen iedere vorm van gevaar te beschermen. Op de dag dat deze foto was genomen, toen hij glimlachend naar de camera had gekeken met zijn gespierde arm rond zijn vrouw geslagen, had hij niet geweten welke verschrikkingen hen wachtten. Een zeegraf voor hem. Zijn vrouw en twee van hun kinderen afgeslacht. Het fototoestel had een gezin gekiekt dat geen reden had om de toekomst te vrezen; hun optimisme straalde uit hun ogen en hun lach, het straalde van de kerstballen in de kerstboom achter hen. Zelfs Teddy zag er opgewekt uit, zoals hij daar naast zijn jongere zusjes stond. Drie engelachtige kinderen met lichtbruin haar en grote blauwe ogen, vrolijk lachend, veilig in de cocon van het liefhebbende gezin.

Ze dacht: Teddy zal zich nooit meer veilig voelen.

Moorden is makkelijk. Als je dicht genoeg bij je doelwit kunt komen, heb je alleen maar het juiste gereedschap nodig, of dat nu een kogel, een mes of semtex is. En als je het goed voorbereidt, hoef je erna niets op te ruimen. Het verwijderen van een man als Icarus, die springlevend is, zich tegen je verzet en zich heeft omringd met familie en lijfwachten, vereist veel meer precisie.

Dat is de reden waarom we het grootste deel van de maand juni besteedden aan surveillance, verkenning en dry runs. Dry runs zijn nepaanvallen, om te zien of je plannen voor de uiteindelijke aanval helemaal kloppen. We maakten lange uren, zeven dagen per week, maar niemand klaagde. Waarom zouden we? Het hotel was comfortabel en alle onkosten werden vergoed. Aan het eind van de dag kon je net zoveel drinken als je wilde. En geen goedkope wijn, maar goede Italiaanse, want voor wat er van ons vereist werd, vonden we dat we niets dan het beste verdienden.

Het telefoontje van onze handlanger kwam op een donderdag. Hij werkte als kelner in La Nonna en voor die avond waren twee aangrenzende tafels gereserveerd. Een tafel voor vier en een tafel voor twee. Er waren flessen Brunello di Montalcino besteld, die ontkurkt moesten worden zodra de gasten arriveerden. Er bestond geen enkele twijfel voor wie die tafels gereserveerd waren.

Ze arriveerden in aparte auto's, vlak achter elkaar. In de zwarte BMW *zaten de twee lijfwachten. In de zilverkleurige Volvo zat Icarus zelf achter het stuur. Dat was een tic van hem: hij wilde altijd zelf rijden, de baas zijn. Ze parkeerden de auto's tegenover de ingang van La Nonna, aan de overkant van de straat, zodat ze er tijdens de gehele maaltijd zicht op hadden. Ik had mijn positie al ingenomen op het terras van een nabijgelegen café, met een espresso voor mijn neus. Ik zat op de eerste rang voor het precisieballet dat zich ging ontvouwen.*

Eerst stapten de lijfwachten uit hun BMW. *Ze keken naar Icarus toen die uit zijn Volvo stapte. Hij reed altijd in een Volvo, een weinig opwindende keuze voor een man die zich een keur aan Maserati's kon veroorloven. Hij opende het achterportier. Uit de auto kwam een van de redenen waarom hij in zo'n veilige auto reed. Carlo, zijn jongste zoon, was acht jaar oud, had grote donkere ogen en net zulk weerbarstig haar als zijn moeder. De veters van de jongen waren losgeraakt en Icarus bukte zich om ze opnieuw te strikken.*

Dat was het moment waarop Carlo me zag, op het nabije terras. Hij keek me zo indringend aan dat ik een steek van paniek voelde. Ik dacht: de jongen weet het. Om de een of andere reden weet hij wat er gaat gebeuren. Ik had zelf geen kinderen, net zo min als de rest van de teamleden, dus wisten we niet veel van hen af. Voor ons waren het kleine aliens, onvoltooide wezens die genegeerd konden worden. Maar Carlo's ogen waren helder en wijs, en plotsklaps werden mij alle uitvluchten ontnomen. Ik kon niet meer rechtvaardigen wat we zijn vader gingen aandoen.

Icarus kwam weer overeind. Hij nam Carlo bij de hand, stak met zijn vrouw en oudere zoon over en ging La Nonna binnen voor hun diner.

Ik kon weer ademen.

Ons team kwam in actie.

Een jonge vrouw kwam aanlopen met een kinderwagen, de

baby diep weggestopt onder een laag dekentjes. Opeens begon de baby te huilen; de vrouw bleef staan en boog zich over de wagen om hem te sussen. Ik was de enige die er dicht genoeg bij zat om te kunnen zien dat ze een mes in de band van de auto van de lijfwachten stak. De baby werd stil en de vrouw liep weer door.

In La Nonna werd de wijn ingeschonken, twee kleine jongetjes draaiden spaghetti om hun vork, schalen met kalfs-, lams- en varkensvlees werden aangedragen.

Buiten, in de straat, zou de valklem zich weldra sluiten. Alles verliep volgens plan.

Maar ik bleef denken aan de kleine Carlo, die zo indringend naar me had gekeken. Een blik die tot diep in mijn borst was doorgedrongen en aan mijn hart vrat. Wanneer je zo'n sterk voorgevoel krijgt, mag je het niet negeren.

Maar ik negeerde het.

7

Maura reed met alle autoraampjes open en snoof de geur van de zomer op die naar binnen waaide. Sinds ze de kust van Maine een paar uur geleden achter zich had gelaten, had ze in noordwestelijke richting door een zacht glooiend landschap gereden waar het vriendelijke zonnetje de graanakkers met een gouden licht had overspoeld. Maar nu had het bos haar opgeslokt en leek het net alsof het opeens nacht was geworden, zo donker was het tussen de bomen. Toen ze kilometers lang geen andere auto's meer zag, begon ze zich af te vragen of ze soms de verkeerde weg was ingeslagen. Er waren hier geen huizen, geen opritten, geen enkele zijweg waaraan ze kon zien of ze goed zat.

Ze had al half besloten te keren toen de weg opeens eindigde bij een toegangshek. Op de boog erboven stond één enkel woord, in sierlijk vervlochten letters: EVENSONG.

Ze stapte uit en keek fronsend naar het gesloten hek tussen de twee dikke, stenen pilaren. Ze zag nergens een intercom. Aan de buitenzijde van de pilaren liep de smeedijzeren omheining het dichte bos in. Ze pakte haar mobieltje om de school te bellen, maar zag dat ze hier midden in de wildernis geen signaal kreeg. De stilte versterkte het irritante gezoem van een mug. Ze sloeg op haar wang toen ze een prikje voelde en staarde naar de alarmerende bloedsmeer op haar hand. Nu kwam er een hele zwerm muggen op haar af, als een hongerige, bijtende wolk. Ze wilde net haar toevlucht nemen tot haar auto toen er achter het hek een golfwagentje kwam aanrijden.

Ze herkende de jonge vrouw die uitstapte en zwaaide. Het was Lily Saul, die er in haar strakke spijkerbroek en groene windjack een stuk beter uitzag dan de laatste keer dat Maura haar had gezien. Haar bruine haar, dat ze tot een paardenstaart had gebonden, had nu highlights en op haar wangen lag een gezonde blos. Een heel verschil met het bleke, magere gezicht dat Maura zich herinnerde van die bloederige kerstdagen toen ze elkaar voor het eerst hadden ontmoet bij het onderzoek naar een moordzaak die hen beiden bijna het leven had gekost. Lily Saul was jarenlang op de vlucht geweest voor demonen, levende en ingebeelde, maar ze was sterk en naar haar glimlach te oordelen, was ze eindelijk van haar nachtmerries verlost.

'We hadden u eerder verwacht, dr. Isles,' zei Lily. 'Ik ben blij dat u vóór het donker bent aangekomen.'

'Ik was al bang dat ik over het hek zou moeten klimmen,' zei Maura. 'Mijn mobieltje doet het hier niet, dus kon ik niemand bellen.'

'O, maar we hebben u zien aankomen, hoor.' Lily tikte een code in op het paneel van het beveiligingssysteem op een van de pilaren. 'Langs de hele weg staan sensors. En ook camera's, maar die zijn u vast niet opgevallen.'

'Een nogal strenge beveiliging voor een school.'

'De veiligheid van de leerlingen staat boven alles. En u weet hoe Anthony is. Die vindt dat je nooit voldoende beveiliging kunt hebben.' Tussen de spijlen van het hek door keek ze Maura aan. 'Wat ook wel logisch is, na alles wat we hebben meegemaakt.'

Maura keek de jonge vrouw in de ogen en zag dat ze nog niet helemaal van haar nachtmerries verlost was. Er waren nog wat schaduwen blijven hangen.

'Het is bijna twee jaar geleden, Lily. Is er weer iets gebeurd?'

Lily trok de poort open en zei onheilspellend: 'Nog niet.'

Typisch iets wat Anthony Sansone ook zou zeggen. Misdaden lieten blijvende littekens achter op overlevenden als Sansone en Lily, die beiden gebukt gingen onder de nasleep van gewelddadige persoonlijke tragedies. Voor hen zou de wereld altijd een plek zijn waar overal gevaar loerde.

'Rij maar achter mij aan,' zei Lily toen ze weer in het golfkarretje stapte. 'Het kasteel is nog een paar kilometer verderop.'

'Moet je het hek niet dichtdoen?'

'Dat gaat vanzelf. Als u het terrein wilt verlaten, de code van het alarmsysteem is deze week vijfenveertig-zesennegentig. Dat geldt zowel voor dit hek als de voordeur van de school. De code wordt elke maandag gewijzigd en tijdens het ontbijt aan iedereen doorgegeven.'

'De leerlingen krijgen de code dus ook?'

'Natuurlijk. Het hek is er niet om ons op te sluiten, maar om de rest van de wereld buiten te sluiten.'

Maura stapte in haar auto. Toen ze tussen de pilaren door reed, begon het hek te draaien. Ondanks dat Lily haar had verzekerd dat het hek niet bedoeld was om haar op te sluiten, deden de smeedijzeren tralies haar denken aan een zwaar beveiligde gevangenis. En dat wekte herinneringen op aan weergalmend metaal en ogen die vanuit cellen naar haar staarden.

Lily reed in haar golfkar over een smalle weg door het dichte bos. In het schemerige licht onder de bomen viel de vlammend oranje kleur op van een mossoort die tegen de stam van een indrukwekkende eik groeide. Vogels fladderden in het gebladerte boven hun hoofden. Een rode eekhoorn zat met trillende staart op een tak. Welke dieren zouden hier, diep in de bossen van Maine, tevoorschijn komen als de nacht eenmaal was gevallen?

Na een poosje kwamen ze bij een open terrein met een

groot meer. Aan de overkant van het zwarte, ondoordringbaar ogende water doemde Evensong op. Lily had het over *het kasteel* gehad en daar had het inderdaad veel van weg. Het stond op een kaal granietplateau en omdat de muren uit datzelfde graniet waren opgetrokken, leek het net alsof het gebouw spontaan uit de grond was opgerezen.

Ze reden onder een stenen boog door naar een binnenplaats waar Maura haar Lexus naast een met mos bedekte muur parkeerde. Een uur geleden was het nog zomers warm geweest, maar toen ze uitstapte, merkte ze dat het een stuk kouder was geworden. Ze keek op naar de hoge, stenen muren en het steile dak en beeldde zich in dat er vleermuizen rond de toren vlogen.

'U hoeft uw koffer niet mee te nemen,' zei Lily, die hem uit de kofferbak van Maura's auto tilde. 'We kunnen hem op de trap laten staan. Meneer Roman brengt hem wel naar uw kamer.'

'Waar zijn alle leerlingen?'

'De meeste leerlingen en docenten zijn naar huis voor de zomervakantie. We zijn hier momenteel met iets meer dan twintig kinderen en een kleine, permanente staf. Volgende week wordt het voor u en Julian nog rustiger, omdat we dan met de rest van de kinderen op schoolreisje naar Quebec gaan. Ik zal u een korte rondleiding geven en dan kunnen we naar Julian. Hij heeft momenteel nog les.'

'Hoe gaat het met hem?' vroeg Maura.

'Hij is enorm vooruitgegaan sinds hij hier is. Hij zit nog steeds niet graag binnen, maar hij is erg vindingrijk en ziet altijd dingen die aan de rest ontgaan. Bovendien is hij een soort beschermengel voor de jongere kinderen. Hij houdt altijd een oogje in het zeil. Hij heeft de persoonlijkheid van wat in de psychologie een *guardian* wordt genoemd.' Lily zweeg even en voegde er toen aan toe: 'Het heeft wel een poosje geduurd voordat hij ons durfde te vertrouwen. Wat natuurlijk logisch is, na wat hij in Wyoming heeft moeten doorstaan.'

Daar wist Maura alles van, want zij en Julian hadden dat samen doorstaan, vechtend voor hun leven, zonder te weten wie ze konden vertrouwen.

'En jij, Lily?' vroeg Maura. 'Hoe gaat het met jou?'

'Ik ben waar ik zijn moet. Ik woon hier in een prachtige omgeving en mag lesgeven aan fantastische kinderen.'

'Ik hoorde van Julian dat jullie een Romeinse katapult hebben gebouwd.'

'Ja, toen we het onderwerp "belegeringen" behandelden. Ze vonden het geweldig. Helaas is er wel een ruit gesneuveld.'

Ze liepen het stenen bordes op en kwamen voor een deur te staan die groot genoeg was voor een reus. Lily toetste op het beveiligingspaneel de code in. De grote houten deur draaide geruisloos open toen ze ertegenaan duwde. Binnen was een grote hal met metershoge gewelven. In het midden hing een gietijzeren kroonluchter en in het gewelf daarboven zat, als een veelkleurig oog, een rond, gebrandschilderd raam dat op dit late uur van de dag alleen nog maar een dof schijnsel doorliet.

Maura bleef aan de voet van de brede trap staan om een verschoten tapisserie te bekijken waarop twee eenhoorns in een dal vol wijnranken en fruitbomen stonden afgebeeld. 'Het is écht een kasteel,' zei ze.

'Het is rond 1835 gebouwd door een megalomaan genaamd Cyril Magnus.' Lily schudde meewarig haar hoofd. 'Hij was spoorwegmagnaat, jager op groot wild, kunstverzamelaar en als je de verhalen mag geloven, een bijzonder onaangename man. Dit was zijn privékasteel. Ontworpen in de gotische stijl die hij heeft leren kennen toen hij door Europa reisde. Het graniet is afkomstig uit een groeve tachtig kilometer hier vandaan. Het eikenhout is van bomen uit de omliggende bossen. Toen Evensong het gebouw dertig jaar geleden kocht, bevond het zich nog in goede staat. Het meeste van wat u hier ziet, is dan ook origineel. Magnus liet echter steeds stukjes aan het oorspronkelijke kasteel aanbouwen, waardoor het uiteindelijk nogal onoverzichtelijk werd. Wees niet verbaasd als u af en toe verdwaalt.'

Maura wees naar de eenhoorns. 'Dat wandkleed ziet er middeleeuws uit.'

'Dat is het ook. Het hing eerst in Anthony's huis in Florence.'

Maura had de schat aan zestiende-eeuwse schilderijen en Venetiaans meubilair in Sansone's huis op Beacon Hill gezien en twijfelde er niet aan dat zijn villa in Florence net zo weelderig was ingericht, met nog indrukwekkender kunstwerken dan hier. Maar hier had je geen warme, honingkleurige muren zoals in Toscane; hier ademden de grijze stenen een koude uit die zelfs op zonnige dagen niet verdreven kon worden.

'Bent u daar al eens geweest?' vroeg Lily. 'In zijn huis in Florence?'

'Nee, daartoe ben ik nooit uitgenodigd,' zei Maura. *Maar jij blijkbaar wel.*

Lily keek haar aan met een bedachtzame blik. 'Dat komt nog wel,' zei ze toen. Ze draaide zich om naar een gelambriseerde wand en duwde tegen een van de panelen. Een geheime deur ging open. 'Dit is de ingang van de bibliotheek.'

'Proberen jullie de boeken te verbergen?'

'Nee, hoor. Het is gewoon een van de vreemde elementen van dit gebouw. Ik denk dat Cyril Magnus van verrassingen hield, want dit is niet de enige geheime deur.' Lily ging haar voor door een raamloze gang waar de sombere sfeer werd versterkt door het donkere beschot. Aan het eind ervan kwamen ze uit in een zaal waar hoge boogramen grijs daglicht binnenlieten. Maura keek vol verbazing naar de eindeloze rijen boeken die verspreid over drie verdiepingen tot aan het koepelvormige plafond reikten dat was beschilderd met pluizige, witte wolken in een strakblauwe lucht.

'Dit is het hart van Evensong,' zei Lily. 'De bibliotheek. De leerlingen zijn hier dag en nacht welkom. Ze mogen van alle boeken gebruikmaken, op voorwaarde dat ze die met eerbied behandelen. En mochten ze in de bibliotheek niet kunnen vinden wat ze zoeken...' Lily liep naar een deur, deed hem open en liet Maura een kamer zien waar een tiental computers stond. '...dan hebben we Google nog als laatste redmiddel.' Ze keek een beetje vies toen ze de deur weer dichtdeed. 'Maar zeg nou zelf, wie heeft internet nodig, als je *dit* tot je beschikking hebt.' Ze maakte een breed gebaar naar de drie verdiepingen boeken. 'Eeuwen aan wijsheid, opgeslagen onder één dak. Ik begin al te watertanden als ik er alleen maar naar kijk.'

'Gesproken als een ware docent klassieke geschiedenis,' zei Maura terwijl ze haar ogen over de titels liet gaan. *De vrouwen van Napoleon. Het leven van de heiligen. Egyptische mythologie.* Ze stokte bij een titel die in gouden letters op donker leer was gedrukt. *Lucifer.* Het boek leek haar te wenken, haar aandacht op te eisen. Ze haalde het van de plank en keek naar het beduimelde leren omslag met de stempelversiering van een gehurkte duivel.

'Het is onze filosofie dat geen enkele vorm van kennis verboden is,' zei Lily zachtjes.

'Kennis?' Maura zette het boek weer op zijn plek en keek de jonge vrouw aan. 'Of bijgeloof?'

'Het helpt om beide beter te leren begrijpen, vindt u niet?'

Maura liep door de zaal, langs rijen lange tafels met stoelen en wereldbollen waarop was uitgebeeld hoe de wereld er in verschillende tijdperken had uitgezien. 'Zolang je het niet als feiten voorstelt,' zei ze. Ze bleef staan bij een wereldbol uit 1650, waarop de continenten nog niet de juiste vorm hadden. Een tijdperk waarin enorme delen van de wereld nog onontdekt en onbekend waren. 'Het is bijgeloof. Het zijn mythen.'

'Hier onderwijzen we juist dat waar u in gelooft, dr. Isles.'

'Dat waar ik in geloof?' Maura keek haar vragend aan. 'En wat mag dat dan wel zijn?'

'De exacte wetenschappen. Scheikunde, natuurkunde, biologie en botanie.' Ze keek op de antieke staande klok. 'Dat laatste vak krijgt Julian op dit moment en het lesuur is bijna voorbij.'

Ze verlieten de bibliotheek via dezelfde weg, door de donkere gang, en bestegen de brede trap. Toen ze langs het wandkleed kwamen, zag Maura het eventjes rimpelen, misschien vanwege een tochtvlaag, waardoor het net leek alsof de eenhoorns een ogenblik tot leven kwamen, trillend onder de afgeladen fruitbomen. In de bocht van de trap was een raam. Maura bleef staan om naar de omliggende bossen te kijken. Julian had haar verteld dat de school midden in de bossen stond, kilometers ver van de bewoonde wereld, maar nu werd haar pas goed duidelijk hoe geïsoleerd Evensong lag.

'Hier kan niemand bij ons komen.' De zachte stem klonk zo dichtbij dat ze ervan schrok. Lily stond half verborgen in de schaduw van een gewelf. 'We telen ons eigen voedsel. We hebben kippen voor de eieren, koeien voor de melk. We stoken hout van ons eigen terrein. We hebben niets uit de buitenwereld nodig. Daarom voel ik me hier zo veilig.'

'Midden in een bos vol beren en wolven?'

'U weet net zo goed als ik dat veel dingen buiten de omheining gevaarlijker zijn dan beren en wolven.'

'Is het voor jou niet makkelijker geworden, Lily?'

'Ik denk nog iedere dag aan wat er is gebeurd. Aan wat hij mij en mijn familie heeft aangedaan. Dat ik hier nu ben, helpt enorm.'

'Is dat echt zo? Of wordt je angst op deze geïsoleerde plek juist versterkt?'

Lily keek haar recht in de ogen. 'Een gezonde angst voor de wereld houdt je in leven. Dat is de les die ik twee jaar geleden heb geleerd.' Ze liep weer verder de trap op, langs een donker schilderij van drie mannen in middeleeuwse kledij, dat ongetwijfeld eveneens afkomstig was uit Anthony Sansone's verzameling. Maura dacht aan de onstuimige leerlingen die elke dag langs dit meesterwerk de trap op- en afvlogen en vroeg zich af hoeveel milliseconden het op een andere school intact zou zijn gebleven. Hetzelfde gold voor de bibliotheek met al die kostbare boeken. De leerlingen van Evensong moesten heel bijzondere jongeren zijn als dergelijke schatten zomaar aan hen werden toevertrouwd.

Op de overloop van de eerste verdieping wees Lily naar boven. 'De slaapkamers zijn op de tweede verdieping. Die van de leerlingen in de oostelijke vleugel, die van de staf en gasten in de westelijke. U logeert in het oudste deel van de westelijke vleugel, waar alle kamers een open haard hebben. 's Zomers zijn dat de beste kamers van het hele gebouw.'

'En 's winters?'

''s Winters zijn ze niet bewoonbaar. Tenzij je de hele nacht op wilt blijven om hout op het vuur te gooien. We sluiten die kamers dan ook af zodra het koud wordt.' Ze liep een gang in. 'Laten we even gaan kijken of Pasky al klaar is.'

'Wie?'

'David Pasquantonio, onze docent botanie, celbiologie en organische chemie.'

'Pittige vakken voor de middelbare school.'

'Vindt u?' Lily lachte. 'We beginnen daar in de brugklas al mee. Twaalfjarigen zijn tot veel meer in staat dan de meeste mensen denken.'

Ze kwamen langs open deuren en stille lokalen. Maura ving een glimp op van een menselijk skelet, een laboratoriumtafel, rekken met reageerbuisjes, een grote wandplaat met een tijdlijn van de wereldgeschiedenis.

'Het verbaast me een beetje dat er zelfs in de zomervakantie wordt lesgegeven,' zei Maura.

'Als we dat niet zouden doen, zouden de overblijvers zich dood vervelen. We houden hun grijze cellen liever actief.'

Ze sloegen een hoek om en zagen een grote, zwarte hond

voor een gesloten deur liggen. Toen hij Maura zag, hief hij zijn kop op, kwam overeind en vloog kwispelend op haar af.

'Ho, Beer! Kalm aan!' Maura lachte toen hij zich op zijn achterpoten verhief, zijn grote voorpoten op haar schouders legde en haar gezicht begon te likken. 'Je hebt nog steeds geen manieren geleerd, merk ik.'

'Hij is blij u te zien.'

'En ik hem ook,' zei Maura zachtjes. Ze woelde door zijn vacht. Toen hij weer met zijn vier poten op de grond stond, had ze kunnen zweren dat hij naar haar glimlachte.

'Ik ga nu maar,' zei Lily. 'Ga gerust naar binnen. Julian kijkt al de hele middag vol ongeduld naar uw komst uit.'

Maura wuifde haar gedag en glipte toen zo stilletjes het klaslokaal in dat niemand het in de gaten had. Ze bleef bij de deur staan en keek naar de kale, bebrilde docent die in een bibberig handschrift het lesschema van die week op het bord schreef.

'Jullie moeten morgen stipt om acht uur bij het meer zijn,' zei hij. 'Wie te laat komt, gaat niet mee en loopt een unieke gelegenheid mis om de zeldzame exemplaren van de *amanita bisporigera* te zien die na de laatste regen zijn opgeschoten. Laarzen en regenkleding verplicht. Het zal er wel modderig zijn.'

Zelfs van achteren gezien herkende ze Julian 'Rat' Perkins meteen tussen de leerlingen die om de demonstratietafel van de docent stonden. Hij had op zijn zestiende al het postuur van een volwassen man, met brede schouders die er nog indrukwekkender uitzagen dan de vorige keer dat ze hem had gezien. Van die schouders was ze afgelopen winter afhankelijk geweest toen ze samen hadden gevochten om in leven te blijven in de bergen van Wyoming, een gevecht dat voor altijd een sterke band tussen hen had gesmeed. Julian was de zoon die ze nooit had gekregen en ze was zo trots als een pauw toen ze zag hoe oplettend hij erbij stond, ook al sprak Pasquantonio op een zeurende toon die haar deed denken aan de muggen van daarstraks.

'Jullie moeten uiterlijk vrijdag, voordat jullie naar Quebec vertrekken, jullie werkstukken over gifplanten inleveren. En vergeet de paddenstoelenquiz van aanstaande woensdag niet. Dat was het. Jullie mogen gaan.'

Julian draaide zich om. Toen hij Maura zag, verscheen er een gulle lach op zijn gezicht.

'Maura!'

Hij liep met grote stappen naar haar toe, zijn armen al gespreid om haar te omhelzen, maar op het laatste moment herinnerde hij zich zijn klasgenoten en kreeg ze alleen een kus op haar wang en een onhandige klap op haar schouder.

'Eindelijk! Ik zit al de hele middag te wachten.'

'Maar nu hebben we twee hele weken voor onszelf.' Ze streek de donkere lok van zijn voorhoofd en legde haar hand tegen zijn wang, waar ze tot haar verbazing al wat stoppeltjes voelde. Hij werd veel te snel volwassen.

Hij kreeg een kleur en ze zag dat niet alle leerlingen het lokaal hadden verlaten. Een paar waren achtergebleven en stonden naar hen te kijken. Voor de meeste tieners bestaan volwassenen niet eens, maar Julians klasgenoten keken juist nieuwsgierig naar het vreemde wezen dat hun wereld was binnengedrongen. Het waren kinderen van dertien tot zeventien in zeer uiteenlopende kleding. Een blond meisje liep in een gerafelde spijkerbroek terwijl een van de jongens een getailleerde broek en een overhemd droeg. Ze staarden Maura aan.

'U bent de forensisch patholoog,' zei een meisje in een minirok. 'We wisten dat u zou komen.'

Maura glimlachte. 'Heeft Julian het over mij gehad?'

'Alleen maar de hele tijd. Gaat u ons lesgeven?'

'Lesgeven?' Ze keek naar Julian. 'Dat was ik niet van plan.'

'We willen graag iets meer weten over forensische pathologie,' zei een Aziatische jongen. 'Voor biologie hebben we kikkers en biggen ontleed, maar dat is gewone anatomie, niet zoiets cools als wat u met dode mensen doet.'

Maura keek naar hun gretige gezichten. Zoals bij veel mensen werd hun fantasie waarschijnlijk gevoed door thrillers en politieseries. 'Het lijkt me geen geschikt onderwerp voor jullie,' zei ze.

'Omdat we kinderen zijn?'

'Forensische pathologie is een vak dat wordt onderwezen aan studenten in de medicijnen. Zelfs volwassenen vinden het over het algemeen schokkend.'

'Wij niet,' zei de Aziatische jongen. 'Maar misschien heeft Julian u niet verteld wie we zijn.'

Jullie zijn een stelletje eigenaardige kinderen, dacht Maura. Ze keek hen na toen ze het lokaal verlieten, hun exodus begeleid door het geluid van schuifelende schoenzolen en krakende vloeren. In de stilte die volgde, gaapte Beer verveeld, drentelde naar Julian en likte zijn hand.

'Wat bedoelde hij met "wie we zijn"?' vroeg Maura.

Het was de docent die antwoord gaf. 'Zoals veel van zijn klasgenoten flapt de jonge meneer Chinn er vaak iets uit zonder eerst na te denken. Probeert u vooral niet een diepe betekenis te vinden in zijn onvolwassen geklets.' Hij keek met een zure blik over zijn bril heen naar Maura. 'Ik ben David Pasquantonio. Julian heeft ons verteld dat u een poosje bij ons komt logeren, dr. Isles.' Hij keek naar de jongen en glimlachte flauwtjes. 'Julian kan goed leren, maar hij moet dringend zijn Engels bijspijkeren, want hij maakt nog veel te veel spelfouten. Aan de andere kant is hij altijd degene die als eerste zeldzame botanische exemplaren ontdekt.'

Julian grijnsde, ook al was het compliment doorweven met kritiek. 'Ik zal aan mijn spelling werken, meneer.'

'Ik wens u een prettig verblijf op Evensong, dr. Isles,' zei Pasquantonio. Hij begon zijn paperassen bij elkaar te pakken.

'U boft, want dit is de rustigste tijd van het jaar. Niet al te veel kinderen die de trappen op en af denderen als een kudde olifanten.'

Maura keek naar het bosje paarse bloemen in zijn hand. 'Monnikskap.'

Pasquantonio knikte. '*Aconitum*. Heel goed.'

Ze keek naar de planten op de tafel. 'Vingerhoedskruid. Nachtschade. Rabarber.'

'En dit?' Hij liet haar een takje met verdroogde blaadjes zien. 'Extra punten als u me kunt vertellen van welke bloeiende struik dit afkomstig is.'

'Van de oleander.'

Hij keek haar aan. Zijn bleke ogen lichtten geïnteresseerd op. 'U hebt de plant herkend ondanks dat hij in deze streken niet voorkomt.' Hij knikte waarderend. 'Chapeau.'

'Ik ben opgegroeid in Californië. Daar groeit de oleander overal.'

'En u houdt vast van tuinieren.'

'Het is een hobby van me. Maar ik ben patholoog en daarom weet ik dat dit allemaal giftige planten zijn.'

Hij knikte. 'En sommige giftige planten zijn erg mooi. We kweken monnikskap en vingerhoedskruid in onze bloementuin. Er groeit rabarber in de moestuin. En de nachtschade met zijn geurige bloemen en besjes ontspruit overal als onkruid. Overal om ons heen zijn instrumenten van de dood te vinden, vaak in een prachtige vermomming.'

'Onderwijst u dat aan de kinderen?'

'Zij hebben deze kennis net zo hard nodig als ieder ander. Dan leren ze tenminste dat de natuur gevaarlijk kan zijn, zoals u weet.' Hij legde de monsters op een plank en pakte het stapeltje paperassen. 'Het was prettig om met u kennis te maken, dr. Isles,' zei hij, en tegen Julian: 'Meneer Perkins, het bezoek van dr. Isles is geen excuus om je huiswerk te laat in te leveren. Laat dat duidelijk zijn.'

'Ja, meneer,' zei Julian beleefd en hij bleef ernstig kijken tot de leraar door de gang was weggelopen en buiten gehoorsafstand was. Toen barstte hij in lachen uit. 'Nu weet je waarom we hem Planten-Pasky noemen.'

'Hij lijkt me geen gezellige leraar.'

'Dat is hij ook niet. Hij zou het liefst alleen maar met zijn planten praten.'

'Ik hoop niet dat al je docenten zulke vreemde types zijn.'

'Op deze school is iedereen vreemd. Daarom is het hier zo interessant. Normaal is saai, om juffrouw Saul maar even te citeren.'

Ze glimlachte en legde haar hand weer op zijn wang. Ditmaal vond hij het niet erg. 'Je klinkt alsof je hier gelukkig bent, Rat. Kun je goed met de anderen overweg?'

'Veel beter dan op mijn oude school.'

Op zijn oude school, in Wyoming, had Julian het erg moeilijk gehad. Hij werd door iedereen gepest en haalde slechte cijfers. Ginds had hij niet bekendgestaan als een jongen die goed kon leren, maar als een jongen die regelmatig met de politie in aanraking kwam en op het schoolplein met iedereen op de vuist ging. Op zijn zestiende was hij hard op weg geweest naar de gevangenis.

Er zat dus een kern van waarheid in wat Julian had gezegd over dat hij vreemd was. Hij was geen gewone jongen en zou dat ook nooit worden. Dat hij door zijn eigen familie was verstoten en zich in zijn eentje in de wildernis in leven had moeten houden, had hem geleerd dat hij alleen op zichzelf kon rekenen. Hij had een man gedood. Het was een geval van noodweer geweest, maar wanneer je andermans bloed vergiet, ben je voor je leven getekend en Maura vroeg zich af in welke mate die herinnering hem bleef kwellen.

Hij pakte haar hand. 'Kom, dan laat ik je de school zien.'

'Lily heeft me de bibliotheek al laten zien.'

'Ben je ook al in je kamer geweest?'

'Nog niet.'

'Die is in de oude vleugel, waar alle belangrijke gasten ondergebracht worden. Daar slaapt meneer Sansone ook als hij hier is, maar hij is al een tijdje niet geweest. In jouw kamer is een prachtige open haard. Toen Briana's tante hier was, vergat ze het rookkanaal open te zetten en kwam alle rook de kamer in. Het hele gebouw moest toen geëvacueerd worden. Zul je dat dus niet vergeten? Om het rookkanaal open te zetten?' *Zul je me niet voor schut zetten?* was wat hij eigenlijk bedoelde.

'Ik zal eraan denken. Wie is Briana?'

'O, gewoon een van de meisjes hier.'

'*Gewoon* een van de meisjes?' Met zijn donkere haar en felle ogen begon Julian uit te groeien tot een knappe jongeman naar wie de vrouwen zouden omkijken. 'Vertel op.'

'Er valt niets te vertellen.'

'Heb ik haar zojuist in jouw klas gezien?'

'Ja. Het is dat meisje met het lange, zwarte haar en de veel te korte minirok.'

'O, die. Een erg leuk meisje om te zien.'

'Och ja.'

Ze lachte. 'Kom, kom. Ga me niet vertellen dat je haar niet mooi vindt.'

'Ja, maar ze kan knap vervelend doen. Al heb ik ook wel medelijden met haar.'

'Waarom?'

Hij keek haar aan. 'Ze is hier omdat haar moeder vermoord is.'

Meteen had Maura er spijt van dat ze zo achteloos haar neus in zijn zaken had gestoken. Wat wist zij nou van tienerjongens? Voor haar waren het onhandige wezens met grote voeten en opspelende hormonen, die het ene ogenblik kwetsbaar, het volgende moment kil en afstandelijk waren. Hoe graag ze ook een moederrol wilde spelen, ze zou er nooit goed in worden. Ze zou nooit een moederinstinct ontwikkelen.

Zwijgend liep ze achter hem aan door de gang, waar rijen schilderijen hingen van middeleeuwse dorpen, banketten en een smetteloos blanke Maria met kind. Haar kamer was aan het einde van de gang. Toen ze naar binnen ging, zag ze dat iemand haar koffer had gebracht en op een kersenhouten bagagerekje had gelegd. Door het boograam zag ze een ommuurde tuin waarin een paar beelden stonden. Daarachter rukte het bos op als een aanvallend leger.

'Deze kamer ligt op het oosten, dus kun je morgenochtend genieten van de zonsopgang.'

'Het uitzicht is hier anders overal mooi.'

'Meneer Sansone dacht dat deze kamer je wel zou bevallen. Het is de rustigste.'

Ze bleef voor het raam staan, met haar rug naar hem toe, toen ze vroeg: 'Wanneer is hij hier voor het laatst geweest?'

'Een week of vier geleden. Hij komt altijd voor de bestuursvergaderingen.'

'Wanneer is de volgende vergadering?'

'Volgende maand. Je mag hem erg graag, hè?'

Haar zwijgen was te veelzeggend, dus antwoordde ze nonchalant: 'Hij heeft veel voor me gedaan.' Nu draaide ze zich naar hem om. 'We hebben allebei veel aan hem te danken.'

'Is dat echt het enige wat je over hem te zeggen hebt?'

'Wat zou ik nog meer moeten zeggen?'

'Je vroeg mij net naar Briana. En nu vraag ik jou naar meneer Sansone.'

'Oké,' zei ze.

Maar ze had geen idee hoe ze zijn vraag moest beantwoorden. *Je mag hem erg graag, hè?*

Ze keek naar het schitterend gebeeldhouwde hemelbed en de eikenhouten kast. Waren ook dit antieke meubels uit Sansone's huis? Alhoewel de man hier zelf niet was, gold zijn invloed overal, van de kostbare kunstwerken aan de muren tot de in leer gebonden boeken in de bibliotheek. De afgelegen locatie van het kasteel, de omheining en de privéweg waren bewijzen van zijn obsessieve behoefte aan privacy. Het enige wat in de kamer uit de toon viel, was wat er boven de schoorsteenmantel hing. Een olieverfportret van een arrogant ogende man in jagerstenue met een geweer over zijn schouder en één voet op een gevelde eland.

'Dat is Cyril Magnus,' zei Julian.

'De man die dit kasteel heeft laten bouwen?'

'Hij was dol op jagen. Op zolder liggen tientallen opgezette dierenkoppen die hij uit de hele wereld heeft meegebracht. Ze hingen eerst in de eetzaal, maar mevrouw Welliver zei dat al die starende ogen haar eetlust bedierven en heeft meneer Roman toen opdracht gegeven ze weg te halen. Ze kregen hooglopende ruzie over de vraag of trofeeën de jacht verheerlijken. Uiteindelijk heeft directeur Baum een stemming gehouden waar ook de leerlingen aan mee mochten doen. En toen moesten al die koppen weg.'

Ze kende geen van de mensen die hij noemde, wat nog eens extra benadrukte dat ze geen deel uitmaakte van zijn leven hier, dat hij nu zijn eigen leven had, ver bij haar vandaan en volledig onafhankelijk van haar. Het gaf haar het gevoel achtergelaten te zijn.

'...en toen kregen mevrouw Welliver en meneer Roman ruzie over de vraag of leerlingen moeten leren jagen. Meneer Roman vindt van wel, omdat het een oeroude kunst is, maar dr. Welliver vindt het barbaars. Toen zei meneer Roman dat mevrouw Welliver zelf barbaars is, omdat ze vlees eet. Woedend was ze!'

Terwijl Maura haar spijkerbroeken en wandelschoenen uitpakte en haar bloezen en de enige nette jurk die ze had meegebracht in de kast hing, babbelde Julian honderduit over zijn klasgenoten en de leraren, over de katapult die ze onder leiding van juffrouw Saul hadden gebouwd, en over hoe er tijdens een veldtocht een beer in hun tentenkamp was verschenen.

‘Ik wil wedden dat jij degene bent die de beer heeft weggejaagd,’ zei ze glimlachend.

‘Nee, meneer Roman. Met hem wil zelfs een beer geen ruzie krijgen.’

‘Ziet hij er zo afschrikwekkend uit?’

‘Nee, maar hij is boswachter. Je zult hem vanavond aan tafel wel zien. Als hij komt.’

‘Hij moet toch eten?’

‘Ja, maar hij ontloopt dr. Welliver een beetje, vanwege die ruzie waar ik je over vertelde.’

Maura deed de la van de commode dicht. ‘En wie is die dr. Welliver die zo’n hekel heeft aan jagen?’

‘De schoolpsycholoog. Ik heb om de week op donderdag therapie.’

Ze draaide zich om en keek hem fronsend aan. ‘Waarom?’

‘Omdat ik problemen heb. Net zoals iedereen hier.’

‘Over welke problemen heb je het?’

Hij keek haar verbaasd aan. ‘Ik dacht dat je dat wist. Dat is de reden waarom ik hier ben, de reden waarom iedereen hier is. Omdat we anders zijn dan gewone kinderen.’

Ze dacht aan de klas die ze daarnet had gezien, een twintigtal leerlingen rond de demonstratietafel van Planten-Pasky. Ze hadden eruitgezien als een willekeurige groep Amerikaanse tieners.

‘Waarom ben jij anders?’ vroeg ze.

‘Vanwege de manier waarop ik mijn moeder heb verloren. Hetzelfde geldt voor alle andere kinderen hier.’

‘Hebben ze allemaal een ouder verloren?’

‘Een ouder. Beide ouders. Een broer of een zus. Mevrouw Welliver helpt ons de woede te verwerken. En de nachtmerries. Op Evensong leren we terug te vechten.’

Ze dacht aan hoe Julians moeder was gestorven. Aan hoe gewelddadigheid een spoor kan trekken door families, door stadswijken, door generaties. *Op Evensong leren we terug te vechten.*

'Als je zegt dat de andere kinderen ook allemaal hun ouders, broers of zusters hebben verloren,' zei Maura, 'bedoel je dan dat...'

'Ze vermoord zijn, ja,' zei Julian. 'Dat is wat we hier gemeen hebben.'

8

Een nieuw gezicht in de eetzaal vanavond.

De afgelopen weken had Julians mond niet stilgestaan over deze bezoekster, dr. Isles, die als als forensisch patholoog-anatoom in Boston elke dag dode mensen ontleedde. Hij had er niet bij gezegd dat ze zo mooi was. Slank, met donker haar en een kalme, oplettende blik. Ze leek zo sterk op Julian dat ze moeder en zoon hadden kunnen zijn. Ze keek ook naar Julian zoals een moeder naar haar kind kijkt, zichtbaar trots en vol aandacht voor wat hij zei.

Zo zal niemand ooit nog naar mij kijken, dacht Claire Ward.

Vanaf haar gebruikelijke eenzame stek helemaal achter in de zaal kon Claire dr. Isles goed bekijken en het eerste wat haar opviel, was hoe elegant ze haar mes en vork hanteerde toen ze haar vlees sneed. Vanaf haar plek kon Claire precies zien wat er in de eetzaal allemaal gebeurde. Ze vond het niet erg dat er niemand bij haar aan tafel zat. Dan hoefde ze tenminste geen zinloze gesprekken te voeren en kon ze in de gaten houden wat de anderen deden. En dit hoekje was de enige plek waar ze zich veilig voelde, met haar rug tegen de muur zodat niemand haar van achteren stiekem kon overvallen.

Vanavond bestond het menu uit heldere bouillon, een salade van jonge slablaadjes, beef Wellington met gepofte aardappelen en asperges, en als toetje citroengebak. Dat betekende weer een hoop geharrewar met verschillende messen en vorken. Vier weken geleden, toen Claire op Evensong was aangekomen, had ze er helemaal niets van begrepen. Bij Bob en Barbara Buckley in Ithaca hadden ze veel eenvoudiger getafeld, met alleen maar een mes, een vork en papieren servetjes.

Bij Bob en Barbara Buckley had er ook nooit beef Wellington op het menu gestaan.

Ze miste Bob en Barbara veel meer dan ze had gedacht. Ze miste hen bijna net zo erg als haar ouders die nu alweer twee jaar dood waren en aan wie ze alleen nog maar vage herinneringen had die met de dag vager werden. De dood van Bob en Barbara was nog vers, en deed dubbel zoveel pijn, omdat het allemaal haar schuld was. Als ze die avond niet stiekem op pad was gegaan, als Bob en Barbara niet gedwongen waren geweest naar haar te gaan zoeken, hadden ze nu misschien nog geleefd.

Maar ze zijn dood. En ik zit citroengebak te eten.

Ze legde haar vork neer en keek weer langs de andere kinderen, van wie de meesten haar links lieten liggen, wat wederzijds was, naar de tafel waaraan Julian met dr. Isles zat. De vrouw die dode mensen opensneed. Meestal meed Claire de blik van volwassenen, omdat die haar een onbehaaglijk gevoel bezorgden en omdat ze te veel vragen stelden. Vooral dr. Anna Welliver, de psycholoog bij wie ze elke woensdagmiddag voor een gesprek moest komen. Dr. Welliver was best aardig en zag eruit als een gezellige grootmoeder, maar ze stelde elke keer dezelfde vragen. Of Claire 's nachts vaak wakker lag. Wat ze zich van haar ouders kon herinneren. Of de nachtmerries al wat minder werden. Dacht ze soms dat de nachtmerries zouden verdwijnen als ze erover praatte of erover nadacht?

En hier heeft iedereen nachtmerries.

Ze liet haar blik over haar klasgenoten gaan en zag wat een

buitenstaander niet zou opvallen. Dat Lester Grimmett aldoor naar de deur keek, om zich ervan te verzekeren dat zijn vluchtroute nergens door geblokkeerd werd. Dat de armen van Arthur Toombs bedekt waren met de lelijke littekens van brandwonden. Dat Bruno Chinn zijn eten razendsnel in zijn mond propte, voordat zijn ingebeelde ontvoerder het hem zou afpakken. We zijn allemaal geschonden, dacht ze, maar sommige littekens zijn beter zichtbaar dan andere.

Ze betastte haar eigen brandmerk, dat verborgen werd door haar lange blonde haar. Geribbeld littekenweefsel dat aangaf waar de chirurgen hun scalpels in haar huid hadden gezet en haar schedel hadden opengezaagd om bloed en kogeldeeltjes te verwijderen. Een brandmerk dat voor niemand zichtbaar was, maar waarvan zij het bestaan nooit kon vergeten.

Toen ze later klaarwakker in bed lag, wreef Claire zachtjes over de ribbel. Ze vroeg zich af hoe haar hersenen er onder die plek uitzagen. Hadden hersenen ook littekens? Zat daar net zo'n ribbel op? Een van de artsen – ze kon zich zijn naam niet herinneren, er waren er zoveel geweest in dat Londense ziekenhuis – had haar verteld dat de hersenen van kinderen beter genazen dan die van volwassenen, en dat ze geluk had dat ze pas elf was geweest toen ze was neergeschoten. Dat had hij letterlijk gezegd – dat ze geluk had gehad. Wat een eikel. Ze was snel hersteld, daarin had hij gelijk gekregen, ze kon normaal lopen en praten, maar ze haalde nu allemaal slechte cijfers omdat ze zich niet langer dan tien minuten ergens op kon concentreren. Ze was bovendien veel te heetgebakerd. Ze kon uitvallen op manieren waar ze zelf van schrok en waar ze zich later voor schaamde. Uiterlijk zag ze er normaal uit, maar ze wist dat ze dat niet was. Dat was ook de reden waarom ze om middernacht nog niet sliep. Zoals gewoonlijk.

Het had weinig zin om klaarwakker in bed te blijven liggen.

Ze stond op en deed het licht aan. Haar drie kamergenoten waren er de hele zomervakantie niet, dus had ze de kamer voor zich alleen en kon ze doen en laten wat ze wilde zonder dat iemand haar zou verklikken. Ze kleedde zich aan en glipte de kamer uit.

Toen ze de deur dichttrok, zag ze het hatelijke briefje dat erop geprikt zat: *Claire is achterlijk.*

Dat was natuurlijk het werk van Briana de Bitch, die elke keer dat Claire langskwam *debiel* fluisterde, en zich in de klas slap lachte als Claire over een snel uitgestoken been struikelde. Maar Claire had wraak genomen. Ze had een handvol slijmerige wormen in Briana's bed gelegd. Haar gekrijs was de moeite dubbel en dwars waard geweest.

Claire trok het briefje van de deur, liep haar kamer weer in om een pen te pakken en schreef: *Vergeet niet elke avond je bed te controleren.* Op weg naar de hal prikte ze het briefje op de deur van Briana's kamer en liep toen door, langs de kamers waar andere klasgenoten sliepen. Op de trap gleed haar schaduw als een geest met haar mee. Ze verliet het gebouw via de voordeur en bleef staan in het maanlicht.

Het was een merkwaardig warme nacht en de wind rook naar droog gras, alsof hij vanaf een grote afstand kwam aanwaaien en de geur met zich meebracht van prairies en woestijnen waar zij nooit zou komen. Ze haalde diep adem en voelde zich eindelijk vrij, voor het eerst die dag. Vrij van school, vrij van de docenten die haar de hele tijd in de gaten hielden, vrij van Briana's getreiter.

Ze daalde moeiteloos de stenen trap af. In het heldere maanlicht zag ze genoeg. Het beweeglijke water van het meer sprankelde alsof het bezaaid was met glittertjes. Het lokte haar. Ze trok haar T-shirt omhoog om zich in het zijdeachtige water te laten glijden toen ze een stem hoorde.

'Ben je nu alweer buiten?'

Ze draaide zich geschrokken om en zag een gedaante uit de

schaduw van de bomen tevoorschijn komen. Ze herkende de gestalte meteen aan het brede silhouet en toen het maanlicht Will Yablonski bescheen, kon ze zijn gezicht met de mollige wangen duidelijk zien. Zou hij weten dat Briana hem achter zijn rug *de grote witte walvis* noemde? Dat hebben Will en ik in elk geval gemeen, dacht ze. We horen niet bij de cool kids.

'Wat doe jij hier?' vroeg ze.

'Ik was aan het sterrenkijken, maar nu is de maan opgekomen, dus heb ik mijn telescoop weer ingepakt.' Hij wees naar het meer. 'Die plek daar bij het water is perfect om het heelal af te zoeken.'

'Waar zoek je naar?'

'Een komeet.'

'Heb je hem gezien?'

'Ik bedoel een *nieuwe* komeet. Eentje die nog door niemand is gezien. Amateurastronomen ontdekken voortdurend nieuwe kometen. Ene Don Machholz heeft er al elf ontdekt en hij is ook maar een amateur, net als ik. Als ik er eentje vind, mag ik hem een naam geven. Zoals komeet Kohoutek. Of Halley, of Shoemaker-Levy.'

'Hoe ga je die van jou noemen?'

'Komeet Neil Yablonski.'

Ze schoot in de lach. 'Niet wat je noemt een klinkende naam.'

'Ik vind hem mooi,' zei hij bedeesd. 'Ik zou hem zo noemen ter nagedachtenis aan mijn vader.'

Ze hoorde hoe triest dat klonk en had er spijt van dat ze erom had gelachen. 'O. Ja, dan is het wel mooi. Een komeet die naar je vader is genoemd. Cool,' zei ze, ook al vond ze *komeet Neil Yablonski* nog steeds erg dom klinken.

'En wat doe jíj hier? Ik heb gemerkt dat je 's nachts wel vaker buiten bent,' zei hij.

'Ik kon niet slapen.' Ze keek naar het water en had zin om naar de overkant te zwemmen. Om allerlei meren over te zwemmen. En zeeën. En oceanen. Ze was niet bang voor donker water. Ze vond het juist opwindend. Alsof ze een zeemeermin was die naar huis terugkeerde. 'Ik slaap heel weinig. Sinds... je weet wel.'

'Heb je ook last van nachtmerries?' vroeg hij.

'Ik slaap gewoon niet. Dat komt omdat mijn hersens niet meer goed werken.'

'Waarom niet?'

'Omdat ze mijn hoofd hebben opengezaagd om stukjes van een kogel uit mijn hersenen te halen en er daarbij dingen zijn beschadigd. Daarom kan ik niet slapen.'

'Mensen *moeten* slapen, anders gaan ze dood. Hoe kun jij niet slapen?'

'Ik slaap gewoon minder dan andere mensen. Een paar uur, meer niet.' Ze snoof de geurige zomerwind op. 'En ik hou van de nacht. Dan is het zo heerlijk stil. En je ziet dieren die je overdag niet ziet. Uilen, stinkdieren. Soms ga ik in het bos wandelen en dan zie ik hun ogen.'

'Kun je je mij herinneren, Claire?'

Hij vroeg het op een zachte toon. Ze keek hem verbaasd aan. 'Ik zie je elke dag in de klas, Will.'

'Nee, ik bedoel of je je mij herinnert van ergens anders. Van voordat we op Evensong zijn gekomen.'

'Maar toen kende ik je niet.'

'Weet je het zeker?'

In het maanlicht staarde ze naar hem. Ze zag een groot hoofd met een vollemaansgezicht. Will was in alle opzichten groot van formaat, van zijn hoofd tot zijn reusachtige voeten. Groot en zacht, als een marshmallow. 'Waar heb je het over?'

'Toen ik hier aankwam en je in de eetzaal voor het eerst zag, kreeg ik een heel raar gevoel. Alsof ik je al eens eerder had ontmoet.'

'Ik woonde in Ithaca. Jij?'

'In New Hampshire. Bij mijn oom en tante.'

‘In New Hampshire ben ik nooit geweest.’

Hij kwam dichterbij, zo dichtbij dat zijn grote hoofd de maan verduisterde. ‘Daarvóór woonde ik in Maryland. Tot twee jaar geleden, toen mijn vader en moeder nog leefden. Zegt dat je iets?’

Ze schudde haar hoofd. ‘Maar dat zou ik me toch niet herinneren. Ik heb al moeite me mijn eigen vader en moeder te herinneren. Hoe hun stemmen klonken. Hoe ze lachten, hoe ze roken.’

‘Wat rot voor je. Dat je je hun niet goed meer kunt herinneren, bedoel ik.’

‘Ik heb fotoalbums, maar daar kijk ik nooit in. Ik kan net zo goed naar foto’s van volslagen vreemden kijken.’

Ze schrok toen hij haar aanraakte. Ze vond het niet prettig om aangeraakt te worden. Dat was zo sinds ze in het ziekenhuis in Londen wakker was geworden, want daar betekende een aanraking dat er weer een naald in haar gestoken moest worden, dat iemand haar weer pijn ging doen, ook al was het voor haar eigen bestwil.

‘Evensong is nu ons thuis,’ zei hij.

‘Ja.’ Ze snoof. ‘Dat zegt mevrouw Welliver ook aldoor. Dat we één grote familie zijn.’

‘Het is toch fijn om daarin te geloven? Dat we allemaal voor elkaar opkomen?’

‘Als je dat gelooft, kun je net zo goed in Sinterklaas geloven. Mensen komen niet voor elkaar op. Ze komen alleen maar voor zichzelf op.’

Een lichtbundel gleed tussen de bomen door. Ze draaide zich razendsnel om, zag de naderende auto en sprintte onmiddellijk naar de dichtstbijzijnde struiken. Will volgde haar voorbeeld, als een luidruchtige eland, met zijn schuiten van schoenen. Hij liet zich naast haar neervallen.

‘Wie zou dat zijn, zo laat op de avond?’

Een donkere personenauto stopte op de binnenplaats. Er

stapte een lange man uit, zo soepel als een panter. Hij bleef naast de auto staan en tuurde om zich heen, alsof hij zocht naar iets wat niemand anders kon zien. Eén angstig ogenblik dacht Claire dat hij naar háár keek en kroop ze nog dieper weg achter de struik om aan zijn alziende ogen te ontsnappen.

De voordeur van de school ging open en een brede lichtbaan viel over het bordes. Directeur Gottfried Baum verscheen in de deuropening. 'Anthony!' riep Baum. 'Bedankt dat je meteen bent gekomen.'

'Dit zijn verontrustende ontwikkelingen.'

'Daar ziet het inderdaad naar uit. Kom. Je kamer is gereed en je eten staat klaar.'

'Ik heb in het vliegtuig gegeten. We kunnen beter meteen beginnen.'

'Gelijk heb je. Dr. Welliver houdt de situatie in Boston in de gaten. Als het nodig mocht zijn, kan ze ingrijpen.'

De voordeur ging dicht. Claire kwam overeind. Ze vroeg zich af wie de bezoeker was en waarom directeur Baum zo zenuwachtig had geklonken. 'Ik ga zijn auto bekijken,' zei ze.

'Nee, niet doen,' piepte Will.

Claire liep al naar de auto. De motorkap was nog warm en de glanzende lak weerkaatste het maanlicht. Ze liep om de auto heen terwijl ze haar hand over de gladde oppervlakte liet glijden. Ze had het ornament op de motorkap herkend. Het was een Mercedes. Zwart, gestroomlijnd, duur. Een auto voor rijke mensen.

De portieren zaten uiteraard op slot.

'Wie zou dat zijn?' vroeg Will, die eindelijk achter de struiken vandaan had durven komen en nu naast haar stond.

Ze keek op naar de westelijke vleugel, waar een silhouet heel even achter het raam zichtbaar was. Toen werden de gordijnen dichtgetrokken en was er niets meer te zien.

'We weten in elk geval dat hij Anthony heet.'

9

Maura sliep die nacht slecht.

Misschien kwam het door het onbekende bed, misschien door de stilte. Het was zo stil dat het net leek alsof de nacht zijn adem inhield. Toen ze voor de derde keer wakker werd, scheen de maan in haar kamer. Ze had de gordijnen opengelaten voor de frisse lucht, maar stapte nu uit bed om ze dicht te doen tegen het hinderlijke schijnsel. Bij het raam bleef ze eventjes staan om naar de met maanlicht overgoten tuin te kijken, waar de witte beelden eruitzagen als spoken.

Bewoog die ene zich?

Met haar handen om de gordijnen geklemd keek ze ingespannen naar de beelden, die als schaakstukken tussen de gesnoeide heggen stonden. Een slanke gedaante met lang, zilverachtig haar en de gracieuze ledematen van een bosnimf gleed door de spookachtige tuin. Het was alleen maar een meisje, dat door de tuin liep.

Op de gang kraakte de vloer. Er liep iemand langs. Nu hoorde ze ook stemmen.

'We weten nog niet of het gevaar echt of ingebeeld is, maar dr. Welliver is erg zeker van haar zaak.'

'De politie lijkt de situatie in de hand te hebben. Verder is het afwachten.'

Ik ken die stem. Maura trok haar ochtendjas aan en deed de deur open. 'Anthony,' riep ze.

Anthony Sansone draaide zich om. Geheel in het zwart gekleed zag hij er met zijn lange gestalte in de schemerig verlichte gang uit als een doodgraver. Maura maakte uit zijn verkreukelde kleding en vermoeide gezicht op dat hij een lange reis had gemaakt om hier te komen. De andere man was Gottfried Baum.

'Het spijt me dat we je wakker hebben gemaakt, Maura,' zei hij.

'Ik wist niet dat je zou komen.'

'Er zijn een paar probleempjes die opgelost moeten worden.' Hij glimlachte koeltjes. De sfeer in de gang was gespannen. Ze zag het aan de uitdrukking op Baums gezicht en aan Sansone's gereserveerde houding. Hij was van nature geen hartelijk type en er waren momenten geweest waarop ze zich zelfs had afgevraagd of hij een hekel aan haar had, maar nu zag hij er echt ongenaakbaar uit.

'Ik moet je spreken,' zei ze. 'Over Julian.'

'Dat kan. Zullen we voor morgenochtend afspreken? Ik vertrek pas in de loop van de middag.'

'Blijf je maar zo kort?'

Hij haalde met een verontschuldigend gebaar zijn schouders op. 'Ik wou dat ik langer kon blijven. Uiteraard kun je met vragen altijd bij Gottfried terecht.'

'Hébt u vragen, dr. Isles?' vroeg Baum.

'Ja. Over waarom Julian hier is. Ik wist niet dat Evensong geen gewone kostschool is.'

De mannen wisselden een snelle blik.

'Dat zal toch echt tot morgen moeten wachten,' zei Sansone.

'Maar we moeten erover praten. Voordat je weggaat.'

'En dat zullen we ook doen.' Hij knikte kort. 'Slaap lekker, Maura.'

Ze deed de deur dicht, verontrust over zijn koele houding. Ze had hem twee maanden geleden voor het laatst gesproken, toen Julian een week bij haar was komen logeren en Sansone hem bij haar had afgezet. Ze hadden toen op haar veranda wat gepraat en Maura had de indruk gekregen dat Sansone geen haast had gehad om te vertrekken. *Of heb ik me dat verbeeld? Weet ik mannen nog steeds niet juist in te schatten?*

Haar ervaringen op dit gebied waren bedroevend. De afgelopen twee jaar had ze verstrikt gezeten in een relatie met een man die ze nooit zou kunnen krijgen, een relatie die van het begin af aan gedoemd was geweest in verdriet te eindigen. Ze had het geweten, maar als een junkie had ze de verleidingen niet kunnen weerstaan. Eigenlijk kwam verliefdheid daarop neer. Het was een verslaving. Hersenen die een overdosis adrenaline, dopamine, oxytocine en serotonine kregen. Chemische ontoerekeningsvatbaarheid waar dichters lyrisch over deden.

De volgende keer zal ik verstandiger zijn.

Ze liep naar het raam om de gordijnen te sluiten tegen het maanlicht dat volgens diezelfde dichters eveneens een bron van ontoerekeningsvatbaarheid zou zijn. Pas toen ze haar hand uitstak naar de gordijnen herinnerde ze zich het meisje dat ze daarnet had gezien. Ze keek ingespannen naar de beelden in het zilveren landschap van schaduwen en maanlicht, maar zag niets bewegen.

Het meisje was verdwenen.

Of was ze er helemaal niet geweest? vroeg Maura zich de volgende ochtend af toen ze weer uit het raam keek en een tuinman zag die op zijn knieën bezig was een heg te snoeien. Een haan kraaide luid en krachtig om zijn gezag te laten gelden. Alles zag er normaal uit nu de zon weer scheen. Een grote tegenstelling met de onaardse taferelen van de afgelopen nacht, toen de tuin in maanlicht had gebaad.

Er werd op haar deur geklopt. Het was Lily Saul die haar begroette met een opgewekt 'Goedemorgen! Ik kom u uitnodigen voor een bespreking in de rariteitenkamer.'

'Een bespreking? Waarover?'

'Uw bezorgdheid over Evensong. Anthony zei dat u wat vragen had en die willen we graag beantwoorden.' Ze wees in de richting van de trap. 'De rariteitenkamer is op de begane grond, tegenover de bibliotheek. De koffie staat al klaar.'

Maura trof er niet alleen koffie aan, maar vijf mensen die afwachtend rond een grote tafel zaten. Ze keek om zich heen. De wanden van het vertrek werden geheel in beslag genomen door vitrines vol artefacten: beeldjes, stenen gebruiksvoorwerpen, pijlpunten, botten van dieren. Aan de vergeelde kaartjes was te zien dat het een oude verzameling was, misschien nog van Cyril Magnus zelf. Ze had al die schatten graag nader willen bekijken, maar nu eisten die vijf mensen haar aandacht op.

Sansone stond op en zei: 'Goedemorgen, Maura. Mag ik je even voorstellen: de directeur van onze school, Gottfried Baum, die je al hebt ontmoet. Mevrouw Duplessis, docente literatuur. David Pasquantonio, botanie. En dit is dr. Anna Welliver, die als psycholoog aan de school verbonden is.' Hij maakte een elegant gebaar naar de glimlachende, breedgebouwde vrouw aan zijn rechterhand. Ze moest zeker zestig zijn, had een grote bos zilverwit kroeshaar en zag er met haar hooggesloten omajurk uit als een bejaarde hippie.

'Koffie, dr. Isles?' Baum wees naar de koffiepot en de schaal met croissants en diverse soorten jam op de tafel. 'Neem er gerust iets bij.'

Toen Maura naast directeur Baum plaatsnam, zette Lily een kop gloeiend hete koffie voor haar neer. De croissants zagen er aanlokkelijk uit, maar Maura hield het bij koffie en concentreerde zich op Sansone, die aan het hoofdeinde van de tafel zat.

'Je hebt vragen over de school,' zei hij. 'Dit zijn de mensen die je antwoorden kunnen verschaffen.' Hij knikte naar zijn metgezellen. 'Waar maak je je precies zorgen over?'

Zijn formele manier van doen bracht haar een beetje uit evenwicht. Dat gold trouwens ook voor de sfeer in dit vertrek vol antiquiteiten en mensen die ze niet kende.

Ze besloot net zo formeel van wal te steken. 'Ik ben van mening dat Evensong niet de juiste school is voor Julian.'

Directeur Baum trok verbaasd zijn wenkbrauwen op. 'Heeft hij gezegd dat hij het hier niet naar zijn zin heeft, dr. Isles?'

'Nee, dat niet.'

'Denkt ú dat hij het hier niet naar zijn zin heeft?'

'Nee, dat ook niet.'

'Waarover maakt u zich dan zorgen?'

'Julian heeft me het een en ander verteld over zijn klasgenoten. Hij zegt dat ze allemaal op een gewelddadige manier familieleden hebben verloren. Is dat waar?'

Baum knikte. 'Dat geldt inderdaad voor veel van onze leerlingen.'

'Voor veel van hen? Of voor de meesten?'

Hij haalde toegeeflijk zijn schouders op. 'Voor de meesten.'

'Dit is dus een school voor slachtoffers van gewelddaden.'

'Hemeltje, nee, niet voor slachtoffers,' zei dr. Welliver. 'Wij gebruiken liever de term *overlevenden*. Deze kinderen zijn hier omdat ze speciale zorg nodig hebben en wij weten hoe we hen kunnen helpen.'

'Is dat uw taak, dr. Welliver? De kinderen helpen hun emotionele problemen aan te pakken?'

Dr. Welliver glimlachte welwillend. 'De meeste scholen hebben een leerlingbegeleider.'

'Een leerlingbegeleider is over het algemeen geen psycholoog.'

'Dat is waar.' Dr. Welliver keek de tafel rond. 'We zijn er trots op dat we in dit opzicht uniek zijn.'

'Uniek omdat u zich hebt gespecialiseerd in getraumatiseerde kinderen.' Ze keek op haar beurt de tafel rond. 'Sterker nog: u gaat naar dergelijke kinderen op zoek.'

'Maura,' zei Sansone, 'het is de Raad voor de Kinderbescherming die vanuit het hele land kinderen naar ons toe stuurt, omdat wij iets te bieden hebben wat ze op andere scholen niet krijgen. Een gevoel van veiligheid. Een gevoel van orde en regelmaat.'

'En een bepaalde doelgerichtheid? Is dat wat jullie deze kinderen bijbrengen?' Ze keek de tafel rond. Zes paar ogen staarden haar aan. 'U bent toch allemaal lid van de Mefisto Club?'

'We dwalen van ons onderwerp af,' zei dr. Welliver. 'Laat me even toelichten wat we hier op Evensong doen.'

'Ik héb het over Evensong. U gebruikt de school om soldaten te recruteren voor de paranoïde doelstelling van uw organisatie.'

'Paranoïde?' Dr. Welliver lachte verrast. 'Dat is een term die ik op geen van de mensen in deze kamer van toepassing acht.'

'De Mefisto Club gelooft in het kwaad. U gelooft dat het mensdom erdoor bedreigd wordt en dat het uw taak is het te verdedigen.'

'Denkt u werkelijk dat we hier kinderen opleiden tot demonenjagers?' Welliver schudde geamuseerd haar hoofd. 'Geloof me, ons werk heeft niets bovennatuurlijks. We helpen kinderen zich te herstellen van geweldplegingen en tragedies. We bieden hun een gestructureerd bestaan, veiligheid en uitmuntend onderwijs. We maken hen gereed voor een universitaire studie of welk doel ze ook willen nastreven. U bent gisteren in meneer Pasquantonio's klas geweest. U hebt zelf kunnen zien hoe geïnteresseerd de leerlingen zijn, zelfs in botanie.'

'Hij liet hun giftige planten zien.'

'En daarom vonden ze de les zo interessant,' zei Pasquantonio.

'Omdat het in feite over moordwerktuigen ging? Om planten die je kunt gebruiken om mensen te doden?'

'Zo interpreteert u het. Je kunt het ook een lesje in veiligheid noemen. Het leren herkennen en mijden van dingen waar je aan dood kunt gaan.'

'Wat onderwijst u hier nog meer? Ballistiek? Spatpatronen van slagaderlijk bloed?'

Pasquantonio haalde zijn schouders op. 'Dergelijke onderwerpen zouden niet misplaatst zijn. Wat hebt u erop tegen?'

'Dat u deze kinderen gebruikt voor uw eigen doeleinden.'

'Tegen geweldpleging? Tegen de gewelddaden die mensen elkaar aandoen?' Pasquantonio snoof. 'U doet alsof we hen opleiden tot drugshandelaars of gangsters.'

'We helpen de kinderen te helen, dr. Isles,' zei Lily. 'We weten hoe het is om het slachtoffer van een gewelddadig misdrijf te zijn. We helpen hen hun verdriet om te zetten in iets positiefs. Precies zoals wij dat zelf geleerd hebben.'

We weten hoe het is om het slachtoffer van een gewelddadig misdrijf te zijn. Lily Saul wist dat in elk geval; haar hele familie was uitgemoord. Ook Sansone had zijn vader op een gewelddadige manier verloren.

Maura liet haar blik langs de zes gezichten gaan en opeens viel het kwartje. 'U hebt allemaal iemand verloren,' zei ze zachtjes.

Baum knikte bedroefd. 'Mijn vrouw,' zei hij. 'Een gewapende overval in Berlijn.'

'Mijn zus,' zei mevrouw Duplessis. 'Verkracht en gewurgd in Detroit.'

'Mijn man,' zei dr. Welliver met gebogen hoofd. 'Ontvoerd en vermoord in Buenos Aires.'

Maura keek naar Pasquantonio, die zwijgend naar het tafelblad staarde. Hij gaf geen uitleg; het was niet nodig. Het antwoord stond op zijn gezicht te lezen. Maura dacht aan haar eigen tweelingzus, die een paar jaar geleden was vermoord en dacht: *Ik hoor thuis in deze groep. Ik rouw ook om iemand die om het leven is gebracht.*

'Wij begrijpen deze kinderen,' zei dr. Welliver. 'Daarom is Evensong voor hen de beste school. Misschien de enige school. Omdat wij en zij één zijn. We zijn één grote familie.'

'Maar nog altijd een familie van slachtoffers.'

'Nee. Wij zijn degenen die het overleefd hebben.'

'Oké,' zei Maura, 'maar de leerlingen zijn minderjarig. Ze hebben niets te kiezen en kunnen niet weigeren.'

'Wat zouden ze moeten weigeren?' vroeg dr. Welliver.

'Ingelijfd te worden in uw leger. Want zo ziet u zichzelf. Een leger van rechtschapenen. U brengt de aangeslagenen bijeen en vormt hen om tot strijders.'

'We koesteren de kinderen. We bieden hun de mogelijkheid van hun tragedie te herstellen.'

'Nee, u brengt hen bijeen op een plek waar ze geen gelegenheid krijgen te vergeten wat hen is overkomen. Door hen te omringen met medeslachtoffers, berooft u hen van iedere kans de wereld te zien zoals andere kinderen dat doen. In plaats van licht, zien zij duisternis. Ze zien het kwaad.'

'Omdat het kwaad bestaat,' fluisterde Pasquantonio. Hij zat er nu ineengedoken bij en hij hield zijn hoofd gebogen. 'Het bewijs daarvan heeft zich al gemanifesteerd in hun leven. Ze zien alleen maar dingen waarvan ze al weten dat ze bestaan.' Langzaam hief hij zijn hoofd op en keek haar aan met zijn bleke, waterige ogen. 'Net als u.'

'Nee,' zei ze. 'Wat ik in het kader van mijn werk zie, zijn de *gevolgen* van geweldplegingen. Wat u *het kwaad* noemt, is slechts een filosofische term.'

'Zoals u wilt. Maar deze kinderen kennen de waarheid. De waarheid staat als een brandmerk in hun geheugen.'

Baum kwam op een sussende toon tussenbeide: 'We zorgen ervoor dat ze voldoende kennis en vaardigheden krijgen om iets voor de wereld te betekenen. We moedigen hen aan zich te ontwikkelen, precies zoals dat op andere privéscholen wordt gedaan. Op militaire academies onderwijst men discipline. Op religieuze scholen onderwijst men nederigheid.'

'En op Evensong?'

'Hier leren de kinderen veerkrachtig te zijn, dr. Isles,' antwoordde Baum.

Maura keek naar de mensen rond de tafel. Het waren in feite evangeliepredikers. Allen waren de schaapjes in hún kudde gewonde, kwetsbare kinderen die geen andere keuze hadden dan hier te blijven.

Ze stond op. 'Julian hoort hier niet thuis. Ik ga een andere school voor hem zoeken.'

'Ik vrees dat u daarover niet kunt beslissen,' zei dr. Welliver. 'U bent niet zijn voogd.'

'Dan zal ik in Wyoming voogdij aanvragen.'

'Ik heb begrepen dat u daartoe een halfjaar geleden de kans hebt gekregen en ervan hebt afgezien.'

'Omdat ik dacht dat deze school geschikt voor hem was.'

'Deze school *is* geschikt voor hem, Maura,' zei Sansone. 'Het zou een vergissing zijn hem van Evensong te halen. Een vergissing waar je spijt van zult krijgen.' Was dat als waarschuwing bedoeld? Ze probeerde zijn uitdrukking te interpreteren, maar slaagde er ook ditmaal niet in.

'Vindt u niet dat Julian daar zelf iets over te zeggen heeft?' vroeg dr. Welliver.

'Ja, natuurlijk,' antwoordde Maura, 'maar ik ga hem beslist vertellen hoe ik erover denk.'

'Ik zou u aanraden u eerst wat nader te oriënteren over wat we hier doen.'

'Ik weet wat u hier doet.'

'U bent hier gisteren pas aangekomen, dr. Isles,' zei Lily. 'U hebt nog niet gezien wat wij de kinderen bieden. U hebt niet in onze bossen gewandeld, onze stallen en boerderij niet gezien, u hebt er geen idee van welke vaardigheden de kinderen zich hier eigen maken. Van kruisboogschieten tot je eigen voedsel verbouwen en leren hoe je je in de wildernis in leven kunt houden. U bent wetenschapper. Zou u uw beslissingen niet op feiten moeten baseren, in plaats van op emoties?'

Dit zette Maura aan het denken, want wat Lily zei was waar. Ze had Evensong nog niet verkend. Ze had geen idee of er voor Julian een beter alternatief was.

'Geef ons een kans,' zei Lily. 'Neem de tijd om met de leerlingen te praten, dan zult u vanzelf gaan inzien waarom Evensong de enige plek is waar ze geholpen kunnen worden. Ik zal u een voorbeeld geven: onlangs zijn er twee nieuwe kinderen bijgekomen, die elk niet één maar twéé slachtpartijen hebben overleefd. Eerst zijn hun ouders vermoord en daarna hun pleegouders. Kunt u zich voorstellen hoe diep de wonden zijn als je tweemaal wees wordt, als je tweemaal de enige overlevende bent?' Lily schudde zachtjes haar hoofd. 'Op geen enkele andere school zou men zoveel begrip hebben voor hun verdriet als hier.'

Tweemaal wees. Tweemaal de enige overlevende. 'Die twee kinderen,' zei Maura zachtjes. 'Hoe heten zij?'

'De namen zijn niet van belang,' zei dr. Welliver. 'Waar het om gaat, is dat ze Evensong nodig hebben.'

'Vertel me hoe ze heten.' Ze schrokken allemaal van Maura's barse eis.

Even bleef het stil. Toen vroeg Lily: 'Waarom zijn hun namen belangrijk?'

'Je zei dat het om twee kinderen gaat.'

'Een meisje en een jongen.'

'Hebben de gevallen iets met elkaar te maken?'

'Nee. Will komt uit New Hampshire. Claire komt uit Ithaca, New York. Waarom vraagt u dat?'

'Omdat ik gisteren sectie heb verricht op een gezin uit Boston, dat in hun eigen huis vermoord was. Er was één overlevende. Hun pleegkind. Een veertienjarige jongen. Een jongen die twee jaar geleden wees was geworden omdat zijn ouders en zusjes vermoord waren.' Ze keek de tafel rond naar de verbijsterde gezichten. 'Hij is precies zoals die twee kinderen hier. Tweemaal wees. Tweemaal de enige overlevende.'

10

Het was een eigenaardige plek voor een gesprek.

Jane staarde naar de zwartgeschilderde ramen waarop in afschilferende gouden letters ARABIAN NIGHTS was geschilderd boven een afbeelding van een weelderige vrouw in een harembroek. Er kwam een man naar buiten gestrompeld die nauwelijks op zijn benen kon staan. Hij knipperde met zijn ogen tegen het daglicht en liep toen slingerend weg, de geur van sterkedrank in zijn kielzog achterlatend.

Toen Jane naar binnen ging, sloeg een nog sterkere alcoholgeur haar in het gezicht. Binnen was het zo duister dat ze slechts met moeite de twee gedaanten kon onderscheiden die aan de bar zaten. Toen haar ogen gewend waren, zag ze zitjes met fluwelen banken, kleurige kussens en kamelenbellen. Ze verwachtte half dat er een buikdanseres zou langskomen met een blad cocktails.

'Wat kan ik voor je inschenken, schatje?' riep de barman, waarop de twee mannen aan de tapkast zich naar haar omdraaiden.

'Ik heb hier met iemand afgesproken,' zei ze.

'Dan moet je zeker die vent achterin hebben.'

Meteen riep een stem: 'Hier, Jane.'

Ze knikte naar de barman en liep naar achteren, waar ze haar vader half verzonken tussen zachte kussens aantrof. Op het tafeltje voor hem stond een glas whisky, ook al was het nog niet eens vijf uur. Ze had hem nog nooit eerder zo vroeg zien drinken. Maar Frank Rizzoli deed de laatste tijd veel dingen die ze nooit van hem verwacht had.

Dat hij zijn vrouw voor een ander zou verlaten, bijvoorbeeld.

Ze moest niezen van het stof dat van het fluweel opstoof toen ze tegenover hem ging zitten. 'Waarom zit je in vredesnaam in deze tent, pa?' vroeg ze.

'Het is hier lekker rustig.'

'Is dit je nieuwe stamkroeg?'

'Zoiets. Wat wil je drinken?'

'Niks.' Ze keek naar zijn glas. 'Wat drink jij?'

'Whisky.'

'Het is nog niet eens vijf uur.'

'Nou en? Wie zegt dat je voor vijven niets mag drinken? Wat is er zo bijzonder aan vijf uur? En je weet wat ze zeggen: "Het is altijd wel ergens vijf uur".'

'Word je niet geacht op je werk te zijn?'

'Ik heb me ziek gemeld.' Hij nam een slokje, maar keek niet alsof hij ervan genoot en zette het glas weer neer. 'Ik hoor de laatste tijd zo weinig van je, Jane, en dat vind ik helemaal niet leuk.'

'Ik ken je niet meer, pa.'

'Ik ben je vader. Daar is niks aan veranderd.'

'Alleen aan de buitenkant. Je doet dingen die mijn vader – de vader van vroeger – nooit zou doen.'

Hij zuchtte. 'Het is een geval van verstandsverbijstering.'

'Zo zou je het kunnen noemen.'

'Ik bedoel het letterlijk. Wellust heeft me mijn verstand doen verliezen. Het komt allemaal door die klotehormonen.'

'Mijn pa zou zoiets nooit zeggen.'

'Jouw pa is inmiddels een stuk wijzer geworden.'

'Ja?' Ze leunde achterover. Het stof kriebelde in haar keel.

'Is dat de reden waarom je het contact tussen ons wilt herstellen?'

'Ik heb het nooit verbroken. Dat heb *jij* gedaan.'

'Het valt niet mee om met je vader contact te houden als hij met een andere vrouw hokt. Soms gingen er weken voorbij zonder dat je de moeite nam om even te bellen. Niet naar mij en niet naar ma.'

'Ik durfde het niet. Je was zo kwaad op me. En je had de kant van je moeder gekozen.'

'Dat kun je me moeilijk kwalijk nemen.'

'Je hebt twéé ouders, Jane.'

'Ja, maar jij bent weggegaan. Je hebt ma aan de kant geschoven voor een ander. Je hebt haar hart gebroken, pa.'

'Ze gedraagt zich anders niet als iemand met een gebroken hart.'

'Weet je hoeveel maanden het heeft geduurd voordat ze er een beetje overheen was? Hoeveel nachten ze heeft liggen huilen? Terwijl jij aan de zwier was met die griet, zat ma zich thuis af te vragen hoe ze het voortaan in haar eentje moest redden. Maar het is haar gelukt en daar neem ik mijn petje voor af. Ze is op haar pootjes terechtgekomen en maakt het goed. Heel goed zelfs.'

Die woorden leken hem te raken als een vuistslag. Ondanks de slechte verlichting zag ze zijn gezicht betrekken en zijn schouders zakken. Hij boog zijn hoofd en verborg zijn gezicht in zijn handen. Ze meende een snik te horen.

'Pa...?'

'Je moet iets doen, Jane. Ze mag niet met die vent trouwen.'

'Pa...' Jane voelde haar mobieltje vibreren aan haar riem. Ze keek op het schermpje en zag dat het een haar onbekend nummer in Maine was. Ze liet het over aan de voicemail en schonk haar vader haar volle aandacht. 'Pa, wat is er aan de hand?'

'Het was allemaal één grote vergissing. Ik wou dat ik de klok kon terugdraaien...'

'Ik dacht dat je met dinges verloofd was.'

Hij haalde diep adem. 'Ze is van gedachten veranderd. Ze heeft het uitgemaakt.'

Jane zei niets. In de stilte hoorde ze het rammelen van de ijsblokjes in de cocktailshaker van de barman.

Nog steeds met gebogen hoofd zei hij: 'Ik heb hier om de hoek een goedkope kamer gehuurd. Daarom heb ik gevraagd of je hierheen kon komen. Naar mijn nieuwe stamkroeg.' Hij lachte schamper. 'De Arabian Nights, goddomme nog aan toe!'

'Waarom heeft ze het uitgemaakt?'

Hij keek haar weer aan. 'Omdat ze zich begon te vervelen. Ze zegt dat ik te traag voor haar ben. Dat ik me gedraag als een ouwe vent, die elke avond om zes uur de prak op tafel wil hebben, en dat zij mijn dienstmeisje niet is.'

'Misschien besef je nu hoeveel ma altijd voor je heeft gedaan.'

'Ja, en er is niemand die zo lekker kan koken als je ma. Misschien was het niet eerlijk van me dat ik van Sandie hetzelfde verwachtte, maar zij hoefde me nou ook weer niet zo'n gemene trap na te geven door me een ouwe vent te noemen.'

'Ja, ik kan me voorstellen dat je dat niet leuk vond.'

'Ik ben niet oud. Ik ben pas tweeënzestig! En zij is maar veertien jaar jonger dan ik, hoor. Ook geen jonge blom meer. Maar zo zit het dus. Ze vindt me oud. Te oud voor haar.' Hij liet zijn hoofd weer hangen.

Als het vuur van de hartstocht begint te zakken, zie je je nieuwe minnaar in het ongenadige daglicht. Sandie Huffington had blijkbaar eens goed naar Frank Rizzoli gekeken en gezien hoeveel rimpels hij had en hoe slap zijn kaaklijn begon te worden. Toen de hormonen uitgeraasd waren, was hij alleen nog maar een man van tweeënzestig, kalend en op zijn retour. Ze had een vrouw haar man afgetroggeld, en nu wilde ze haar vangst terugwerpen.

'Je moet me helpen, Jane,' zei hij.

'Heb je geld nodig, pa?'

Verbolgen keek hij op. 'Nee! Dat bedoel ik helemaal niet! Ik heb een baan, ik heb jouw geld niet nodig.'

'Wat heb je dan nodig?'

'Dat je met je moeder gaat praten. Je moet tegen haar zeggen dat ik er spijt van heb.'

'Vind je niet dat ze dat van jou moet horen?'

'Ik heb het geprobeerd. Ze weigert naar me te luisteren.'

Jane zuchtte. 'Goed dan. Ik zal het doorgeven.'

'Enne... vraag dan ook wanneer ik thuis kan komen.'

Ze keek hem verbijsterd aan. 'Wat zeg je nou?'

'Waarom kijk je zo raar?'

'Denk je werkelijk dat ma het goedvindt dat je weer thuis komt wonen?'

'De helft van het huis is van mij.'

'Dat wordt moord en doodslag.'

'Vind je het zo'n raar idee dat je ouders weer bij elkaar gaan wonen? Wat ben jij voor dochter?'

Ze haalde diep adem en sprak langzaam en duidelijk. 'Jij wilt terug naar ma en je denkt dat alles dan weer net zo wordt als voorheen. Heb ik dat goed begrepen?' Ze masseerde haar slapen. 'Jezus.'

'Ik wil ons allemaal weer bij elkaar hebben. Je moeder, jou, je broers, en ik. Ik wil samen met jullie Kerstmis en Thanksgiving vieren. Waren dat niet altijd reuze fijne dagen? En zulke heerlijke maaltijden.'

Het ging hem om haar moeders kookkunst.

'Frankie staat er helemaal achter,' zei hij. 'Mike ook. Nu moet jij alleen nog even met haar gaan praten. Jij bent de enige naar wie ze luistert. Zorg dat ze ja zegt, Jane. Zorg ervoor dat ze inziet dat we bij elkaar horen.'

'En Korsak?'

'Wat heeft Korsak hiermee te maken?'

'Ze zijn verloofd. Ze zijn druk bezig met de plannen voor de bruiloft.'

'Ze is nog niet eens gescheiden. Ze is nog steeds mijn vrouw.'

'Dat is een kwestie van een handtekening op een formulier.'

'Het is een kwestie van *familie*. Van wat *juist* is. Ga alsjeblieft met haar praten, Jane. Dan kunnen we weer de Rizzoli's worden.'

De Rizzoli's. Ze liet het even bezinken. Alles wat ze samen hadden meegemaakt. Alle feestdagen en verjaardagen die ze samen hadden gevierd. Herinneringen die niemand anders met hen deelde. Het had iets heiligs, het was iets wat je niet zomaar van je af kon zetten, en ze was nog net sentimenteel genoeg dat ze had getreurd om wat ze waren kwijtgeraakt. Nu zou dat gelijmd kunnen worden. Het kon weer één geheel worden, ma en pa samen, zoals het altijd was geweest. Frankie en Mike wilden het. Pa wilde het.

En haar moeder? Wat wilde die?

Ze dacht aan de roze, tafzijden bruidsmeisjesjapon die Angela voor haar had gemaakt. Ze dacht aan de laatste keer dat zij en Gabriel bij haar moeder waren gaan eten, toen Angela en Korsak hadden gegiecheld als tieners en onder de tafel hadden zitten voetjevrijen. Ze keek naar haar vader en kon zich niet herinneren dat hij ooit met haar moeder had zitten voetjevrijen. Of met haar had gegiecheld. Of haar een goedmoedige klap op haar achterste had gegeven. Ze zag een uitgebluste, verslagen man die op een wispelturige blondine had gegokt en had verloren. *Zou ik hem terugnemen als ik ma was?*

'Kun je dit voor me doen, Janie? Ga je met haar praten?'

Ze zuchtte. 'Vooruit dan maar.'

'Wacht er niet te lang mee. Voordat zij en die hufter nog dikker met elkaar worden.'

'Korsak is geen hufter, pa.'

'Nee? Een vent die doodleuk komt binnenwandelen en zich iets toe-eigent wat niet van hem is?'

'Hij kon naar binnen wandelen omdat er een plek was vrijgekomen, pa. Je beseft toch wel dat er het een en ander is veranderd sinds je bent vertrokken? Dat ma is veranderd?'

'Ik wil haar precies zo terug hebben als ze was. Ik ben tot alles bereid om haar gelukkig te maken. Zeg dat er maar bij. Zeg maar dat alles weer precies zo zal worden als vroeger.'

Jane keek op haar horloge. 'Etenstijd. Ik moet gaan.'

'Beloof je me dat je het zult doen?'

'Dat heb ik toch al gezegd?' Ze hees zich uit de stoffige kussens. 'Kop op, pa.'

Hij glimlachte naar haar en opeens zag ze weer iets van de oude, zelfverzekerde Frank Rizzoli. Pa was al begonnen zijn territorium opnieuw af te bakenen. 'Ik voel me al een stuk beter, nu ik weet dat alles in orde zal komen.'

Daar zou ik maar niet al te vast op rekenen, dacht ze toen ze Arabian Nights verliet. Ze zag erg op tegen het gesprek met Angela. Ze was bang voor haar moeders reactie. Angela zou wel tekeergaan. En hoe de beslissing van haar moeder ook zou uitvallen, er zou iemand gekwetst worden. Korsak of haar vader. En dat terwijl Jane net gewend begon te raken aan het idee dat Korsak lid zou worden van hun familie. Hij was een grote man met een groot hart en hij hield van Angela, daar twijfelde Jane geen moment aan. *Wie zal het worden, ma?*

De hele weg naar huis drukte de haar opgelegde taak als lood op haar schouders. Tijdens het eten, Regina's badje en het avondritueel van een verhaaltje en vijf kusjes kon ze nergens anders aan denken. Toen ze uiteindelijk de deur van Regina's kamer dichtdeed en naar de keuken liep om Angela te bellen, had ze het gevoel dat ze op weg was naar de elektrische stoel. Ze pakte de telefoon, legde hem weer neer en ging met een zucht aan de keukentafel zitten.

'Hij maakt misbruik van je, Jane,' zei Gabriel. Hij sloot de vaatwasser en zette hem aan. 'Je hoeft het niet te doen.'

'Ik heb hem beloofd dat ik haar zou bellen.'

'Laat hij haar zelf bellen. Het is niet eerlijk dat hij jou hiermee opzadelt. Hun huwelijk is hún probleem.'

Ze kreunde en boog haar hoofd. 'Juist daarom is het ook mijn probleem.'

'Dan zal ik het maar ronduit zeggen. Je vader is laf. Hij heeft een puinhoop van zijn leven gemaakt en nu wil hij dat jij de brokstukken aan elkaar lijmt.'

'En als ik de enige ben die dat kan?'

Gabriel kwam bij haar aan tafel zitten. 'Door je moeder over te halen hem terug te nemen?'

'Ik weet niet wat het beste is.'

'Je moeder zal zelf moeten kiezen.'

Ze hief haar hoofd op en keek hem aan. 'Wat vind jij dat ze moet doen?'

Gabriel dacht na. Op de achtergrond maakte de vaatwasser borrelende en ruisende geluiden. 'Ik heb de indruk dat ze erg gelukkig is.'

'Jouw stem gaat dus naar Korsak.'

'Het is een fatsoenlijke vent, Jane. Hij is goed voor haar. Hij zal haar nooit kwaad doen.'

'Maar hij is mijn vader niet.'

'En dat is precies de reden waarom jij je er niet mee moet bemoeien. Je wordt gedwongen partij te kiezen en dat mag je vader niet van je eisen. Kijk toch eens hoe je er nu al over inzit.'

Ze liet dat even op zich inwerken. Toen ging ze rechtop zitten. 'Je hebt gelijk. Dit is mijn zaak niet. Ik zal tegen hem zeggen dat hij haar zelf moet bellen.'

'En voel je alsjeblieft niet schuldig. Als je moeder jouw advies wil, zal ze je daar heus wel om vragen.'

'Oké. Ik zal hem meteen bellen. Als ik tenminste zijn nieuwe telefoonnummer kan vinden...' Ze pakte haar tas, viste haar mobieltje eruit en zag dat er iets op het schermpje stond: 1 NIEUW BERICHT. Dat was waar ook. Er had iemand gebeld toen ze met haar vader had zitten praten.

Ze luisterde naar de voicemail. Het was Maura.

'...hier twee kinderen, een meisje genaamd Claire Ward en een jongen genaamd Will Yablonski. Jane, zij hebben precies hetzelfde meegemaakt als Teddy Clock. Hun eigen ouders zijn twee jaar geleden vermoord en hun pleegouders vorige maand. Ik weet niet of het er iets mee te maken heeft, maar het is wel toevallig, vind je ook niet?'

Jane beluisterde het bericht tweemaal en belde toen het nummer waar Maura vandaan had gebeld.

De telefoon ging zes keer over voordat er werd opgenomen. 'Evensong School. Met dr. Welliver.'

'U spreekt met Jane Rizzoli van het Boston PD. Zou ik dr. Maura Isles kunnen spreken?'

'Dr. Isles doet mee aan een nachtelijke kanotocht op het meer.'

'Dan bel ik haar mobieltje wel.'

'Mobieltjes doen het hier niet. Daarom maakt ze gebruik van de gewone telefoon.'

'Zou u haar dan willen vragen me zo spoedig mogelijk terug te bellen? Dank u wel.' Jane hing op en bleef naar de telefoon zitten staren. De zorgen om haar ouders waren tijdelijk vergeten. In plaats daarvan dacht ze aan Teddy Clock. Het ongelukkigste kind op de hele wereld, had Moore gezegd. Nu was gebleken dat er nog twee van die kinderen waren. Drie ongelukkige kinderen. Misschien waren er nog meer, in andere steden, pleegkinderen waar op gejaagd werd.

'Ik moet even weg,' zei ze.

'Wat is er aan de hand?' vroeg Gabriel.

'Ik moet Teddy Clock iets vragen.'

'Zijn er problemen?'

Ze pakte haar autosleutels en liep naar de deur. 'Ik hoop het niet.'

Het was al donker toen ze aankwam bij het adres van de pleegouders bij wie Teddy voorlopig was ondergebracht. Het twee verdiepingen hoge huis was in koloniale stijl gebouwd en vrij oud, maar goed onderhouden. Het stond een stukje van de weg af en werd gedeeltelijk aan het oog onttrokken door weelderige bomen. Jane parkeerde op de oprit en stapte uit. De warme zomeravond rook naar gemaaid gras. Het was een stille straat, waar slechts af en toe een auto voorbijreed, en vanwege de vele bomen kon ze het huis van de buren amper zien.

Ze liep de trap op naar de brede portiek en belde aan.

Nancy Inigo deed open, haar handen drogend aan een keukenhanddoek. Er zaten poederachtige vegen op haar gezicht en er waren plukjes grijze haren uit haar vlecht ontsnapt. Ze keek Jane vriendelijk aan. Jane rook een geur van kaneel en vanille en hoorde meisjes lachen.

'Dat hebt u snel gedaan,' zei Nancy.

'Ik hoop niet dat ik u met mijn telefoontje aan het schrikken heb gemaakt.'

'Nee, hoor. Kom erin. De meisjes en ik zijn koekjes aan het bakken voor school. De eerste lading is net klaar.'

'Hoe is het met Teddy?' vroeg Jane op zachte toon toen ze binnen stond.

Nancy slaakte een zucht. 'Hij heeft zich weer eens boven verschanst. Bij ons in de keuken zitten is niks voor hem. Zo is het eigenlijk van het begin af aan geweest. Hij komt alleen maar beneden om te eten. De rest van de tijd zit hij op zijn kamer met de deur dicht.' Ze schudde haar hoofd. 'We hebben de psycholoog gevraagd of we moeten proberen hem uit zijn schulp te lokken, bijvoorbeeld door zijn computertijd te beperken en hem te dwingen mee te doen aan gezinsactiviteiten, maar ze zei dat het daar nog te vroeg voor is. Het kan natuurlijk ook zijn dat Teddy zich niet aan ons wil hechten, vanwege wat er gebeurd is met zijn vorige...' Nancy stokte. 'Hoe dan ook, Patrick en ik laten hem voorlopig nog maar even betijen.'

‘Is Patrick thuis?’

‘Nee, hij is met Trevor naar voetbaltraining. Met vier kinderen hou je geen tijd over voor jezelf.’

‘Ik moet zeggen dat ik jullie een heel bijzonder stel vind.’

‘Och, we vinden het gewoon gezellig om kinderen in huis te hebben,’ zei Nancy glimlachend. Ze liepen naar de keuken, waar twee met bloem bestoven meisjes bezig waren vormpjes uit te steken. ‘Toen we eenmaal begonnen met pleegkinderen in huis te nemen, konden we er niet meer mee ophouden. Weet u dat we binnenkort onze vierde bruiloft hebben? Patrick mag over een paar weken alweer een pleegdochter naar het altaar begeleiden.’

‘Dan krijgen jullie uiteindelijk ook een heleboel kleinkinderen.’

Nancy grinnikte. ‘Dat is precies de bedoeling.’

Jane keek om zich heen. Op de tafel lagen boeken, schriften en stapeltjes post. De gezellige wanorde van een normaal gezin. Maar Jane wist hoe snel *normaal* kon veranderen. Ze had in keukens gestaan waar al het normale in één klap was weggevaagd door bloedspatten en heel even zag ze in haar verbeelding rode spetters op de kastjes van déze keuken. Ze knipperde met haar ogen. Meteen was het bloed verdwenen en zag ze alleen maar twee meisjes van acht die met plakkerige handjes stervormige koekjes uit het deeg staken.

‘Ik ga even met Teddy praten,’ zei ze.

‘Het is boven, tweede deur rechts. De enige kamer waarvan de deur dicht zit.’ Nancy schoof een bakplaat in de oven en zei over haar schouder. ‘Klop wel eerst aan. Dat vindt hij erg belangrijk. En het kan zijn dat hij niet wil praten. Gun hem de tijd.’

We hebben geen tijd, dacht Jane toen ze de trap opliep. Niet als er pleeggezinnen worden aangevallen. Ze bleef voor de deur van Teddy’s slaapkamer staan luisteren of ze een radio of tv hoorde, maar achter de deur was het doodstil.

Ze klopte aan. 'Teddy? Ik ben het. Rechercheur Rizzoli. Jane. Mag ik binnenkomen?'

Een paar seconden later klonk er een klikje en ging de deur een klein stukje open. Teddy's bleke uilengezicht keek om het hoekje. Hij knipperde met zijn ogen en zijn bril stond scheef, alsof hij wakker was geschrokken.

Toen ze naar binnen ging, bleef hij zwijgend staan. In zijn ruime T-shirt en spijkerbroek zag hij eruit als een vogelverschrikker. Het was een leuke kamer. De muren waren zachtgeel geschilderd en de gordijnen hadden een opdruk van Afrikaanse savannetaferelen. Een boekenkast was gevuld met boeken voor alle leeftijden. Alleen posters van Sesamstraatfiguren waren nogal kinderachtig voor zo'n intelligente veertienjarige als Teddy. Jane was benieuwd hoeveel getraumatiseerde kinderen hier al onderdak hadden gevonden, hoeveel kinderen zich hadden kunnen koesteren in de veilige wereld die de Inigo's voor hen creëerden.

De jongen had nog geen woord gezegd.

Ze ging op een stoel zitten naast Teddy's laptop, waarop een screensaver geometrische lijnen over het scherm trok. 'Hoe gaat het met je, Teddy?'

Hij haalde zijn schouders op.

'Ga even zitten. Ik wil met je praten.'

Hij ging gehoorzaam op het bed zitten, met zijn schouders naar voren, alsof hij zich zo klein en nietig mogelijk wilde maken.

'Heb je het naar je zin bij Nancy en Patrick?'

Hij knikte.

'Heb je iets nodig? Kan ik de volgende keer iets voor je meebrengen?'

Hij schudde zijn hoofd.

'Teddy, heb je helemaal *niets* te zeggen?'

'Nee.'

Eindelijk een antwoord, ook al was het maar één woord.

‘Goed.’ Ze zuchtte. ‘Dan is het misschien beter als ik ter zake kom. Ik moet je iets vragen.’

‘Ik weet verder niets.’ Hij leek nog dieper in zichzelf te willen wegkruipen en sprak met zijn kin op zijn borst. ‘Ik heb u alles al verteld wat ik me kon herinneren.’

‘En daar waren we enorm mee geholpen, Teddy. Echt waar.’

‘Maar u hebt de dader nog niet gepakt en daarom wilt u meer van mij te weten zien te komen.’

‘Nee, dit gaat niet over die avond. Het gaat niet eens over jou. Het gaat over twee andere kinderen.’

Langzaam hief hij zijn hoofd op en keek haar aan. ‘Ben ik niet de enige?’

Zijn ogen waren zo kleurloos dat ze transparant leken, alsof ze bij hem naar binnen kon kijken. ‘Denk *jij* dat er nog meer kinderen zijn zoals jij?’

‘Ik weet het niet. U zei dat er nog twee kinderen waren. Wat hebben die anders met mij te maken?’

Deze jongen zei misschien niet veel, maar luisterde wel en begreep veel meer dan je vermoedde. ‘Dat weet ik niet precies, Teddy. Misschien kun jij me helpen het antwoord op die vraag te vinden.’

‘Wie zijn die andere kinderen?’

‘Het meisje heet Claire Ward. Heb je die naam ooit gehoord?’

Hij dacht erover na. Uit de keuken kwamen geluiden van een ovendeur die dichtviel en meisjes die geschrokken gilden. De geluiden van een normaal gezin. In Teddy’s kamer was het doodstil. Uiteindelijk schudde hij traag zijn hoofd. ‘Dat geloof ik niet.’

‘Weet je het niet zeker?’

‘Alles is mogelijk. Dat zei mijn vader altijd. Ik kan het niet met zekerheid zeggen.’

‘Er is ook nog een jongen. Will Yablonski. Zegt die naam je iets?’

‘Zijn hun ouders ook dood?’

Hij vroeg het heel zachtjes en haar hart ging naar hem uit. Gehoor gevend aan haar moederinstinct stond ze impulsief op, ging naast hem op het bed zitten en sloeg haar arm om zijn meelijwekkend magere schouders. Hij hield zich stram, alsof de aanraking iets was wat hij verplicht was te verdragen, maar ze liet haar arm rond zijn schouders liggen. Een poosje zaten ze zo samen op het bed, twee zwijgende metgezellen, tot elkaar gebracht door een tragedie waar ze geen van beiden een verklaring voor hadden.

'Leeft die jongen nog?' vroeg Teddy.

'Ja.'

'En het meisje?'

'Ook. Ze bevinden zich op een veilige plek. Er zal hun niets gebeuren. En jou ook niet.'

'Wel waar.' Hij keek haar aan en zei toonloos: 'Ik ga sterven.'

'Dat moet je niet zeggen, Teddy. Jij –'

Ze zweeg abrupt toen het licht opeens uitging. Ze hoorde de jongen in het donker snel en luid ademhalen en voelde haar hart bonzen.

Nancy Inigo riep vanuit de keuken: 'Rechercheur Rizzoli? Ik denk dat er een stop is doorgeslagen.'

Dat zal het zijn, dacht Jane. *Een doorgeslagen stop. Kan gebeuren.*

Toen klonk er ergens in huis het krakende geluid van brekend glas. Jane vloog overeind, klikte haar holster open en legde haar hand op haar Glock.

'Nancy!' riep ze.

Roffelende voetstappen op de trap. De twee meisjes vlogen Teddy's kamer in, gevolgd door de tragere Nancy.

'Iemand heeft een ruit ingegooid! Aan de voorkant van het huis!' riep Nancy, die nauwelijks boven het angstige gejammer van de meisjes uit kon komen.

En zij zaten vast op de bovenverdieping. De enige vluchtweg was via Teddy's raam en dat zat zeker drie meter boven de grond.

'Waar is de dichtstbijzijnde telefoon?' vroeg Jane.

'Beneden. In mijn slaapkamer.'

En Jane's mobieltje zat in haar tas, die ze in de keuken had laten staan.

'Blijf hier en doe de deur op slot,' beval ze.

'Waar ga je heen? Jane, laat ons hier niet achter!'

Maar Jane was de kamer al uit. Ze hoorde dat de deur zachtjes werd dichtgedaan en dat Nancy het slot omdraaide. Niet dat het slot iets waard was; een indringer kon die deur makkelijk opentrappen.

Maar dan moet hij eerst langs mij heen zien te komen.

Met haar wapen in haar hand sloop ze de donkere gang door. Beneden was het griezelig stil. Ze hoorde alleen haar eigen hartslag en het suizen van het bloed in haar oren. Boven aan de trap stopte ze en zakte op één knie. Tot hier en niet verder. Ze was niet zo dom dat ze in het donker zou proberen een moordenaar te besluipen en haar belangrijkste taak was Nancy en de kinderen te beschermen. Ze zou hier wachten en hem neerschieten als hij de trap opkwam. *Kom maar, hufter.*

Haar ogen raakten snel aan het donker gewend. Ze zag de vorm van de trapleuning die met een bocht in de duisternis verdween. Het enige licht was de zwakke gloed die door een raam beneden naar binnen kwam. Waar zat hij? Ze hoorde geen enkel geluid, hoorde niemand bewegen.

Misschien is hij niet meer beneden. Misschien is hij al boven en staat hij achter me.

In paniek keek ze om. Er stond geen monster achter haar.

Ze draaide snel haar hoofd weer om naar de trap en zag nu de koplampen van een auto door het raam schijnen. Portieren werden dichtgeslagen en ze hoorde de stemmen van kinderen die naar het huis kwamen. De voordeur ging open en het silhouet van een man stond afgetekend in de deuropening.

'Hé, Nancy! Waarom zitten jullie in het donker?' riep hij. 'Ik heb de halve voetbalploeg bij me. Ze willen koekjes!'

Als een kudde bizons denderden de jongetjes joelend door het verduisterde huis. Jane liet haar wapen zakken.

'Meneer Inigo?' riep ze.

'Ja? Wie is daar?'

'Rechercheur Rizzoli. Hebt u een mobieltje bij u?'

'Ja. Waar is Nancy?'

'Bel het alarmnummer. En neem als de donder die kinderen weer mee naar buiten.'

11

Het ingegooide raam was dat van de studeerkamer op de begane grond. De vloer was bezaaid met glasscherven, die glinsterden als diamanten.

'Het lijkt me duidelijk dat de indringer hier is binnengekomen,' zei Frost. 'En de achterdeur stond open, dus is hij waarschijnlijk via die weg gevlucht. Hij zal geschrokken zijn van meneer Inigo en die bende rumoerige kinderen. Wat de elektriciteit betreft, hoefde hij alleen maar in de garage de meterkast te openen en de hoofdschakelaar om te draaien.'

Jane bukte zich om de vage voetafdruk te bekijken die de indringer op de eikenhouten parketvloer had achtergelaten. Door het gebroken raam hoorde ze de stemmen van de mensen van de technische recherche die buiten naar verdere voetafdrukken zochten, en het krakende geluid van de mobilofoon van een patrouillewagen op de oprit. Geruststellende geluiden. Maar terwijl ze de voetafdruk op de vloer bekeek, voelde ze haar hartslag weer versnellen en herinnerde ze zich de geur van haar angstzweet in het donker. *Ik wou dat ik de kans had gekregen hem neer te schieten.*

'Hoe heeft hij hem gevonden?' vroeg ze zich hardop af. 'Hoe wist hij dat Teddy hier was?'

'We weten nog niet zeker dat hij het op Teddy had voorzien,' zei Frost. 'Misschien was het toeval dat hij hier heeft ingebroken.'

'Schei uit, zeg.' Ze keek op naar haar partner. 'Dat geloof je zelf niet.'

Even bleef het stil. 'Nee,' gaf hij toen toe.

'Hij wist dat de jongen hier was.'

'Het kan uitgelekt zijn via de Sociale Dienst. Of het Boston PD. En er zijn nog wel meer bronnen waar iemand zijn mond voorbij kan hebben gepraat. Het kan ook zijn dat de dader jou vanavond heeft geschaduwd. Als hij je bij het huis van de Ackermans heeft gezien, weet hij dat je aan deze zaak werkt.'

Jane probeerde zich te herinneren of ze iets bijzonders had gezien toen ze naar de Inigo's was gereden, iets als koplampen die opvallend lang achter haar hadden gezeten. Maar koplampen waren anoniem en in Boston was het verkeer moordend. Als de dader me heeft geschaduwd, dacht ze, kent hij mijn auto. *En dan weet hij waar ik woon.*

Haar mobieltje ging. Ze haalde het uit haar tas en toen ze het nummer in Maine herkende, wist ze al wie het was.

'Maura?' zei ze.

'Ik hoor van dr. Welliver dat je mijn bericht hebt ontvangen. Het is wel erg toevallig, vind je ook niet? Nog twee kinderen in dezelfde situatie als Teddy Clock.'

'Er is iets gebeurd. Een mislukte aanslag op Teddy's nieuwe pleeggezin.'

'Wat? Alweer?'

'De dader is het huis binnengedrongen. Toevallig was ik er.'

'Zijn er gewonden? Hoe is het met de jongen?'

'Er is niemand gewond, maar de dader is gevlucht. We moeten nu een veiliger onderkomen voor de jongen zien te vinden.'

'Ik weet een veilig onderkomen. Hier.'

Jane zweeg omdat er een man van de technische recherche binnenkwam en met Frost over vingerafdrukken op de achterdeur en de vensterbank begon te praten. Ze was danig geschrokken van de aanslag en vertrouwde niemand meer, zelfs niet de mensen met wie ze werkte. Als de dader mij niet heeft geschaduwd toen ik hier naartoe reed, dacht ze, moet iemand Teddy's schuiladres verraden hebben. Dat kan net zo goed iemand zijn die momenteel hier aan het werk is.

Ze ging naar de badkamer en deed de deur dicht voordat ze weer iets zei. 'Vertel me hoe het daar is,' zei ze. 'Hoe veilig is het?'

'Het is een afgelegen locatie. Je komt er via een privéweg. Aan het eind daarvan is een hek dat altijd op slot zit en langs de hele weg staan sensors.'

'En de omgeving?'

'Twaalfduizend hectare aan bosland. Theoretisch kan iemand te voet op het terrein komen, maar dan moet hij nog in het gebouw zien door te dringen. Het heeft een loodzware deur die elektronisch is beveiligd, alle ramen zitten hoog boven de begane grond, en er zijn altijd stafleden aanwezig.'

'Stafleden? Leraren dus. Dat stelt me nou niet echt gerust.'

'Ze hebben een boswachter die het terrein bewaakt. Hij is gewapend. De school is volkomen onafhankelijk van de buitenwereld. Ze hebben hun eigen boerderij en een generator.'

'We hebben het evengoed over onderwijzers. Niet over bodyguards.'

'Ja, maar ze zijn allemaal lid van de Mefisto Club.'

Daar werd Jane even stil van. Anthony Sansone's bizarre organisatie hield zich bezig met gewelddaden. Ze analyseerden gewelddaden om te zien of ze patronen konden vinden en waren voortdurend op zoek naar bewijsmateriaal dat het kwaad bestond en dat het hele mensdom erdoor werd bedreigd. 'Waarom heb je me niet verteld dat die school van hen is?'

'Omdat ik dat zelf nu pas heb gehoord.'

'Die mensen zijn aanhangers van complottheorieën. Ze zoeken overal iets achter.'

'Misschien hebben ze ditmaal gelijk.'

'Begin jij nou ook al?'

'Ik heb het niet over demonen. Er is iets aan de hand waar wij geen uitleg voor hebben, iets wat verband houdt met deze kinderen. De schoolpsycholoog weigert me iets te vertellen. Ze verschuilt zich achter de vertrouwensrelatie tussen arts en patiënt. Maar uit wat Lily Saul me over Claire en Will heeft verteld, is me duidelijk geworden dat er sprake is van een patroon. Evensong zou best eens de enige plek kunnen zijn waar deze drie kinderen beschermd kunnen worden.'

'Een school die wordt beheerd door leden van een paranoïde organisatie.'

'Daarom zijn ze juist zulke goede bewakers. Ze hebben deze afgelegen locatie gekozen omdat die te verdedigen is.'

Iemand klopte op de deur van de badkamer. 'Rizzoli?' Het was Frost. 'Er is een maatschappelijk werkster om de jongen op te halen.'

'Nee! Ze mag hem niet meenemen!'

'Wat moet ik tegen haar zeggen?'

'Ik kom eraan.' In de telefoon zei ze: 'Maura, ik weet niet of Sansone en zijn mensen te vertrouwen zijn.'

'Hij heeft ons nog nooit teleurgesteld. En deze organisatie heeft veel meer geld dan het Boston PD.'

En er zou niets uitlekken, dacht Jane. Wat dat betreft was Evensong inderdaad de beste keuze als je een jongen wilde verbergen.

'Hoe kom ik er?' vroeg ze.

'Het is niet makkelijk te vinden. Ik zou je een routebeschrijving moeten mailen.'

'Doe dat. Ik bel je straks terug.' Ze verbrak de verbinding en verliet de badkamer.

De maatschappelijk werkster zat samen met Frost op haar te wachten. 'Rechercheur Rizzoli,' zei de vrouw, 'we hebben voor Teddy een ander gezin gevonden en –'

'Ik heb voor hem al maatregelen getroffen,' zei Jane.

De maatschappelijk werkster fronste haar wenkbrauwen.

'Ik dacht dat hij in een ander gezin ondergebracht moest worden.'

'Het is mogelijk dat Teddy vanavond het doelwit was. De kans is groot dat de dader opnieuw zal proberen hem te grijpen. U wilt toch niet dat er weer een pleeggezin wordt uitgemoord?'

De vrouw sloeg haar hand voor haar mond. 'O, god. Denkt u echt...'

'Ja.' Jane keek nu naar Frost. 'Kun jij ervoor zorgen dat de Inigo's vanavond op een veilige plek onderdak krijgen? Teddy gaat met mij mee.'

'Waar naartoe?'

'Dat bel ik je nog wel door. Ik ga even naar boven om een tas voor hem in te pakken en dan gaan we ervandoor.'

'Geef me in elk geval een hint.'

Ze wierp een blik op de maatschappelijk werkster die met open mond naar hen stond te staren. 'Hoe minder mensen het weten, hoe veiliger het voor Teddy is,' zei ze. *En voor mij.*

Jane reed noordwaarts de dageraad tegemoet met één oog op de achteruitkijkspiegel gericht. Teddy had de hele rit geslapen. Ze was heel even naar huis gegaan om wat kleren en toiletspullen in te pakken en toen waren ze op weg gegaan. Gabriel had liever gehad dat ze was gaan slapen en bij daglicht was gaan rijden, maar Jane had Teddy zo snel mogelijk Boston uit willen hebben.

Bovendien peinsde ze er niet over hem bij haar thuis te laten overnachten. Ze wilde hem niet eens in de buurt van haar man en kind hebben. Ze had gezien wat er gebeurde met gezinnen die Teddy onderdak boden. Het was alsof de Dood in het voetspoor van de jongen liep en met zijn zeis iedereen neermaaide die zich bij hem in de buurt waagde. Ze wilde niet dat die zeis de twee mensen van wie ze het meest hield, voor zich zou opeisen.

Dus had ze de jongen weer in haar auto gezet, haar tas in de kofferbak gegooid en om half twee 's nachts Boston in noordelijke richting verlaten. Weg van haar gezin.

's Nachts was er niet veel verkeer. Ze had weinig koplampen achter zich gehad en die goed in de gaten gehouden. Kort na Saugus waren de smalle, blauwe halogeenlampen afgeslagen. Veertig kilometer later waren ook de lampen van de SUV verdwenen. Tegen de tijd dat ze via Kittery Bridge de grens met Maine overschreed, was het bijna drie uur en zag ze helemaal geen koplampen meer achter zich, maar ze bleef evengoed in de spiegel kijken, beducht op achtervolgers.

De moordenaar was binnen geweest. Ze had de afdruk van zijn schoen in de studeerkamer gezien. Hij was door het huis gelopen, maar ze had niet eens een glimp van zijn schaduw opgevangen toen ze boven aan de trap had gezeten. Hoe lang had ze daar gezeten? Hoe lang had ze zitten wachten of hij de trap op zou komen? Als er adrenaline door je aderen vloeit, als de dood dreigt, kunnen zestig seconden een eeuwigheid lijken. Ze wist dat ze er minstens vijf minuten moest hebben gezeten, misschien nog langer. Hij had ruimschoots de tijd gehad om de benedenverdieping te doorzoeken en naar boven te gaan. Maar dat had hij niet gedaan. Waarom niet? Had hij aangevoeld dat er boven aan de trap een gewapende agent op hem zat te wachten? Had hij begrepen dat hij in het nadeel was, dat een eenvoudige executie was veranderd in een strijd met een gewapende tegenstander?

Ze keek achterom naar de jongen. Teddy lag ineengedoken op de bank met zijn armen en benen opgetrokken tegen zijn lichaam geklemd. Hij sliep erg vast, zoals de meeste kinderen, en leek niet geplaagd te worden door dromen over wat hij vanavond had doorstaan.

Toen de zon opkwam achter een lichte wolkenbank, zat ze nog steeds achter het stuur. Ze deed het raampje open en rook vochtige aarde. Damp steeg op van het asfalt. Ze was maar één keer gestopt om te tanken, te plassen en koffie te kopen. Teddy was er doorheen geslapen.

Zelfs met de cafeïne in haar lijf had ze moeite haar ogen open te houden en zich te concentreren op het laatste stuk van de rit. Ze was zo moe dat ze vergat te bellen om te zeggen dat ze eraan kwam. Tegen de tijd dat ze het zich herinnerde en haar mobieltje pakte, bleek het geen dekking meer te hebben en kon ze de school niet laten weten dat ze in aantocht was.

Uiteindelijk bleek dat niets uit te maken. Er stond al iemand op haar te wachten bij het hek. Het was een beer van een vent die er vervaarlijk uitzag. Aan zijn riem hing een levensgroot jagersmes waarvan de vlijmscherpe tanden glinsterden in het zonlicht. Zelfs toen ze tot op een paar centimeter afstand van hem doorreed, verroerde hij geen vin. Hij stapte niet opzij, maar bleef met zijn armen over elkaar geslagen staan, onwrikbaar als een huis.

'Wie bent u en wat komt u hier doen?' vroeg hij.

Bezorgd keek ze naar de kruisboog die hij over zijn schouder had hangen. Ze vroeg zich af of ze soms verkeerd was gereden. Of ze in de rimboe van Dueling Banjos terecht was gekomen. Toen keek ze op naar de smeedijzeren boogpoort en zag het woord Evensong.

'Ik ben rechercheur Rizzoli. Ik word verwacht.'

Hij liep om de auto heen en keek naar de slapende jongen. 'Is dit de jongeheer Clock?'

'Ja. Ik moet hem op de school afleveren.'

Op de achterbank werd Teddy eindelijk wakker en toen hij de woest uitziende man naar hem zag kijken, slaakte hij een verschrikte kreet.

'Wees niet bang.' Hij sprak nu op een verrassend vriendelijke toon, voor zo'n vervaarlijk type. 'Mijn naam is Roman. Ik ben de boswachter van de school. Ik pas op de bossen en ik zal ook op jou passen.'

'Is Roman uw voornaam of uw achternaam?' vroeg Jane.

‘Zeg maar gewoon Roman, dat is goed genoeg,’ zei hij. Hij maakte het hek open. ‘Volg deze weg. Na vijf kilometer ziet u een meer. Aan de overkant daarvan staat het kasteel. U wordt verwacht.’ Hij gebaarde dat ze mocht doorrijden. ‘Langzaam rijden. Anders loopt u gevaar de beer aan te rijden.’

Ze dacht dat hij Beer bedoelde, de hond van Julian Perkins, maar ze had nog geen honderd meter door het bos gereden toen ze na een bocht in de weg op de rem stond. Een zwarte beer – een échte – stak kalmpjes over met twee welpen achter zich aan. Hun vacht glansde in de zon.

‘Moet je dat zien,’ zei Teddy stomverwonderd.

‘Zoiets kom je in de stad niet tegen.’ Ze wachtte tot het trio in het bos was verdwenen. ‘Ik zie de krantenkoppen al voor me,’ mompelde ze. ‘RECHERCHEUR UIT BOSTON OPGEVRETEN DOOR BEREN.’

‘Beren eten geen mensen.’

‘Weet je dat zeker?’

‘Zwarte beren eten hoofdzakelijk plantaardig voedsel.’

‘Maar niet uitsluitend?’

‘Nee.’

‘Niet erg geruststellend, moet ik zeggen.’ Ze reed door en vroeg zich af wat er nog meer uit het bos zou komen. Wolven. Poema’s. Eenhoorns. In dit woud leek je alles te kunnen verwachten.

Op de achterbank keek Teddy nu klaarwakker uit het raam, vol belangstelling voor wat hij allemaal zag. Misschien was deze school, diep in de wildernis, inderdaad de beste plek voor hem. Het was voor het eerst dat ze hem uit eigen beweging meer dan één zin had horen zeggen.

‘Zijn hier nog meer kinderen?’ vroeg hij.

‘Natuurlijk. Het is een school.’

‘Ja, maar het is zomer. Zijn ze niet met vakantie?’

‘Het is een kostschool. Er zijn er altijd wel een paar die het hele jaar door blijven.’

'Hebben die geen familie waar ze naartoe kunnen?'

Ze aarzelde. 'Sommigen niet.'

'Wonen ze het hele jaar hier?'

Ze wierp een blik over haar schouder, maar hij keek niet naar haar. Hij keek naar de muur van groen die langsgleed. 'Het lijkt mij hier wel fijn,' zei ze. 'Wat vind jij?'

'Ja,' zei hij, en hij voegde er zachtjes aan toe: 'Ik denk niet dat hij me hier kan vinden.'

12

Claire was de eerste die in de gaten had dat de nieuwe jongen was aangekomen. Toen ze uit het raam op de overloop keek, zag ze een auto de binnenplaats oprijden. De bestuurder bleek een kleine vrouw met een dikke bos donker, krullend haar te zijn. Ze droeg een spijkerbroek en een windjack en rekte zich uit alsof ze heel lang achter het stuur had gezeten. Toen liep ze naar de achterkant van de auto om twee kleine reistassen uit de kofferbak te halen.

Tegelijkertijd ging het achterportier open en stapte er nog iemand uit. Een jongen.

Claire drukte haar neus tegen de ruit om hem zo goed mogelijk te bekijken en zag een eivormig hoofd met lichtbruin haar dat opsprong rond een vals kruintje. Het was net Pinokkio, vond ze, met zijn dunne armen en benen en zijn houterige manier van lopen. Toen hij opkeek naar het kasteel en ze zijn bleke gezicht zag, dacht ze: zo moet een vampier eruitzien. Of iemand die heel lang in een kelder opgesloten heeft gezeten.

'Hé, daar hebben we de glimworm.'

Claire verbeet zich toen ze de gehate bijnaam hoorde. Briana en haar verwaande vriendinnen kwamen de trap af om te gaan ontbijten. De golden girls met hun glanzende haar en perfecte gebit.

'Waar kijk je naar?' vroeg een van hen.

'Misschien zoekt ze alvast een nieuwe plek uit waar ze vannacht kan gaan dolen.'

'O, kijk,' zei het andere meisje. 'Daar is de nieuwe jongen.'

Het drietal duwde Claire opzij om uit het raam te kijken.

'Is díé veertien?' zei Briana.

'Wisten jullie dat hij zou komen?' vroeg Claire.

Briana negeerde haar. 'Wat een scharminkel. Hij ziet eruit als tien.'

Ze zagen directeur Baum en dr. Isles naar buiten komen om de nieuweling te verwelkomen. Aan de manier waarop de twee vrouwen elkaar begroetten, kon je zien dat ze elkaar kenden.

'Hij ziet eruit als een insect,' zei een van de golden girls. 'Als zo'n enge bidsprinkhaan.'

Briana lachte en zei tegen Claire: 'Eindelijk een passend vriendje voor de glimworm.'

Een halfuur later zat iedereen in de eetzaal en kon Claire de jongen beter bekijken. Hij zat aan Julians tafel, bij de oudere jongens. Ze hadden hem vast daar neergezet zodat die hem op zijn eerste dag een beetje onder hun hoede konden nemen. Hij keek verdwaasd en een beetje angstig, alsof hij dacht dat hij op een onbekende planeet was beland. Misschien voelde hij dat Claire naar hem zat te staren, want opeens richtte hij zijn blik op haar en bleef toen naar haar kijken met een gezicht alsof Claire de enige persoon in de hele zaal was die hij interessant vond. Hij had in één keer de enige persoon eruit gepikt die net zo'n buitenbeentje was als hijzelf.

De directeur tikte met een lepeltje tegen zijn glas om de aandacht te trekken. De poten van zijn stoel schraapten over de vloer toen hij opstond.

'Goedemorgen allemaal,' zei hij. 'Zoals jullie hebben gezien, hebben we er een leerling bij. Vanaf morgen zal hij meedoen met de lessen.' Hij wees naar Pinokkio, die bloosde toen alle ogen opeens op hem gericht werden. 'Ik hoop dat jullie hem zullen helpen snel te acclimatiseren. Jullie weten vast nog wel hoe het was toen jullie hier net waren aangekomen. Zorg dus dat Teddy's eerste dag een succes wordt.'

Teddy. Geen achternaam. Ze vroeg zich af waarom meneer Baum die niet noemde. Ze bleef naar de jongen kijken en hij naar haar, en ze zag hem zijn mondhoeken bijna onmerkbaar optrekken tot een zo aarzelende glimlach dat ze bijna dacht dat ze het zich verbeeldde. Ze vroeg zich af waarom hij van alle meisjes in de zaal juist naar haar keek. De golden girls waren veel mooier en zaten dichter bij hem. Zij was de zonderling, het meisje dat altijd de verkeerde dingen zei. Het meisje dat een kogel in haar hoofd had gehad. *Waarom kijk je juist naar mij?*

Ze voelde zich een beetje opgelaten, maar het was ook wel spannend.

'Och, kijk nou. Hij zit naar je te staren.' Briana was ongemerkt achter Claire komen staan en fluisterde in haar oor. 'Zo te zien is meneer de bidsprinkhaan nu al verkikkerd op mevrouw de glimworm.'

'Laat me met rust.'

'Jullie kunnen samen leuke nieuwe baby-insectjes maken.'

Zonder iets te zeggen pakte Claire haar glas en smeet het sinaasappelsap tegen Briana aan. Het sap droop over de met glittertjes versierde spijkerbroek en de nieuwe ballerina's van haar rivale.

'Hebben jullie dat gezien?' gilde Briana. 'Hebben jullie gezien wat ze heeft gedaan?'

Zonder zich iets van haar gegil aan te trekken, stond Claire op en liep naar de deur. Onderweg zag ze de pukkelige Will Yablonski naar haar grijnzen en heimelijk zijn duim opsteken. Die Will was net zo'n rare als zij. Misschien was hij daarom altijd zo aardig tegen haar. Buitenbeentjes moesten het voor elkaar opnemen op deze gekkenschool, want hier hoorde niemand je gillen.

De nieuwe jongen, Teddy-zonder-achternaam, keek haar ook na. Ze voelde zijn ogen in haar rug.

Pas de volgende dag kreeg ze de kans met hem te praten. Ze had op donderdagmiddag staldienst en was bezig Plum Crazy, een van de vier paarden, te verzorgen. Van alle taken die de leerlingen op Evensong toegewezen kregen, vond ze juist de staldienst niet erg, ook al moest je de boxen uitmesten en balen hooi en houtsnippers sjouwen. Paarden klaagden niet. Ze stelden geen vragen. Ze keken alleen maar naar je met hun kalme, bruine ogen en vertrouwden erop dat je hen geen pijn zou doen. Omgekeerd wist Claire dat de paarden haar ook niets zouden doen, al zou Plum Crazy, met zijn harde hoeven en gewicht van vijfhonderd kilo, haar kunnen vermorzelen als hij in zijn box boven op haar zou gaan liggen. Kippen pikten tussen het hooi en Herman de haan kraaide luidkeels, maar Plum Crazy stond er rustig bij en hinnikte af en toe zachtjes, terwijl Claire met de roskam keer op keer over zijn flank streek. Het schurende geluid van de rubberen tanden van de kam had een hypnotiserend effect op haar. Ze ging zo op in het werk dat ze niet in de gaten had dat er iemand achter haar was komen staan. Pas toen ze haar hoofd ophief, zag ze Teddy over de halve deur van de box naar binnen kijken. Ze schrok zo dat ze de roskam bijna liet vallen.

'Wat doe jij hier?' snauwde ze. Geen vriendelijke begroeting.

'Sorry! Ik... ik wilde alleen maar... Ze zeiden dat ik...' Hij keek over zijn schouder, alsof hij hoopte dat iemand hem zou komen redden. 'Ik hou van dieren,' zei hij uiteindelijk. 'En mevrouw Welliver zei dat er hier paarden zijn.'

'En koeien en schapen. En domme kippen.' Ze gooide de roskam in een emmer die aan de wand hing. Het maakte een hard, boos geluid, al was ze niet boos. Ze vond het alleen niet leuk als iemand haar aan het schrikken maakte. Teddy deinsde achteruit.

'Hé,' zei ze, om het goed te maken, 'wil je hem aaien? Hij heet Plum Crazy.'

'Hij bijt toch niet?'

'Nee, hoor. Hij is zo mak als een lammetje.' Ze streelde de hals van het paard. 'Nietwaar, Plum?'

Teddy maakte behoedzaam de deur van de box open en ging naar binnen. Toen hij aarzelend het paard aaide, haalde Claire de roskam uit de emmer en ging door met borstelen. Een poosje zeiden ze helemaal niets, maar genoten ze samen van de vredige stilte in de stal, die rook naar paarden en verse houtsnippers.

Toen zei ze: 'Ik heet Claire. Claire Ward.'

'Ik heet Teddy.'

'Ja, dat weet ik.'

Hij legde zijn hand op Plums snuit. Het paard hief met een snelle beweging zijn hoofd op. Teddy schrok ervan en duwde zijn bril hoger op zijn neus. Zelfs in het schemerige licht van de stal kon Claire zien hoe bleek hij was. En wat was hij mager. Zijn polsen leken zo breekbaar als twijgen. Hij had opvallende ogen, grote ogen met lange wimpers, die je de indruk gaven dat hij heel veel in één keer in zich opnam.

'Hoe oud ben je?' vroeg ze.

'Veertien.'

'Meen je dat?'

'Waarom klink je zo verbaasd?'

'Omdat ik een jaar jonger ben dan jij en jij zo...' Ze had *klein* willen zeggen, maar op het laatste moment schoot haar een aardiger woord te binnen. '...verlegen bent.' Over de rug van het paard heen keek ze naar hem. 'Heb je ook een achternaam?'

'Rechercheur Rizzoli zei dat ik niet aan iedereen moet vertellen hoe ik heet.'

'Is dat de vrouw die je heeft gebracht? Is die van de politie?'

'Ja.' Hij waagde het om Plums neus weer te strelen en ditmaal vond het paard het goed.

Claire stopte met borstelen om naar de jongen te kijken. 'Waarom ben je hier?'

Hij keek haar aan met zijn grote, lichte ogen, maar gaf geen antwoord.

'Je mag er wel over praten, hoor,' zei ze. 'Dat doet iedereen hier. Op deze school is het juist de bedoeling dat je je verdriet van je af praat.'

'Dat is psychiatertaal.'

'Ik weet het. Ik heb verplichte sessies.'

'Jij? Waarom?'

Ze liet de roskam zakken. 'Omdat ik een gat in mijn hoofd heb. Toen ik elf was, heeft iemand mijn vader en moeder vermoord en mij in mijn hoofd geschoten.' Ze keek hem aan. 'Ik sta onder behandeling omdat ik het trauma moet verwerken. Het probleem is alleen dat ik me er niets van herinner.'

'Hebben ze de dader te pakken gekregen?'

'Nee. Die is nog op vrije voeten. En ik denk dat hij naar me op zoek is.'

'Waarom denk je dat?'

'Omdat het vier weken geleden weer is gebeurd. Toen heeft iemand mijn pleegouders vermoord. Daarom ben ik hier. Omdat het hier veilig is.'

'Ik ben om dezelfde reden hier naartoe gebracht,' zei hij zachtjes.

Ze bekeek hem met nieuwe interesse en zag het verdriet afgetekend op zijn bleke wangen en in zijn heldere ogen. 'Dan zit je op de juiste plek,' zei ze. 'Dit is de enige school voor ons soort kinderen.'

'Zijn alle andere kinderen hier dan ook omdat...'

'Daar kom je vanzelf wel achter,' zei ze. 'Als je hier maar lang genoeg blijft.'

Een gedaante nam het licht boven de deur weg. 'Ah, daar ben je,' zei Jane tegen Teddy. 'Ik zie dat je al bezig bent nieuwe vrienden te maken.' Ze glimlachte naar Claire.

'Ja,' zei Teddy.

'Sorry dan dat ik je kom storen, maar dr. Welliver wil met je praten.'

Hij keek naar Claire, die zijn onuitgesproken vraag in mime beantwoordde: *Psycholoog*.

'Ze wil je alleen maar een paar vragen stellen om je beter te leren kennen.' Rizzoli hield de deur van de box voor hem open. 'Ga je mee?'

Teddy liep de box uit en trok de deur achter zich dicht. Hij draaide zich om en fluisterde naar Claire: 'Teddy Clock.'

Hij zag eruit als een Teddy Clock, vond Claire, toen ze hem nakeek. Ze liep de box uit en duwde een kruiwagen met vuil stro naar buiten. Op het erf was die ellendige haan weer vervelend aan het doen. Hij pikte naar een van de kippen die fladderend aan hem probeerde te ontkomen. Zelfs kippen konden wreed zijn. Ze zijn net zo vals als mensen, dacht ze. Ze vallen elkaar aan, pikken elkaar zelfs dood. Opeens kon ze het niet meer aanzien dat de kip zo door de haan werd belaagd.

'Laat die arme kip met rust!' Ze schopte naar de haan, maar Herman vloog fladderend buiten haar bereik en kraaide brutaal. 'Rotbeest!' riep ze. Toen ze zich omdraaide, zag ze dat een van de golden girls in de paardenwei haar uitlachte. 'Wat sta jij daar dom te lachen?' snauwde ze.

'Achterlijk kind. Het zijn maar kippen. Waar maak je je druk om?'

'Bemoei je met je eigen zaken,' mompelde ze en ze liep de andere kant op.

Tot op het moment dat het fout ging, was alles volgens plan verlopen. Als er iets rampzaligs gebeurt, kun je achteraf meestal zien waar het eerste scheurtje was ontstaan, waar één verkeerde beweging het domino-effect in werking had gezet. Je moet om één slecht ei geen pannenkoek bederven, luidt een gezegde, en dat is waar. Je hoeft maar één detail over het hoofd te zien en je verliest een paard, een soldaat, een veldslag.

Op die avond in juni, met ons doelwit in het vizier, waren we er echter zeker van dat we zouden winnen.

In La Nonna hadden Icarus en zijn tafelgenoten hun dessert op. Wij bevonden ons in positie toen ze naar buiten kwamen, eerst de lijfwachten en daarna Icarus met zijn vrouw en zonen. Na de zware maaltijd en de glazen uitmuntende wijn was Icarus zo ontspannen dat hij niet bleef staan om de straat te verkennen, maar regelrecht naar zijn Volvo liep. Hij hielp zijn vrouw en kinderen in de auto en kroop toen zelf achter het stuur. De lijfwachten stapten in hun BMW*.*

Icarus trok als eerste op.

Precies op dat moment reed de bestelauto naar voren om de BMW *de pas af te snijden. De lijfwachten stapten uit en riepen boos naar de chauffeur van de bestelauto dat hij aan de kant moest gaan, maar hij negeerde hen en droeg op zijn gemak een krat uien naar La Nonna's keuken.*

Toen pas merkten de lijfwachten dat een van de banden van hun auto was doorgesneden en ze dus gestrand waren. Een hinderlaag. Icarus zag wat er gebeurde en reageerde zoals we verwacht hadden.

Hij gaf plankgas en ging met ronkende motor op weg naar de veiligheid van zijn huis op de heuvel.

Wij zaten in de auto achter hem. Een andere auto, met twee leden van ons team, stond honderd meter verderop te wachten en schoot vlak voor Icarus de weg op. Nu zat de Volvo tussen onze twee auto's in.

De weg liep in haarspeldbochten tegen de heuvel op en werd steeds smaller. Vlak voor een van de scherpste haarspeldbochten remde de eerste auto om de Volvo te dwingen langzamer te gaan rijden. Het plan was de Volvo tot stoppen te dwingen en Icarus er dan uit te sleuren en naar onze auto over te brengen. In plaats van af te remmen, verraste Icarus ons. Roekeloos gaf hij gas en schoot langs de eerste auto heen, ook al was de ruimte amper breed genoeg.

Niemand zag de vrachtwagen die de heuvel afkwam, tot het te laat was.

Icarus draaide in zijn wanhoop het stuur naar rechts, waardoor de auto tegen de vangrail klapte, terugveerde en dwars op de weg kwam te staan.

De rechterkant van de Volvo werd door de vrachtwagen geramd.

Nog voordat ik was uitgestapt, wist ik dat de vrouw dood was. Ik was degene die het portier aan Icarus' kant opentrok en als eerste de ravage in het voertuig zag. Lucia's gebroken lichaam. Het onherkenbare gezicht van de oudste zoon. En kleine Carlo, die nog bij bewustzijn was, maar niet lang meer zou leven. Hij keek naar me en ik zag de vraag in zijn ogen. Het is een vraag waar ik nog steeds geen duidelijk antwoord op heb: waarom?

We sleurden Icarus uit de Volvo. In tegenstelling tot zijn vrouw en kinderen was hij ongedeerd en verzette hij zich uit alle macht. Snel boeiden we zijn polsen en enkels. We duwden hem op de achterbank van mijn auto en gooiden een deken over hem heen.

De verbouwereerde vrachtwagenchauffeur was groggy en duizelig van de botsing en had geen idee wat er nu eigenlijk precies was gebeurd. Hij zou later aan de politie vertellen dat er goede samaritanen waren gestopt die de bestuurder van de Volvo hadden gered en hem vermoedelijk naar een ziekenhuis hadden gebracht. Onze bestemming was echter een privévliegveldje zestig kilometer verderop, waar een gecharterde jet met volle tanks stond te wachten.

We hadden onze taak volbracht, maar het had niet zo moeten eindigen, met drie onschuldige slachtoffers. We zijn gewend geslaagde missies te vieren met whisky en high fives. Die avond waren we stil. We waren bang voor de gevolgen.

We hadden geen idee hoe verschrikkelijk die zouden zijn.

13

De wind floot langs de ramen van dr. Wellivers spreekkamer en vanaf deze hoogte, in de toren van het kasteel, kon Jane goed zien dat donkere wolken zich samenpakten boven de bergen. Er was een zomerstorm op komst en de wind maakte Jane nerveus. Dr. Welliver was bezig kopjes en schoteltjes op een dienblad te zetten. Buiten zag het er onheilspellend uit, maar in de torenkamer met de gebloemde bank, de wierookstokjes en de kristallen hangers voor de ramen was het knus. Een oase van rust waar een getraumatiseerd kind in een gerieflijke fauteuil kon wegzinken en in alle veiligheid zijn diepste angsten delen. Vanwege de wierook leek het eerder op de salon van een excentrieke aardmoeder dan de spreekkamer van een psycholoog en Anna Welliver zag er ook een beetje excentriek uit, met haar weerbarstige grijze krullen, haar bloemetjesjurken en haar orthopedische schoenen.

'Ik heb de jongen nu achtenveertig uur kunnen observeren,' zei dr. Welliver, 'en ik moet zeggen dat ik me zorgen maak.' Op een apart tafeltje begon de elektrische waterkoker te razen en toen er stoom uit opsteeg, goot dr. Welliver het kokende water in een porseleinen theepot.

'Waar maakt u zich precies zorgen over?' vroeg Jane.

'Zo op het oog lijkt hij zich hier al opmerkelijk goed thuis te voelen. Hij heeft met plezier deelgenomen aan de lessen.

Mevrouw Duplessis zegt dat hij boven het niveau van zijn leeftijdgenoten uitsteekt. Meneer Roman heeft hem bij boogschieten een paar pijlen laten schieten en gisteravond trof ik hem in de computerkamer aan waar hij naar YouTube-filmpjes zat te kijken.'

Jane wierp een blik op Maura. 'Je kunt hier niet mobiel bellen, maar wel op internet surfen?'

'We kunnen het digitale tijdperk niet buiten de deur houden,' zei dr. Welliver met een lachje. Haar jurk bolde als een tent op rond haar vlezige lichaam toen ze zich in haar fauteuil liet neerzakken. 'We hebben uiteraard allerlei ongeschikte websites geblokkeerd en de kinderen weten dat ze nooit persoonlijke informatie zoals hun naam en adres mogen afgeven. Voor hun eigen veiligheid.'

'Wat voor deze kinderen dubbel zo belangrijk is,' zei Maura.

'Zoals ik dus al zei,' vervolgde dr. Welliver, 'ziet het ernaar uit dat Teddy nu al aan zijn nieuwe omgeving begint te wennen. Hij is zelfs al begonnen vriendschappen te sluiten.'

'Wat is dan het probleem?' vroeg Jane.

'Gisteren merkte ik tijdens onze sessie dat hij zich van zijn ouders veel dingen niet herinnert – of zich niet wenst te herinneren.'

'U weet dat er een reden is waarom hij zich de nacht waarin ze zijn gestorven, niet kan herinneren.'

'Ik weet dat ze op hun zeiljacht voor de kust van Saint Thomas zijn vermoord en dat er een explosie was waardoor Teddy het bewustzijn heeft verloren. Ik vraag me echter af of die explosie de enige verklaring is voor de hiaten in zijn geheugen. Als ik hem naar zijn ouders en zusjes vraag, vertoont hij ontwijkend gedrag. Hij komt met smoesjes. Dat hij honger heeft of naar de wc moet. Soms praat hij in de tegenwoordige tijd als hij het over hen heeft. Ik heb de indruk dat hij het verlies van zijn familie niet wil erkennen.'

'Hij was twaalf toen het gebeurde,' zei Maura. 'Dat is nog vrij jong.'

'Maar er zijn inmiddels twee jaren verstreken. Dat zou voldoende tijd moeten zijn om het verlies te verwerken, net zoals de andere kinderen hier dat hebben gedaan. Nee, met Teddy hebben we nog veel werk voor de boeg. Om te beginnen moeten we hem helpen uit deze ontkenningsfase te komen. Hij moet leren accepteren dat zijn ouders en zusjes er niet meer zijn.' Ze keek Jane aan. 'Ik ben blij dat u hem hierheen hebt gebracht, mevrouw Rizzoli. Ik hoop dat hij mag blijven.'

'Het was een noodmaatregel en ik ga er niet over waar hij uiteindelijk kan of mag blijven.'

'Gisteravond heeft de raad van bestuur van Evensong unaniem besloten Teddy te accepteren. Hij mag hier op kosten van de school blijven. Zou u dat aan de betrokken instanties willen doorgeven? We willen die graag van dienst zijn.'

'En u kunt mij van dienst zijn door me iets meer te vertellen over die twee andere kinderen. Claire Ward en Will Yablonski,' zei Jane.

Welliver stond op om de inmiddels getrokken kruidenthee in te schenken. Ze gaf haar bezoekers ieder een kopje, ging weer zitten en deed drie lepeltjes suiker in haar eigen kopje. 'Dat is een nogal precaire kwestie,' zei ze. 'Het gaat om vertrouwelijke informatie.'

'Ik zit ook met een precaire kwestie,' zei Jane. 'Namelijk hoe ik ervoor kan zorgen dat Teddy niet wordt vermoord.'

'Waarom denkt u dat er verband bestaat tussen deze drie kinderen?'

Het was Maura die antwoord gaf. 'Vanwege de bijna griezelige toevalligheden. Daarom heb ik Jane gebeld. Er zijn te veel overeenkomsten. Drie gezinnen worden in hetzelfde jaar vermoord. Zelfs in dezelfde week. Twee jaar later worden er nieuwe aanslagen gepleegd op de overlevende kinderen. Ook ditmaal gebeurt dat binnen een zeer kort tijdsbestek.'

'Ik ben het met u eens dat het eigenaardig is.'

'Het is niet alleen eigenaardig,' zei Jane.

'Toch moet het toeval zijn.'

Jane leunde naar voren en keek dr. Welliver diep in de ogen. 'Hoe kunt u de mogelijkheid dat er verband tussen deze families bestaat zo resoluut van de hand wijzen?'

'Omdat die families op heel verschillende plaatsen zijn vermoord. De Clocks op hun zeilboot in de Bahama's. Claire's ouders in Londen.'

'En de ouders van Will?'

'De Yablonski's zijn omgekomen toen hun privévliegtuig in Maryland neerstortte.'

Jane fronste. 'Ik dacht dat de Yablonski's ook vermoord waren. Dit klinkt als een ongeluk.'

Dr. Welliver keek even opzij, naar de glazen deur van de torenomgang, waarachter mistflarden door de wind uiteen werden geblazen. 'Ik heb u al te veel verteld. Dit zijn mijn patiënten. Ze vertrouwen erop dat hun geheimen bij mij veilig zijn. Ik dien me te houden aan de regels van de vertrouwensrelatie tussen arts en patiënt.'

Jane zei: 'Ik hoef de telefoon maar te pakken en de autoriteiten bellen om die gegevens te krijgen, maar het is veel eenvoudiger als u het me gewoon vertelt. Was het een ongeluk, ja of nee?'

Dr. Welliver dacht nog even na en zei toen: 'Nee, het was geen ongeluk. De NATIONAL TRANSPORT SAFETY BOARD is tot de conclusie gekomen dat er sprake was van sabotage. Maar nogmaals, er kan geen verband zijn met de andere twee families. De enige overeenkomst is dat ze allemaal zijn vermoord.'

'Neem me niet kwalijk dat ik het zeg,' zei Jane, 'maar het is *mijn* taak dergelijke conclusies te trekken, niet de uwe. Misschien zal uiteindelijk blijken dat het inderdaad toeval is, maar voor mijn onderzoek moet ik ervan uitgaan dat er opzet in het spel was. Want als ik iets over het hoofd zie, zitten we straks misschien met drie dode kinderen.'

Welliver zette haar theekopje neer en bekeek Jane alsof ze

probeerde te peilen hoe vastberaden ze was. Toen stond ze op en liep met schuifelpasjes naar een dossierkast, waar ze in snuffelde tot ze een map had gevonden. 'Het vliegtuig van de Yablonski's is kort na het opstijgen neergestort,' zei ze. 'Neil Yablonski vloog zelf. Hij en zijn vrouw waren de enige passagiers. Aanvankelijk dacht men dat het een ongeluk was.' Ze kwam terug met Wills dossier en gaf het aan Jane. 'Maar de onderzoekers van de NTSB hebben sporen gevonden van explosieven. De politie heeft naar een motief gezocht, een reden waarom juist dit echtpaar een doelwit was, maar hebben het antwoord op die vraag niet gevonden. Gelukkig zat hun zoon, Will, die dag niet bij zijn ouders in het vliegtuig. Hij was dat weekend bij zijn oom en tante, omdat hij aan een wetenschappelijk project wilde werken.'

Jane deed de map open en begon het inschrijfformulier te lezen.

Veertienjarige blanke jongen zonder naaste familieleden. Naar ons verwezen door de staat New Hampshire nadat het huis van zijn oom en tante, Brian en Lynn Temple, die sinds de dood van zijn ouders twee jaar eerder het voogdijschap over hem hadden, onder verdachte omstandigheden door brand volledig was verwoest...

Jane las de volgende paragraaf en keek op naar Welliver, die nog een schepje suiker toevoegde aan haar kop kruidenthee. 'Hier staat dat men de jongen korte tijd verdacht van de brand in New Hampshire.'

'De politie moest die mogelijkheid in overweging nemen, omdat Will de enige was die de brand had overleefd. Hij had tegen de politie gezegd dat hij buiten door zijn telescoop stond te kijken toen het huis ontplofte. Een passerende automobiliste zag de vlammen en is gestopt om te helpen. Zij is degene die de jongen naar het ziekenhuis heeft gebracht.'

'De jongen stond toevallig buiten door zijn telescoop te kijken toen het huis ontplofte?'

'Wills vader en oom waren NASA-wetenschappers die in het Goddard Space Flight Center in Maryland werkten. Het is geen toeval dat Will amateurastronoom is.'

'Een nerd,' zei Jane.

'Dat zou je kunnen zeggen. Dat is ook de reden waarom de politie hem korte tijd als verdachte beschouwde. De jongen is intelligent genoeg om een bom te kunnen maken. Maar hij had geen motief.'

'Voor zover ze weten.'

'Ik heb Will leren kennen als een keurig opgevoede jongen die goed kan leren. Hij is een kei in wiskunde. Ik heb bij hem geen spoor van agressie kunnen vinden. Op het sociale vlak doet hij het minder goed. Zijn oom en tante in New Hampshire gaven hem thuis les, waardoor hij niet veel contact had met andere kinderen. Dat zou een van de redenen kunnen zijn waarom hij moeite heeft vriendschappen te sluiten.'

'Waarom kreeg hij thuis les?' vroeg Maura.

'Hij had op zijn school in Maryland nogal wat problemen. Het arme kind werd erg gepest.'

'Waarom?'

'Vanwege zijn gewicht.' Dr. Welliver keek neer op haar eigen omvangrijke lichaam, dat ze slechts tot op zekere hoogte kon camoufleren met wijde jurken. 'Ik heb zelf mijn hele leven problemen gehad met mijn gewicht, dus weet ik hoe het voelt als je wordt uitgelachen. Kinderen kunnen bijzonder wreed zijn. Will werd gepest vanwege zijn gewicht en zijn onbeholpen gedrag. Op Evensong nemen we maatregelen als we zien dat een kind getreiterd wordt, maar we zijn niet altijd overal bij. Ondanks de plagerijen is Will altijd goedgehumeurd. Hij is lief voor de jongere kinderen. Hij is een prettige leerling, die nooit problemen veroorzaakt.' Welliver pauzeerde even en zei toen: 'In tegenstelling tot het meisje.'

'Claire Ward,' zei Jane.

Welliver zuchtte. 'Onze nachtbraker.' Ze hees zich weer uit haar stoel en liep opnieuw naar de dossierkast, ditmaal om Claire's map te zoeken. 'Claire bezorgt ons heel wat kopzorgen en het houdt allemaal verband met haar neurologische problemen.'

'Wat bedoelt u met *neurologische problemen*?'

Welliver draaide zich naar haar om. 'Claire was erbij toen haar ouders werden vermoord. Ze zijn alle drie in hun hoofd geschoten. Claire heeft dat als enige overleefd.'

Jane hoorde in de verte de donder rommelen. De lucht was onheilspellend zwart geworden. Ze keek naar haar arm en zag dat de haartjes overeind kwamen, alsof er een kille wind over haar huid streek.

Welliver gaf haar Claire's map. 'Het is gebeurd toen het gezin na een etentje in een restaurant naar hun auto liep. Claire's vader, Erskine Ward, werkte voor Buitenlandse Zaken in Londen, Rome en Washington. Haar moeder, Isabel, was huisvrouw. Vanwege Erskine's baan op de Amerikaanse ambassade was men eerst bang dat het om een terreuraanval ging, maar uiteindelijk is de politie tot de conclusie gekomen dat het waarschijnlijk een gewapende overval was die uit de hand is gelopen. Claire heeft de politie niet kunnen helpen, omdat ze zich niets van de aanval herinnert. Ze herinnert zich alleen dat ze na de operatie in het ziekenhuis wakker werd.'

'Voor een meisje dat een kogel in haar hoofd heeft gehad, gedraagt ze zich opvallend normaal,' zei Jane.

'Op het eerste gezicht ziet ze er inderdaad volkomen normaal uit.' Welliver keek Maura aan. 'Zelfs u hebt haar gebreken niet meteen ontdekt, nietwaar, dr. Isles?'

'Nee,' moest Maura bekennen. 'Ze zijn vrijwel onzichtbaar.'

'Toen de kogel in haar hoofd drong,' zei Welliver, 'heeft dat diaschisis veroorzaakt. Dat is Grieks voor "geschokte gedachten". Omdat ze pas elf was, waren haar hersenen nog kneedbaar, waardoor ze bijna volledig heeft kunnen herstellen. De taalfunctie en de motorische functies zijn vrijwel helemaal in orde, evenals haar geheugen. Behalve dan dat ze zich van die avond in Londen niets herinnert. Vóór de aanval kon ze erg goed leren en werd ze zelfs begaafd genoemd, maar ik ben bang dat ze nu nooit meer zal uitblinken.'

'Kan ze wel een normaal leven leiden?' vroeg Jane.

'Niet voor honderd procent. Zoals veel mensen die hersenletsel hebben, is ze impulsief. Ze neemt risico's en zegt dingen zonder over de gevolgen na te denken.'

'Dat klinkt als het gedrag van een normale tiener.'

Dr. Welliver lachte. 'Dat is waar. *Tienerbrein* is een diagnose die helemaal op zichzelf staat. Maar ik ben bang dat Claire dit nooit zal ontgroeien. Zelfbeheersing zal voor haar altijd een probleem blijven. Ze is opvliegend en flapt eruit wat er in haar hoofd opkomt. Het veroorzaakt nu al problemen. Ze heeft voortdurend ruzie met een van de andere meisjes hier. Het begon met schelden en haatbriefjes. Dat ging over in pootje haken, duwen en slaan. Ze vernielen elkaars kleren en stoppen wormen in elkaars bed.'

'Zo waren mijn broers en ik ook,' zei Jane.

'Maar u en uw broers zijn dat, naar ik hoop, ontgroeid. Claire zal altijd eerst doen en dan pas denken. En dat is erg gevaarlijk, gezien haar andere neurologische probleem.'

'En dat is?'

'Haar slaap-waakritme is volledig verstoord. Dat komt veel voor bij patiënten met een hoofdwond, maar bij de meesten uit het zich in overmatige slaperigheid. Ze slapen meer dan andere mensen. Bij Claire is het om de een of andere reden precies het tegenovergestelde. Ze is rusteloos, vooral 's nachts. Dan is ze klaarwakker. Ze schijnt genoeg te hebben aan vier uur slaap per etmaal.'

'Op mijn eerste avond hier heb ik haar in de tuin gezien,' zei Maura. 'Dat was na middernacht.'

Welliver knikte. 'Rond die tijd is ze erg actief. Ze is een nachtdier geworden. We noemen haar onze nachtbraker.'

'En u vindt het goed dat ze 's nachts in haar eentje buiten rondzwerft?' vroeg Jane.

'In Ithaca zijn haar pleegouders er nooit in geslaagd haar daarvan te weerhouden. Ze hebben van alles geprobeerd: medicijnen, afgesloten deuren, dreigen met straf. Dit zal nu altijd Claire's gedragspatroon blijven, dus moet ze leren ermee om te gaan. Ze is hier geen gevangene, dus hebben we besloten haar niet als zodanig te behandelen.'

'Door haar toe te staan midden in de nacht rond te zwerven?'

'Gelukkig zijn er in de bossen van Maine niet veel dingen die gevaarlijk zijn voor de mens. Geen gifslangen, geen grote roofdieren, en de zwarte beren zijn banger voor ons dan wij voor hen. Het ergste wat haar kan overkomen, is dat ze op een egel trapt of haar enkel verstuikt als ze per ongeluk in een hol van een dier stapt. Claire zal levenslang met deze afwijking behept blijven en zal zich moeten behelpen. Maar eerlijk gezegd kan ze beter hier in de bossen rondzwerven dan in de stad.'

Dat kon Jane niet ontkennen. Ze wist beter dan wie ook waar de gevaarlijkste beesten zich ophielden. 'En als ze over een paar jaar van school komt? Wat dan?'

'Dan zal ze zelf haar weg moeten kiezen. Intussen proberen wij haar te leren hoe ze met haar kwaal moet omgaan. Dat is ons doel. Dat is de reden van bestaan van deze school. Deze kinderen leidinggeven opdat ze straks een geschikte plek in de maatschappij kunnen vinden. Een maatschappij die hen tot nu toe niet vriendelijk heeft behandeld.' Welliver wees naar de dossierkast. 'We hebben tientallen leerlingen als Claire. Sommigen van hen waren zo getraumatiseerd toen ze hier aankwamen, dat ze nauwelijks konden praten. Of ze werden elke nacht gillend wakker. Maar kinderen zijn veerkrachtig. Met de juiste hulp kunnen ze herstellen.'

Jane deed Claire's map open. Net als bij Will begon het met

de initiële evaluatie van dr. Welliver. Ze bladerde naar een samenvatting van het onderzoek van de politie van Ithaca. 'Was er een reden waarom Claire juist bij de Buckleys was geplaatst?'

'Bob en Barbara Buckley waren vrienden van Claire's ouders en stonden als voogden genoemd in hun testament. Ze hadden zelf geen kinderen en toen ze Claire in huis namen, hadden ze meteen hun handen vol.'

Jane las de samenvatting over de moord op de Buckleys en zei tegen Maura: 'Eerst is hun auto geramd en toen hebben ze een kogel in hun hoofd gekregen.'

'Het zag er inderdaad uit als moord met voorbedachten rade,' zei dr. Welliver. 'Maar de Buckleys hadden geen vijanden, voor zover men wist. En dat brengt ons op de vraag of Claire het doelwit was, omdat zij ook in de auto zat.'

'Waarom is ze dan in leven gebleven?' vroeg Jane.

Dr. Welliver haalde haar schouders op. 'Goddelijke tussenkomst.'

'Pardon?'

'Vraag maar aan Claire. Ze kan u precies vertellen hoe het is gegaan. Ze zat vast in de auto. Ze hoorde de schoten. Ze zag de moordenaar zelfs pal naast haar staan. Opeens verscheen er iemand anders op het toneel. Claire noemt haar een "engel". Een vrouw die haar heeft geholpen uit de auto te komen en bij haar is gebleven.'

'Heeft de politie die vrouw ondervraagd? Heeft *zij* de moordenaar gezien?'

'Helaas is de vrouw verdwenen toen de politie arriveerde. Claire is de enige die haar heeft gezien.'

'Dan kan het best zijn dat ze helemaal niet bestaat,' zei Maura. 'Dat Claire zich haar heeft ingebeeld.'

Dr. Welliver knikte. 'De politie twijfelde ook aan het bestaan van die mysterieuze vrouw, maar niet aan het feit dat de pleegouders waren vermoord. Daarom is Claire naar Evensong gebracht.'

Jane deed de map dicht en keek de psycholoog aan. 'Dat brengt me op een andere vraag. Hoe is ze hier precies gekomen?'

'Ze is naar ons doorverwezen.'

'Ik weet zeker dat er in de staat New York ook kostscholen en weeshuizen zijn. Waarom is ze naar Evensong gestuurd? En hoe is Will Yablonski hier terechtgekomen? Waarom is hij niet naar een kostschool in New Hampshire gestuurd?'

Dr. Welliver keek niet naar Jane. Ze keek naar een van de kristallen die voor het raam hingen. Op een zonnige dag liet dat brok kwarts regenbogen door de kamer dansen, maar op deze donkere ochtend hing het daar alleen maar, zonder hen de magie van gebroken lichtstralen te laten zien. 'Evensong heeft een reputatie,' zei ze. 'We geven veel van deze kinderen gratis onderdak en scholing. Ze kosten de overheid niets. De autoriteiten zijn in het hele land op de hoogte van het werk dat wij hier doen.'

'Omdat de Mefisto Club overal zit,' zei Jane. 'Omdat u overal spionnen hebt.'

Welliver keek haar aan. 'U en ik staan aan dezelfde kant,' zei ze kalm. 'Daar moet u nooit aan twijfelen.'

'Wat mij stoort, zijn de complottheorieën.'

'Kunnen we het in elk geval met elkaar eens zijn dat de onschuldigen beschermd moeten worden? Dat wonden geheeld moeten worden? Op Evensong doen we beide. Het is waar dat we ons bezighouden met de gewelddaden die over de hele wereld worden gepleegd. Dat we zoeken naar een patroon, zoals goede wetenschappers betaamt. Omdat wij ook slachtoffers zijn en ervoor hebben gekozen terug te vechten.'

Er klopte iemand op de deur. Ze keken allemaal om en zagen een kleine, pezige, Aziatische jongen binnenkomen.

Dr. Welliver begroette hem met een moederlijke glimlach. 'Dag, Bruno. Heb je iets nodig?'

'We hebben in het bos iets gevonden. In een boom,' zei de jongen hijgend.

'Het bos staat vol met bomen. Wat is er zo bijzonder aan deze boom?'

'We weten niet precies wat het betekent. De meisjes staan allemaal te gillen...' Bruno haalde diep adem en Jane zag nu pas dat hij op zijn benen stond te trillen. 'Meneer Roman heeft gevraagd of u zo snel mogelijk kunt komen.'

Dr. Welliver kwam geschrokken overeind. 'Wijs ons de weg.'

14

Met veel gestommel daalden ze achter de jongen aan de drie trappen af. Buiten greep de wind Jane's haar en ze had meteen spijt dat ze niet eventjes haar jas was gaan halen. De donkere wolken die ze vanuit de torenkamer had gezien, waren al erg dichtbij, de bomen kraakten en kreunden en het rook naar regen. Ze liepen het bos in, geleid door de jongen die geen pad leek te volgen. Nu zoveel voeten dorre takken lieten knappen en droge bladeren verpletterden, hielden de vogels zich stil. Jane hoorde alleen het lawaai dat zij zelf maakten en het loeien van de wind.

'Volgens mij zijn we verdwaald,' zei Jane na een poosje.

'Nee, hij neemt de kortste weg,' antwoordde dr. Welliver. Ondanks haar tentjurk lukte het haar in een gestaag tempo door het bos te sjouwen, achter het iele jongetje aan dat voor hen uit dartelde.

Hoe dieper ze in het bos doordrongen, hoe dichter de bomen bij elkaar stonden. Ze konden vanwege het dichte gebladerte de hemel niet eens meer zien en alhoewel het midden op de ochtend was, was het vrij donker tussen de bomen.

'Weet u zeker dat hij de weg weet?'

'Heel zeker. Bruno weet precies waar hij zijn moet.' Dr. Welliver wees haar een gebroken tak aan.

'Heeft hij zijn pad gemarkeerd?'

De psycholoog wierp een blik over haar schouder. 'Onderschat onze leerlingen niet.'

Het kasteel was allang uit het zicht verdwenen. Waar Jane ook keek, ze zag alleen nog maar bomen. Hoe ver waren ze het bos in gelopen? Vijfhonderd meter? Een kilometer? En dit heette de kortste weg te zijn? Ze merkte dat de veters van een van haar schoenen waren losgeraakt en ging op haar hurken zitten om ze vast te knopen. Toen ze weer overeind kwam, kon ze de anderen nog maar nét zien. Als ze hen hier kwijtraakte, zou ze dagen kunnen ronddolen zonder het kasteel terug te vinden. Ze snelde achter hen aan en toen ze even later door wat struikgewas heen waren gedrongen, kwam ze uit op een open plek.

Onder een indrukwekkende wilgenboom stonden meneer Pasquantonio en Roman de boswachter. Apart van hen stond een groepje kinderen. Ze dromden dicht bij elkaar, alsof ze beschutting zochten tegen de wind.

'We zijn nergens aangekomen. We hebben alles precies zo gelaten als we het hebben gevonden,' zei Roman tegen dr. Welliver. 'Maar we hebben geen flauw idee wat het moet voorstellen.'

'Het is gewoon een domme stunt,' zei Pasquantonio. 'Iets wat je van tieners kunt verwachten.'

Dr. Welliver liep naar de wilgenboom en keek omhoog. 'Wie heeft dit heeft gedaan?'

'Er heeft nog niemand bekend,' zei Roman.

'Maar iedereen weet dat *zij* het heeft gedaan,' zei een meisje met donker haar. Ze wees naar Claire. 'Ik heb haar gisteravond weer stiekem naar buiten zien gaan.'

'Niet waar. Ik heb het niet gedaan,' zei Claire. Ze stond apart van de anderen, dichter bij de bomen, met haar armen verdedigend over elkaar geslagen.

'Liegbeest. Ik heb zelf gezien dat je buiten was.'

'Briana,' zei dr. Welliver, 'zonder bewijs wordt er niemand beschuldigd.'

Jane liep naar voren om te zien wat er precies aan de hand

was. Aan een lage tak van de wilgenboom hingen drie uit twijgen en touw vervaardigde poppetjes, als een rustiek soort kerstversiering. Toen ze dichterbij kwam, zag ze dat een van de popjes een rokje droeg van berkenbast. Dat moest dus een vrouw voorstellen. De poppetjes draaiden langzaam om hun eigen as, als veroordeelden aan de strop, en waren besmeurd met iets wat eruitzag als bloed. Hoog in de boom krasten een paar kraaien en toen Jane opkeek, zag ze waar het bloed vandaan kwam. Het dode beest hing pal boven haar hoofd. Nu rook ze de stank van verrotting. Vol walging deinsde ze achteruit, haar blik gefixeerd op het karkas aan de tak.

'Wie heeft het ontdekt?' vroeg dr. Welliver.

'Eigenlijk wij allemaal samen,' zei Roman. 'Ik maak met de leerlingen om de zoveel dagen een wandeling door het bos om ze te laten zien hoe de natuur verandert. Zij zagen dit hangen...,' hij wees naar Briana en haar vriendinnen, '...en begonnen te krijsen.' Hij trok zijn mes uit de schede en sneed het touw door waaraan het karkas hing. De haan kwam met een plofje op de grond terecht. 'Alsof ze nooit kip hebben gegeten,' mompelde hij half binnensmonds.

'Het is Herman,' zei een van de jongens. 'Iemand heeft Herman doodgemaakt.'

Niet alleen doodgemaakt, dacht Jane, maar opengesneden, de ingewanden naar buiten getrokken en hem opgehangen voor de kraaien. Dit was niet zomaar een grapje. Het was om misselijk van te worden.

Dr. Welliver keek naar de kinderen, die angstig bij elkaar stonden. De eerste regendruppels spetterden op hen neer. 'Kan iemand hier iets meer over vertellen?'

'Ik heb Herman vanochtend niet horen kraaien,' zei een van de meisjes. 'Ik word elke ochtend wakker van zijn gekraai, maar vandaag heb ik hem niet gehoord.'

'Ik ben hier gisteren nog geweest,' zei Roman. 'Toen hing er niets. Het moet dus vannacht gedaan zijn.'

Jane keek zijdelings naar Claire. *De nachtbraker*. Het meisje voelde haar blik en staarde hooghartig terug. Ze keek alsof ze iedereen uitdaagde te bewijzen dat zij de dader was.

Er kwamen nu dikke regendruppels neer. Dr. Welliver keek naar het groepje kinderen en spreidde haar armen alsof ze hen aan haar borst wilde drukken. 'Als iemand hierover wil praten, mijn deur is altijd open. En wat er onder vier ogen wordt besproken, blijft onder ons. Dat weten jullie.' Ze slaakte een zucht en keek op naar de donkere lucht. 'Ga maar gauw terug, voordat het begint te plenzen.'

De kinderen liepen weg, maar de volwassenen bleven nog even onder de wilgenboom staan. Toen de leerlingen buiten gehoorsafstand waren, zei dr. Welliver zachtjes: 'Dit is erg verontrustend.'

Maura liep naar de haan en ging op haar hurken zitten om hem te bekijken. 'Zijn nek is gebroken. Dat zal de doodsoorzaak zijn. Maar dat hij is opengesneden en hier opgehangen, op een plek waar iedereen hem zou zien...' Ze keek naar dr. Welliver. 'Dat moet een bepaalde betekenis hebben.'

'Het betekent dat jullie hier met een ernstig gestoord kind zitten,' zei Jane. Ze wees naar de poppetjes. 'En wat moeten we daarvan denken? Het zijn net voodoopoppetjes. Waarom zou ze dit gedaan hebben?'

'Wie is ze?' zei Welliver.

'Claire mag het dan wel ontkennen, maar alle kinderen liegen.'

Dr. Welliver schudde haar hoofd. 'Claire is vanwege haar hersenletsel impulsief geworden, maar door haar verwonding is haar het vermogen ontnomen te liegen. Claire zegt precies wat ze denkt, ook als ze daardoor in de problemen komt. Als ze zegt dat ze het niet heeft gedaan, dan heeft ze het niet gedaan.'

'Wie heeft het dan gedaan?' vroeg Roman.

Achter hen zei iemand: 'Waarom denkt u dat dit het werk van een leerling moet zijn?'

Ze draaiden zich allemaal om en zagen Julian aan de rand van de open plek staan. Hij was zo stilletjes teruggekomen, dat ze hem niet hadden gehoord.

'U gaat er zonder meer van uit dat een van ons het heeft gedaan,' zei Julian. 'Dat is niet eerlijk.'

Pasquantonio lachte. 'Je denkt toch niet dat een docent de boosdoener is?'

'U hebt ons geleerd dat je nooit ergens klakkeloos van mag uitgaan. Dat je alles moet onderzoeken.'

'Wat wil je, Julian?' vroeg Pasquantonio geïrriteerd.

Julian rechtte zijn rug. 'Ik wil de haan.'

'Geen sprake van. Hij is al helemaal aan het verrotten,' zei Roman. Hij pakte het touw en slingerde het karkas het bos in. 'De kraaien hebben zich er al aan te goed gedaan. Laat ze nu de rest ook maar opeten.'

'Mag ik dan de poppetjes hebben?'

'Ik gooi ze liever in het vuur. Dan kunnen we deze hele zaak vergeten.'

'Door ze te verbranden neemt u het raadsel niet weg, meneer.'

'Waarom wil je de poppetjes hebben, Julian?' vroeg Maura.

'Omdat we nu elkaar erop aankijken. We vertrouwen elkaar niet meer en vragen ons af wie deze walgelijke stunt heeft uitgehaald.' Hij wendde zich tot meneer Pasquantonio. 'De poppetjes zijn bewijsmateriaal dat door de Jakhalzen geanalyseerd kan worden.'

'De Jakhalzen? Wie zijn dat nou weer?' vroeg Jane. Ze keek daarbij naar Maura, maar die gaf aan dat zij het ook niet wist.

'Het is de forensische club van de school,' zei dr. Welliver. 'Hij is jaren geleden opgericht door een leerling die Jack Jackman heette.'

'Vandaar de naam Jakhalzen,' zei Julian. 'Ik ben de nieuwe voorzitter en dit project is echt iets voor ons. We hebben geleerd hoe je bloedspatten moet onderzoeken. We kunnen dit bewijsmateriaal analyseren.'

'Kijk eens aan.' Jane lachte en zei tegen Maura: 'Forensische onderzoekers in de dop!'

'Oké. Neem ze maar mee.' Roman hief zijn jachtmes op om de poppetjes van de tak te snijden en gaf het bungelende trio aan Julian. 'Veel succes ermee.'

'Dank u wel.'

De donder rommelde en Roman keek omhoog. 'En laten we nu maar gauw naar binnen gaan,' zei hij. 'Ik ruik de bliksem al en je weet maar nooit waar die inslaat.'

15

'Heb jij het gedaan?'

Claire had de vraag zien aankomen. Toen iedereen op de open plek in het bos met open mond had staan staren naar wat er in de wilgenboom hing, had ze gemerkt dat Will naar haar keek met deze vraag op zijn lippen. Hij was daarginds zo verstandig geweest zijn mond dicht te houden, maar op de terugweg naar het kasteel waren ze een stukje achtergebleven en nu zei hij: 'De anderen denken allemaal dat jij het hebt gedaan.'

'Ze zijn niet goed wijs.'

'Dat heb ik ook gezegd. Maar jij was vannacht wel buiten.'

'Je weet dat ik niet kan slapen.'

'Weet je wat? Maak me de volgende keer wakker, dan gaan we samen naar buiten.'

Ze stopte naast de beek. Regendruppels spatten op hun gezicht en trommelden op de bladeren. 'Wij samen? Jij en ik?'

'Volgens de weersverwachting is het morgenavond droog en helder. Als je wilt, mag je door mijn telescoop kijken, dan zal ik je heel mooie sterrenstelsels laten zien.'

'Je kent me helemaal niet, Will.'

'Ik ken je beter dan je denkt.'

'O ja, sorry, we zijn al jaren bevriend.' Ze had het niet sarcastisch bedoeld, maar toen ze het had gezegd, kon ze het niet meer terugnemen, ook al wilde ze dat nog zo graag. Ze zei aldoor dingen die ze meteen weer terug zou willen nemen. Ze liep door, merkte dat Will niet met haar mee liep en draaide zich om. Hij was bij de beek blijven staan en keek naar het water dat bruisend over de stenen stroomde.

'Waarom zouden we geen vrienden kunnen zijn?' vroeg hij heel kalm. Hij keek haar aan. 'Wij zijn niet zoals iedereen. Jij en ik, we zijn...'

'Geschift.'

'Dat is niet wat ik wilde zeggen.'

'Nou, *ik* ben geschift,' zei ze.

'Waarom zeg je dat?'

'Iedereen zegt het, zelfs de psycholoog. Wil je bewijs?' Ze pakte zijn hand en drukte zijn vingers op het litteken op haar hoofd. 'Voel je dat? Hier hebben ze mijn schedel opengezaagd. Daarom blijf ik de hele nacht wakker, als een vampier. Omdat mijn hersenen beschadigd zijn.'

Hij trok zijn hand niet weg, zoals ze had verwacht, maar liet hem liggen en streelde het litteken dat het uiterlijke bewijs was dat er met haar iets niet in orde was. Will mocht er misschien niet al te aantrekkelijk uitzien, dik en pukkelig als hij was, maar opeens zag ze wat een mooie ogen hij had. Vriendelijke, bruine ogen met lange wimpers. Hij bleef haar aankijken, alsof hij probeerde te raden wat er in haar hoofd omging. Alle dingen die ze hem niet durfde te vertellen.

Ze duwde zijn hand weg en liep door over het pad tot ze bij de rand van het meer was. Daar bleef ze staan. Ze staarde naar het water dat er vanwege de regen pokdalig uitzag, hopend dat Will achter haar aan was gekomen.

Even later stond hij naast haar. Er blies een koude wind over het water en ze sloeg huiverend haar armen om haar lichaam. Will leek niet eens te merken hoe koud het was, ook al droeg hij alleen maar een spijkerbroek en een vochtig T-shirt dat aan zijn mollige lichaam plakte.

‘Deed het pijn?’ vroeg hij. ‘Toen je die kogel in je hoofd kreeg?’

Automatisch bracht ze haar hand naar haar hoofd. Naar de deuk die het einde markeerde van haar leven als een normaal meisje. Een meisje dat ’s nachts sliep en op school goede cijfers haalde. Een meisje dat niet steeds op de verkeerde momenten de verkeerde dingen zei. ‘Ik weet het niet,’ zei ze. ‘Het laatste wat ik me van vóór het incident herinner, is dat ik met mijn vader en moeder in een restaurant zat. Ze wilden dat ik iets nieuws zou proberen, maar ik wilde spaghetti. Ik bleef zeuren om spaghetti, spaghetti, en uiteindelijk zei mijn moeder tegen de kelner dat hij me dan maar spaghetti moest geven. Dat is het laatste wat ik me herinner. Dat mijn moeder zich aan me ergerde. Dat ik me niet gedroeg zoals ze van me verwachtte.’ Ze streek met de rug van haar hand langs haar ogen en smeerde haar tranen in een natte streep uit over haar wang.

Boven het meer klonk de roep van een fuut. Het was een eenzaam, onaards geluid waarvan ze een brok in haar keel kreeg.

‘Toen ik in het ziekenhuis wakker werd,’ zei ze, ‘waren mijn vader en moeder dood.’

Zijn vingertoppen streelden haar wang, zo zacht dat ze zich afvroeg of ze het zich verbeeldde. Ze hief haar hoofd op om hem in zijn bruine ogen te kijken.

‘Ik mis mijn vader en moeder ook,’ zei hij.

‘Dit is een enge school met enge kinderen,’ zei Jane. ‘Ze hebben allemaal iets eigenaardigs.’

Ze zaten in Maura’s kamer, waar ze de fauteuils dicht bij de open haard hadden geschoven. De regen sloeg tegen de ruiten en de wind deed de ramen in de sponningen rammelen. Jane had droge kleren aangetrokken, maar de vochtige kou was tot op haar botten doorgedrongen. Zelfs dicht bij de hitte van de vlammen slaagde ze er niet in warm te worden. Ze trok haar trui wat strakker om zich heen en keek naar het olieverfschilderij dat boven de schoorsteenmantel hing. Het was een portret van een edelman, die met zijn jachtgeweer over zijn schouder trots poseerde naast een neergeschoten eland. Mannen hadden iets met trofeeën.

'Ik zou eerder het woord *opgejaagd* gebruiken,' zei Maura.

'Voor de kinderen?'

'Ja. Ze worden achtervolgd door gewelddaden. Dan is het geen wonder dat ze een wat vreemde indruk maken.'

'Maar als je een heel stel van dit soort kinderen bij elkaar zet, kinderen met ernstige emotionele problemen, dan wordt juist extra benadrukt hoe vreemd ze zijn.'

'Dat is wel zo,' zei Maura, 'maar aan de andere kant is dit de enige plek waar ze geaccepteerd worden zoals ze zijn. Door mensen die begrip voor hen hebben.'

Jane had niet verwacht zoiets van Maura te horen. De Maura die hier bij de haard zat, leek een heel andere vrouw te zijn geworden. Door de wind en de regen was haar zwarte haar geen glad, gestyleerd kapsel meer, maar een warrige bos. Ze droeg haar geblokte flanellen bloes over haar spijkerbroek heen en aan de onderrand van de broekspijpen kleefde opgedroogde modder. Ze was pas een paar dagen in Maine, maar Jane herkende haar amper.

'Je zei dat je Julian niet op deze school wilde laten,' zei Jane.

'Dat klopt.'

'Waarom ben je van gedachten veranderd?'

'Om te beginnen heb je zelf kunnen zien dat hij het hier erg naar zijn zin heeft. Ten tweede weigert hij te gaan. Dat heeft hij meteen gezegd. Hij is zestien en hij weet wat hij wil.' Maura nam kleine slokjes van haar thee en keek door de opkringelende damp naar Jane. 'Weet je nog hoe hij in Wyoming was? Een onhandelbare jongen die met iedereen vocht en alleen een hond als vriend had. Hier heeft hij vrienden gevonden. Hij hoort hier thuis.'

'Omdat iedereen hier een buitenbeentje is.'

Maura glimlachte en keek naar de vlammen. 'Misschien kunnen Julian en ik het daarom zo goed met elkaar vinden. Omdat ik ook een buitenbeentje ben.'

'Maar in de positieve zin van het woord,' zei Jane snel.

'Hoe bedoel je?'

'Intelligent. Vasthoudend. Betrouwbaar.'

'Nu klink ik als een Duitse herder.'

'En eerlijk,' vervolgde Jane. 'Zelfs als je daardoor vrienden verliest.'

Maura staarde in haar kopje. 'Zal ik tot het einde van mijn dagen voor die zonde moeten boeten?'

Ze luisterden zwijgend naar het knetteren van het vuur en het tikken van de regendruppels op de ruiten. Jane kon zich niet herinneren wanneer Maura en zij voor het laatst zo ongestoord samen hadden kunnen praten. Ze had haar tas al ingepakt en werd vanavond in Boston verwacht, maar maakte nog geen aanstalten om te vertrekken. Ze bleef zitten omdat ze niet wist wanneer zich weer zo'n gelegenheid zou voordoen. Haar leven leek soms een aaneenschakeling van interrupties. Telefoontjes, problemen in de familie, altijd was er wel iemand die kwam storen, of ze nu in het forensisch laboratorium was of op een plaats delict. Nu rinkelde er nergens een telefoon en stak er niemand zijn hoofd om de hoek van de deur, maar was de stilte geladen met alles wat de afgelopen weken ongezegd was gebleven, sinds Maura's getuigenis ertoe had geleid dat een politieagent naar de gevangenis was gestuurd. Bij het Boston PD kon men dergelijk verraad niet makkelijk vergeven.

Sinds die fatale getuigenis werd Maura elke keer dat ze bij een plaats delict werd geroepen, begroet met kil zwijgen en vijandige blikken, en het was haar aan te zien wat dat haar deed. In het licht van de dansende vlammen leken haar ogen hol en haar wangen nog magerder dan voorheen.

'Graff was schuldig.' Maura hield beide handen om het theekopje geklemd. 'Ik blijf bij mijn getuigenis.'

'Dat weet ik. Want zo ben je. Je vertelt altijd de waarheid.'

'Je laat het klinken alsof dat een slechte gewoonte is. Een tic.'

'Integendeel. Er is moed voor nodig om de waarheid te vertellen en ik had er voor je moeten zijn, als vriendin.'

'Ik was er niet zeker van of we nog wel vriendinnen waren. Ik begin eraan te twijfelen of ik wel in staat ben vriendschappen in stand te houden.' Maura staarde naar de vlammen alsof ze daar de antwoorden kon vinden. 'Misschien kan ik beter hier blijven. Als kluizenaar in de bossen gaan wonen. Het is hier zo mooi. Ik zou de rest van mijn leven in Maine kunnen blijven.'

'Je leven is in Boston.'

'Niet dat Boston me met open armen heeft ontvangen.'

'Dan doen steden niet. Dat doen mensen.'

'En het zijn de mensen die je in de steek laten.' Maura knipperde met haar ogen.

'Dat kan overal gebeuren, Maura.'

'Boston is een harde stad. Een kille stad. Voordat ik naar Boston verhuisde, was ik al gewaarschuwd dat de New Englanders een kil volk zijn, maar ik geloofde het niet echt tot ik in de stad arriveerde en het gevoel kreeg dat ik een ijslaag moest kapotslaan om tot de mensen door te dringen.'

'Gold dat ook voor mij?'

Maura keek haar aan. 'Ja, dat gold zelfs voor jou.'

'Ik had geen idee dat we die indruk wekken. Boston is weliswaar niet het zorgeloze Californië, maar evengoed.'

Weer hield Maura haar ogen gericht op de vlammen. 'Ik had nooit uit San Francisco weg moeten gaan.'

'Je hebt nu vrienden in Boston. Je hebt mij.'

Maura trok heel even één mondhoek op. 'Jou zou ik missen.'

'Is Boston echt het probleem? Of een specifieke inwoner van Boston?'

Ze hoefde zijn naam niet te noemen. Ze dachten allebei aan

pastoor Daniel Brophy, de man die Maura zowel vreugde als verdriet had bezorgd. De man die waarschijnlijk net zoveel verdriet had om hun onbezonnen relatie.

'Elke keer dat ik denk dat ik er overheen ben,' zei Maura, 'elke keer dat ik denk dat ik eindelijk uit het donkere hol ben gekropen en het zonlicht weer kan zien, kom ik hem tegen op een plaats delict en wordt de wond weer opengereten.'

'Het is ook lastig om hem te mijden als jullie allebei voor je werk steeds naar plaatsen delict moeten.'

Maura lachte wrang. 'Tragedies zijn geen gezonde basis voor een relatie.'

'Is het definitief uit tussen jullie?'

'Ja.' Maura aarzelde. 'En nee.'

'Maar jullie zijn niet meer samen.'

'En het is duidelijk hoe hij daaronder lijdt. Het staat op zijn gezicht te lezen.'

En op het jouwe.

'Daarom kan ik beter uit Boston vertrekken. Teruggaan naar Californië of ergens anders naartoe gaan.'

'Zou dat een einde maken aan het probleem?'

'Misschien.'

'Je zou drieduizend kilometer bij hem vandaan zitten, maar je zou ook drieduizend kilometer ver weg zitten van alles wat je de afgelopen jaren hebt opgebouwd. Je huis, je collega's, je vrienden.'

'Vrienden? Eén vriendin, bedoel je.'

'Je was niet bij de herdenkingsdienst die we voor je hebben gehouden toen we dachten dat je dood was. Toen we dachten dat jij het lijk in de doodskist was. De zaal was afgeladen, Maura. Er zijn heel veel mensen die respect voor je hebben. Die om je geven. Misschien heb je gelijk en loopt de bevolking van Boston niet met het hart op de tong. Misschien zijn we allemaal een beetje nurks vanwege de eindeloze winters. Maar we geven wel degelijk om elkaar.'

Maura bleef naar de haard staren, waarin de vlammen bijna gedoofd waren en alleen nog gloeiende sintels restten.

'En ik ken nog iemand die het niet leuk zal vinden als je teruggaat naar Californië,' zei Jane. 'Weet hij dat je het overweegt?'

'Wie?'

'Hou je alsjeblieft niet van den domme. Ik heb gezien hoe hij naar je kijkt. Jij bent de reden waarom Sansone en Brophy zo'n hekel aan elkaar hebben.'

Verbazing flikkerde in Maura's ogen toen ze Jane weer aankeek. 'Ik dacht dat jij Anthony Sansone niet mocht.'

'Alleen maar omdat hij zo'n vreemde man is. En omdat hij lid is van die krankzinnige Mefisto Club.'

'En toch zeg je nu dat hij een reden is waarom ik in Boston zou moeten blijven.'

'Je zou het in elk geval kunnen overwegen.'

'Is hij zo in je achting gestegen?'

'Hij is tenminste beschikbaar.' *In tegenstelling tot Daniel Brophy*, maar dat hoefde Jane niet hardop te zeggen. 'En hij heeft een oogje op je.'

'Nee, Jane.' Maura leek dieper weg te zinken in haar fauteuil. 'Anthony Sansone heeft geen oogje op mij.'

Jane fronste. 'Hoe weet je dat?'

'Ik weet het gewoon.' Weer dwaalde haar blik af, weer werd hij als een nachtvlinder naar de stervende vlammen getrokken. 'Op de dag dat ik hier ben aangekomen, arriveerde Anthony opeens midden in de nacht.'

'En?'

'En niks. De volgende ochtend werd er een stafvergadering gehouden en daarna is hij weer vertrokken, terug naar Londen. Hij is net een geest die af en toe in mijn leven verschijnt.'

'Sansone staat erom bekend dat hij zulke dingen doet. Dat wil niet zeggen dat hij geen belangstelling voor je heeft.'

'Jane, probeer me alsjeblieft geen nieuwe relatie aan te praten die gedoemd is te mislukken.'

'Ik probeer je alleen maar over te halen niet uit Boston te vertrekken.'

'Omdat Anthony zo'n goede partij is?'

'Nee, omdat Boston jou nodig heeft. Omdat jij de beste patholoog bent die ik ooit heb gekend. En omdat...' Jane zuchtte. 'Omdat ik je zou missen, Maura.'

Het laatste houtblok zakte in elkaar. Een wolk gloeiende as steeg op. Afgezien daarvan was het tikken van de regen op de ruiten het enige geluid in de kamer. Maura zat volkomen stil, zo stil dat Jane zich begon af te vragen of ze wel had gehoord wat ze had gezegd. En of het haar iets uitmaakte. Toen keek Maura haar aan, met tranen in haar ogen, en wist Jane dat haar woorden weleens de doorslag zouden kunnen geven.

'Dat zal ik in overweging nemen,' zei Maura.

'Mooi zo.' Jane keek op haar horloge. 'Ik moet maar eens gaan.'

'Moet je echt al weg?'

'Ik wil zien of ik meer te weten kan komen over Ward en Yablonski. Dat houdt in dat ik met meerdere rechtsgebieden en een heleboel overheidsinstanties te maken zal krijgen. Bovendien zal ik het min of meer in mijn eentje moeten doen, omdat Crowe er geen extra mankracht voor wil uittrekken.'

'Rechercheur Crowe lijdt aan een verlammend gebrek aan fantasie.'

'Is dat jou ook opgevallen?' Jane stond op. 'Ik zal elke dag bellen om te horen hoe het met Teddy gaat. Als er problemen zijn, weet je me te vinden.'

'Maak je geen zorgen. Hij is hier volkomen veilig.'

Jane dacht aan de privéweg, het hek, de afgelegen ligging van de school te midden van de bossen. En ze dacht aan de immer op gevaar beduchte beschermengelen, de leden van de Mefisto Club, die over dat alles waakten. Waar kon je een bedreigd kind beter onderbrengen dan bij mensen die wisten hoe gevaarlijk de wereld kon zijn?

'Ik ben tevreden over wat ik hier heb gezien,' zei ze. 'Tot ziens in Boston.'

Voordat ze het kasteel verlict, ging Jane nog even bij Teddy kijken. Hij zat in de klas en ze besloot hem niet te storen. Ze bleef een paar minuten in de deuropening naar hem staan kijken terwijl Lily Saul zwiepend en zwaaiend liet zien wat de voordelen van het Spaanse zwaard waren dat bij de Romeinse legioenen in zwang was geweest. Teddy keek gefascineerd naar haar, naar voren geleund alsof hij op het punt stond overeind te springen om aan de strijd deel te nemen. Lily zag Jane staan en knikte met een blik die zei: *Maak je geen zorgen. We hebben alles onder controle.*

Dat was voor Jane genoeg.

Buiten rende ze door de regen naar haar auto, gooide haar tas op de achterbank en stapte snel in. Ze droogde haar gezicht aan haar mouw en zocht het briefje op met de code die ze nodig had om het terrein af te komen.

We hebben alles onder controle.

Maar toen ze onder de gebogen doorgang de binnenplaats afreed, zag ze iets vreemds. In de verte stond een man roerloos tussen de bomen. Hij was te ver weg om hem te kunnen herkennen. Ze zag alleen dat zijn kleding dezelfde grijsbruine kleur had als de boomstammen.

De weg liep in zijn richting en ze bleef naar hem kijken, zich afvragend waarom hij zo stil stond. Op een gegeven moment verloor ze hem uit het oog vanwege een bocht in de weg en toen de plek weer in zicht kwam, bleek er niemand te staan. Het was alleen maar de stam van een omgevallen eik, half bedekt met mos, ontsierd door de gaten die de spechten erin hadden gemaakt.

Ze stopte en deed het raampje open. Ze zag druipende bladeren en bewegende takken, maar geen man, alleen maar de dode boomstronk die zich had vermomd als een onheilspellende figuur.

We hebben alles onder controle.

Ze had nog steeds een erg onbehaaglijk gevoel toen ze door het hek reed en zuidwaarts op weg naar huis ging, eerst door de bossen en toen door open land. Misschien kwam het door de onophoudelijke regen en het lage wolkendek. Misschien omdat het zo'n eenzame weg was met leegstaande huizen waarvan de veranda's waren doorgezakt en de ramen dichtgetimmerd. Het was net alsof de wereld was opgehouden te bestaan en zij de laatste overlevende was.

Die illusie verdween toen haar mobieltje ging. Terug in de beschaving, dacht ze, terwijl ze haar hand in haar tas stak. De ontvangst was te slecht om een behoorlijk gesprek te voeren, maar ze ving flarden op van wat Frost zei.

'Je laatste e-mail... met de politie van Hillsborough gesproken...'

'Hillsborough? Gaat dit over de oom en tante van Will Yablonski?'

'...vindt het vreemd... wil erover praten...'

'Frost? Frost?'

Opeens klonk zijn stem glashelder. Het wonder van een goede antenne. 'Hij heeft geen idee wat het betekent.'

'Heb je met de rechercheur van Hillsborough gesproken?'

'Ja. Ene David G. Wyman. Hij zei dat hij het geval van het begin af aan vreemd had gevonden. Toen ik hem over Claire Ward vertelde, was hij bijzonder geïnteresseerd. Hij wist niet dat er nog meer van die kinderen waren. Je moet echt even met hem gaan praten.'

'Kun je naar New Hampshire komen?' vroeg Jane.

Even bleef het stil. Toen zei hij op zachte toon: 'Jammer genoeg niet. Crowe staat erop dat we Andres Zapata arresteren. Ik zit momenteel in een stake-out tegenover de flat van de huishoudster.'

'Crowe denkt dus nog steeds dat inbraak het motief was?'

'In theorie lijkt Zapata een goede kandidaat. Hij is al eens wegens inbraak berecht, hij kon makkelijk in het huis komen, en zijn vingerafdrukken staan op de keukendeur.'

'Het zit me niet lekker, Frost. Die drie kinderen.'

'Je wordt hier morgen pas verwacht. Je hebt dus tijd voor een omweg naar New Hampshire.'

Ze had eigenlijk gehoopt rond etenstijd thuis te zijn. Op tijd om Regina te knuffelen, te badderen en voor te lezen en dan samen met Gabriel te eten. Nu moest ze naar New Hampshire. 'Zeg het niet tegen Crowe.'

'Ik kijk wel uit.'

'Zeg, Frost, nog iets. Kun je kijken of ze bij VICAP onopgeloste zaken over vermoorde gezinnen hebben? In het bijzonder in het jaar waarin de Wards, de Yablonski's en de Clocks zijn omgebracht?'

'Wat denk je dat er aan de hand is?'

'Ik weet het niet.' Ze staarde naar het natte wegdek. 'Maar het begint me op mijn zenuwen te werken.'

16

Tegen de tijd dat Jane de oprit opreed, regende het niet meer, maar een grijs wolkendek hing laag boven de aarde en water drupte van de bomen. Er waren geen andere auto's te zien. Ze stapte uit en liep naar de ruïne van wat de boerderij van Wills oom en tante, Brian en Lynn Temple, was geweest. De stal, die er tien meter bij vandaan stond, was nog helemaal intact, maar het woonhuis was veranderd in een berg verkoold hout. Toen ze bij het afgebrande huis stond en overal om zich heen water hoorde druppen, was het alsof ze de stank van de rook die uit de as was opgestegen, nog kon ruiken.

Ze hoorde grind knerpen onder autobanden, draaide zich om en zag een donkerblauwe SUV achter haar Subaru stoppen. De man die uitstapte, had een gele poncho aan, die als een vierpersoonstent om zijn omvangrijke lichaam hing. Alles aan hem was groot, van zijn kale hoofd tot zijn vlezige handen en alhoewel Jane niet bang was, werd ze zich er op deze eenzame, afgelegen plek scherp van bewust dat ze fysiek niets tegen hem zou kunnen beginnen.

'Rechercheur Wyman?' riep ze.

Hij banjerde met zijn laarzen door de plassen. 'Dat klopt. En u moet rechercheur Rizzoli zijn. Hoe was uw reis?'

'Nat.' Ze wees naar het afgebrande huis. 'Is dit wat u me wilde laten zien?'

'Ja. Het leek me het beste dat u eerst hierheen kwam, nu het nog licht is, zodat u het met uw eigen ogen kunt zien.'

Ze keken samen naar de verkoolde overblijfselen van de boerderij. In het veld erachter kwam een hert aanlopen. Het dier keek onbevreesd naar hen. Het kende de knal van een geweer en de pijn van een kogel nog niet.

'Het leken fatsoenlijke mensen,' zei rechercheur Wyman. 'Rustige types. Ze onderhielden het huis en het terrein keurig netjes. Hebben nooit iets met de politie te maken gehad.' Hij schudde op een ironische manier zijn hoofd. 'Als ik "fatsoenlijke mensen" even zo mag definiëren.'

'Kende u de Temples niet persoonlijk?'

'Nee. Ik had wel gehoord dat de boerderij van McMurray opnieuw verhuurd was, maar ik heb de Temples nooit ontmoet. Ze werkten niet in de stad, dus heeft haast niemand de kans gekregen ze te leren kennen, behalve de makelaar die hun de boerderij heeft verhuurd. Ze hadden tegen haar gezegd dat ze op het platteland wilden gaan wonen zodat hun neefje van het buitenleven kon genieten en schone lucht inademen. Afgezien van de mensen die in de minimarkt en bij het tankstation werken, zag niemand hen ooit.'

'En hun neef? Will zal hier toch wel vrienden hebben gehad?'

'Will kreeg thuisonderwijs, dus had hij geen contact met andere kinderen. Bovendien had ik het idee dat hij anders was dan de meeste kinderen.'

'Waarom?'

'Afgezien van het feit dat hij erg dik is, is hij een echte nerd. Na de brand heeft hij me verteld dat hij buiten was toen het gebeurde. Hij stond in dat veld daar.' Wyman wees naar de wei waar het hert stond te grazen. 'Hij had een telescoop en was naar de sterren aan het kijken. Nee, wacht, ik weet het weer. Hij was naar kometen aan het zoeken.' Wyman lachte. 'Ik heb zelf twee tieners en het laatste wat die op zaterdagavond willen doen, is in een wei staan zonder televisie en zonder Facebook.'

'Will stond dus in zijn eentje in die wei naar kometen te zoeken toen het huis ontplofte.'

'Ja. Ik dacht dat het een ongeluk was. Fornuis, gasfles, zoiets. Maar bij het onderzoek van de brandweer bleek algauw dat er opzet in het spel was. Toen hebben we de recherche van de Staatspolitie erbij gehaald. Het staat allemaal in mijn rapport. Er ligt een kopie voor u in mijn auto.'

'Wat vond u van Will? Afgezien van het feit dat hij een nerd is.'

'Ik heb hem uiteraard onder de loep genomen. Je weet maar nooit. Misschien had hij problemen met zijn oom en tante, misschien had hij er genoeg van om bij hen onder de plak te zitten. Maar nee, hoor, daar was geen sprake van. We zijn er zeker van dat hij het niet heeft gedaan.'

'U zei dat het een intelligente jongen is. Dan kon hij er vast wel achterkomen hoe je bommen maakt.'

'Geen bommen van dit soort.'

'Wat is er zo bijzonder aan?'

'Semtex, om maar iets te noemen.'

Daar schrok ze van. 'Een kneedbom?'

'Van een ingenieus ontwerp. Volgens de FBI waren de componenten van Franse makelij. Niet iets wat een jongen van veertien zou gebruiken om zijn oom en tante uit de weg te ruimen.'

Jane keek met gefronste wenkbrauwen naar het geblakerde hout en kwam tot de enig mogelijke conclusie. *Dit is het werk van beroepsmisdadigers.* 'Wat kunt u me nog meer vertellen over de Temples?'

'Ze waren de enige familieleden die de jongen nog had. Lynn Temple was de zuster van zijn moeder. In Baltimore had ze als bibliothecaresse gewerkt. Brian Temple was natuurkundige en werkte bij NASA-GODDARD in Greenbelt, Maryland, net zoals Wills vader, Neil Yablonski. De twee mannen waren vrienden en collega's en de twee echtparen konden goed met elkaar overweg. Toen Wills ouders waren omgekomen, hebben Lynn en Brian het voogdijschap over Will gekregen, maar wat ze daarna hebben gedaan, is nogal raadselachtig.'

'Hoe bedoelt u?'

'Een paar dagen nadat de ouders van de jongen waren omgekomen, hebben Brian en Lynn allebei ontslag genomen. Brian heeft zijn carrière van vierentwintig jaar bij NASA van de ene op de andere dag aan de wilgen gehangen. Ze hebben hun koffers gepakt, hun meubels opgeslagen en Baltimore verlaten. Een paar maanden later zaten ze hier.'

'Zonder werk? Waar leefden ze dan van?'

'Goede vraag. Ze hadden bij hun dood vijfhonderdduizend dollar op hun bankrekening staan. Ik weet niet hoe de salarissen bij NASA zijn, maar dat is een aardige spaarpot, zelfs voor een natuurkundige.'

Het begon te schemeren. Er kwamen nog twee herten uit het bos, een hinde en haar kalf, maar ze bewogen zich behoedzaam en hielden de twee mensen goed in het oog toen ze zich stap voor stap in het open veld waagden. Die voorzichtigheid zou misschien straks, als het jachtseizoen werd geopend, de broodnodige veiligheidsmarge zijn die hun leven zou redden. *Maar niets en niemand kan je redden als de jager je eenmaal in het vizier heeft.*

'Waar zouden de Temples voor op de vlucht zijn geweest?' vroeg ze.

'Dat weet ik niet, maar dát ze ergens voor op de loop waren, staat als een paal boven water. Misschien hadden ze bepaalde informatie over het neergestorte vliegtuig.'

'Waarom zouden ze daarmee dan niet naar de politie zijn gegaan?'

'Ik heb geen flauw idee. De rechercheur die in Maryland de leiding had over het onderzoek naar de dood van de Yablonski's, tastte net zo in het duister als ik.'

'Wist Will waarom zijn oom en tante juist hiernaartoe waren gekomen?'

'Ze hadden gezegd dat Baltimore een gevaarlijke stad was en dat ze op een veiliger plek wilden wonen. Meer niet.'

'En hier zijn ze uiteindelijk vermoord,' zei ze. In gedachten zag ze het huis instorten, de vlammen oprijzen. Een gruwelijke dood aan de rand van een stil bos.

'En dit *is* ook een veilige plek,' zei Wyman. 'We hebben weleens een dronken automobilist, domme tieners die rare stunts uithalen, zo af en toe een inbraak, wat familieruzies, maar daar houdt het wel zo'n beetje mee op. Zoiets als dit?' Hij schudde zijn hoofd. 'Dit is hier nog nooit eerder voorgekomen en ik hoop het ook nooit meer mee te maken.'

In de wei verschenen nog meer donkere gedaanten. Een hele roedel herten die zich in de avondschemering geluidloos voortbewoog. Voor een stadsmeisje als Jane was het een sprookjesachtig tafereel. De Temples moesten gedacht hebben dat ze hier, waar herten zich zo veilig voelden dat ze zich aan mensen durfden te vertonen, een goed toevluchtsoord hadden gevonden. Een plek waar ze rustig konden leven, onopvallend, onbekend.

'Het is puur geluk dat de jongen in leven is gebleven,' zei Wyman.

'Weet u zeker dat het alleen maar geluk was?'

'Zoals ik al zei, heeft hij kort onder verdenking gestaan. Dat moest, al was het maar voor het protocol. Maar de arme jongen was vreselijk van streek. Zijn telescoop stond nog in de wei, precies zoals hij had gezegd. Het was een heldere nacht, geschikt om naar de sterren te kijken. Bovendien was zijn haar helemaal geschroeid omdat hij nog had geprobeerd zijn oom en tante te redden.'

'Ik heb begrepen dat hij naar het ziekenhuis is gebracht door iemand die toevallig langskwam.'

Wyman knikte. 'Een vrouw zag de vlammen. Zij heeft de jongen naar de spoedeisende hulp gebracht.'

Jane draaide zich om naar de weg. 'De dichtstbijzijnde buren wonen hier ongeveer een kilometer vandaan. Was die vrouw een plaatselijke bewoonster?'

'Dat lijkt me niet.'

'Weet u dat dan niet?'

'We hebben niet met haar kunnen praten. Ze heeft de jongen naar het ziekenhuis gebracht en is verdwenen. Ze heeft bij de balie wel haar telefoonnummer achtergelaten, maar dat hebben ze blijkbaar niet goed genoteerd, want toen we het nummer belden, werd er opgenomen door een man in New Jersey die helemaal niet begreep waar we het over hadden. We wisten toen nog niet dat het om een misdaad ging. We dachten dat het een ongeluk was. Daarom was het zoeken naar getuigen geen dringende zaak. Later, toen we hoorden dat er semtex was gebruikt, begrepen we dat we te maken hadden met moord.'

'Die vrouw kan best iets gezien hebben. Misschien is ze de moordenaar zelfs gepasseerd.'

'We zijn er niet in geslaagd haar op te sporen. Zowel de jongen als de verpleegkundige hebben haar beschreven als een slanke, blonde vrouw van een jaar of veertig. Dat komt overeen met de korte beelden die van haar te zien zijn op de film van de beveiligingscamera van het ziekenhuis.' Wyman keek omhoog toen het zachtjes begon te regenen. 'Het is een raadselachtig geval. Deze zaak heeft iets van een ijsberg waarvan alleen de top boven het water uitsteekt. Eronder zit een heel verhaal verborgen waar we niets van kunnen zien.' Hij trok de capuchon over zijn hoofd. 'Ik heb hier het dossier. Ik zou zeggen, leest u dit eerst, en als u dan nog vragen hebt, belt u me maar.'

Ze pakte de dikke map van hem aan. 'Eerlijk gezegd heb ik nu al een vraag voor u. Over hoe Will in Evensong terecht is gekomen.'

'Ik dacht dat u daar net vandaan kwam. Hebben ze u dat niet verteld?'

'De schoolpsycholoog zei dat Will was doorverwezen door de autoriteiten van New Hampshire.'

'Het is allemaal supersnel gegaan. Op de dag na de brand, toen de jongen nog in het ziekenhuis lag, ben ik gebeld door een medewerker van de gouverneur. Hij zei dat de jongen onder speciale bescherming werd geplaatst. Even later kwam er een man in een personenauto die hem heeft meegenomen.'

'U weet niet wie die man was?'

'Hij was lang, had donker haar en hij was helemaal in het zwart gekleed. Als een vampier.'

Helemaal in het zwart gekleed. *Anthony Sansone.*

17

‘Ik verklaar deze bijeenkomst van de Jakhalzen voor geopend,’ verkondigde Julian.

Maura keek toe toen zes jongens hun plaatsen innamen in het scheikundelokaal. Omdat ze in de eetzaal altijd samen aan Julians tafel zaten, wist Maura inmiddels hoe ze heetten. Op de tweede rij zat Bruno Chinn, die niet in staat was stil te zitten en ook nu op zijn stoel zat te draaien. Naast hem zat Arthur Toombs er juist volkomen roerloos bij, met zijn beschadigde handen ineengeslagen op de lessenaar. Er was Maura verteld dat zijn littekens het naargeestige aandenken waren aan een brand die door zijn eigen vader was gesticht. Dicht bij de deur zat Lester Grimmett, een jongen die geobsedeerd was met vluchtroutes. Een haastige sprong uit een raam had zijn leven gered en hij koos daarom altijd een plaats dicht bij een uitgang. Op de voorste rij zaten de twee nieuwste leden van de Jakhalzen, Will Yablonski en Teddy Clock. Hun achtergrond kende Maura maar al te goed.

Zes jongens, zes tragedies, dacht ze. Maar het leven ging door en nu zaten ze hier, sommigen lichamelijk getekend, anderen niet, maar allemaal overlevenden. Deze club hielp hen hun verlies en traumatische herinneringen te verwerken. In deze club konden zelfs machteloze kinderen zich voelen als dappere strijders.

Niet dat ze als misdaadbestrijders erg veel indruk maakten. Alleen Julian stak letterlijk en figuurlijk met kop en schouders boven de rest uit. Kaarsrecht stond hij voor de klas, in ieder opzicht een leider. Jane had wat schamper gedaan over de ' forensische onderzoekers in de dop', maar je kon zien dat Julian zijn rol serieus opvatte, en de andere jongens keken net zo ernstig.

'Vandaag, Jakhalzen, hebben we een *officiële* forensisch onderzoeker in ons midden,' zei Julian. 'Dr. Isles werkt voor de Forensische Dienst in Boston, waar ze secties verricht. Ze is arts, forensisch patholoog-anatoom, wetenschapper, en...' Hij keek haar trots aan. '...een zeer goede vriendin van mij.'

Een goede vriendin. Eenvoudige woorden, maar uit de manier waarop hij ze had uitgesproken kon je horen dat ze voor hen beiden een veel diepere betekenis hadden. Ze stond met een glimlach op en sprak de club toe met hetzelfde respect dat ze voor haar aan de dag legden.

'Dank je. Zoals Julian al zei, ben ik patholoog-anatoom. Ik werk met doden. Ik ontleed dode mensen op mijn sectietafel en bestudeer weefsels onder de microscoop om erachter te komen waarom ze zijn gestorven. Is hun dood het natuurlijke gevolg van een ziekteproces? Is hun dood veroorzaakt door een verwonding of door gif? Aangezien ik arts ben, kan ik jullie een en ander vertellen over...' Ze stopte toen ze op de gang een beweging zag. Een glimp van blond haar. 'Claire?' riep ze. 'Wil je erbij komen zitten?'

Prompt keken alle jongens naar de deur. Claire kon niet meer stilletjes verdwijnen, dus haalde ze haar schouders op, alsof ze wilde zeggen dat ze toch niets beters te doen had. Ze liep naar de voorste rij en plofte onverschillig naast Will neer. De jongens bleven staren naar het exotische wezen dat zo plotsklaps in hun midden was verschenen. Claire Ward wás ook een vreemd meisje, vond Maura. Met haar asblonde haar en haar bleke wimpers zag ze eruit als een onaards wezen, als een bosnimf. Aan de andere kant was ze met haar verveelde blik en onderuitgezakte houding echt een Amerikaanse tiener.

Claire keek om naar de sprakeloze jongens. 'Doen jullie op deze club eigenlijk iets, of zitten jullie alleen maar voor je uit te staren?'

Julian zei: 'We wilden net gaan bespreken wat we in de wilgenboom hebben aangetroffen.'

'Waar ik dus niets mee te maken had. Ongeacht wat iedereen zegt.'

'We trekken onze conclusies enkel en alleen uit het bewijsmateriaal, Claire. Wat dat ook mag uitwijzen.' Hij keek naar Maura. 'Misschien wilt u, als medisch deskundige, ons vertellen wat de doodsoorzaak is.'

Maura fronste. 'De doodsoorzaak?'

'Van de haan,' zei Bruno. 'We weten al dat de toedracht moord was. Maar *hoe* is hij gestorven?'

Maura keek naar hun afwachtende gezichten. Ze zijn bloedserieus, dacht ze. Voor hen is dit een heus onderzoek naar een moord.

'U hebt hem toch onderzocht?' vroeg Arthur.

'Heel vluchtig,' antwoordde Maura. 'Voordat meneer Roman hem het bos in heeft geslingerd. De stand van de nek wees erop dat die gebroken was.'

'Maar is de dood uiteindelijk veroorzaakt door verstikking of door het trauma aan het ruggenmerg?'

'Ze zei dat zijn nek gebroken was,' zei Bruno. 'Dat noem ik neurologisch, niet vasculair.'

'Wanneer is naar uw schatting de dood ingetreden?' vroeg Lester. 'Kunt u iets zeggen over het post-mortem-interval?'

Maura bekeek de gezichten één voor één, onthutst over het spervuur van vragen. 'Het vaststellen van het tijdstip waarop de dood is ingetreden, is altijd een precaire zaak. Als het om een mens gaat, bekijken we een aantal aanwijzingen. Lichaamstemperatuur, rigor mortis, livor mortis –'

'Hebt u ooit geprobeerd bij een vogel het kaliumgehalte van het oogvocht te onderzoeken om het tijdstip van de dood vast te stellen?' vroeg Bruno.

Ze staarde hem aan. 'Nee. Nooit. Ik geef toe dat ik niet erg bekend ben met de pathologie van pluimvee.'

'Nou ja, in elk geval weten we wat de doodsoorzaak is. Maar waarom is hij opengesneden? Waarom zijn de ingewanden naar buiten getrokken en is hij in de boom opgehangen?'

Dat is precies wat ik me in het bos afvroeg.

'Deze vragen hebben te maken met de profielschets van de dader,' zei Julian. 'We moeten ons nu eerst bezighouden met het bewijsmateriaal. Ik ben naar het bos teruggegaan om het kadaver te zoeken, maar vermoedelijk is een dier ermee vandoor gegaan, dus hebben we niets om te ontleden. Daarna heb ik rond het kippenhok naar voetafdrukken gezocht, maar die zijn door de regen helaas allemaal weggevaagd. Daarom zullen we nu jullie bevindingen bespreken.' Hij keek naar Bruno. 'Wil jij eerst?'

Toen Bruno naar voren liep, ging Maura zitten. Ze voelde zich als een leerling die haar huiswerk niet had gedaan. Ze had geen idee wat de hyperactieve Bruno hun ging vertellen. Hij trok latex handschoenen aan en stak zijn hand in een bruine papieren zak. Uit de zak kwamen de drie twijgenpoppetjes tevoorschijn, nog verbonden aan hun stroppen. Hij legde ze op de roestvrijstalen tafel. Zulke onbenullige poppetjes, dacht Maura. Onder de felle tl-lampen van het klaslokaal zagen de roodbruine spetters er niet meer uit als bloed, maar als moddervlekken. Aan de tak van de wilgenboom, langzaam om hun as draaiend, hadden de poppetjes er griezelig uitgezien. Nu hadden ze hun macht verloren en waren ze niets anders meer dan bundeltjes twijgen.

'Hier hebben we bewijsstukken A, B en C,' zei Bruno. 'Drie poppetjes, twee mannelijke en één vrouwelijke figuur. Ze zijn gemaakt van twijgen en stukjes boombast, die bijeengebonden zijn met twijndraad. Ik heb het twijndraad onderzocht en vastgesteld dat het vervaardigd is van jute. Ik heb touw van dezelfde soort aangetroffen in de stal, waar het wordt gebruikt om balen hooi voor de paarden bij elkaar te binden.' Hij stak zijn hand in zijn zak en haalde er een stukje touw uit. 'Alstublieft! Precies hetzelfde twijndraad. Uit onze eigen stal!' Hij ging weer zitten.

'Ga je gang, Arthur,' zei Julian.

'Ik heb de twijgen onderzocht,' zei Arthur terwijl hij overeind kwam. 'De boombast van de rok was makkelijk. Het is de bast van de *betula papyrifera,* de papierberk. De twijgen waren lastiger. Er zijn twee soorten gebruikt. De gladde, groene bast en de gepunte knopjes wijzen erop dat een deel ervan afkomstig is van de *fraxinus nigra*, de zwarte es. De tweede soort heb ik kunnen identificeren dankzij hun stervormige pit. Naar mijn mening zijn ze afkomstig van de balsempopulier. Beide boomsoorten groeien langs de beek.'

'Mooi werk,' zei Julian.

Maura bleef naar Arthur staren toen die weer ging zitten en dacht: een jongen van vijftien die meer over bomen weet dan ik ooit zal leren. Deze forensische club was veel indrukwekkender dan ze had gedacht.

Lester stond op maar liep niet naar voren. Hij bleef bij de deur staan, waar hij zich veilig voelde. 'Ik heb het touw bekeken waarmee het slachtoffer was opgehangen aan de hogere tak. Ik moest naar het bos terugkeren en in de boom klimmen om een monster te bemachtigen, omdat Herman – het slachtoffer – en het aan hem nog bevestigde touw niet meer te vinden waren.'

'En wat ben je te weten gekomen over het touw?' vroeg Julian.

'Het is nylon touw van zes punt vijfendertig millimeter dikte, een zogenaamde kabelplatting. Een touwsoort dat voor vele doeleinden bruikbaar is en bestand is tegen verrotting en schimmel. Ik heb naar de bron gezocht en er uiteindelijk een hele rol van gevonden in de gereedschapsschuur.' Hij ging weer zitten.

'Hiermee hebben we vastgesteld dat alle materialen die benodigd waren om deze poppetjes te maken, op het terrein van de school te vinden waren. De twijgen. Het twijngaren. Het touw.' Julian keek de klas rond. 'Dan komen we nu bij het moeilijkste onderdeel, te weten het antwoord op de vraag die Lester daarstraks heeft gesteld: waarom? Waarom heeft iemand een haan gedood, hem opengesneden en zijn ingewanden naar buiten getrokken? Waarom heeft die persoon hem opgehangen in een boom aan een pad waar we bijna dagelijks komen? Een plek waar we hem wel móésten vinden?' Hij wachtte op antwoord.

Arthur zei: 'Iemand wil aandacht.'

'Of heeft een hekel aan hanen,' zei Bruno en hij keek daarbij nadrukkelijk naar Claire.

'Een religieuze rite,' opperde Will. 'Zoals de Santeria. Die slachten toch ook kippen?'

'Een psychopaat doodt dieren voor de lol,' zei Lester. 'Misschien vond hij het fijn om te doen. Misschien genoot hij er zo van dat hij het nog een keer zal doen.' Lester zweeg even. 'En de volgende keer slacht hij misschien niet een kip.'

Dat bracht iedereen tot zwijgen.

Het was Teddy die de stilte verbrak. 'Volgens mij is het een boodschap,' zei hij.

'Wat voor soort boodschap?' vroeg Julian.

'Hij probeert ons iets te vertellen. Hij probeert ons te waarschuwen.' Teddy's stem zakte tot een fluistering. 'Vragen jullie je niet af waarom er drie poppetjes zijn?'

Maura keek naar de twijgenpoppetjes. Toen keek ze naar Claire, die op de voorste rij zat, tussen Will en Teddy.

Twee mannetjes. Een vrouwtje.

18

‘Aardrijkskunde is nooit mijn sterkste vak geweest, Rizzoli, dus moet je het maar zeggen als ik het mis heb,’ zei rechercheur Crowe, ‘maar volgens mij ligt New Hampshire niet in ons rechtsgebied.’

Jane keek de kring van de rechercheurs rond die voor de bespreking bijeengekomen waren. Frost en Moore zaten tegenover haar en hadden er vandaag duidelijk geen zin in om met Crowe in de clinch te gaan. Crowe had iedereen murw gemaakt. Jane was de enige die nog bereid was het tegen hem op te nemen. De enige die nog genoot van een lekkere knokpartij.

‘Ik wijs alleen maar op de overeenkomsten met de zaak-Ackerman,’ zei ze. ‘Twee jaar geleden zijn de Yablonski’s omgekomen toen er in hun vliegtuig een bom ontplofte.’

‘In Maryland,’ zei Crowe.

‘Eveneens twee jaar geleden zijn de ouders van Claire Ward doodgeschoten.’

‘In Londen.’ Crowe lachte. ‘Dat is zelfs in een heel ander lánd.’

‘Deze gebeurtenissen vonden plaats in *dezelfde week* dat de aanslag op het gezin Clock in Saint Thomas is gepleegd. Drie gezinnen, Crowe, binnen één week vermoord. En nu, precies twee jaar later, zijn er aanslagen gepleegd op de enige overlevenden van die gezinnen. Het lijkt wel alsof iemand die families helemaal wil uitroeien en dat deze drie kinderen de laatsten zijn die nog moeten sterven.'

'Wat wil je eraan doen, Rizzoli? Wil je naar Maryland vliegen om het onderzoek daar over te nemen?'

'Naar Maryland vliegen zou een goed begin zijn.'

'En daarna zeker naar Londen? Het Boston PD zal de onkosten met alle liefde dekken. O, laten we Saint Thomas niet vergeten. Iemand moet *dat* incident ook nader gaan onderzoeken.'

Frost stak zijn hand op. 'Ik wil wel naar Saint Thomas.'

'Ik vraag niet om snoepreisjes naar Londen en Saint Thomas,' zei Jane. 'Ik wil alleen maar wat tijd om dit nader te bestuderen. Volgens mij hebben deze incidenten iets met elkaar te maken. Er is een verband tussen de Wards, de Yablonski's en de Clocks dat wij niet zien.'

'Een geheimzinnige internationale samenzwering,' zei Crowe. 'Doe me een lol, zeg.'

'Het is de moeite waard om het nader te bekijken.'

'Nee. We houden ons bij Andres Zapata. Dat die opeens is ondergedoken, wil voor mij zeggen dat hij schuldig is.' Crowe keek Frost aan. 'Is er nog nieuws over zijn mobieltje?'

Frost schudde zijn hoofd. 'Hij heeft het sinds de moord op de Ackermans niet gebruikt. Ik neem aan dat hij het heeft weggegooid. Misschien zit hij zelfs alweer in Colombia. Maria heeft ook geen verdachte telefoontjes gepleegd.'

'Dan houdt ze op een andere manier contact met hem. E-mail. Een tussenpersoon. Ga vrienden van vrienden onder de loep nemen. Zijn er nog nieuwe tips binnengekomen na de uitzending van vanochtend?'

Moore knikte. 'Een heleboel. We proberen ze zo snel mogelijk allemaal na te trekken.'

'Je weet wat Master Yoda zegt: *Doen of niet doen. Niet proberen.*' Crowe keek op zijn horloge, stond abrupt op en trok zijn stropdas recht. 'Er zit een verslaggever op me te wachten,' zei hij toen hij de kamer uitliep.

'Zo dadelijk springen de knoopjes nog van zijn overhemd,' zei Jane. 'Zo'n hoge borst als die kerel opzet.'

'Blaaskaak.' Moore stond bekend als een uitermate geduldig man, maar zelfs hij keek afkerig toen hij zijn paperassen bij elkaar schoof en in zijn tas deed. Hij had het er de laatste tijd steeds vaker over dat hij wel met pensioen wilde. Misschien zou deze zaak voor hem de laatste druppel zijn.

'Wat vind jij van Zapata?' vroeg Jane hem.

'Voor Crowe is Andres Zapata een ideale verdachte. Hij had toegang tot de woning, een motief en een strafblad. En geen green card.'

'Je klinkt niet overtuigd.'

'Nee, maar ik heb ook geen overtuigende tegenargumenten. Voorlopig houden we het dus op Zapata.' Moore sloot zijn tas en slofte de deur uit als een vermoeide ambtenaar.

'Jemig,' zei ze tegen Frost. 'Wat is er met hém?'

'Jij bent hier de afgelopen dagen niet geweest,' zei Frost. 'Jij hebt niet van Crowe's gezelschap kunnen genieten.'

Ze tikte met haar pen op de dossiermappen die ze voor de vergadering had meegebracht en dacht aan de vele uren die ze had besteed aan onderzoek naar de Wards en de Yablonski's. 'Vind jij nou ook niet dat er iets inzit, Frost, in wat ik zeg? Vind jij nou ook niet dat het allemaal erg verdacht is?'

'Ja.'

'Dank je.'

'Maar dat wil niet zeggen dat er inderdaad een verband bestaat tussen die incidenten. Ik heb de VICAP erop gezet. In ons land alleen al zijn er honderden gevallen van gezinnen die zijn uitgemoord. Het spijt me dat ik het moet zeggen, maar deze drie zijn helaas geen uitzondering.'

'Maar deze drie springen eruit vanwege de aanslagen die nu worden gepleegd op de overgebleven kinderen. Het lijkt wel alsof de Dood het niet wil opgeven tot hij zijn einddoel bereikt heeft. Hoe valt dit allemaal te verklaren?'

'Niet alle vreemde verschijnselen kunnen verklaard worden. Soms is iets gewoon zo.'

'Dat is een antwoord van niks. Zulke dooddoeners gebruik ik voor Regina.'

'En Regina slikt dat.'

'Ja, maar ik niet.'

Haar mobieltje ging. Het was Crowe. Ze kreunde en trok een gezicht tegen Frost toen ze opnam. 'Rizzoli.'

'Zapata is gesignaleerd in een flat in Roxbury. Een van onze agenten had Maria geschaduwd en die stommeling van een Zapata kwam doodleuk naar de flat. Ik zie jullie daar. We gaan een inval doen.'

Tien minuten later stopten Jane en Frost voor een rasterhek. Crowe was er al. Hij beende heen en weer als generaal MacArthur voor zijn troepen, die in dit geval bestonden uit rechercheurs Arbato en Moore en twee agenten in uniform.

Arbato wees naar het vier verdiepingen tellende flatgebouw. 'De hoofdingang is om de hoek,' zei hij. 'Cahill houdt die in de gaten. De verdachte is nog niet naar buiten gekomen.'

'Weten we zeker dat het Zapata is?' vroeg Moore.

'Tenzij hij een dubbelganger heeft. Maria is twee straten verderop uit de bus gestapt en naar dit adres gelopen. Een halfuur later is Zapata dat parkeerterrein overgestoken en het gebouw binnengegaan.'

'Hebben we een lijst van de bewoners?' vroeg Jane.

'Ja. Er zijn vierentwintig flats, waarvan er vijf leegstaan.'

'Zijn er Spaanse namen bij?' vroeg Crowe. 'Dan trekken we die eerst na.'

Een van de agenten lachte. 'Mooi staaltje profielschetsen.'

'Heb je daar iets op tegen?'

'Mag ik die lijst even zien?' vroeg Frost. Hij liep de namen na. 'Er staat een Philbrook bij.'

'Een authentieke Spaanse naam,' zei de agent smalend.

Frost keek op. 'Maria heeft een zus die getrouwd is met een Philbrook.'

'Dat moet hem dan zijn,' zei Crowe. 'Welke flat?'

'Tweehonderdtien.'

'Dat is aan de achterkant van het gebouw,' zei Arbato. 'De code voor de voordeur is één twee zeven.'

'Arbato,' commandeerde Crowe, 'jij en deze twee agenten houden de hoofdingang en de achterdeur in de gaten. De rest gaat met mij naar binnen.'

Wie Crowe, Moore, Frost en Jane op de ingang zag aflopen, zou meteen begrijpen dat er iets aan de hand was, maar wie zich in flat 210 bevond, aan de achterkant van het gebouw, kon niet weten dat er iets ging gebeuren. Crowe toetste 1-2-7 in op het paneel van het alarmsysteem. Het slot klikte open. Jane liep met bonkend hart achter hem aan en voelde het zweet in haar handen staan. Deze operatie kon ofwel vlekkeloos verlopen of een bloedbad worden. Misschien waren dit de laatste seconden die ze ooit bewust zou meemaken, het geluid van haar schoenen op de trap, het gewicht van haar Glock in haar handen, Frost die voor haar liep, zijn overhemd strak gespannen om zijn kogelvrije vest. Ze nam al deze details razendsnel in zich op, klik, klik, tien dingen tegelijk.

In de hal van de tweede verdieping bleven ze staan. Flat 210 was een stukje verderop in de gang. Achter Jane ging een deur open. Ze draaide zich razendsnel om en richtte haar wapen. In de open deur stond een jonge vrouw met een baby op haar arm, haar donkere ogen opengesperd van schrik.

'Wegwezen!' siste Jane. De vrouw haastte zich weer naar binnen en gooide de deur dicht.

Crowe liep naar flat 210 en overzag zijn troepen. 'Ga je gang, Rizzoli,' fluisterde hij. 'Zorg dat we in die flat komen.'

Ze wist waarom hij haar had gekozen. Een vrouwelijk gezicht en een vrouwelijke stem waren niet angstaanjagend. Ze haalde diep adem, drukte op de bel en ging dicht bij het spionnetje staan om het hele beeld te vullen. Helaas was ze daardoor ook een prachtig doelwit als iemand in de flat zou besluiten te schieten. Ze zag door het spionnetje iets bewegen. Er keek iemand naar haar.

De deur ging open en er verscheen een Latijns-Amerikaanse vrouw van rond de veertig, die zo sterk op de huishoudster van de Ackermans leek dat Jane meteen wist dat het Maria's zus moest zijn.

'Mevrouw Philbrook?' zei ze.

De vrouw zag de andere politiemensen op de gang en gilde: 'Maria!'

'Naar binnen!' brulde Crowe. Hij duwde Jane opzij en stormde de flat in.

Er gebeurden veel te veel dingen tegelijk. De rechercheurs verspreidden zich door de flat. De zuster van Maria stond in het Spaans te krijsen. Jane haastte zich door de woonkamer, waar ze een glimp opving van een vlekkerig tapijt, een gestreepte bank, een box.

Een box! Er zijn hier kleine kinderen!

Ze ging een slaapkamer binnen waar het erg donker was omdat de dikke gordijnen dicht waren. Daardoor zag ze de ineengedoken gedaanten in de hoek eerst niet. Een vrouw die twee peuters tegen zich aan drukte, haar bovenlichaam over de kinderen gebogen alsof ze hen op die manier zou kunnen beschermen tegen alle kwaad.

Maria.

Ze hoorde het weergalmende geluid van voeten op metaal en haastte zich naar de tweede slaapkamer, waar ze Moore door het open raam op de brandtrap zag stappen.

'Zapata?' vroeg ze.

'Hij vlucht naar boven.'

Waarom naar boven?

Ze keek uit het raam en zag Arbato en Cahill met getrokken wapens op straat staan. Ze keek omhoog en zag haar drie collega's via de brandladder achter Zapata aangaan.

Ze sprintte de flat uit en de gang door naar het trappenhuis. Als Zapata naar het dak klom, kon ze hem daar onderscheppen. Ze nam de trap met twee treden tegelijk. Onderweg ving ze een flits op van een deur die openging en snel weer werd dichtgegooid. Ze rende de laatste trap op, hijgend en met snel kloppend hart.

Toen ze de deur naar het dak opengooide, werd ze half verblind door het daglicht. Ze zag Zapata over de lage rand van het dak klimmen en overeind komen.

'Halt!' riep ze. 'Politie!'

Hij bleef staan en staarde naar haar. Hij was ongewapend. Gebleekte spijkerbroek, verkreukeld overhemd met een scheur in de mouw. Een paar seconden stonden alleen zij tweeën daar op het dak. Op zijn gezicht zag ze wanhoop, die snel veranderde in een grimmige vastbeslotenheid.

'Handen omhoog!' riep Crowe toen hij en Frost achter Zapata op het dak klommen.

Hij kon nergens naartoe. Eén agent voor hem, twee achter hem, allemaal gewapend. Jane zag hem door zijn knieën zakken en dacht dat hij zich zou overgeven. Wat hij in plaats daarvan deed, kwam als een schok.

Hij sprintte naar links, naar de uiterste rand van het dak. Naar de smalle steeg tussen de gebouwen. Alleen een atleet van olympisch formaat zou die afstand kunnen overbruggen.

Hij sprong niettemin. Hij zette af op de rand van het dak en maakte een reuzensprong naar het gebouw ernaast. Een fractie van een seconde was het alsof hij in de lucht hing, met zijn armen tot het uiterste gestrekt om de overkant te bereiken.

Jane holde naar de rand. Zapata hing aan de dakgoot van het naburige gebouw. Met wild trappelende benen bungelde hij vier verdiepingen boven de grond.

'Jezus, die vent is gek!' zei Frost.

'Arbato, naar boven!' riep Crowe naar de rechercheur die op straat stond. De twee rechercheurs renden door de steeg.

Bungelend aan de dakgoot probeerde Zapata zich op te trekken. Hij zocht met zijn voeten naar steunpunten op de muur, zwaaide één been omhoog, miste. Probeerde het nog een keer. Precies op het moment dat zijn schoen de dakrand raakte, brak de dakgoot af.

Jane sloot haar ogen, maar kon niets doen tegen het snerpende geluid van het scheurende metaal en de doffe klap waarmee Zapata's lichaam de grond raakte.

Ergens begon een vrouw te gillen.

19

Maria Salazar zat ineengedoken aan de tafel in de verhoorkamer. Ze hield haar hoofd gebogen en veegde voortdurend de tranen uit haar ogen. Ze moest erg mooi zijn geweest toen ze jong was. Op haar vijfenveertigste was ze nog steeds aantrekkelijk, maar Jane zag vanachter de confrontatiespiegel grijze haarwortels rond haar kruintje en te stevige armen van alle jaren dat ze huishoudelijk werk had verricht. Hoeveel weerzin zou er in haar gegroeid zijn terwijl ze de huizen van andere mensen had geschrobd, gepoetst en geveegd? Zou ze er weleens aan gedacht hebben, als ze bij de Ackermans bezig was het antieke meubilair te boenen en de Perzische tapijten te zuigen, dat één van hun schilderijen, één smaragden halsketting uit het juwelenkistje genoeg was om voor altijd van haar financiële zorgen af te zijn?

'Niet waar,' jammerde Maria in de verhoorkamer. 'Ik heb nog nooit van mijn leven iets gestolen!'

Crowe, die de kwade politieman speelde tegenover Moore die de rol van de vriendelijke oom agent had, leunde naar voren en ontblootte met onverholen agressie zijn tanden. 'Je hebt het alarmsysteem uitgeschakeld voor je vriendje.'

'Niet waar.'

'Je hebt de keukendeur van het slot gelaten.'

'Niet waar.'

'Je hebt een onwrikbaar alibi voor jezelf geregeld door op de kinderen van je zuster te passen terwijl Andres stiekem het huis van de familie Ackerman is binnengegaan. Wilde hij ze alleen maar beroven, of was hij van het begin af aan al van plan ze te vermoorden?'

'Andres heeft nog nooit iemand iets gedaan!'

'We hebben zijn vingerafdrukken op de keukendeur gevonden. En *in* de keuken.' Crowe leunde iets verder naar voren. Maria drukte zich tegen de rugleuning van haar stoel. Jane kreeg bijna medelijden met haar, want ze wist hoe het voelde als Darren Crowe zijn smalende gezicht vlak bij het jouwe bracht. 'Hij is in het huis geweest, Maria. Hij is via de keukendeur binnengekomen.'

'Hij had mijn mobiele telefoon gebracht! Die had ik per ongeluk thuis laten liggen.'

'Waarom hebben we zijn vingerafdrukken dan *in* de keuken gevonden?'

'Ik heb hem een kopje koffie gegeven. Ik was de oven aan het schoonmaken en hij is er even bij gaan zitten.'

'Vond mevrouw Ackerman dat goed? Dat er wildvreemde kerels kwamen koffiedrinken in haar keuken?'

'Dat mocht best. Mevrouw Ackerman was altijd erg aardig voor me.'

'O ja? Waren de Ackermans niet precies zoals alle andere rijkelui, die je een schijntje betalen terwijl jij hun plee moet schoonmaken?'

'Nee, ze waren heel goed voor me.'

'Ze waren stinkend rijk, Maria, terwijl jij moeite hebt de eindjes aan elkaar te knopen. Dat is toch niet eerlijk? Dat heb je toch niet verdiend?'

Ze schudde haar hoofd. 'U verzint maar wat. Ik vertel u de waarheid. '

'De *waarheid* is dat Andres in Colombia een strafblad had. Voor drugssmokkel. En inbraak.'

'Hij heeft nooit iemand kwaad gedaan.'

'Een keer moet de eerste keer zijn. Een man kan in de verleiding komen als het om mensen gaat die zo rijk zijn als de Ackermans. Al die mooie dingen die zomaar voor het grijpen liggen.' Hij haalde een geseald plastic zakje uit de doos die hij had meegebracht. 'Dit hebben we in jouw flat gevonden, Maria. Paarlen oorknopjes. Heb je die van je salaris betaald?'

'Ik heb ze met Kerstmis van mevrouw Ackerman cadeau gekregen.'

'Cadeau gekregen? Laat me niet lachen.'

'Het is echt waar.'

'Deze oorbellen zijn minstens vijfhonderd dollar waard. Dat is een erg duur cadeau.'

'Mevrouw Ackerman wilde ze niet meer. Ze zei dat ik ze mocht hebben.'

'Of was ze erachter gekomen dat je ze had gestolen? Misschien is dat de reden waarom Andres hen moest vermoorden. Hij moest ze het zwijgen opleggen zodat jij niet gearresteerd zou worden.'

Maria hief haar hoofd op. Haar ogen waren gezwollen en haar gezicht was rood van woede. 'U bent een *duivel*.'

'Ik probeer alleen maar mijn stad te zuiveren van misdadigers.'

'Door leugens te verzinnen? U kent mij niet. U kende Andres niet.'

'Ik weet dat Andres een misdadiger was. Ik weet ook dat hij voor ons op de loop was. Dat wil zeggen dat hij schuldig was.'

'Hij was *bang*.'

'Waarvoor?'

'Colombia. Hij kon niet teruggaan naar Colombia. Daar zouden ze hem vermoorden.'

'Dus ging hij liever hier dood?'

Maria sloeg haar handen voor haar gezicht. 'Nee. Hij wilde leven,' snikte ze. 'Hij wilde alleen maar met rust gelaten worden.'

'Vertel me de waarheid, Maria.'

'Dit *is* de waarheid.'

'Vertel me de waarheid, want anders...' Crowe stopte toen Moore zijn hand op zijn schouder legde. De twee mannen zeiden niets, maar Jane zag de blik die ze wisselden. Ze zag ook dat Moore afkeurend zijn hoofd schudde en dat Crowe daar woedend om werd.

Abrupt stond Crowe op. 'Denk erover na, Maria,' zei hij. Toen verliet hij de kamer.

'Godallemachtig,' mompelde Frost naast Jane. 'Wat een hufter.'

Jane keek weer door de ruit en zag dat Moore bij Maria was gaan zitten. Hij bood haar geen troostende hand, noch geruststellende woorden, en Maria bleef huilen met haar armen om haar bovenlichaam geklemd alsof ze dan zou kunnen ophouden met beven.

'Het bewijsmateriaal is niet toereikend,' zei ze.

'Zijn vingerafdrukken staan op de keukendeur,' zei Frost. 'En hij *is* voor ons op de vlucht gegaan.'

'Schei uit. Je klinkt net als Crowe.'

'En die oorknopjes? Wie geeft een huishoudster nou zo'n kostbaar cadeau?'

'Misschien is het waar. Misschien was mevrouw Ackerman goedgeefs van aard. We kunnen het tegendeel niet bewijzen. En denk eens aan dat huis, aan alle dingen die Zapata had kunnen stelen als het een gewone inbraak was geweest. Zelfs het juwelenkistje was nog intact.'

'Misschien was hij zo geschrokken van wat hij had gedaan, dat hij ervandoor is gegaan zonder iets mee te nemen.'

'Vind je dat nou echt aannemelijk klinken? Zit deze hele zaak je niet dwars? Mij wel.'

In de aangrenzende kamer kwam Maria langzaam overeind, ondersteund door Moore. Toen de rechercheur samen met de huishoudster het vertrek verliet, zei Jane zachtjes: 'Het zit Moore ook dwars.'

'Het probleem is dat we niets anders hebben. Afgezien van een onbevredigend gevoel.'

Dat was niet genoeg, maar het was iets wat ze niet kon negeren. Een onbevredigend gevoel kreeg je als je onderbewustzijn je liet weten dat je iets over het hoofd zag, een belangrijk detail dat de loop van een onderzoek kon veranderen.

Dat levens kon veranderen.

Haar mobieltje ging. Toen ze zag wie het was, slaakte ze een diepe zucht. 'Wat is er, Frankie?' vroeg ze.

'Ik heb je al twee keer gebeld. Waarom neem je niet op?'

'Ik had het druk.' *Ik ben achter verdachten aan geweest. Ik heb een man zien doodvallen.*

'Ja, nou, het is zover. De beer is los.'

'Waar heb je het over?'

'We zijn bij ma thuis en Korsak is net aangekomen.'

'Wie zijn wij? Jij en pa?'

'Ja. Ze gaan vreselijk tegen elkaar te keer.'

'Jezus, Frankie. Je weet dat je pa en Korsak bij elkaar vandaan moet houden. Zorg dat een van de twee daar weggaat.'

'Ze zullen elkaar nog vermoorden, Jane.'

'Oké, oké, ik kom al.' Ze hing op.

'Je weet dat de meldingen over huisvredebreuk de gevaarlijkste zijn,' zei Frost, waar ze dus absoluut niets mee opschoot.

'Ik weet het en ik hoop dat ik straks geen advocaat hoef te zoeken.'

'Voor je vader?'

'Nee, voor mezelf. Omdat ik hem heb vermoord.'

20

Jane hoorde het geschreeuw al toen ze uit haar auto stapte. Ze haastte zich langs de drie bekende auto's die schots en scheef voor haar moeders huis geparkeerd stonden en klopte op de voordeur, maar er werd niet opengedaan. Ze konden haar natuurlijk niet horen vanwege dat kabaal. Ze klopte wat harder.

'Eindelijk. De politie,' hoorde ze achter zich iemand op een norse toon zeggen.

Ze keek om en zag de buurvrouw met een nijdig gezicht op de stoep staan. Mevrouw Kaminsky was zo iemand die er twintig jaar geleden al net zo oud en chagrijnig had uitgezien als ze nu was. Het was alsof de frons tussen haar wenkbrauwen erin was gebeiteld.

'Deze buurt gaat helemaal naar de filistijnen,' zei mevrouw Kaminsky. 'Dat hokt maar met vreemde kerels.'

'Pardon?' zei Jane.

'Je moeder was altijd zo'n fatsoenlijke vrouw. Een keurige, getrouwde vrouw.'

'Mijn vader heeft haar verlaten.'

'Moet ze zich daarom met allerlei kerels afgeven?'

'Met allerlei kerels?'

De deur ging open. 'Gelukkig, daar ben je!' zei Korsak. Hij pakte haar hand. 'Kom mee, ik heb hulp nodig. Het is twee tegen één.'

'Zie?' zei mevrouw Kaminsky. Ze wees naar Korsak. 'Dat bedoel ik nou.'

Jane ging naar binnen en deed de deur dicht, blij dat ze de afkeurende blik van de buurvrouw niet meer hoefde te zien. 'Hoe bedoel je, twee tegen één?'

'Ik sta er helemaal alleen voor. Je vader en Frankie proberen je moeder over te halen mij te dumpen.'

'En wat zegt ma?'

'Op je moeder is momenteel geen peil te trekken. Ze staat op instorten.'

Het mooiste zou zijn als alle mannen vertrokken, dacht Jane toen ze op het geluid af naar de keuken liep, waar de strijd werd uitgevochten. Een logische plek, aangezien daar altijd scherpe messen voorhanden waren.

'Het is net alsof je bezeten bent door kwade geesten en niet meer zelfstandig kunt denken,' zei Jane's vader.

'Zo kennen we je niet, ma,' zei Frankie.

'Ik wil mijn oude Angela terug. Jij en ik, net als vroeger.'

Angela zat aan tafel met haar handen tegen haar oren gedrukt alsof ze de opdringerige stemmen niet wilde horen.

'Pa, Frankie,' zei Jane. 'Laat haar met rust.'

Angela keek met een vertwijfelde blik op naar haar dochter. 'Wat moet ik doen, Janie? Ze brengen me helemaal in de war!'

'Het is anders heel duidelijk,' zei Frank. 'Wij zijn nog steeds getrouwd en dat blijft ook zo.'

'Vorige week wilde je juist gaan scheiden,' zei Korsak.

'Dat was een misverstand.'

'En haar naam was Sandie,' zei Angela.

'Ze betekende niets voor mij!'

'Ik heb iets heel anders gehoord,' zei Korsak.

'Dit heeft niks met jou te maken, hufter,' zei Jane's broer. 'Wat doe je hier eigenlijk nog?'

'Ik hou van deze vrouw, oké? Toen je vader haar voor een ander had verlaten, was ik er voor haar. Ik ben degene die haar uit de put heeft gehaald. Dankzij mij kan ze weer lachen.' Korsak legde bezitterig zijn hand op Angela's schouder. 'En je vader heeft dat maar te accepteren.'

'Blijf van mijn vrouw af.' Frank sloeg Korsaks hand weg van Angela's schouder.

'Waag het niet mij te slaan,' snauwde Korsak.

'Noem je dat slaan? Dat tikje?' Frank gaf een hardere mep op Korsaks arm. 'Of bedoel je zoiets?'

'Hou op, pa,' zei Jane.

Korsak liep rood aan en duwde Frank tegen het aanrecht. 'Pas op, of ik laat je oppakken wegens mishandeling van een politieman.'

'Je bent geen politieman meer!' zei Frank senior triomfantelijk. 'En geen wonder. Een dikzak met een slecht hart kunnen ze niet gebruiken!'

'*Pa!*' Jane schoof snel het messenblok buiten hun bereik. 'Hou alsjeblieft op. Jij ook, Korsak.'

Korsak trok de kraag van zijn overhemd recht. 'Omwille van Angela zal ik dit door de vingers zien, maar denk niet dat ik het zal vergeten.'

'Sodemieter op. Dit is míjn huis,' zei Frank senior.

'Jouw huis? Jij hebt je vrouw in de steek gelaten,' antwoordde Korsak. 'Dit is nu háár huis.'

'Een huis waar ík de afgelopen twintig jaar de hypotheek voor heb betaald. Denk jij dat je mijn eigendommen zomaar in bezit kunt nemen?'

'Jouw eigendommen?' Angela zat opeens kaarsrecht, alsof dat woord een stalen pin in haar ruggengraat had gedreven. '*Eigendommen?* Denk jij dat ik jouw eigendom ben, Frank?'

'Och, ma,' zei Frankie. 'Pa bedoelde het niet zo.'

'O nee?'

'Nee, natuurlijk niet,' zei Frank. 'Ik bedoel...'

Angela keek hem aan met een verzengende blik. 'Ik ben niemands eigendom. Ik ben een zelfstandige vrouw.'

'Zo is dat!' zei Korsak.
'Hou jij je erbuiten,' snauwden Frank en Frankie in koor.
'Ik wil dat jullie weggaan,' zei Angela, van haar stoel oprijzend als een Walkure. 'Vooruit. Wegwezen,' commandeerde ze.
Frank en Korsak keken onzeker naar elkaar.
'Doe wat ze zegt,' zei Korsak.
'Ik bedoel jullie allemaal,' zei Angela.
Korsak keek haar verbaasd aan. 'Angie...'
'Ik heb pijn in mijn hoofd van jullie geschreeuw. Dit is *mijn* keuken, in *mijn* huis, en ik wil die nu even voor mezelf hebben. *Wegwezen*!'
'Goed idee, ma,' zei Frankie. 'Heel goed idee.' Hij klopte zijn vader op zijn rug. 'Kom, pa. Laat haar maar even betijen, dan trekt ze wel bij.'
'Wat niet per se in het voordeel van je vader hoeft uit te vallen.' Angela keek woedend naar de mannen in haar keuken. 'Nou? Waar wachten jullie nog op?'
'Hij eerst.' Frank wees naar Korsak.
'Waarom ik eerst?'
'We gaan *allemaal*,' zei Jane. Ze pakte Korsak bij zijn arm en probeerde hem mee te trekken. 'Frankie, neem pa mee.'
'Jij niet, Jane,' zei Angela. 'Jij mag blijven.'
'Ik dacht dat je zei...'
'Ik wil de *mannen* hier weg hebben. Díe bezorgen me hoofdpijn. Jij mag blijven. Ik wil met je praten.'
'Regel het, Janie,' zei Frankie. De dreigende klank van zijn stem ontging haar niet. 'Denk erom, familie is familie. Daar verandert nooit iets aan.'
En dat is soms best jammer, dacht Jane, toen de mannen de keuken uit dromden. De sfeer van vijandigheid die ze achterlieten was bijna te snijden. Jane zei geen woord, verroerde geen vin, tot ze de voordeur hoorde dichtvallen, gevolgd door het geluid van drie startende auto's. Met een zucht van opluchting schoof ze het messenblok weer op zijn plek en keek

haar moeder aan. Dit was een onverwachte ommekeer in de normale gang van zaken. Frankie was het kind waar Angela altijd het meest mee had gepocht, de zoon die marinier was geworden en niks fout kon doen, zelfs niet als hij zijn broer en zusje onder druk zette.

Nu had Angela echter niet om Frankie gevraagd, maar om Jane, en toen ze samen waren overgebleven, nam Jane de tijd om haar moeder eens goed te bekijken. Angela's gezicht was nog verhit van haar uitbarsting en door die blos en het vuur in haar ogen zag ze er inderdaad niet uit als iemands eigendom. Ze zag eruit als een vrouw die met een speer en een strijdbijl in haar handen diende op te rijzen terwijl er stoom uit haar neusgaten kwam. Maar toen ze de drie auto's hoorden wegrijden, verwelkte de amazone en bleef er een vermoeide vrouw van middelbare leeftijd over die als een plumpudding inzakte en haar handen voor haar gezicht sloeg.

'Mam?' zei Jane.

'Ik wilde alleen maar een nieuwe kans op liefde. Zodat ik weer van het leven kon genieten.'

'Hoe bedoel je? Genoot je dan niet van het leven?'

'Nee. Ik voelde me alsof ik onzichtbaar was. Elk dag kookte ik iets lekkers voor je vader. Elke avond schrokte hij zijn eten naar binnen zonder me ooit een complimentje te geven. Ik dacht dat dat normaal was na een huwelijk van vijfendertig jaar. Hoe had ik moeten weten dat het ook anders kon? Ik dacht dat het zo hoorde. Mijn kinderen waren volwassen, ik had een huis met een tuin. Dus had ik niets te klagen.'

'Ik had er geen idee van dat je zo ongelukkig was, mam.'

'Ik was niet ongelukkig. Ik was alleen...' Angela haalde haar schouders op. 'Ik bestond alleen maar. Ik leefde niet. Jouw huwelijk is nog vers. Jij en Gabriel weten niet waar ik het over heb en ik hoop dat je het nooit zult ondervinden. Het is een afschuwelijk gevoel als je beseft dat je de beste jaren van je leven gehad hebt. En dat gevoel gaf je vader mij.'

'Maar je was zo verdrietig toen hij je had laten zitten.'

'Ja, allicht! Wie wil er nou opzijgeschoven worden voor een andere vrouw?'

'Dus... jij wilde hem niet meer. Maar je wilde ook niet dat zij hem kreeg.'

'Is dat zo moeilijk te begrijpen?'

Jane haalde haar schouders op. 'Nee, ik snap het wel.'

'Uiteindelijk heeft die lellebel aan het kortste eind getrokken.' Angela lachte schel.

'Volgens mij hebben ze er allebei spijt van. Daarom wil pa weer thuiskomen. Maar ik neem aan dat dat er niet meer in zit?'

Angela's lip trilde. Ze staarde naar de tafel waarop haar handen rustten. Handen die na duizenden bereide maaltijden de littekens droegen van spattend vet en scherpe messen. 'Ik weet het niet,' zei ze zachtjes.

'Je hebt me zojuist verteld hoe ongelukkig je was.'

'Dat was ik ook. En toen kwam Vince en voelde ik me als nieuw. Ik voelde me weer jong. We hebben samen de gekste dingen gedaan. Dingen waarvan ik nooit had gedroomd dat ik ze ooit zou wagen. Met een pistool schieten. Naakt zwemmen.'

'Dát hoef ik echt niet te weten, ma.'

'We gaan naar dansavonden, Janie. Kun jij je herinneren wanneer ik voor het laatst met je vader uit dansen ben geweest?'

'Nee.'

'Ik ook niet. En dat is nu juist het punt.'

'Goed.' Jane slaakte een zucht. 'Je moet zelf beslissen, maar wat het ook wordt, ik sta achter je.' Zelfs als ze die domme roze jurk aan moest.

'Maar dat is nu juist het probleem, Janie. Ik kan geen besluit nemen.'

'Je hebt me zojuist verteld dat je met Vince gelukkig bent.'

'Maar Frankie heeft het magische woord genoemd. *Familie.*' Angela keek haar aan met een gekwelde blik in haar ogen. 'Dat is ook iets waard. Al die jaren. Jij en je broers. Je vader en ik hebben samen veel meegemaakt en ik kan dat alles niet zomaar de rug toekeren.'

'Is het verleden belangrijker dan dat jij gelukkig wordt?'

'Hij is je vader, Jane. Betekent dat zo weinig voor je?'

Jane schudde haar hoofd, nu helemaal in de war. 'Dit heeft niets met mij te maken. Het gaat om jou en om wat jij wilt.'

'En als ik van wat ik wil gewetenswroeging krijg? Stel dat ik met Vince trouw en dan de rest van mijn leven spijt heb dat ik ons gezin geen tweede kans heb gegeven? Frankie zal het me trouwens nooit vergeven. En vergeet pastoor Flanagan niet en iedereen in de kerk. En de buren...'

'De buren kunnen de pot op.' *Aan die lui heb je toch niks.*

'Je ziet, er komt een heleboel bij kijken. Het was veel makkelijker toen ik de verstoten vrouw was en iedereen mij gelijk gaf. Nu is het precies het tegenovergestelde en ben ik degene die het gezin uit elkaar laat vallen. Heb je enig idee hoe erg ik dat vind? Hoe erg ik het vind om voor een gevallen vrouw aangezien te worden?'

Beter een gevallen vrouw, vond Jane, dan een gedeprimeerde, grijze muis. Ze legde haar hand op haar moeders arm. 'Je verdient het om gelukkig te zijn. Laat je door niemand overhalen iets tegen je zin te doen. Niet door pastoor Flanagan, niet door Frankie en zeker niet door mevrouw Kaminsky.'

'Ik wou dat ik net zo was als jij, zo zelfverzekerd. Elke keer dat ik naar je kijk, vraag ik me af hoe het mogelijk is dat mijn dochter zo'n sterke vrouw is geworden. Een vrouw die 's ochtends het ontbijt voor haar gezin maakt, haar baby te eten geeft, en dan boeven gaat vangen.'

'Ik ben sterk omdat jij me zo hebt opgevoed, ma.'

Angela lachte en bette haar ogen. 'Laat me niet lachen. Een mooi voorbeeld ben ik, huilend aan de keukentafel. Verscheurd tussen mijn minnaar en mijn gezin.'

'Dit lid van het gezin zou graag willen dat je ophoudt je over ons zorgen te maken.'

'Dat is onmogelijk. Je gezin is je vlees en bloed en daar valt niets aan te veranderen. Familie is familie. Als ik hierdoor Frankie zou verliezen, zou het zijn alsof ik een arm verlies. Wie zijn familie kwijtraakt, is alles kwijt.'

Die woorden lieten Jane niet los toen ze die avond naar huis reed. Haar moeder had gelijk: wie zijn familie kwijtraakt, is alles kwijt. Ze had gezien wat er met mensen gebeurde als hun man, vrouw of kinderen vermoord werden. Ze had gezien hoe ze verschrompelden, hoe ze in één dag tien jaar ouder werden. Ze kon proberen hen te troosten door hun te beloven dat het recht zou zegevieren, zodat ze hun verdriet in elk geval een plekje konden geven, maar in werkelijkheid wist ze helemaal niet, en wilde ze ook niet weten, hoe hun lijden voelde. Dat wisten alleen de mensen wie hetzelfde was overkomen.

Dat was de reden waarom er een school als Evensong bestond. Het was een plek waar geschonden kinderen konden helen, in gezelschap van lotgenoten, die wisten hoe ze zich voelden.

Ze had Maura die ochtend gesproken maar haar niet verteld wat er met Zapata was gebeurd. Nu hun hoofdverdachte dood was en Teddy waarschijnlijk niet meer in gevaar verkeerde, moest er bekeken worden of hij terug kon keren naar Boston. Ze zette haar auto op het parkeerterrein van haar flat en scrolde al naar Maura's mobiele nummer toen ze zich herinnerde dat mobieltjes het op Evensong niet deden. Ze scrolde verder door de contactenlijst naar het nummer van de school dat Maura had gebruikt.

De telefoon ging zes keer over voordat er werd opgenomen. Een trillende stem zei: 'Evensong.'

'Bent u dat, dr. Welliver? U spreekt met Jane Rizzoli.' Ze wachtte op antwoord. 'Hallo? Bent u daar?'

'Ja. Ja.' Een onthutste lach. 'O, god, wat zijn ze mooi!'

'Waar hebt u het over?'

'Ik heb nog nooit zulke vogels gezien. En de lucht heeft zo'n vreemde kleur...'

'Eh... dr. Welliver? Zou ik dr. Isles even kunnen spreken?'

'Ik weet niet waar dr. Isles is.'

'Kunt u haar dan vragen me terug te bellen? Ik neem aan dat u haar bij het avondeten wel zult zien?'

'Ik ga niet eten. Alles smaakt vandaag zo eigenaardig. O! O!' Welliver slaakte een gilletje van verrukking. 'Als u die vogels toch eens kon zien! Ze zijn zo dichtbij dat ik ze bijna kan aanraken!'

Jane hoorde dat ze de hoorn neerlegde. Toen hoorde ze voetstappen die bij de telefoon vandaan liepen.

'Dr. Welliver? Hallo?'

Ze kreeg geen antwoord meer.

Ze hing op en vroeg zich af welke vogels de vrouw zo in verrukking hadden gebracht. Ze kreeg visioenen van een zwerm pterosauriërs die boven de bossen van Maine kwamen aanvliegen.

In de wereld die Evensong heette, leek alles mogelijk te zijn.

21

Kippenmoordenaar.

Alhoewel niemand het openlijk tegen haar zei, wist Claire waar de anderen het over hadden als ze in de eetzaal hun hoofden fluisterend naar elkaar toe bogen. *Zij heeft het gedaan.* Het was algemeen bekend dat Claire een paar dagen geleden naar Herman had geschopt. Daarom was zij de voornaamste verdachte. In het gerechtshof van de roddelpraat was ze al berecht en veroordeeld.

Ze prikte een spruitje aan haar vork. De groente was zo bitter als haar afkeer, maar ze at hem evengoed, werktuiglijk kauwend terwijl ze probeerde het geniepige gefluister en de starende ogen te negeren. Zoals altijd was Briana de aanvoerster, gesteund door de golden girls. De enige die aan Claire's kant leek te staan, was Beer, die nu opstond van zijn vaste plek onder Julians stoel en naar haar toe dribbelde. Ze hield hem onder de tafel een stukje vlees voor en knipperde met haar ogen om haar tranen terug te dringen toen de hond dankbaar haar hand likte. Honden waren veel prettiger gezelschap dan mensen. Ze namen je zoals je was. Ze bukte zich om hem te aaien. Hij zou tenminste altijd haar vriend blijven.

'Mag ik bij je komen zitten?'

Ze keek op en zag Teddy staan met zijn dienblad in beide handen. 'Als je wilt. Maar je weet wat de gevolgen zijn.'

'Wat dan?'

'Dat je dan nooit een van de cool kids zult zijn.'

'Dat was ik toch al niet.' Hij ging zitten. Ze keek naar zijn bord. Gekookte aardappelen, spruitjes en limabonen.

'Ben je vegetarisch?'

'Nee, allergisch.'

'Waarvoor?'

'Vis, garnalen, eieren.' Hij telde zijn allergieën op zijn vingers af. 'Tarwe, pinda's, tomaten en misschien aardbeien, maar dat is niet helemaal zeker.'

'Jemig, dat je niet van de honger omkomt.'

'Ik ben net zo'n carnivoor als jij, hoor.'

Ze keek naar zijn bleke gezicht en de luciferhoutjes die zijn armen moesten voorstellen en dacht: ik heb nog nooit iemand gezien die zo weinig van een carnivoor heeft.

'Ik hou van vlees. Gisteren heb ik kip gegeten.' Hij zweeg en liep opeens rood aan. 'Sorry,' mompelde hij.

'Ik heb Herman niet vermoord, wat iedereen hier ook zegt.'

'Niet *iedereen* zegt dat.'

Ze legde met een klap haar vork neer. 'Ik ben niet achterlijk, Teddy.'

'Will gelooft je. En Julian zegt dat een goede onderzoeker nooit tot overhaaste conclusies mag komen.'

Ze keek naar de andere tafels en zag Briana's smalende blik. 'Ik neem aan dat de bitch niet voor mij opkomt.'

'Is het vanwege Julian?'

Ze keek Teddy aan. 'Wat?'

'Dat jij en Briana zo'n hekel aan elkaar hebben? Omdat jullie allebei Julian leuk vinden?'

'Ik heb geen flauw idee waar je het over hebt.'

'Briana zegt dat je verliefd op hem bent.' Teddy keek naar Beer, die zachtjes kwispelde, hopend op meer stukjes vlees. 'Dat je altijd met zijn hond zit te spelen omdat je wilt dat Julian je leuk vindt.'

Was dat wat iedereen dacht? Ze duwde Beer van zich af en snauwde: 'Hoepel op, stom beest.'

De hele eetzaal hoorde het en keek naar haar toen ze opstond.

'Waarom ga je nou weg?' vroeg Teddy.

Zonder antwoord te geven liep ze de eetzaal uit en verliet het gebouw.

De zon was onder, maar het was nog niet donker. Over het terrein lag het valse licht van zomeravonden. Zwaluwen dartelden door de lucht. Claire volgde het stenen pad rond het gebouw terwijl ze zonder veel animo keek of ze op beschaduwde plekjes al vuurvliegjes zag. De krekels sjirpten zo luid dat Claire het krakende geluid boven haar hoofd bijna niet hoorde. Opeens kwam er iets naar beneden. Het viel vlak voor haar voeten neer. Het was een dakpan.

Jezus, die was bijna op mijn kop gevallen!

Ze keek omhoog en zag iemand op de rand van het dak staan. In silhouet afgetekend tegen de avondlucht, met de armen gespreid als vleugels, léek de gedaante te willen gaan vliegen.

Nee! wilde ze roepen, maar er kwam geen geluid uit haar keel. *Nee.*

De gedaante sprong. De zwaluwen maakten in het zachte avondlicht behendige salto's, maar de gedaante viel als een blok naar beneden, een vogel zonder vleugels.

Toen Claire haar ogen weer opende, zag ze een donkere plas die zich als een aureool rond de verbrijzelde schedel van dr. Anna Welliver verspreidde op het stenen pad.

Het hoofd van de Forensische Dienst van de staat Maine was dr. Daljeet Singh. Maura had hem jaren geleden tijdens een pathologiecongres leren kennen en sindsdien hadden ze er een gewoonte van gemaakt om tijdens die congressen samen te dineren. Dan bespraken ze opmerkelijke pathologische gevallen en lieten elkaar vakantiefoto's zien. Nu was het echter niet Daljeet die uit de witte SUV met het opschrift van de Forensische Dienst stapte. Het was een jonge vrouw die er met haar camouflagebroek, fleecejack en bergschoenen uitzag alsof ze uit een survivalkamp kwam. Ze liep langs de voertuigen van de Maine State Police met het zelfvertrouwen van iemand die gewend was aan plaatsen waar doden waren gevallen en stapte regelrecht op Maura af.

'Hallo. Ik ben Emma Owen. En u bent dr. Isles.'

'Dat hebt u goed geraden,' zei Maura. Ze nam haar uitgestoken hand aan, al voelde het vreemd om een vrouw de hand te schudden, vooral als die vrouw eruitzag als een studente en niet als een volwaardig patholoog-anatoom.

'Nee, hoor, niet geraden. Bij het artikel dat u vorig jaar in het *Journal of Forensic Pathology* hebt gepubliceerd, stond een foto, en Daljeet heeft het zo vaak over u, dat ik het gevoel heb dat ik u al ken.'

'Hoe is het met hem?'

'Hij is op vakantie in Alaska, anders was hij zelf wel gekomen.'

Maura zei met een ironisch lachje: 'Mijn verblijf hier was ook bedoeld als vakantie.'

'Balen, zeg, als je zelfs op vakantie lijken moet bekijken.' Dr. Owen haalde schoenbeschermers uit haar zak en trok ze aan met de souplesse van een danseres, door eerst op haar ene been en daarna op haar andere been te balanceren. Zoals veel jonge, vrouwelijke artsen die de medische professie tegenwoordig een heel nieuw gezicht geven, zag ze eruit als een intelligente, sportieve, zelfverzekerde vrouw. 'Rechercheur Holland heeft me telefonisch al verteld wat er is gebeurd. Had u het zien aankomen? Vertoonde ze tekenen van suïcidale ideatie of depressie?'

'Nee. Ik ben net zo overdonderd als iedereen hier. Voor zover ik het kon beoordelen was er met dr. Welliver niets aan de hand. Het enige wat me vandaag was opgevallen, is dat ze vanavond niet is komen eten.'

'Wanneer hebt u haar voor het laatst gezien?'

'Tussen de middag, in de eetzaal. Ik geloof dat ze om één uur haar laatste leerling had. Daarna heeft niemand haar nog gezien. Tot ze van het dak sprong.'

'Hebt u een theorie? Een idee waarom ze het heeft gedaan?'

'Nee. We begrijpen er geen van allen iets van.'

'Nou,' zei de jonge vrouw met een zucht, 'als zelfs een deskundige als dr. Isles in het duister tast, moet het echt een raadsel zijn.' Ze trok latex handschoenen aan. 'Rechercheur Holland zei dat er een ooggetuige is.'

'Ja. Een van de leerlingen heeft het zien gebeuren.'

'Lieve hemel. Wat zal dat arme kind daar een nachtmerries van krijgen.'

Alsof Claire Ward nog niet genoeg nachtmerries heeft, dacht Maura.

Dr. Owen keek op naar het gebouw, waarvan de ramen nu verlicht waren. 'Wauw. Ik ben hier nog nooit eerder geweest. Ik wist niet eens dat deze school bestond. Het lijkt wel een kasteel.'

'Een spoorwegmagnaat heeft het in de negentiende eeuw laten bouwen. Naar de gotische architectuur te oordelen beschouwde hij zichzelf als een edelman.'

'Weet u waar dr. Welliver stond toen ze sprong?'

'Op de omloop van de toren. De toegangsdeur naar de omloop bevindt zich in haar werkkamer.'

Dr. Owen keek op naar de toren. In dr. Wellivers kamer brandde licht. 'Dat lijkt mij een hoogte van zo'n twintig meter.'

'Ja, zoiets moet het zijn.'

Toen ze over het pad naar de zijkant van het gebouw liepen, vroeg Maura zich af wanneer zij de rol van Hogere Autoriteit had gekregen. Dat ze die opeens bezat was haar duidelijk geworden uit het feit dat de jongere vrouw haar bleef aanspreken met *dr. Isles*. Een stukje verderop bewogen de lichtbundels van twee zaklantaarns. Die bleken toe te behoren aan de rechercheurs van de Maine State Police. Ze stonden bij het lijk dat was afgedekt met een vel plastic.

'Goedenavond, heren,' zei dr. Owen.

'Het zijn altijd de zwevers die dit soort dingen doen,' merkte een van hen op.

'Zwevers?'

'Dr. Welliver was als psycholoog aan de school verbonden,' legde Maura uit.

De rechercheur bromde: 'Ze kiezen blijkbaar niet voor niets zo'n beroep.'

Toen dr. Owen het vel plastic optilde, richtten beide agenten hun zaklantaarn op het lijk. Anna Welliver lag op haar rug, haar gezicht blootgesteld aan het genadeloze licht, haar grijze haar rond haar hoofd uitgespreid als een slordig vogelnest. Maura keek op naar de ramen van de slaapkamers op de derde verdieping en zag de silhouetten van kinderen die keken naar iets wat kinderen niet zouden moeten zien.

'Dr. Isles?' Dr. Owen gaf Maura een paar handschoenen. 'Als u zo goed wilt zijn?'

Het was een uitnodiging die Maura niet bepaald welkom was, maar ze trok de handschoenen aan en hurkte naast haar jongere collega. Samen betastten ze de schedel, bekeken de ledematen, telden de zichtbare breuken.

Een van de rechercheurs zei: 'We hoeven alleen maar te weten of het een ongeluk was of zelfmoord.'

'U hebt moord uitgesloten?' vroeg dr. Owen.

Hij knikte. 'We hebben de getuige ondervraagd. Claire Ward, een dertienjarig meisje dat hier op school zit. Ze liep hier toevallig toen het gebeurde en heeft niemand anders dan het slachtoffer op het dak gezien. Ze zei dat de vrouw haar armen spreidde en zich liet vallen.' Hij wees naar de verlichte torenkamer. 'De deur naar de torenomgang stond open en in dr. Wellivers kamer hebben we geen sporen van geweldpleging aangetroffen. Ze is blijkbaar uit vrije wil naar buiten gegaan, over de reling geklommen en naar beneden gesprongen.'

'Waarom?'

Hij haalde zijn schouders op. 'Dat laat ik aan de psychologen over. Voor zover die niet van daken zijn gesprongen.'

Dr. Owen kwam kwiek overeind, maar Maura voelde haar leeftijd toen ze zich in een wat trager tempo oprichtte. Haar rechterknie was stijf van urenlang tuinieren op zomeravonden en van vier decennia onvermijdelijke slijtage van pezen en gewrichten. Opnieuw werd ze eraan herinnerd dat er altijd een nieuwe generatie in de coulissen stond te wachten.

'In het licht van wat de getuige u heeft verteld,' zei dr. Owen, 'lijkt dit inderdaad geen ongeluk te zijn geweest.'

'Tenzij ze per ongeluk over de reling is geklommen en per ongeluk een snoekduik van het dak heeft genomen.'

'Oké.' Dr. Owen stroopte de handschoenen van haar handen. 'Laten we het erop houden dat de toedracht zelfdoding is.'

'Behalve dat niemand het heeft zien aankomen,' zei Maura. 'We hebben helemaal niets aan haar gemerkt.'

Het was nu te donker om de gezichten van de twee rechercheurs goed te onderscheiden, maar ze kon zich levendig voorstellen hoe ze keken.

'U had gehoopt op een zelfmoordbriefje,' zei een van hen.

'Ik wil een reden. Ik kende deze vrouw.'

'Vrouwen denken dat ze hun man kennen. Ouders denken dat ze hun kinderen kennen.'

'Ja, ik weet het. Dit hoor ik altijd na een zelfmoord. *We hebben niets aan hem gemerkt.* Ik weet dat de nabestaanden vaak geen flauw idee hadden wat het slachtoffer van plan was. Maar dit...' Maura zweeg, zich ervan bewust dat er drie paar ogen op haar gericht waren, op de vooraanstaande patholoog uit Boston die op het punt stond zoiets onlogisch als 'een gevoel' te verdedigen. 'Het was dr. Wellivers taak, ziet u, om geschonden kinderen therapeutische hulp te verlenen. Ze hielp hen zware emotionele trauma's te verwerken. Dat was haar levenswerk. Waarom zou ze diezelfde kinderen dan met een nieuw trauma opzadelen door hen hiervan getuige te laten zijn? Door zich op zo'n sensationele manier van het leven te beroven?'

'Hebt u het antwoord op die vraag?'

'Nee. En haar collega's evenmin. De stafleden tasten allemaal in het duister.'

'Heeft ze een man? Kinderen? Andere familie?' vroeg dr. Owen. 'Iemand die hier misschien meer licht op kan werpen?'

'Ze was weduwe, en voor zover directeur Baum weet, had ze geen kinderen en geen naaste familie.'

'Dan vrees ik dat het een van de onverklaarbare gevallen zal blijven,' zei dr. Owen. 'Ik zal sectie verrichten, ook al lijkt de doodsoorzaak nogal duidelijk.'

Maura keek naar het lichaam en dacht: het vaststellen van de doodsoorzaak is niet moeilijk. Je snijdt het lijk open, onderzoekt de gescheurde organen en gebroken botten en de antwoorden komen vanzelf. Ze zat veel meer in over de vragen waar ze geen antwoord op had. De beweegredenen, de verborgen kwellingen die mensen ertoe brachten volslagen vreemden of zichzelf van het leven te beroven.

Toen de laatste politieauto was vertrokken, liep Maura de trap op naar de zitkamer van de staf, waar de docenten bijeen waren gekomen. Er brandde een flink vuur in de open haard, maar niemand had de lampen aangedaan, alsof lamplicht hen te veel was op deze rampzalige avond. Maura ging in een fluwelen leunstoel zitten en zag de rode gloed van de vlammen weerspiegeld op de gezichten. Ze hoorde een tikje toen Baum een glas cognac inschonk. Zonder iets te zeggen zette hij het op het tafeltje naast haar, er stilzwijgend van uitgaand dat zij ook wel aan een borrel toe was. Ze knikte en nam dankbaar een slokje.

‘Iemand hier moet weten waarom ze het heeft gedaan,’ zei Lily. ‘Iemand moet iets gezien hebben, iets waarvan hij of zij niet besefte dat het belangrijk was.’

Baum zei: ‘We kunnen haar e-mails niet bekijken omdat ik niet weet wat haar paswoord is. De politie heeft haar werkkamer doorzocht maar geen zelfmoordbriefje gevonden. Ik heb met de kok en de tuinman gesproken en ook zij hebben niets bijzonders gemerkt, niets wat erop wees dat Anna met zelfmoordplannen rondliep.’

‘Ik heb haar vanochtend in de tuin rozen zien plukken voor op haar bureau,’ zei Lily. ‘Zou een vrouw met zelfmoordplannen zoiets doen?’

‘Hoe moeten wij dat weten?’ sputterde Pasquantonio. ‘*Zij* was de psycholoog.’

Baum keek de kamer rond. ‘Jullie hebben met de leerlingen gesproken. Hebben zij enig idee?’

‘Nee,’ zei Karla Duplessis, de docent literatuur. ‘Anna heeft vanochtend sessies gehad met vier kinderen. De laatste was om één uur met Arthur Toombs. Hij zei dat ze een beetje afwezig deed, maar dat verder alles gewoon was. De kinderen zijn vreselijk van streek. Als *wíj* hier al moeite mee hebben, kun je je wel voorstellen hoe het voor de kinderen is. Juist Anna, die hen hielp hun emotionele problemen op te lossen, blijkt zwak te zijn geweest. Ze beginnen zich af te vragen of ze wel op ons kunnen rekenen. Of volwassenen sterk genoeg zijn om op te steunen.’

‘Daarom mogen we nu geen zwakke indruk maken.’ De barse woorden kwamen uit de donkerste hoek van de kamer. Het was Roman, de boswachter, de enige die geen hartversterkend glas cognac had genomen. ‘We moeten ons normaal gedragen en doen wat we altijd doen.‘

'Dat zou onnatuurlijk zijn,' zei Karla. 'We hebben allemaal tijd nodig om dit te verwerken.'

'*Verwerken*? Dat is alleen maar een duur woord voor zitten kniezen. Welliver heeft zich van kant gemaakt, niks aan te doen, het leven gaat door.' Hij stond mopperend op en liep de kamer uit, een geur van dennen en tabak achterlatend.

'Die man heeft gewoon geen hart in zijn lijf,' zei Karla half binnensmonds. 'Met een rolmodel als Roman is het geen wonder dat we hier kinderen hebben die hanen de nek omdraaien.'

Baum zei: 'Maar wat Roman zei over het belang van het instandhouden van de dagelijkse routine, is wel iets om over na te denken. De leerlingen hebben behoefte aan orde en regelmaat. Ik zeg niet dat ze geen tijd moeten krijgen om te rouwen, maar het moet hun duidelijk gemaakt worden dat het leven inderdaad doorgaat.' Hij stopte en keek naar Lily. 'Zullen we het schoolreisje naar Quebec evengoed maar laten doorgaan?'

'Ik heb niets geannuleerd,' zei ze. 'De hotelkamers zijn geboekt en de kinderen kijken er al weken naar uit.'

'Dan moeten jullie gaan.'

'Toch niet álle kinderen?' vroeg Maura. 'Gezien Teddy's situatie is het voor hem veel te gevaarlijk om zich in het openbaar te vertonen.'

'Rechercheur Rizzoli heeft daarover heel duidelijk instructies gegeven,' zei Lily. 'Hij blijft hier, waar hij veilig is. Will en Claire blijven ook. En Julian natuurlijk.' Lily glimlachte. 'Julian heeft tegen mij gezegd dat hij zoveel mogelijk tijd met u wil doorbrengen. Dat is een groot compliment, dr. Isles, uit de mond van een tiener.'

'Toch zit het me niet lekker,' zei Karla. 'Om met de kinderen op schoolreisje te gaan terwijl Anna net is gestorven. We zouden hier moeten blijven, ter ere van haar nagedachtenis. En om uit te zoeken wat haar ertoe bewogen heeft.'

'Verdriet,' zei Lily zachtjes. 'Soms overvalt het je opeens weer. Zelfs jaren later.'

Pasquantonio schraapte zijn keel. 'Hoe lang is het nu geleden? Tweeëntwintig jaar?'

'Hebben jullie het over de moord op Anna's echtgenoot?' vroeg Maura.

Pasquantonio knikte. Hij pakte de cognacfles en schonk nog een scheut in zijn glas. 'Ze heeft het me in geuren en kleuren verteld. Dat Frank uit zijn auto was gesleurd. Dat de firma waar hij voor werkte het losgeld had betaald, maar dat Frank evengoed was omgebracht en een paar dagen later ergens gedumpt. De daders zijn nooit gepakt.'

'Dat moet een enorme woede in haar opgewekt hebben,' zei Maura. 'En woede waar je niets mee kunt, slaat om in depressiviteit. Als ze die woede al die jaren in zich heeft meegedragen...'

'Dat geldt voor ons allemaal,' zei Pasquantonio. 'Daarom zijn we hier. Daarom hebben we voor dit werk gekozen. Woede is de brandstof die ons aan de gang houdt.'

'Brandstof kan gevaarlijk zijn. Het kan ontploffen.' Maura keek om zich heen naar de aanwezigen, die allemaal getekend waren door geweldplegingen. 'Weet u zeker dat u dit aankunt? En hoe zit het met de kinderen? Ik heb gezien wat er in de wilg hing. Iemand hier heeft al bewezen dat hij – of zij – tot doden in staat is.'

Er bleef een gespannen stilte hangen. De docenten keken naar elkaar.

Baum zei: 'Dat is inderdaad iets waar we ons grote zorgen over maken. Anna en ik hebben het gisteren nog besproken. De vraag of een van onze leerlingen misschien gestoord is. Dat een van hen misschien zelfs...'

'Een psychopaat is,' vulde Lily aan.

'Maar u hebt geen idee wie het zou kunnen zijn?' vroeg Maura.

Baum schudde zijn hoofd. 'Dat zat Anna nog het meest dwars. Dat ze geen flauw idee had welke leerling het kon zijn.'

Een gestoorde leerling. Een psychopaat.

Maura hield een onbehaaglijk gevoel aan het gesprek over. Toen ze de trap opliep dacht ze aan kinderen met psychisch letsel en aan de effecten die gewelddaden op je geest konden hebben. Ze vroeg zich af wat voor soort kind voor de grap een haan zijn nek omdraaide, zijn buik opensneed en hem in een boom hing. Ze vroeg zich af in welke kamer van dit kasteel dat kind nu sliep.

Ze ging niet naar haar slaapkamer maar liep de laatste trap op naar de toren. Naar Anna's werkkamer. Ze was er eerder op de avond ook geweest, samen met de rechercheurs, dus verwachtte ze geen verrassingen of openbaringen toen ze naar binnen ging en het licht aandeed. De kamer zag er inderdaad precies zo uit als voorheen. Kristallen hangers voor het raam. Witte as van opgebrande wierookstokjes. Op het bureau een stapeltje dossiermappen, waarvan de bovenste was opengeslagen bij een politierapport uit Saint Thomas. Het dossier van Teddy Clock. Op het bureau stond ook de vaas met rozen die Anna die ochtend in de tuin had gesneden. Maura probeerde zich in te denken wat Anna had gedacht toen ze de snoeischaar had gehanteerd en de geur van de rozen opsnoof. *Dit is de laatste keer dat ik aan bloemen zal ruiken?* Of had ze niet gedacht aan de korte tijd die haar nog restte, aan het afscheid van het leven, en was het een doodgewone ochtend geweest?

Waarom was deze dag op zo'n tragische wijze geëindigd?

Ze liep langzaam door de kamer, op zoek naar een spoor van Anna dat was blijven hangen. Ze geloofde niet in geesten en wie weigert erin te geloven, zal er ook nooit een zien, maar ze bleef midden in de kamer staan om de geur van de rozen en de wierook op te snuiven, de lucht die Anna tot voor kort ook had ingeademd. De deur naar de torenomgang was dicht nu het buiten koud was geworden. Het dienblad met de theepot, de porseleinen kopjes en de suikerpot stond op het bijzettafeltje, waar het ook had gestaan toen Jane en Maura hier hadden gezeten. De kopjes waren afgewassen en op elkaar gestapeld, de theepot was leeg en schoon. Anna had de moeite genomen het theeservies af te wassen voordat ze een einde aan haar leven had gemaakt. Misschien uit consideratie voor degenen die haar kantoor zouden moeten ontruimen.

Maar waarom had ze dan voor zo'n onreine dood gekozen? Een dood die een grote plas bloed op het pad had achtergelaten, bloed dat nooit meer uit het geheugen van de leerlingen en docenten gewist kon worden?

'Het lijkt niet logisch, hè?'

Ze draaide zich om. Julian stond in de deuropening. Zoals altijd had hij zijn hond bij zich en Beer zag er net als zijn baasje bedrukt uit. Alsof ook hij gebukt ging onder verdriet.

'Ik dacht dat je naar bed was,' zei ze.

'Ik kan niet slapen. Ik wilde met je praten, maar je was niet in je kamer.'

Ze zuchtte. 'Ik kan ook niet slapen.'

De jongen bleef aarzelend staan, alsof het niet netjes was om zomaar de kamer van de overledene binnen te gaan. 'Ze vergat het nooit als er iemand jarig was,' zei hij. 'Voor de jarige lag er 's ochtends bij het ontbijt al een cadeautje naast zijn bord. Een honkbalpet van de Yankees voor een jongen die een fan van die club is. Maar ook een kristallen zwaantje voor een meisje dat een beugel moest. Ze heeft mij ook een keer zomaar een cadeautje gegeven. Een kompas. Zodat ik altijd zou weten waar ik naartoe ging en altijd zou onthouden waar ik vandaan kwam.' Zijn stem zwakte af tot een fluistertoon. 'Dit gebeurt met alle mensen om wie ik geef.'

'Wat gebeurt er met alle mensen om wie je geeft?'

'Dat ze me in de steek laten.' *Dat ze doodgaan*, bedoelde

hij. En dat was ook zo. De laatste leden van zijn familie waren de afgelopen winter gestorven en nu stond hij helemaal alleen op de wereld.

Maar hij heeft mij.

Ze sloeg haar armen om hem heen. Julian was voor haar de zoon die ze zelf nooit had kunnen baren, maar in veel opzichten waren ze nog steeds vreemden voor elkaar. Hij bleef ongemakkelijk staan, een houten beeld in de armen van een vrouw die er zelf ook niet aan gewend was genegenheid te tonen. In dat opzicht leken ze helaas sterk op elkaar, smachtend naar contact, maar altijd wantrouwig. Maar na een poosje voelde ze de spanning uit zijn lichaam verdwijnen en toen sloeg hij zijn armen om haar heen en smolt hij weg in haar omhelzing.

'Ik zal je nooit verlaten, Rat,' zei ze. 'Je kunt altijd op me rekenen.'

'Dat kun je wel zeggen, maar er kan van alles gebeuren.'

'Mij zal niets gebeuren.'

'Je weet dat je dat niet kunt beloven.' Hij maakte zich van haar los en draaide zich om naar het bureau. 'Dr. Welliver zei ook dat ze er altijd voor ons zou zijn. En je ziet wat ervan is gekomen.' Hij raakte de rozen in de vaas aan. Een roze bloemblaadje liet los en fladderde naar de grond als een stervende vlinder. 'Waarom heeft ze het gedaan?'

'Soms zijn er geen antwoorden. In mijn werk krijg ik vaak te maken met deze vraag. De nabestaanden hebben altijd moeite te begrijpen waarom iemand van wie ze hielden, zich van het leven heeft beroofd.'

'Wat zeg je dan?'

'Dat ze het nooit zichzelf moeten aanrekenen. Dat ze zich niet schuldig moeten voelen. De mens is slechts verantwoordelijk voor zijn eigen daden. Niet voor die van een ander.'

Ze begreep niet waarom hij opeens zijn hoofd liet hangen. Hij streek met de rug van zijn hand langs zijn ogen, een snel, gegeneerd gebaar dat een nat spoor op zijn gezicht achterliet.

'Rat?' vroeg ze zachtjes.

'Ik voel me juist schuldig.'

'Niemand weet waarom ze het heeft gedaan.'

'Ik heb het niet over dr. Welliver.'

'Over wie dan?'

'Carrie.' Hij keek haar aan. 'Volgende week is haar verjaardag.'

Zijn dode zusje. De afgelopen winter was het meisje samen met hun moeder omgekomen in een eenzame vallei in Wyoming. Hij sprak bijna nooit over zijn familie, over wat er was gebeurd in de weken dat hij en Maura wanhopig hadden gevochten om in leven te blijven. Ze had gedacht dat hij eroverheen was, maar dat was natuurlijk niet zo. Hij lijkt in veel opzichten op mij, dacht ze. Net als ik begraaft hij zijn verdriet op een plek waar niemand het kan zien.

'Ik had haar moeten redden,' zei hij.

'Hoe? Je moeder weigerde haar te laten gaan.'

'Ik had haar moeten dwingen mee te gaan. Ik was de man in het gezin. Het was mijn taak haar te beschermen.'

Een verantwoordelijkheid die niet op de schouders van een jongen van zestien mocht rusten, vond ze. Hij was dan wel zo lang als een man en had de brede schouders van een man, maar de tranen op zijn gezicht waren die van een jongen. Hij veegde ze weg met zijn mouw en keek om zich heen of hij ergens tissues zag.

Maura liep naar de aangrenzende badkamer om wat toiletpapier voor hem te pakken. Toen ze een handjevol van de rol trok, zag ze op de wc-bril iets glinsteren. Het waren net glimmende korreltjes zand. Ze drukte haar wijsvinger erop en keek nieuwsgierig naar de witte korreltjes die aan haar vingertop bleven plakken. En nu zag ze dat er ook op de tegels van die glinsterende korreltjes lagen.

Iemand had iets door de wc weggespoeld.

Ze keerde terug naar de kamer en keek naar het dienblad met het theeservies. Ze herinnerde zich dat Anna de kruidenthee eerst goed had laten trekken in die theepot. Dat ze toen drie kopjes had ingeschonken. Dat ze in haar eigen kopje drie lepeltjes suiker had gedaan, wat Maura was opgevallen omdat het zo veel was. Ze tilde het dekseltje van de suikerpot. Hij was leeg.

Waarom had Anna de suiker door het toilet gespoeld?

Op dat moment begon de telefoon op Anna's bureau te rinkelen. Maura en Julian keken elkaar geschrokken aan. Het was een griezelig idee dat iemand een dode vrouw opbelde.

Maura nam op. 'Evensong. U spreekt met dr. Isles. '

'Waarom heb je me niet teruggebeld?' vroeg Jane Rizzoli.

'Moest dat dan?'

'Heeft dr. Welliver dat niet aan je doorgegeven? Het is al uren geleden. Daarom bel ik nu zelf nog maar een keer, voordat iedereen naar bed is.'

'Heb jij met Anna gesproken? Wanneer?'

'Om een uur of vijf. Misschien half zes.'

'Jane, er is hier iets afgrijselijks gebeurd...'

'Toch niet met Teddy?'

'Nee, niet met Teddy.'

'Wat dan?'

'Anne Welliver is dood. Het ziet eruit als zelfmoord. Ze is van het dak gesprongen.'

Daarop volgde een lange pauze. Maura hoorde op de achtergrond het geluid van de tv, stromend water, vaatwerk. Huiselijke geluiden waardoor ze opeens haar eigen huis en haar eigen keuken miste.

'Jezus,' stamelde Jane uiteindelijk.

Maura keek weer in de suikerpot. Ze beeldde zich in hoe Anna die boven de wc omkeerde en naar deze kamer terugkeerde. Hoe ze de deur naar de torenomloop opendeed en naar buiten ging om de korte wandeling naar de eeuwigheid te maken.

'Waarom heeft ze zelfmoord gepleegd?' vroeg Jane.

Maura staarde nog steeds naar de lege suikerpot. Toen zei ze: 'Ik ben er niet van overtuigd dat het zelfmoord was.'

22

'Weet u zeker dat u erbij wilt blijven, dr. Isles?'

Ze stonden in de kleedkamer van de autopsiezaal, tussen kasten vol handschoenen, mondmaskers en schoenbeschermers. Maura had al een chirurgenpak aangetrokken en duwde nu haar haar onder het papieren mutsje.

'Ik zal u al mijn bevindingen toesturen,' zei dr. Owen. 'En ik zal een volledig toxicologisch onderzoek laten uitvoeren, zoals u hebt geadviseerd. U bent uiteraard van harte welkom, maar het lijkt mij dat...'

'Ik ben hier niet om te snijden, maar om te kijken, Emma,' zei Maura. 'Dit is jouw mortuarium.'

Onder haar chirurgenmutsje kreeg Emma Owen een kleur. Zelfs in het ongenadige licht van de tl-lampen had de smetteloze huid van haar benijdenswaardig jonge gezicht nog lang geen behoefte aan de vochtinbrengende en camouflerende crèmes waarvan Maura er de laatste tijd steeds meer in haar badkamerkast had staan. 'Zo bedoelde ik het niet,' zei Emma. 'Ik bedoel dat dit voor u erg moeilijk moet zijn omdat u haar persoonlijk hebt gekend.'

Maura keek door het brede raam en zag Emma's assistent, een uit de kluiten gewassen jongeman, de instrumenten klaarleggen. Anna Welliver lag al op de snijtafel, nog geheel gekleed. Hoeveel mensen heb ik in mijn loopbaan al opengesneden? dacht ze. Hoeveel scalpen heb ik van schedels getrokken? Te veel om op te noemen. Maar het waren altijd mensen geweest die ze niet persoonlijk had gekend, mensen met wie ze geen herinneringen deelde. Anna had ze wél gekend. Ze wist hoe haar stem had geklonken, hoe ze had geglimlacht, ze had het leven in haar ogen zien sprankelen. Deze autopsie was er een die elke patholoog uit de weg zou gaan. Niettemin trok zij nu schoenbeschermers aan en deed ze een mondmasker voor.

'Ik ben het aan haar verschuldigd,' zei ze.

'Ik denk niet dat we voor verrassingen zullen komen te staan. We weten al hoe ze is gestorven.'

'Maar we weten niet wat ertoe heeft geleid.'

'De sectie zal ons geen antwoord geven op die vraag.'

'Een uur voordat ze van de toren is gesprongen, heeft ze in een telefoongesprek met rechercheur Rizzoli vreemde dingen gezegd. Dat het eten eigenaardig smaakte. En dat ze vogels zag, vreemde vogels, die langs haar raam vlogen. Ik vraag me af of dat hallucinaties waren.'

'Hebt u daarom om een volledig toxicologisch onderzoek gevraagd?'

'Er zijn tussen haar bezittingen geen drugs gevonden, maar het is altijd mogelijk dat de politie iets over het hoofd heeft gezien. Of dat ze ze ergens verstopte.'

Ze duwden de deur naar de snijzaal open. 'Hallo, Randy,' zei Emma. 'We hebben vandaag een voorname gast. Dr. Isles van de Forensische Dienst van Boston.'

De jongeman knikte, maar leek niet onder de indruk. Hij vroeg alleen: 'Wie gaat er snijden?'

'Dr. Owen zal de sectie verrichten,' zei Maura. 'Ik ben slechts een toeschouwer.'

Maura was er zo aan gewend dat ze in de snijzaal de baas was, dat ze bijna haar gebruikelijke plaats aan de snijtafel innam. Ze deed snel een stap achteruit toen dr. Owen en

Randy de instrumentenbladen klaarzetten en de lampen in positie brachten. Eerlijk gezegd wilde ze ook niet op haar gebruikelijke plaats aan de tafel staan. Ze wilde Anna's gezicht niet zien. Het was nog maar één dag geleden dat ze het leven in haar ogen had gezien en de afwezigheid ervan drukte haar opnieuw met haar neus op het feit dat het lichaam slechts een omhulsel is en dat de ongrijpbare ziel, waaruit die ook mocht bestaan, met het grootste gemak vernietigd kan worden. Emma Owen had gelijk. Ze kon beter niet kijken.

In plaats daarvan liep ze naar de lichtbak. Terwijl dr. Owen en haar assistent de dode vrouw van haar kleding ontdeden, bestudeerde Maura de röntgenfoto's. Die hadden tenminste geen gezicht. Wat ze zag, verbaasde haar niet. Ze had gisteravond bij het betasten van de schedel al gevoeld dat het linkerwandbeen was ingedeukt, en het bewijs daarvan werd hier in zwart-wit vertoond als een spinnenweb van haarscheurtjes. Ze bekeek de ribbenkast en kon ondanks de schaduwen van de kleding goed zien dat de tweede tot en met de achtste rib gebroken waren. Door de harde klap waarmee het lichaam op de grond was neergekomen, was ook het bekken zwaar beschadigd. Het heiligbeen was opzij gedrukt en het schaambeen gespleten. Precies wat je kon verwachten als iemand van twintig meter hoogte op een stenen pad neersmakte. Nog voordat Emma de borst ging opensnijden, kon Maura al voorspellen wat ze in de borstholte zou aantreffen, want ze had de gevolgen van zo'n vrije val vaker gezien. Dat de ribben en het bekken verbrijzeld werden, was logisch, maar in wezen werd de dood veroorzaakt door deceleratieletsel aan het hart en de longen, waardoor weke delen scheurden en aderen barstten. Als Anna's lichaam zo dadelijk werd opengesneden, zou naar alle waarschijnlijkheid blijken dat de borstholte gevuld was met bloed.

'Wat is dat nou?' zei Randy.

Dr. Owen zei: 'Dr. Isles, wilt u even komen kijken?'

Maura liep naar de snijtafel. Ze hadden Anna's jurk gedeeltelijk opengeknoopt, maar hem nog niet over haar heupen getrokken. De vrouw droeg een stevige witte bh zonder frutsels of fratsels. Maar daar ging het niet om. Waar ze alle drie naar staarden, was de blootgelegde huid.

'Zulke vreemde littekens heb ik nog nooit gezien,' zei dr. Owen.

Maura bekeek ze verwonderd. 'Laten we haar kleding verwijderen.'

Ze werkten nu samen om de jurk over de heupen af te stropen en het ondergoed te verwijderden. Toen ze het elastiek van de onderbroek naar beneden trokken, moest Maura aan de gebroken botten van het bekken denken die ze op de röntgenfoto's had gezien. Ze vertrok onwillekeurig haar gezicht toen ze zich inbeeldde hoe het was geweest toen die beenderen gebroken en over elkaar geschoven waren. Als de dag van gisteren herinnerde ze zich het geschreeuw van een man op de spoedeisende hulp die zijn bekken had gebroken bij een ongeluk op een boot. Maar Anna voelde geen pijn meer en liet zich zonder een kik te geven van haar kleding ontdoen. Nu lag ze naakt op de tafel, haar lichaam uit model gebracht door de gebroken ribben, de half verbrijzelde schedel en de verschoven heupbeenderen.

Maar waar ze naar staarden, waren de littekens, waarvan op de röntgenfoto's uiteraard niets te zien was. Ze zaten verspreid over haar hele bovenlichaam: lelijke bobbelige strepen op haar borsten en haar buik, en zelfs op haar schouders. Maura dacht aan de kuise omajurken die Anna zelfs op warme dagen had gedragen. Die had ze dus niet gekozen vanwege haar excentrieke stijlgevoel, maar om dit aan het oog te onttrekken. Ze vroeg zich af hoe lang het geleden was dat Anna een badpak had gedragen of op een strand had liggen zonnen. De littekens zagen er oud uit, permanente herinneringen aan onvoorstelbare folteringen.

'Kunnen dit huidtransplantaties zijn?' vroeg Randy.

'Nee, dat zijn het niet,' antwoordde dr. Owen.

'Wat zijn het dan?'

'Dat weet ik niet.' Emma keek naar Maura. 'Weet u het?'

Maura gaf geen antwoord. Ze bestudeerde de benen van het lijk en hief haar hand op om een van de lampen op de scheenbenen te richten, waarvan de huid donkerder en dikker was dan bij de rest van het lichaam. Ze keek op naar Randy. 'Ik wil gedetailleerde röntgenfoto's van de benen. In het bijzonder van de scheenbenen en enkels.'

'Ik heb röntgenfoto's gemaakt van het hele skelet,' zei Randy. 'Daarop zijn alle breuken duidelijk te zien.'

'Het gaat me niet om de nieuwe breuken. Ik ben op zoek naar oude.'

'Waarom denkt u dat die ons iets kunnen vertellen over de doodsoorzaak?' vroeg Emma.

'Ze kunnen ons inzicht geven in het leven van het slachtoffer. Haar verleden, haar geestelijke toestand. Ze kan niet meer met ons praten, maar haar lichaam kan ons nog veel vertellen.'

Maura en dr. Owen trokken zich terug in de kleedkamer en keken vanachter het brede raam toe toen Randy, nu met een loden schort voor, het lichaam in positie bracht voor een nieuwe reeks röntgenfoto's. *Hoeveel littekens hield je verborgen, Anna?* De bewijzen van de lichamelijke verwondingen waren zichtbaar, maar hoe zat het met de emotionele wonden die nooit genazen, de breuken die niet geheeld konden worden door bindweefselvermeerdering en collageen? Waren het de herinneringen aan oude folteringen geweest die haar ertoe hadden gedreven de deur naar de torenomgang te openen en haar lichaam over te geven aan de zwaartekracht en de harde grond?

Randy hing een nieuwe serie foto's op de lichtbak en wenkte hen. Toen Maura en Emma weer in de snijkamer waren, zei hij: 'Ik zie geen andere breuken op deze foto's.'

'Het gaat om oude, geheelde breuken,' zei Maura.

'Ik zie geen littekenweefsel of vergroeiingen. Die weet ik heus wel te herkennen.'

Hij sprak op een geprikkelde toon. Maura was de indringer, de hautaine deskundige uit de grote stad die zijn vakbekwaamheid in twijfel trok. Ze wenste geen confrontatie en richtte daarom haar aandacht op de foto's. Wat hij had gezegd, klopte: op het eerste gezicht vertoonden de armen en benen geen breuken. Ze ging dichter bij de lichtbak staan om beide scheenbenen te bekijken. Ze had de verkleurde huid van Anna's schenen verdacht gevonden en wat ze op deze foto's zag, bevestigde haar vermoedens.

'Ziet u dit, dr. Owen?' Maura liet haar wijsvinger langs de omtrek van de scheenbenen gaan. 'Ziet u de gelaagdheid en de dikte?'

De jonge patholoog fronste. 'Het bot vertoont inderdaad een verdikking.'

'Er zijn ook veranderingen in het endotheelweefsel zichtbaar. Ziet u het? Dat wil veel zeggen.' Ze keek Randy aan. 'Zou je de foto's van de enkels willen ophangen?'

'Wat wil die verdikking dan zeggen?' vroeg hij, nog niet overtuigd door de deskundige uit Boston.

'Dat er sprake is van periostitis. Veranderingen aan het beenvlies als gevolg van ontstekingen.' Maura trok de scheenbeenfoto's onder de klem vandaan. 'De enkelfoto's, alsjeblieft.'

Zwijgend stak hij de nieuwe foto's onder de klemrand. Wat Maura op die foto's zag, nam alle twijfel in één keer weg. Naast haar ontsnapte aan Emma een zacht 'O.'

'Dit zijn klassieke botveranderingen,' zei Maura. 'Ik heb ze tijdens mijn loopbaan maar twee keer gezien. De eerste keer bij een immigrant uit Algerije. De tweede keer bij een lijk dat op een vrachtschip was ontdekt, een man uit Zuid-Amerika.'

'Waar kijkt u precies naar?' vroeg Randy.

'Het gaat om de veranderingen in het rechterhielbeen,' zei dr. Owen. Ze wees ze aan.

Maura zei: 'Ze zijn ook zichtbaar in het linkerhielbeen. Een vervorming die het gevolg is van meervoudige breuken.'

'Heeft ze *beide* voeten gebroken?' zei Randy.

'Herhaalde malen.' Maura staarde naar de röntgenfoto's en huiverde om de betekenis hiervan. 'Falaka,' zei ze zachtjes.

'Ik heb erover gelezen,' zei Emma, 'maar wie had kunnen denken dat ik zoiets ooit bij iemand hier in Maine zou aantreffen.'

Maura keek Randy aan. 'Het staat ook bekend als bastinado. Slagen op de voetzolen, waardoor botten breken en pezen en spieren scheuren. Op veel plaatsen in de wereld een bekende vorm van straf. In het Midden-Oosten. Azië. Zuid-Amerika.'

'Bedoelt u dat ze is gemarteld?'

Maura knikte. 'De veranderingen aan de scheenbenen waar ik op wees, zijn eveneens het gevolg van slagen met een zwaar voorwerp. Die klappen waren niet hard genoeg om de beenderen te breken, maar de onderhuidse bloedingen hebben permanente veranderingen in het beenvlies veroorzaakt.' Maura liep terug naar de snijtafel waarop Anna's lichaam lag. Ze begreep nu wat de betekenis was van de grote hoeveelheid littekens op de borsten en de buik. Ze begreep alleen niet waarom dit Anna was aangedaan. En wanneer.

'Maar het verklaart nog niet waarom ze zelfmoord heeft gepleegd,' zei Emma.

'Dat niet,' gaf Maura toe. 'Maar je gaat je afvragen of haar dood iets te maken heeft met haar verleden. Met de reden waarom haar dit is aangedaan.'

'Trekt u nu in twijfel of er sprake is van zelfdoding?'

'Nu ik dit heb gezien, trek ik alles in twijfel. Dit stelt ons voor een nieuw raadsel.' Ze keek dr. Owen aan. 'Waarom is Anna Welliver gemarteld?'

In een gevangeniscel is het alsof je slinkt en Icarus was geen uitzondering.

Achter de tralies leek hij kleiner, onbeduidend. Hij had zijn Italiaanse kostuum en zijn Panerai-horloge moeten inleveren en droeg nu een knaloranje overall en plastic slippers. Zijn eenpersoonscel bevatte slechts een wastafel, een toilet en een betonnen bed met een dun matras waar hij nu op zat.

'Je weet,' zei hij, 'dat iedereen te koop is.'

'En wat zou jouw prijs zijn?' vroeg ik.

'Het gaat niet om mij. Ik heb alles verloren wat waarde voor me had.' Hij keek naar me op met zijn felblauwe ogen, die het tegenovergestelde waren van de zachte bruine ogen van zijn dode zoon Carlo. 'Ik heb het over jou.'

'Ik ben niet te koop.'

'Dus je bent een slaafse patriot? Je doet dit uit liefde voor je land?'

'Ja.'

Hij lachte. 'Dat ken ik. Het wil alleen maar zeggen dat anderen je niet genoeg geboden hebben.'

'Ik zou mijn land voor geen enkele prijs verraden.'

Hij keek me aan met een blik die grensde aan medelijden, alsof ik zwakzinnig was. 'Zoals je wilt. Ga dan maar terug naar je land. Maar je weet dat je veel armer terugkeert dan nodig is.'

'In tegenstelling tot sommige mensen,' zei ik treiterend, 'kan ík tenminste naar huis gaan.'

Hij glimlachte op een manier waar ik het koud van kreeg. Het was alsof ik mijn toekomst in de ogen keek. 'Is dat zo?'

23

Jane zat achter haar bureau te kijken naar het interview dat Darren Crowe werd afgenomen en moest eerlijk toegeven dat hij op tv erg knap overkwam in zijn nette pak, met zijn geföhnde haar en niet te vergeten zijn blinkend witte tanden. Ze vroeg zich af of hij ze zelf bleekte met van dat spul dat je bij de drogist kon kopen, of dat hij het voor veel geld door een deskundige liet doen.

'Eén broodje warm vlees met zuurkool.' Frost zette de papieren zak op haar bureau, plofte neer op de stoel naast haar en pakte zijn eigen lunch uit: twee broodjes ham zonder sla. Vaste prik.

'Die griet verslindt hem met haar ogen,' zei Jane. Ze wees naar de blonde verslaggeefster die het interview afnam. 'Nog even en ze rukt hem de kleren van het lijf.'

'Daar kan ik jammer genoeg niet over meepraten.' Frost zuchtte berustend en nam een hap.

'Hij buit het echt helemaal uit. O kijk, hij trekt dat gezicht, alsof hij *diepzinnige gedachten* heeft.'

'Dat oefent hij op het toilet voor de spiegel.'

'Op diepzinnige gedachten?' Ze snoof en pakte haar broodje uit. 'Hij heeft zijn hele leven nog nooit een diepzinnige gedachte gehad. Hij denkt hooguit aan diepe decolletés.'

Ze aten zwijgend terwijl Crowe het publiek vertelde hoe ze

Zapata te pakken hadden gekregen. *Als hij zich nu gewoon had laten inrekenen... maar hij besloot te proberen te vluchten... We hadden hem juist met de grootste terughoudendheid benaderd... Vluchten doe je alleen als je schuldig bent...*

Jane legde haar broodje neer. Ze had opeens geen eetlust meer.

Illegale immigranten als Zapata die met hun gewelddadige gedrag naar ons land komen, zullen streng aangepakt worden. Dat garandeer ik de burgers van onze stad.

'Wat een etter,' zei ze. 'Hij heeft Zapata eigenhandig schuldig bevonden en veroordeeld.'

Frost gaf geen antwoord. Hij at gewoon door, alsof de rest van de wereld hem niet interesseerde, en opeens irriteerde dat haar mateloos. Over het algemeen vond ze de onverstoorbaarheid van haar partner juist prettig. Geen scènes, geen overspannen gedoe, alleen maar die soms onbegrijpelijke gelijkmoedigheid, maar nu hij zo gestaag doorat, deed hij haar denken aan een herkauwende koe.

'Hé,' zei ze. 'Erger jij je hier niet aan?'

Hij keek haar aan en zei met volle mond: 'Ik weet dat jij je eraan ergert.'

'En jij hebt hier niets op tegen? Dat het dossier wordt gesloten terwijl we niet eens het moordwapen hebben gevonden en Zapata helemaal geen voorwerpen uit het huis van de Ackermans in zijn bezit had?'

'Ik heb niet gezegd dat ik er niets op tegen heb.'

'En dat rechercheur Hollywood dit zogenaamde succes op tv aan het volk presenteert als een mooi verpakt kerstcadeautje met een grote strik erom? Het stinkt, Frost, en daar zou je je aan moeten ergeren.'

'Je hebt gelijk.'

'Erger jij je nooit, Frost?'

Hij nam nog een hap, kauwde en dacht over de vraag na. 'Jawel,' zei hij toen. 'Ik erger me mateloos aan Alice.'

'Alice is je ex. Dat telt niet mee.'

'Tja.'

'Je zou je moeten ergeren aan deze gang van zaken. Je zou je op zijn minst zorgen moeten maken. Maura maakt zich er zorgen over, en ik ook.'

Toen ze Maura noemde, legde hij zijn broodje neer en keek haar aan. 'Wat zegt dr. Isles ervan?'

'Hetzelfde als ik. Dat er een link moet zijn tussen de drie kinderen. De schoolpsycholoog van Evensong is vandaag van het dak gesprongen en Maura vraagt zich af waarom alle mensen die zich met die kinderen inlaten, doodgaan. Het is net alsof er een vloek op hen rust. Waar die kinderen ook ondergebracht worden, er gaat iemand dood.'

'En nu zitten ze bij elkaar op één plek.'

Op Evensong. In gedachten zag ze de donkere bossen met wilgen waarin bloederige ornamenten hingen. Ze zag een kasteel waar zowel de kinderen als de volwassenen getraumatiseerd waren en in de schaduw van geweldplegingen leefden. En nu zaten Teddy en Maura daar, op een afgesloten terrein, in het gezelschap van een groep tieners die aan den lijve hadden ondervonden wat een bloedbad was.

'Rizzoli.' Ze schrok op, keek om en zag inspecteur Marquette achter zich staan. Ze pakte de afstandsbediening om de televisie uit te zetten.

'Hebben jullie zo weinig te doen, dat jullie naar soapseries zitten kijken?' vroeg Marquette.

'Niet zomaar een soapserie,' zei ze. 'Maar eentje waarin rechercheur Crowe de brave burgers van Boston uitlegt hoe hij eigenhandig het kwaad, in de persoon van Zapata, heeft verslagen.'

Marquette hield zijn hoofd schuin. 'Kom even naar mijn kantoor.'

Ze zag het 'O jee' op Frosts gezicht toen ze opstond en achter Marquette aan liep. Hij deed de deur van zijn kantoor achter haar dicht. Ze wachtte tot hij was gaan zitten voordat ze zelf plaatsnam, en probeerde kalm over te komen toen hij haar over het bureau heen streng aankeek.

'Zullen jij en Crowe het ooit ergens over eens zijn?' vroeg hij.

'Wat heeft hij nu weer over me te klagen?'

'Het ontbreken van een verenigd front in de Ackermanzaak. En het feit dat jij blijft zeuren dat hij een overhaast oordeel heeft geveld.'

'Dan beken ik schuld,' zei ze. 'Ik vind inderdaad dat hij te haastig heeft geoordeeld.'

'Ik ben op de hoogte van al je bezwaren. Maar heb je eraan gedacht hoe dit eruit zal zien als de pers er lucht van krijgt dat jij deze dingen beweert? Dat wordt een PR-ramp. Het is sowieso al een sensationele zaak waar de hele stad het over heeft. Rijke familie, dode kinderen, de media smullen ervan, vooral nu er ook nog een schurk blijkt te zijn van het soort dat we zo graag haten. Een illegale immigrant. Zapata was de ideale dader en nu is hij dood. De zaak is rond en we kunnen allemaal nog lang en gelukkig leven.'

'Als nachtmerries sprookjes waren,' zei ze.

'Ze zijn niet voor niets geschreven door gebroeders die Grimm heten.'

'Het volk is tevreden, dus vindt u dat ik dat ook moet zijn, en dat ik mijn mond moet houden?'

Hij leunde achterover in zijn stoel. 'Jij bent soms ongelooflijk lastig, Rizzoli.'

'Ja, dat hoor ik wel vaker.'

'En daarom ben je zo'n goede rechercheur. Je blijft graven en wroeten. Je keert stenen om die een ander laat liggen. Ik heb je rapport over de drie kinderen gelezen. Semtex in New Hampshire? Een bom in een vliegtuigje in Maryland? De slachtoffers vliegen ons om de oren.' Hij zweeg en trommelde met zijn vingers op het bureau terwijl hij naar haar bleef kijken. 'Dus mag je van mij je gang gaan. Ga doen waar je zo goed in bent.'

Ze wist niet zeker wat hij bedoelde. 'Waar ik goed in ben?'

'Graven. Wroeten. Officieel is het dossier-Ackerman gesloten. Onofficieel heb ik net als jij mijn twijfels. Maar jij bent de enige die dat mag weten.'

'Mag ik Frost meenemen? Ik kan hem goed gebruiken.'

'Ik kan hier niet méér mankracht aan besteden. Ik weet niet eens zeker of ik het jou wel moet laten doen.'

'Waarom doet u het dan?'

Hij leunde naar voren. 'Het liefst zou ik deze zaak afsluiten en afvinken. Een afgesloten zaak is goed voor de statistieken. Maar net als jij bezit ik intuïtie. Soms worden we gedwongen onze intuïtie te negeren en als dan achteraf blijkt dat we ernaar hadden moeten luisteren, slaan we onszelf voor de kop. Ik wil later niet ingewreven krijgen dat ik deze zaak te snel naar het archief heb verwezen.'

'U dekt zich dus in.'

'En wat is daar mis mee?' snauwde hij.

'Niets.'

'Oké.' Hij leunde weer achterover. 'Wat is je plan?'

Ze dacht na, woog af welke van de onbeantwoorde vragen voorrang moest krijgen. Ze besloot dat de belangrijkste vraag was wat de Wards, de Yablonski's en de Clocks met elkaar gemeen hadden, afgezien van de manier waarop ze gestorven waren. Hadden ze elkaar gekend?

Ze zei: 'Ik wil naar Maryland gaan.'

'Waarom naar Maryland?'

'Will Yablonski's vader werkte bij NASA-GODDARD, evenals Wills oom, Brian Temple. Ik wil met hun collega's praten. Misschien weten zij waarom dat vliegtuig is verongelukt. En waarom Brian en zijn vrouw met hun neefje halsoverkop uit Maryland naar New Hampshire zijn verhuisd.'

'Waar hun boerderij is opgeblazen.'

Ze knikte. 'Deze zaak wordt steeds groter en gevaarlijker. Daarom wil ik Frost. Ik heb hulp nodig om dit allemaal uit te zoeken.'

Na een korte stilte zei hij: 'Oké, je mag Frost meenemen. Je krijgt drie dagen.'

'Dank u wel. We gaan meteen aan de slag.' Ze stond op.

'Rizzoli...'

'Ja?'

'Geen woord tegen de anderen. Vooral niet tegen Crowe. Laat iedereen geloven dat de moord op de Ackermans is opgelost.'

'Zit jij nou ook te denken aan dat gezegde dat je geen raketgeleerde hoeft te zijn om dit of dat te doen?' zei Frost toen ze over het terrein van het Goddard Space Flight Center reden. 'Vandaag krijgen we te maken met echte raketgeleerden! Ik vind dit zo geweldig. Als je bedenkt wat het gemiddelde IQ is van de mensen die je hier ziet rondlopen.'

'Bedoel je dat wij bij hen vergeleken een stelletje onbenullen zijn?'

'Al die wiskunde en scheikunde en natuurkunde die ze hebben moeten leren. Ik heb geen flauw idee hoe je een raket de lucht in krijgt.'

'Heb jij dan vroeger nooit een speelgoedraket de lucht in geschoten met azijn en zuiveringszout?'

'Ik heb het over raketten die op de maan zijn geland.'

Ze parkeerde op een vrije plek bij het Exploration Sciences Building en ze bevestigden allebei de badge die ze bij de ingang hadden gekregen aan hun jasje.

'Misschien mag ik dit straks wel houden,' zei Frost. Hij streek liefkozend over de badge. 'Dat zou een cool souvenir zijn.'

'Kun je misschien iets minder dweperig doen? Je klinkt als een Trekkie en dat kan hier echt niet, hoor.'

'Ik bén ook een Trekkie.' Ze stapten uit en hij hief zijn hand op als een Vulcan. 'Leef lang en –'

'Laat dat!'

'Kijk!' Hij wees naar de bumpersticker op een van de auto's. '*Beam me up, Scotty*!'

'Ja, en?'
'Dit is mijn volk!'
'Misschien houden ze je dan wel,' zei ze terwijl ze zich uitrekte om haar stijve rug wat verlichting te geven. Ze hadden een vroege vlucht naar Baltimore genomen. Toen ze het gebouw binnengingen, keek ze om zich heen of ze ergens een koffieautomaat kon vinden. In plaats daarvan kwam er een gezette man op hen af waggelen.
'Bent u de rechercheurs uit Boston?' vroeg hij.
'Ik ben Jane Rizzoli. Dit is mijn partner, Barry Frost,' zei Jane. 'Bent u dr. Bartusek?'
'Zeg maar Bert.' Bartusek lachte breed, greep haar hand en pompte die op en neer. 'Rechercheurs! Dat moet ontzettend interessant werk zijn.'
'Lang niet zo interessant als wat u doet,' zei Frost.
'Ik?' snoof Bartusek. 'Op moordenaars jagen, dát is pas cool.'
'Mijn partner is van mening dat het veel cooler is om voor NASA te werken,' zei Jane.
'Bij de buurman is het gras nu eenmaal altijd groener,' zei Bartusek lachend. Hij wenkte hen mee. 'Laten we naar mijn kantoor gaan. Ik heb van hogerhand toestemming om vrijuit met u te praten. En dat moet ook wel natuurlijk, als de politie je vragen komt stellen. Als ik geen antwoord zou geven, zou u me nog arresteren!' Ze liepen samen door de gang. Jane voelde het gebouw bijna op zijn grondvesten trillen van zijn olifantenpassen. 'Ik heb zelf ook veel vragen,' zei hij. 'Mijn collega's en ik willen graag weten wat er met Neil en Olivia is gebeurd. Hebt u rechercheur Parris al gesproken?'
'We hebben voor vanavond een afspraak met hem,' zei Jane. 'Aangenomen dat hij op tijd terug is uit Florida.'
'Parris leek me een intelligente politieman. Hij heeft me het hemd van het lijf gevraagd, maar ik geloof niet dat het heeft geholpen.' Hij wierp een blik op Jane. 'Inmiddels zijn we al-

weer twee jaar verder. Ik vraag me af of u iets wijzer zult worden.'

'Hebt u theorieën over de toedracht?'

Hij schudde zijn hoofd. 'We vonden het allemaal uitermate vreemd. Waarom zou iemand Neil hebben willen vermoorden? Hij was een goede vent, echt een goede vent. We hebben het hier uitgebreid besproken en alle mogelijke redenen onder de loep genomen. Of hij iemand geld verschuldigd was. Of hij iemand beledigd had. Of het misschien een crime passionnel was.'

'Een crime passionnel? Zit die mogelijkheid erin?' vroeg Frost. 'Ging hij vreemd? Of zijn vrouw?'

Bartusek stopte bij een deur, maar zijn brede gestalte benam hen het zicht op de kamer. 'Ik dacht toen van niet. Het was een doodgewoon stel. Maar ja, je weet natuurlijk nooit wat er achter gesloten deuren gebeurt.' Hij schudde bedroefd zijn hoofd en liet hen binnen in zijn kantoor, waarvan de muren vol hingen met schitterende foto's van sterrenstelsels en nevels die eruitzagen als kleurige amoeben.

'Wauw. De Paardenkopnevel,' zei Frost. Hij keek vol bewondering naar een van de foto's.

'U bent thuis in de sterren, hoor ik.'

Jane keek naar haar partner. 'Je bent écht een Trekkie.'

'Dat zei ik toch?' Frost liep naar een andere foto. 'Ik zie dat uw naam erbij staat, dr. Bartusek. Hebt u al deze foto's zelf genomen?'

'Astrofotografie is mijn hobby. Je zou denken dat een man die zich de hele dag met het heelal bezighoudt, in zijn vrije tijd liever foto's maakt van vogels of bloemen, maar ik niet. Ik hou mijn ogen altijd op de hemel gericht. En dat doe ik al zo lang als ik me kan herinneren.' Hij wrong zich achter zijn bureau en liet zich in de grote bureaustoel zakken, die kreunde onder zijn gewicht. 'Je zou het een obsessie kunnen noemen.'

'Zijn alle raketgeleerden zo?' vroeg Frost.

'Strikt genomen ben ik geen raketgeleerde. Dat zijn de jongens die ze daadwerkelijk het heelal in schieten. Die vinden ook inderdaad dat ze cool werk hebben.'

'Wat doet u dan voor werk?'

'Ik ben astrofysicus. In dit gebouw houden we ons bezig met onderzoek. Mijn collega's en ik bedenken een wetenschappelijk project en zoeken uit wat voor soort data we nodig hebben om het te kunnen uitvoeren. We willen bijvoorbeeld stofmonsters van een komeet of we willen een *wide-field infrared survey* doen, zoals dat officieel heet. Om daarvoor data te verzamelen hebben we een speciale telescoop nodig. Daarvoor gaan we naar de raketgeleerden, die dan zo'n telescoop voor ons in de ruimte brengen. Wij ontwerpen het doel van een missie. De raketgeleerden ontwerpen een manier om het te verwezenlijken. We spreken niet eens dezelfde taal. Zij zijn de doeners. Wij zijn de denkers.'

'Tot welke groep behoorde Neil Yablonski?' vroeg Jane.

'Neil was een denker. Hij en zijn zwager, Brian Temple, waren de pienterste mannen die we hier hadden. Misschien waren ze daarom zulke goede vrienden. Ze konden het zo goed met elkaar vinden dat ze zelfs samen op vakantie naar Rome zouden gaan, met hun echtgenotes. Neil en Olivia hadden elkaar in Rome leren kennen en wilden alle romantische plekjes nog een keer bezoeken.'

'Het lijkt me niet erg romantisch als er nog een echtpaar meegaat.'

'Maar het was niet zomaar een echtpaar. Lynn en Olivia waren zussen, Neil en Brian waren vrienden, en toen Lynn met Brian trouwde, werden ze vanzelf een viertal. Brian en Neil moesten naar Rome voor een bespreking en hadden besloten hun vrouwen mee te nemen. God, wat verheugde Neil zich op die reis! Hij maakte me gek met zijn verhalen over pasta! Pizza! Fritto misto!' Hij keek naar zijn dikke buik, die opeens knorde. 'Ik kom al een kilo aan als ik die woorden alleen maar hardop zeg.'

'Maar ze zijn uiteindelijk niet meer aan Rome toegekomen?'

Bartusek schudde bedroefd zijn hoofd. 'Drie weken voordat ze zouden vertrekken, besloten Neil en Olivia het weekend in hun vakantiehuis op de Chesapeake door te brengen. Neil had een kleine Cessna die hij voor die tripjes gebruikte. Hun zoon, Will, moest aan een schoolproject werken en ging daarom bij de Temples logeren. Daar heeft hij bij geboft, want drie minuten nadat Neil was opgestegen, stortte de Cessna brandend neer. Het weer was goed die dag en Neil was een uitstekende piloot. Iedereen dacht dat een mechanisch defect de oorzaak van de ramp moest zijn geweest, tot rechercheur Parris en de FBI een week later hier kwamen en een heleboel vragen begonnen te stellen. Toen begreep ik dat het geen zuivere koffie was. Parris heeft het nooit met zoveel woorden gezegd, maar ik heb gelezen wat er in de kranten stond. Dat er verdachte omstandigheden waren. Dat er misschien een bom aan boord van de Cessna was geweest. Aangezien u er nu weer naar komt vragen, neem ik aan dat dat het geval was.'

'Dat gaan we vanavond met rechercheur Parris bespreken,' zei Jane.

'Het was dus geen ongeluk.'

'Waarschijnlijk niet.'

Bartusek liet zich tegen de rugleuning van zijn stoel zakken en schudde zijn hoofd. 'Geen wonder dat Brian zich zo eigenaardig gedroeg.'

'Hoe bedoelt u?'

'Op de dag nadat Neils vliegtuig was neergestort, kwam Brian lijkbleek op zijn werk. Hij stopte een deel van zijn researchmateriaal in een tas en zei dat hij een paar dagen thuis ging werken, omdat hij Lynn en hun neefje niet alleen wilden laten. Een week later hoorde ik dat hij ontslag had genomen. Dat vond ik erg vreemd, want hij hield van zijn werk. Ik begreep niet waarom hij na meer dan twintig jaar zomaar opeens vertrok. Hij heeft aan niemand verteld waar hij naartoe ging. Ik wist niet eens dat ze naar New Hampshire verhuisd waren, tot we hoorden dat Lynn en hij bij die brand om het leven waren gekomen.'

'Brian heeft dus geen enkele indicatie gegeven over de reden van zijn vertrek?'

'Nee. Hij was erg van streek, maar dat vond ik niet meer dan logisch. Zijn beste vriend en de zus van zijn vrouw waren omgekomen en nu had hij de verantwoordelijkheid gekregen voor Neils zoon.' Bartusek zweeg en zijn vlezige gezicht versomberde bij de herinnering. 'De arme jongen heeft het ook niet makkelijk gehad. Het valt niet mee om op je twaalfde je ouders te verliezen.' Hij schudde zijn hoofd. 'Weet u, ik heb dit niet tegen rechercheur Parris gezegd, maar sommigen van ons dachten dat er misschien een vergissing in het spel was geweest. Dat de dader een bom in de verkeerde Cessna had gelegd. Er zijn veel zakenmagnaten die op dat vliegveld een privévliegtuig hebben. Ook politici, en er is altijd wel iemand die hún vliegtuig zou willen opblazen.' Hij stopte. 'Dat was een grapje. Echt.' Hij keek de rechercheurs beurtelings aan. 'Maar blijkbaar ziet u de humor er niet van in.'

'We hebben het tot nu toe alleen over Neil gehad, maar hoe zit het met zijn vrouw?' vroeg Frost. 'Kan zij het doelwit zijn geweest?'

'Olivia? Nee. Het was een aardige vrouw, maar nogal saai. Op feestjes stond ze meestal in een hoekje, een beetje verloren. Ik deed altijd mijn best wat aandacht aan haar te besteden, omdat ze zo'n muurbloempje was, maar eerlijk gezegd heeft ze nooit iets interessants tegen me gezegd. Ze had nog een saaie baan ook, ze werkte als vertegenwoordiger voor een farmaceutisch bedrijf.'

Frost keek even in zijn notitieboekje. 'Leidecker Hospital Supplies.'

'Ja. Daar had ze ook nooit iets interessants over te vertellen. Ze bloeide pas op als ze het over Will had. Die jongen is een genie, net als zijn vader.'

'Oké, terug naar Neil dan,' zei Jane. 'Had hij problemen op zijn werk? Ruzie met collega's?'

'Niet meer dan normaal.'

'Wat wil dat zeggen?'

'Wetenschappers zijn mensen die theorieën bedenken en daarover dan automatisch een bepaalde positie innemen. Soms verdedigt die wetenschapper zijn positie nogal fel als anderen het niet met hem eens zijn.'

'Wie was het niet met Neil eens?'

'O, ik bedoel niemand in het bijzonder. Ik zou het me niet eens kunnen herinneren, zo vaak komen deze dingen hier voor. Hij en Brian voerden altijd felle discussies, maar nooit op een vijandige manier, begrijpt u? Het was meer een spel tussen twee briljante personen die het tegen elkaar opnamen. Je hoefde maar iets te zeggen over stofringen en hup! ze gedroegen zich als baldadige kinderen die in de zandbak speeltjes naar elkaars hoofd gooien.'

Frost keek op van de notities die hij aan het maken was. 'Stofringen? Wat zijn dat?'

'Dit was het onderwerp van hun onderzoek. Het heeft te maken met de dichtheid van interstellaire wolken. Als die uiteenvallen, zorgt het impulsmoment ervoor dat er draaiende wolken van gas en stof rond jonge sterren ontstaan.'

'En daar zaten ze over te bekvechten?' zei Jane.

'Wij zitten overal over te bekvechten. Daarom is wetenschap zo opwindend. Soms krijgen de discussies een persoonlijk tintje, maar dat kunnen we wel aan. We zijn hier grote jongens onder elkaar.' Hij keek weer naar zijn buik en voegde er met een ironische zucht aan toe: 'Sommigen groter dan anderen.'

'Wat voor soort disputen kun je hebben over zo'n stofding?'

'Stof*ring*. De geleerden zijn het er nog lang niet over eens hoe ringen van stof en gas veranderen in zonnestelsels met planeten. Er zijn mensen die zeggen dat planeten gevormd worden door eindeloos veel botsingen, maar hoe komt het dat de stofdeeltjes aan elkaar klonteren? Hoe komt een massa tot stand? Hoe wordt een hoeveelheid draaiende deeltjes uiteindelijk een Mercurius, een Venus, een Aarde? Dat is een vraag waar we nog geen antwoord op hebben. We weten wel dat ons zonnestelsel niet het enige is. In ons galactische stelsel alleen al bevinden zich talloze planeten, waarvan veel in de bewoonbare zone.'

Frost, die net zo goed TREKKIE op zijn voorhoofd kon laten tatoeëren, leunde gespannen naar voren. 'Bedoelt u dat ze gekoloniseerd kunnen worden?'

'Misschien. *Bewoonbare zone* wil zeggen dat er een vorm van leven mogelijk kan zijn. In elk geval de op koolstof gebaseerde levensvorm die wij kennen. Data van de Kepler Mission wijzen uit dat er al een aantal planeten zijn ontdekt in het Goudlokjegebied. Niet te warm, niet te koud, precies goed. Dat was de reden waarom Neil en Brian naar Rome zouden gaan. Ze zouden hun data voorleggen aan het team van de Vaticaanse Sterrenwacht.'

Forst lachte verrast. 'Heeft het Vaticaan een sterrenwacht?'

'Een bijzonder achtenswaardige sterrenwacht die deel uitmaakt van de Pauselijke Academie voor de Wetenschappen.' Hij zag Frost verbaasd zijn wenkbrauwen optrekken. 'Ja, ik weet dat het vreemd klinkt dat het om dezelfde kerk gaat die Galileo verguisde toen hij beweerde dat de aarde om de zon draait. Aan de academie zijn een groot aantal astronomen van naam verbonden en zij wilden het laatste onderzoek van Neil en Brian graag zien omdat de implicaties zo groot zijn. Zeker voor het Vaticaan.'

'Waarom is deze research van belang voor het Vaticaan?' vroeg Jane.

'Omdat het over astrobiologie gaat. De studie van leven in het heelal. Denk er even over na. Wat betekent het voor de plek die wij in dat heelal denken te hebben als er leven wordt ontdekt op een andere planeet? Wat zou er gebeuren met het concept van de schepping en het *Laat er licht zijn*? Het zou het einde betekenen van dat waar wij zo graag in geloven, namelijk dat we uniek zijn. Dat we door God zijn geschapen. Het zou de hoofdzuil van de kerk omver kunnen werpen.'

'Omver kunnen werpen? Hadden Yablonski en Temple werkelijk voldoende bewijsmateriaal om dat te doen?'

'Ik zou het niet precies bewijsmateriaal willen noemen.'

'Hebben ze het u laten zien?'

'Ik heb hun initiële analyse van de data van infrarode telescopen en radiotelescopen gezien. De data waren afkomstig van een van de planeten uit het Goudlokjegebied waar ik het daarnet over had. Er was kooldioxide, water, ozon en stikstof. Niet alleen de bouwstenen van het leven, maar ook moleculen die erop wijzen dat er sprake is van fotosynthese.'

'Dat wil zeggen: vegetatie,' zei Frost.

Bartusek knikte. 'Het stemde beslist tot nadenken.'

'Hoe komt het dat er niets over bekend is gemaakt?' vroeg Frost. 'Had er geen persconferentie gehouden moeten worden? Had het niet door het Witte Huis bekendgemaakt moeten worden?'

'Je kunt iets dergelijks pas bekendmaken als je voor duizend procent zeker van je zaak bent. Anders sta je voor aap. Je weet van tevoren dat je van alle kanten aangevallen zult worden. Je weet dat er principiële ontkenners zijn die het tegen je op zullen nemen. We zouden een rampenplan hebben moeten opstellen om ons te beschermen tegen alle krankzinnige figuren die zouden proberen met een autobom ons gebouw op te blazen.' Hij stopte en haalde diep adem. 'Het antwoord is dus nee. Er kon niets aangekondigd worden en er zal niets bekendgemaakt worden, tot we onze beweringen kunnen staven met waterdichte bewijzen. Geloof me, ET zou persoonlijk op het dak van het Witte Huis moeten landen voordat bepaalde mensen overtuigd zouden zijn. Neil en Brian waren er echter zeker van dat ze voldoende bewijsmateriaal hadden. Dat is een van de laatste dingen die Neil me heeft verteld voordat hij is omgekomen.'

Jane staarde hem aan. 'Dat hij bewijs had?'

Bartusek knikte. 'Bewijs dat er leven bestaat op een andere planeet.'

24

Onderweg naar Columbia zeiden Jane en Frost aanvankelijk niet veel. Ze waren zo overdonderd dat ze moeite hadden te verwerken wat ze hadden gehoord. Na hun bezoek aan NASA was het nogal een anticlimax om over de monotone snelweg naar het kantoor te rijden waar Olivia Yablonski als vertegenwoordiger van een firma in farmaceutische artikelen had gewerkt.

'Misschien hadden we het mis,' zei Frost. 'Misschien was de jongen in New Hampshire niet het doelwit.'

Jane wierp een blik op haar partner en zag dat hij met toegeknepen ogen door de voorruit zat te turen, alsof er buiten een zware mist hing. 'Jij denkt dat het om zijn oom ging. Om Brian Temple.'

'Neil en Brian staan op het punt iets wereldschokkends bekend te maken. Neil wordt geëlimineerd. Brian vlucht in paniek met zijn vrouw en neefje naar New Hampshire. De moordenaars sporen hem op.'

'Alleen weten wij niet wie de moordenaars zijn.'

'Je hebt gehoord wat Bartusek zei. Als er een ET wordt gevonden, zal dat de wereld op zijn grondvesten doen trillen. De mensen zullen alles wat ze op de zondagschool hebben geleerd, in twijfel gaan trekken.'

'En nu is een albinomonnik als huurmoordenaar bezig NASA-wetenschappers te vermoorden?' Ze lachte. 'Is er niet ooit zo'n film gemaakt?'

'Je weet wat religieuze fanaten nu al doen om hun geloof te verdedigen. Weet je dat de klimaatwetenschappers van MIT voortdurend bedreigd worden? Dan kun je dus wel nagaan wat dergelijke freaks zullen doen als ze horen dat er buitenaards leven bestaat. Als dat ooit bekend wordt gemaakt.' Hij fronste. 'Interessant dat NASA het stil houdt.'

'Blijkbaar hebben ze nog niet voldoende bewijs.'

'Zou dat het zijn, of durven ze het niet aan?'

Buitenaards leven. Ze dacht erover na, probeerde het vanuit allerlei standpunten te bekijken en zich de consequenties in te beelden. Was het een reden voor moord? De Yablonski's en de Temples waren vermoord door beroepsmisdadigers die met semtex wisten om te gaan. 'Er is een probleem met deze theorie,' zei ze. 'Het verklaart de moord op de ouders van Claire Ward niet. Haar vader was diplomaat. Wat had hij met NASA te maken?'

'Misschien hebben deze gevallen niets met elkaar te maken en denken wij dat alleen omdat beide kinderen op Evensong terecht zijn gekomen.'

Ze slaakte een zucht. 'Nu klink je als Crowe. Verschillende kinderen, verschillende gevallen. Stom toeval dat ze naar dezelfde school gestuurd zijn.'

'Wat natuurlijk wél interessant is...'

'Ja?'

Hij wees naar een wegwijzer voor de afslag naar Washington. 'Heeft Erskine Ward niet in DC gewerkt?'

'En in Rome. En in Londen.'

'Dan hebben we in elk geval een geografische link tussen de Wards en de Yablonski's. De twee gezinnen woonden binnen een radius van tachtig kilometer.'

'Maar de ouders van Teddy Clock niet. Nicholas Clock werkte op Rhode Island.'

'Dat is waar.' Frost haalde zijn schouders op. 'Misschien proberen we dan toch dingen met elkaar te verbinden die niets met elkaar te maken hebben en maken we het nodeloos ingewikkeld.'

Jane zag het adres waar ze moesten zijn en reed het parkeerterrein op. Het was een winkelboulevard, identiek aan alle andere in het land: een lange rij winkels en bedrijfjes met een even lange rij parkeerplaatsen. Waren aankomende architecten soms verplicht dit universele ontwerp te bestuderen en werden er blauwdrukken naar alle aannemers in Amerika gestuurd? Ze parkeerde op een willekeurige plek en zag alle gebruikelijke winkels. Een drogist, een kledingzaak voor grote maten, een videotheek, een Chinees. Er zat altijd een Chinees bij, dat kon niet missen.

'Ik zie Leidecker niet,' zei Frost.

'Ze zitten zeker aan het eind van de rij.' Ze deed haar portier open. 'Kunnen we mooi even onze benen strekken.'

'Weet je zeker dat het hier is?'

'Ik heb het vanochtend van de manager bevestigd gekregen. Ze verwacht ons.' Haar mobieltje ging. Ze herkende het nummer van de rechercheur in Maryland die de zaak-Yablonski had behandeld. 'Rizzoli,' zei ze.

'Met Parris. Bent u al in Baltimore?' vroeg hij.

'Ja. Denkt u dat u op tijd terug bent voor onze afspraak van vanavond?'

'Dat denk ik wel. Ik ben onderweg en verwacht rond etenstijd in de stad te zijn. Zullen we om half acht afspreken in het LongHorn Steakhouse? Dat ligt aan de Snowden River Parkway. Tegen die tijd ben ik wel toe aan een flinke biefstuk. En eerlijk gezegd heb ik liever niet dat u naar mijn huis komt.'

'U hebt groot gelijk. Ik hou mijn werk en mijn gezin ook zoveel mogelijk gescheiden.'

'Ja, maar het gaat niet alleen daarom. Het is vanwege deze zaak.'

'Hoe bedoelt u?'

'We hebben het er straks nog wel over. Is uw partner meegekomen?'

'Ja, rechercheur Frost staat naast me.'

'Mooi zo. Het is altijd goed om rugdekking te hebben.'

Ze hing op en keek Frost aan. 'Wat een eigenaardig gesprek.'

'Tot nu toe is alles aan deze zaak eigenaardig.' Hij bekeek de weinig opwindende rij winkels en slaakte een zucht. 'Wat een afknapper, na NASA.' Nog een zucht. 'Goed, op naar Leidecker.'

Leidecker Hospital Supplies was aan het eind van de rij. In de etalage stonden twee rolstoelen en een rollator. Toen Jane ging naar binnen ging, verwachtte ze een showroom vol medische apparatuur te zien, maar ze zag een kantoorruimte met vijf bureaus, beige vloerbekleding en twee plastic palmbomen. Achter een van de bureaus zat een blonde vrouw van middelbare leeftijd met een opvallend stijf kapsel. Ze was aan het telefoneren, maar toen ze hen zag, zei ze: 'Mag ik u straks terugbellen over deze bestelling, meneer Wiggins?' Ze hing op en glimlachte naar de bezoekers. 'Kan ik u ergens mee van dienst zijn?'

'Mevrouw Mickey? Ik ben rechercheur Rizzoli en dit is rechercheur Frost,' zei Jane. 'Ik heb u daarstraks gebeld.'

De vrouw stond op en kwam hen tegemoet, een slanke verschijning in een grijs broekpak van goede snit. 'Carole Mickey. Ik hoop toch zo dat ik u kan helpen. Die hele zaak zit me nog steeds vreselijk dwars. Elke keer dat ik naar haar bureau kijk, moet ik aan haar denken.'

Jane keek naar de verlaten bureaus. 'Zijn Olivia's andere collega's er niet? We hadden hen ook graag willen spreken.'

'Nee, ze zijn allemaal op reis, naar klanten. Maar ik kende Olivia langer dan de anderen, dus kunt u met al uw vragen bij mij terecht. Neemt u plaats.'

Toen ze waren gaan zitten, zei Frost: 'Ik neem aan dat u al eerder vragen over deze zaak hebt moeten beantwoorden.'

'Ja, er is een rechercheur met ons komen praten. Een paar keer zelfs. Ik ben vergeten hoe hij ook alweer heet.'

'Parris?'

'Ja, dat is hem. Hij kwam een week na het ongeluk...' Ze stokte. 'Wat dus geen ongeluk was.'

'Nee.'

'Hij vroeg of Olivia vijanden had. Voormalige vriendjes. Mannen met wie ze een relatie had gehad. Of nog had.'

'Waren die er, voor zover u weet?' vroeg Jane.

Carole Mickey schudde fel haar hoofd, maar van haar perfecte blonde helm bewoog er geen enkel haartje. 'Zo iemand was Olivia niet.'

'Massa's mensen gaan vreemd, mevrouw Mickey. Ook doodgewone mensen.'

'Olivia was niet *doodgewoon*. Ze was de meest betrouwbare vertegenwoordiger die we hadden. Als ze zei dat ze op woensdag in Londen zou zijn, dan was ze op woensdag in Londen. Onze klanten wisten dat ze altijd van haar op aan konden.'

'De klanten,' zei Frost. 'Zijn dat ziekenhuizen? Artsenpraktijken?'

'Allebei. We leveren aan instellingen over de hele wereld.'

'Wat verkoopt u? U hebt hier geen toonzaal.'

Carole deed een la open, haalde er een dikke catalogus uit en legde die op het bureau.'

'Wij zijn een filiaal. In deze catalogus staan alle producten die we verkopen. Ze worden verscheept vanuit pakhuizen in Oakland, Atlanta, Frankfurt, Singapore en nog een aantal steden.'

Jane bladerde in de glossy catalogus. Ze zag ziekenhuisbedden, rolstoelen, verbandwagens en brancards. Allemaal dingen waarvan je hoopte ze nooit nodig te hebben. 'Mevrouw Yablonski reisde dus veel?'

'Ja. En dat geldt voor al onze vertegenwoordigers. Dit kantoor is de thuisbasis, waar ik probeer alles in goede banen te leiden.'

'U reist dus zelf niet?'

'Iemand moet hier blijven.' Carole keek wat verloren naar het beige tapijt en de plastic palmbomen. 'Ik voel me hier soms wel een beetje opgesloten. Misschien moet ik het decor eens wat opvrolijken. Posters van tropische stranden of zoiets. Dan heb ik tenminste iets aardigs om naar te kijken.'

'Reizen uw vertegenwoordigers solo of samen?' vroeg Frost.

Carole keek hem niet-begrijpend aan. 'Waarom vraagt u dat?'

'Ik vroeg me alleen maar af of Olivia soms met een van haar collega's beter bevriend was dan met de anderen.'

'Onze vijf vertegenwoordigers reizen alleen. En nee, er waren geen ongeoorloofde vriendschappen in dit kantoor. Lieve hemel, we hebben het over Olivia. Een gelukkig getrouwde vrouw met een zoon. Ik heb een paar keer op Will gepast en je leert mensen goed kennen als je ziet hoe hun kinderen zich gedragen. Will is een fijne jongen, heel beleefd en goed opgevoed. Dol op astronomie, net zoals zijn vader. Ik dank de Heer in de hemel dat hij die dag niet in het vliegtuig zat. Ik mag er niet aan denken dat het hele gezin van de aardbodem zou zijn weggevaagd...'

'Hebt u Wills oom en tante, Lynn en Brian Temple, ook gekend?'

'Nee, jammer genoeg niet. Ik heb gehoord dat zij Will onder hun hoede hebben genomen en zijn verhuisd, vermoedelijk om wat verder weg te zitten van deze nare herinneringen. En om de jongen de kans te geven een nieuwe start te maken.'

'Weet u dat Lynn en Brian Temple dood zijn?'

Carole staarde Jane aan. 'Meent u dat? Wat is er gebeurd?'

'Hun boerderij in New Hampshire is afgebrand. Will is in leven gebleven omdat hij niet in het huis was toen de brand uitbrak.'

'Lieve hemel! Hoe is het met hem? Woont hij nu bij andere familieleden?'

'Hij bevindt zich op een veilige plek.' Meer wilde Jane er niet over kwijt.

Zichtbaar ontdaan over het nieuws zakte Carole tegen de rugleuning van haar stoel en zei zachtjes: 'Arme Olivia. Ze heeft hem niet zien opgroeien. Weet u, ze was acht jaar jonger dan ik en ik had nooit gedacht dat ik haar zou overleven.' Ze keek om zich heen alsof ze het kantoor voor het eerst zag. 'Het is twee jaar geleden, en wat heb ik gedaan met de extra tijd die ik heb gekregen? Ik zit nog steeds op dezelfde plek en heb helemaal niets veranderd. Zelfs die stomme palmbomen niet.'

De telefoon op haar bureau begon te rinkelen. Carole haalde diep adem en glimlachte gedwongen voordat ze opnam. 'O, dag meneer Damrosch, wat leuk om u weer eens te horen. Ja hoor, natuurlijk kunnen we uw bestelling bijwerken. Gaat het om meerdere artikelen of slechts één?' Ze pakte een pen en begon aantekeningen te maken.

Jane had geen zin om een gesprek over wandelstokken en rollators te moeten aanhoren, dus stond ze op.

'Meneer Damrosch, hebt u een ogenblikje?' Carole legde haar hand op het mondstuk en keek Jane aan. 'Het spijt me. Had u verder nog vragen voor me?'

Jane keek naar de catalogus. Ze dacht aan Olivia Yablonski die met dat zware boekwerk van stad naar stad was gereisd, van klant naar klant, om brancards en ondersteken te slijten. 'Nee, we hebben verder geen vragen,' zei ze. 'Dank u wel.'

Rechercheur Parris zag eruit als een man die van eten en drinken hield. Hij zat al in het LongHorn Steakhouse, had alvast een martini besteld en zat het menu te bekijken. Hij paste met zijn forse omvang zo krap tussen de bank en de tafel van het zitje dat Jane gebaarde dat hij niet hoefde op te staan toen zij en Frost tegenover hem plaatsnamen. Hij zette zijn glas neer en nam hen met een snelle blik op, zoals politiemensen gewend zijn, en Jane deed precies hetzelfde. Ze zag een man van begin zestig, die zowel zijn jeugdige figuur als het grootste deel van zijn haar had verloren. Hij zat waarschijnlijk dicht tegen zijn pensioen aan, maar naar die scherpe blik te oordelen mankeerde er niets aan zijn politiebrein. Hij bekeek Jane en Frost vorsend voordat hij het gesprek opende.

'Ik vroeg me al af wanneer er nu eindelijk eens iemand vragen zou komen stellen over die zaak,' zei hij.

'En hier zijn we,' zei Jane.

'Het Boston PD. Bij deze zaak valt absoluut niet te voorspellen welke draai hij nou weer eens zal nemen,' zei hij. 'Hebben jullie trek?'

'Nogal,' zei Frost.

'Ik heb een week bij mijn veganistische dochter in Tallahassee gelogeerd. Groente hoef ik dus voorlopig niet meer.' Hij pakte het menu weer op. 'Ik neem de porterhouse steak. Een pond vlees met gebakken aardappelen en gevulde champignons is een redelijke compensatie voor een week broccoli.'

Hij bestelde zijn steak medium rare en zei dat hij ook nog een martini wilde. Hij had het in Tallahassee blijkbaar erg zwaar gehad, dacht Jane. Pas nadat hij aan zijn tweede martini was begonnen, was hij in staat over de zaak te praten.

'Hebben jullie het dossier gelezen?' vroeg hij.

'Alles wat u ons hebt gemaild,' antwoordde Jane.

'Dan weet u nu net zoveel als ik. Op het eerste gezicht leek het een ongeluk. Een éénmotorige Cessna Skyhawk stort kort na het opstijgen neer. De brokstukken lagen over een groot terrein verspreid. De piloot werd beschreven als een pietje precies wat de veiligheid betrof, maar je weet hoe dat gaat. Het ligt bijna altijd aan een doodgewone fout, ofwel van de piloot ofwel van de mecanicien. Ik raakte pas bij de zaak betrokken toen ik een telefoontje kreeg van de NTSB. Ze zeiden dat sommige van de brokstukken doorboord waren met fragmenten die daar met extreem hoge snelheid in waren doorgedrongen. Dat had geleid tot het besluit naar sporen van explosieven te gaan zoeken. Pin me niet vast op de scheikundige termen, maar ze hebben daarvoor vloeistofchromatografie en massaspectrometrie gebruikt en ontdekten iets dat hexahydro... blabla heet. Beter bekend als RDX.'

'Research Department Explosive,' zei Frost.

'U hebt het rapport inderdaad gelezen.'

'Ja, en dit deel vond ik belangwekkend. RDX wordt gebruikt door het leger en heeft meer kracht dan TNT. Als je het met was vermengt, kun je het kneden. Het wordt onder andere gebruikt om semtex te maken.'

Jane keek naar hem. 'Nu weet ik waarom jij raketgeleerde zou willen zijn. Om dingen op te blazen.'

'En dat is precies wat er met de Cessna van de Yablonski's is gebeurd,' zei Parris. 'Hij is opgeblazen. De bom is geactiveerd met een radiosignaal. Niet door een timer, niet door het luchtdrukverschil. Er was iemand ter plekke die op een knop heeft gedrukt toen het vliegtuig was opgestegen.'

'Dit was dus geen vergissing,' zei Jane. 'Niet het verkeerde vliegtuig.'

'Ik ben er zo goed als zeker van dat de Yablonski's het doelwit waren, al hebt u van Neils collega's bij NASA vermoedelijk iets anders gehoord. Zij weigeren te geloven dat iemand hem wilde vermoorden. Ik heb ze maar niet uit de droom geholpen.'

'Dat is inderdaad wat dr. Bartusek zei. Dat het een vergissing moest zijn. Dat Neil geen vijanden had.'

'Iedereen heeft vijanden, maar niet iedereen heeft vijanden van het soort dat zich met RDX bezighoudt,' zei Parris hoofdschuddend. 'We hebben het hier over heel enge explosieven die voldoen aan de strenge maatstaven van het leger. Dat spul is zo angstaanjagend dat ik me afvroeg of...' Hij zweeg abrupt toen de serveerster hun bestelling kwam brengen. Vergeleken met de gigantische lap vlees op Parris' bord zagen de kipfilet van Frost en het lendenstuk van Jane eruit als voorgerechten. Toen de serveerster weer weg was, zei Jane: 'Wat vroeg u zich af?'

'Of ik de volgende was die dood moest,' zei hij en hij stak een druipend stuk vlees in zijn mond. Bloederig sap vormde een plasje op zijn bord toen hij nog een stuk afsneed en een slok martini nam. Jane dacht aan wat hij door de telefoon had gezegd: *Ik heb liever niet dat u naar mijn huis komt.* Ze had gedacht dat hij alleen maar zijn werk en zijn privéleven gescheiden wilde houden, maar nu kregen die woorden een nieuwe, onheilspellende betekenis.

'Was u er zó bang van geworden?' vroeg ze.

'Ja.' Hij keek haar aan. 'En daar komen jullie nog wel achter als jullie dit onderzoek voortzetten.'

'Waar bent u precies bang voor?'

'Dat is het hem nu juist. Ik weet het niet. Ik weet nog steeds niet of ik gewoon paranoïde was en me dingen verbeeldde, of dat mijn telefoon echt werd afgetapt. Maar ik werd in elk geval in de gaten gehouden.'

'Ho!' Jane lachte. 'Meent u dat serieus?'

'Zo serieus als een hartaanval.' Hij legde zijn mes en vork neer. 'Daarom ben ik zo blij dat uw partner is meegekomen. Dat u iemand hebt die u rugdekking geeft. Ik ben nog wel zo ouderwets dat ik vind dat vrouwen beschermd moeten worden, ook als ze bij de politie zitten.'

Jane keek naar Frost. 'Hoor je dat, Frost?'

'Rechercheur Parris,' zei Frost, 'door wie precies wordt u... bedreigd?'

'Ik hoor het al. U gelooft me niet. Nou, u komt er gauw genoeg achter. Luister goed naar wat ik zeg: wees op je hoede, kijk over je schouder. Waar je ook bent, let op de mensen in je omgeving. Vroeg of laat zul je een gezicht zien dat je bekend voorkomt. De man in het café. Het meisje op het vliegveld. En dan staat er 's avonds opeens een onbekende bestelauto in je straat. En die blijft daar de hele nacht staan.'

Frost wierp een snelle blik op Jane. Het ontging Parris niet.

'Ik weet dat jullie denken dat ik geschift ben.' Hij haalde zijn schouders op en pakte zijn glas. 'Blijf wroeten en je zult zien dat er vanzelf van alles uit de modder tevoorschijn komt.'

'Wat bedoelt u?' vroeg Jane.

'Jullie hebben de slapende honden waarschijnlijk al wakker gemaakt door hierheen te komen en vragen te stellen.'

'Over Neil of over Olivia?'

'Olivia heeft er niks mee te maken. Die was gewoon op het verkeerde moment op de verkeerde plek.' Parris trok de aandacht van de serveerster en wees naar zijn lege glas. 'Nog eentje, alsjeblieft,' riep hij.

'Denkt u dat het iets te maken had met zijn werk?' vroeg Frost.

'Als je zeker weet dat er geen sprake was van jaloerse minnaars, boze buren en inhalige familieleden, blijft alleen de werkplek over.'

'U weet wat zijn onderzoek bij NASA behelsde?' vroeg Frost.

Parris knikte. 'Buitenaards leven. Men zegt dat hij en zijn maatje Brian Temple dachten dat ze er bewijs van hadden gevonden, ook al is niemand bij NASA bereid dat te bevestigen.'

'Omdat ze het stil willen houden?' vroeg Frost. 'Of omdat het niet waar is?'

Parris leunde naar voren. Hij was een beetje rood aangelopen van de martini's. 'Als je het bij het verkeerde eind hebt, blaast niemand je vliegtuig op. Pas als je gelijk hebt, wordt het gevaarlijk. En ik heb het gevoel...' Hij zweeg opeens, zijn blik gericht op iets achter Jane. Ze wilde zich omdraaien, maar hij fluisterde: 'Niet kijken.'

'Wat is er?'

'De man met de bril, wit overhemd, spijkerbroek. Twee tafels achter u. Ik geloof dat ik hem twee uur geleden bij een parkeerplaats langs de snelweg heb gezien.'

Jane liet haar servet vallen, bukte zich om het op te rapen en zag de man in kwestie, maar precies op dat moment ging een vrouw met een kleuter bij hem aan tafel zitten.

'Tenzij ze kinderen van drie als spion inhuren,' zei ze terwijl ze weer overeind kwam, 'denk ik niet dat we ons zorgen hoeven te maken over de man met de bril.'

'Oké,' zei Parris. 'Dit keer had ik het mis, maar er zijn andere dingen.'

'Bestelauto's voor je deur,' zei Jane op een neutrale toon.

Hij keek een beetje stuurs. 'Ik weet hoe het klinkt. In het begin wilde ik er zelf ook niet aan. Ik bleef zoeken naar logische verklaringen, maar elke keer gebeurde er weer iets vreemds. Voicemails die spoorloos verdwenen. Spullen op mijn bureau die opeens op een andere plek lagen, dossiers die wegraakten. Dat heeft maanden geduurd.'

'En is dat nu nog steeds zo?'

Parris zweeg toen de serveerster zijn derde martini kwam brengen. Hij staarde naar het glas alsof hij zich afvroeg of het wel verstandig was nog meer alcohol aan zijn bloedstroom toe te voegen. Uiteindelijk pakte hij het glas toch maar op. 'Nee. Aan al die vreemde verschijnselen kwam een eind rond dezelfde tijd dat de zaak als een nachtkaars uitging. De overheidsinstanties waar we mee samenwerkten – NTSB, FBI – zeiden dat hun onderzoek in een impasse was geraakt, maar ik denk dat ze andere prioriteiten hadden. Daarna was het weer rustig. De bestelauto's verdwenen en mijn leven werd weer normaal. Tot ik een paar weken geleden van de politie van New Hampshire hoorde dat de boerderij van de Temples met semtex was opgeblazen.' Hij pauzeerde een ogenblik. 'En nu zijn jullie hier en verwacht ik elk moment die bestelauto's weer te zien.'

'Hebt u enig idee wie daarin zit?'

'Dat wil ik helemaal niet weten.' Hij leunde achterover. 'Ik ben vierenzestig. Ik had twee jaar geleden met pensioen gekund, maar ik heb het geld nodig omdat ik mijn dochter financieel moet bijstaan. Dit is mijn baan, niet mijn leven, als u begrijpt wat ik bedoel.'

'Het probleem is,' zei Jane, 'dat er misschien andere levens op het spel staan. Het leven van de zoon van Neil en Olivia, om maar iemand te noemen.'

'Onzin. Waarom zouden ze een jongen van veertien willen vermoorden?'

'Waarom zouden ze twee andere kinderen willen vermoorden?'

Parris fronste. 'Wat? Welke kinderen?'

'Bent u tijdens uw onderzoek de namen Nicholas en Annabelle Clock tegengekomen?'

'Nee.'

'Erskine en Isabel Ward?'

'Ook niet. Wie zijn dat?'

'Andere slachtoffers. Mensen die in dezelfde week vermoord zijn als Neil en Olivia. In elk van die gevallen is er één kind in leven gebleven. En nu zijn er aanslagen gepleegd op die kinderen.'

Parris staarde haar aan. 'Die namen zijn tijdens mijn onderzoek nooit ter sprake gekomen. Ik hoor ze nu voor het eerst.'

'Griezelige overeenkomsten, vindt u niet?'

'Hebben ze iets te maken met NASA? Zijn ze op die manier met elkaar in verband te brengen?'

Jane zuchtte. 'Jammer genoeg niet.'

'Wat is het verband tussen die kinderen dan?'

'Ik had gehoopt dat u ons dat kon vertellen.'

Hij leunde achterover en keek naar hen. Op zijn lege bord was een plasje bloed achtergebleven. 'Over de Yablonski's weten jullie nu net zoveel als ik. Vertel me nu over de Wards.'

'Ze zijn doodgeschoten in een zijstraat in Londen. Het zag

eruit als een uit de hand gelopen beroving. Hij was een Amerikaanse diplomaat, zij was huisvrouw. Hun elfjarige dochter is ook beschoten, maar zij heeft het overleefd.'

'Ward was diplomaat, Yablonski wetenschapper bij NASA. Wat hebben ze met elkaar gemeen? Astrobiologie is niet bepaald een heet diplomatiek hangijzer.'

Opeens ging Frost rechtop zitten. 'Als hun ET een intelligente leefvorm is, moeten er diplomatieke betrekkingen aangeknoopt worden.'

Jane zuchtte. 'Jij mag niet meer naar *Star Trek* kijken.'

'Ik meen het! Neil Yablonski en Brian Temple zouden naar Rome gaan voor een bespreking met wetenschappers van de Vaticaanse sterrenwacht. Erskine Ward heeft in Rome op de ambassade gewerkt, dus had hij daar connecties. Alle kans dat hij vloeiend Italiaans sprak.'

'En de familie Clock?' zei Parris. 'Daarover hebben jullie me nog niets verteld. Wat hebben zij hiermee te maken?'

'Nicholas Clock werkte als financieel adviseur in Providence, Rhode Island,' zei Jane. 'Hij en zijn vrouw Annabelle zijn vermoord aan boord van hun jacht voor de kust van Saint Thomas.'

Parris schudde zijn hoofd. 'Dan zie ik geen verband met de Yablonski's en de Wards. Er lijkt niets te zijn dat een link vormt tussen deze drie gezinnen.'

Behalve dat hun kinderen nu allemaal op dezelfde school zitten. Maar dat vertelde Jane hem niet, omdat ze het niet aandurfde. Als een moordenaar erachter kwam dat ze daar zaten, zou het op die school één groot bloedbad worden.

'Ik weet niet wat dit allemaal betekent,' zei Parris. 'Maar ik moet zeggen dat ik er doodnerveus van wordt. Het vliegtuig van de Yablonski's is opgeblazen met RDX. De boerderij van Temple is opgeblazen met semtex. Dit zijn geen amateurs. En dat soort mensen trekt zich er niets van aan dat wij van de politie zijn. Ze opereren op een heel ander niveau, krijgen speciale training en hebben de beschikking over hoogwaardige explosieven. Voor die lui zijn u en ik niet meer dan kakkerlakken. Knoop dat in uw oren.' Hij dronk zijn glas leeg en zette het neer. 'En dat is alles wat ik u kan vertellen.' Hij wenkte de serveerster. 'Mogen we de rekening?'

'U bent onze gast,' zei Jane.

Parris knikte. 'Bedankt.'

'Bedankt dat u bent gekomen.'

'Niet dat ik jullie veel verder heb geholpen,' zei hij terwijl hij opstond. Ondanks de drie martini's stond hij stevig op zijn benen. 'Ik zou *u* eigenlijk moeten bedanken.'

'Waarom?'

Hij keek haar meelevend aan. 'Nu ben ik ervan af. Van nu af aan zullen ze jullie in de gaten houden.'

Jane ging onder de douche, stapte in bed en lag in het donker voor zich uit te staren. Het kopje koffie na het eten had ze beter niet kunnen nemen. Cafeïne, na alles wat er vandaag was gebeurd, zou haar geheid uit haar slaap houden. Ze dacht na over alles wat zij en Frost te weten waren gekomen en wat het allemaal betekende, en toen ze uiteindelijk in slaap viel, achtervolgde al dat nieuws haar in haar dromen.

Het was een heldere nacht. Ze stond met Regina op haar arm midden in een grote menigte naar de met sterren bezaaide hemel te kijken. Sommige van de sterren begonnen te bewegen als vuurvliegjes en ze hoorde de mensen verwonderd mompelen toen die sterren steeds helderder werden en zich in een geometrische formatie langs de hemel bewogen.

Het waren geen sterren.

Ze werd vervuld van afgrijzen toen ze besefte wat die lichtjes waren en wurmde zich in paniek tussen de mensen door om een plek te zoeken waar ze zich met haar kind kon verstoppen. Een plaats waar die buitenaardse lichten haar niet konden vinden. *Ze komen ons halen.*

Ze schrok wakker. Haar hart bonkte zo dat ze dacht dat hij uit haar lichaam zou barsten. Zwetend bleef ze liggen tot de angst zakte. Dat kwam ervan als je ging eten met paranoïde politiemannen, dacht ze. Dan ging je dromen over een invasie van aliens. Geen vriendelijke ET's, maar monsters met ruimteschepen en dodelijke stralen. En waarom zouden de aliens eigenlijk niet zegevierend naar de aarde komen? *Ze zijn waarschijnlijk net zo bloeddorstig als wij.*

Ze ging op de rand van het bed zitten. Ze had een droge keel en voelde het zweet opdrogen op haar huid. De digitale klok naast het bed stond op veertien over twee. Over vier uur moesten ze naar het vliegveld. Ze stond op en liep op de tast naar de badkamer om een glas water te halen. Toen ze langs het raam kwam, zag ze dwars door het gordijn licht flikkeren, maar het verdween meteen.

Ze liep naar het raam, hield het gordijn een kiertje open en zocht het onverlichte parkeerterrein af. Het motel was volgeboekt en alle parkeerplaatsen waren bezet. Ze liet haar blik over het terrein gaan, benieuwd waar de lichtflits vandaan was gekomen en wilde net het gordijn weer laten zakken toen in een van de auto's het binnenlicht aanging.

Dat is onze auto.

Ze had voor dit tripje geen wapen meegenomen. En Frost ook niet. Ze waren ongewapend, hadden geen back-up en wisten niet wie ze tegenover zich hadden. Ze greep haar mobieltje en drukte op een snelkeuzetoets. Even later nam Frost slaperig op.

'Er staat iemand aan onze auto te klooien,' fluisterde ze. Onderhand trok ze haar spijkerbroek al aan. 'Ik ga een kijkje nemen.'

'Wat? Wacht!'

Ze ritste haar gulp dicht. 'Over dertig seconden sta ik buiten.'

'Wacht op mij. Ik kom eraan!'

Ze pakte haar zaklantaarn en sleutelkaart en liep op blote voeten de gang op. Op hetzelfde moment kwam Frost zijn kamer uit. Het was geen wonder dat hij dat zo snel had klaargespeeld, want hij had zijn pyjama nog aan. Een rood met wit gestreepte pyjama, die al sinds Clark Gable niet meer in de mode was.

Hij zag haar starende blik en zei: 'Wat?'

'Die pyjama van jou doet pijn aan mijn ogen. Je bent een wandelende zuurstok,' zei ze. Ze liepen naar de zijdeur van de gang.

'Heb je een plan?'

'Ja, uitzoeken wie er aan onze auto zit.'

'Misschien kunnen we beter de politie bellen.'

'Voordat die komt, is die vent allang weg.'

Ze glipten de zijdeur uit en doken weg achter een auto. Jane gluurde om de achterbumper en zocht de rij af naar de plek waar hun huurauto stond. Het binnenlicht brandde niet meer.

'Weet je zeker dat je het goed hebt gezien?' fluisterde Frost.

De twijfel in zijn stem beviel haar niet. Op dit uur van de nacht, met haar blote voeten op het ruwe cement van het parkeerterrein, kon ze het niet hebben dat meneer Zuurstokpyjama zich afvroeg of ze wel scherp zag.

Ze sloop naar hun auto. Ze wist niet of Frost achter haar aan kwam en dat kon haar ook niets schelen, want ze begon er nu zelf aan te twijfelen of ze het wel goed had gezien. Zou het soms de nasleep zijn geweest van haar nachtmerrie? Aliens in haar droom en nu aliens op het parkeerterrein?

Ze stopte bij de pick-up die naast hun auto stond en legde haar zwetende handpalm op de achterbumper. Als ze nog twee stappen deed, kon ze hun eigen bumper aanraken. Gehurkt in het donker luisterde ze of ze iets hoorde, maar afgezien van verkeer in de verte was het stil.

Ze leunde naar voren om naar de ruimte tussen de twee auto's te gluren. Niemand te zien. De twijfel die ze in Frosts stem had gehoord, galmde na in haar hoofd. Om eraan te ontsnappen sloop ze achter hun auto langs zodat ze er aan de andere kant omheen kon gluren.

Niemand te zien.

Ze kwam overeind en voelde de nachtelijke bries op haar gezicht toen ze het terrein aftuurde. Als er iemand naar hen keek, zou hij haar nu zien staan, open en bloot. En daar had je Frost, een nog duidelijker schietschijf in zijn gestreepte pyjama.

'Niemand te bekennen,' zei hij. Geen vraag maar een bevestiging.

Ze was te kriegel om antwoord te geven, dus deed ze haar zaklantaarn aan en liep om de auto heen. Geen krassen op de lak, niets op de grond, behalve een uitgetrapte peuk die eruitzag alsof hij daar al weken lag. 'Mijn kamer is daar,' zei ze en ze wees naar het raam. 'Ik zag een lichtflits. Van een zaklantaarn. En terwijl ik stond te kijken ging het binnenlicht aan. Iemand is in onze auto geweest.'

'Heb je hem gezien?'

'Nee. Hij zat vermoedelijk gebukt.'

'Nou, als hij in onze auto is geweest, kan die...' Frost stokte. '...niet op slot zitten.'

'Wat is er?'

'De auto zit niet op slot.' Hij trok het portier open. Het binnenlicht ging aan. Ze staarden samen naar het verlichte interieur.

'Ik heb hem daarstraks wel degelijk op slot gedaan,' zei ze.

'Weet je dat zeker?'

'Waarom twijfel je aldoor aan me? Ik heb de auto op slot gedaan. Heb jij het ooit meegemaakt dat ik mijn auto *niet* op slot doe?'

'Nee,' gaf hij toe. 'Je doet altijd je auto op slot.' Hij keek naar de deurknop die hij had aangeraakt. 'Shit. Vingerafdrukken.'

'Ik maak me meer zorgen over *waarom* er iemand in onze auto is geweest. En waar ze naar op zoek waren.'

'Misschien waren ze nergens naar op zoek,' zei Frost.

Ze staarde naar de stoelen en dacht aan Neil en Olivia Yablonski die aan boord van hun Cessna Skyhawk waren gestapt. Ze dacht aan RDX en semtex en een boerderij in New Hampshire die in vlammen opging.

'Laten we er even onder kijken,' zei ze zachtjes.

Ze hoefde niets uit te leggen. Frost deed al een stap achteruit, bij het portier vandaan, en volgde haar naar de achterkant van de auto. Ze ging op haar knieën zitten en voelde gruis in haar handpalmen drukken toen ze zich vooroverboog om het chassis te bekijken. Het licht van haar zaklantaarn gleed over de knalpot, de uitlaat en de bodemplaat. Ze zag niets bijzonders, niets wat er niet hoorde.

Ze stond op met een knik in haar nek van de ongemakkelijke houding. Terwijl ze haar spieren masseerde, liep ze naar de voorzijde van de auto, waar ze nogmaals op haar knieën ging zitten om de onderzijde te bekijken.

Geen bom.

'Zal ik de kofferbak opendoen?' vroeg Frost.

'Goed.' *Laten we hopen dat we dan niet de lucht in vliegen.*

Hij aarzelde nog even, omdat hij net zo bang was als zij, stak toen zijn hand onder het dashboard en trok aan de hendel.

Jane deed voorzichtig het deksel omhoog en scheen met haar zaklantaarn in de lege ruimte. Geen bom. Ze tilde de vloerbedekking op en keek in de holte waarin het reservewiel lag. Geen bom.

Misschien heb ik het dan toch gedroomd, dacht ze. Misschien ben ik vergeten de auto af te sluiten en staan we hier voor niets midden in de nacht, en Frost nog wel in die weerzinwekkende pyjama.

Ze deed de kofferbak dicht en snoof gefrustreerd. 'We moeten ook het interieur bekijken.'

'Dat doe ik wel,' zei Frost. Hij zette zijn knie op de stoel van de bestuurder en kroop naar binnen. Zijn gestreepte achterwerk bleef buiten. Wie had ooit kunnen denken dat hij voor een zuurstokachtig gevangenispak zou gaan? Terwijl Frost het handschoenenkastje doorzocht, hurkte Jane naast de auto en liet haar zaklantaarn over de wielkast van het linkerachterwiel schijnen. Niets te zien. Ze liep naar de voorkant en bekeek beide wielen. Tot slot liep ze naar het rechterachterwiel, knielde weer en bescheen de binnenkant van de wielkast.

Toen ze zag wat er in zat, bleef ze doodstil zitten.

Frost riep: 'Ik heb iets gevonden!'

'Ik ook.' Ze bleef naar de wielkast zitten staren en voelde koude rillingen over haar rug lopen. 'Kom eens kijken,' zei ze zachtjes.

Hij kroop uit de auto, liep eromheen en knielde naast haar. Het apparaatje was kleiner dan een mobieltje en zat boven het wiel.

'Wat is dat?' vroeg ze.

'Volgens mij een GPS-tracker.'

'En wat heb jij in de auto gevonden?'

Hij trok haar overeind en liep een paar meter bij de auto vandaan. Toen fluisterde hij: 'Het ligt onder de passagiersstoel. Hij heeft het niet eens vastgeplakt. Misschien moest hij overhaast vertrekken.' En hij vervolgde: 'Misschien heeft hij daarom de auto ook niet afgesloten.'

'Maar niet omdat hij ons had gezien. Hij was al weg voordat wij naar buiten kwamen.'

'Je hebt me gebeld,' zei Frost. 'Dát moet het zijn.'

Ze staarde hem aan. 'Denk je dat onze mobieltjes afgeluisterd worden?'

'Er zit een afluisterapparaat onder de stoel en een GPS-tracker in de wielkast. Waarom zouden ze onze mobieltjes niet afluisteren?'

Ze hoorden het geluid van een motor, keken om en zagen

een auto die plotseling het parkeerterrein verliet. Ze stonden op hun blote voeten naast hun huurauto, waarin iemand afluisterapparatuur en een GPS-tracker had aangebracht, klaarwakker nu en te zeer van streek om nog te kunnen slapen.

'Parris was niet paranoïde,' zei Frost.

Jane dacht aan afgebrande boerderijen. Aan vermoorde gezinnen. 'Ze weten wie we zijn,' zei ze. *En waar we wonen.*

25

Het was vanochtend opvallend stil in de eetzaal van Evensong. Zowel de leerlingen als de docenten spraken op gedempte toon en er werd niet gekletterd met het serviesgoed en het bestek. De lege stoel van dr. Welliver stond tussen die van dr. Pasquantonio en mevrouw Duplessis, die angstvallig hun best deden niet naar de plek te kijken die tot voor kort de vaste plaats van hun collega was geweest. Gaat het zo als je dood bent? vroeg Claire zich af. Doet iedereen dan alsof je nooit hebt bestaan?

'Mogen we bij je komen zitten, Claire?'

Teddy en Will stonden met hun dienbladen naast haar tafel. Dit was iets nieuws; maar liefst twee mensen die bij haar wilden zitten. 'Maakt mij niet uit,' zei ze.

Ze gingen zitten. Op Wills bord lag een gezonde portie eieren met spek, op dat van Teddy alleen maar een sneetje geroosterd brood. De twee jongens verschilden in ieder opzicht van elkaar, tot en met hun eetgewoonten.

'Is er iets waar jij *niet* allergisch voor bent?' vroeg ze aan Teddy, met een knikje naar zijn bord.

'Ik heb vandaag niet zo'n trek.'

'Jij hebt nooit trek.'

Hij duwde zijn bril omhoog en wees naar de worstjes op haar bord. 'Weet je wel dat daar gifstoffen in zitten? Verwerkt vlees dat op hoge temperaturen gebakken of gebraden wordt, bevat heterocyclische amine dat het risico op de ontwikkeling van kanker verhoogt.'

'Jammie. Daarom zijn ze zeker zo lekker.' Uitdagend stak ze een stukje worst in haar mond. Als je al eens een kogel in je hoofd hebt gehad, zijn de onbestemde gevaren van kankerverwekkende stoffen niet erg angstaanjagend.

Will leunde naar voren en fluisterde: 'Er wordt straks een speciale vergadering belegd, na het ontbijt.'

'Door wie?'

'De Jakhalzen. Ze hebben gevraagd of jij ook komt.'

Ze keek naar Wills pukkelige vollemaansgezicht en moest opeens aan het woord *endomorf* denken. Ze had onlangs in een studieboek over endomorfie gelezen en vond het een vriendelijker woord dan de bijnamen die Briana voor Will had. *Papzak. Wrattenzwijn.* Wat Briana betrof hadden Claire en Will veel gemeen. Teddy ook trouwens. Zij waren de drie buitenbeentjes, de kinderen die te zonderling, te dik en te bijziend waren om ooit een plaatsje te krijgen aan de tafel met de cool kids. Nu hadden ze hun eigen tafel: de tafel van het uitschot.

'Kom je?' vroeg Will.

'Waarom willen ze mij bij die stomme vergadering hebben?'

'Omdat we moeten praten over wat er met dr. Welliver is gebeurd.'

'Dat heb ik nou al honderd keer verteld,' zei Claire. 'Aan de politie. Aan dr. Isles. Aan –'

'Hij bedoelt wat er *echt* is gebeurd,' zei Teddy.

Ze fronste. Teddy, de ectomorf. Dat woord had ze ook uit dat boek. Afgeleid van *ectoplasma*, bleek en vaag, als een geest. 'Bedoel je dat ik niet de waarheid heb verteld?'

'Dat bedoelt hij niet,' zei Will.

'Zo klonk het anders wel.'

'We vragen ons alleen maar af... De Jakhalzen vragen zich af...'

'Hebben jullie het over mij gehad? Jullie en die club?'

'We proberen erachter te komen hoe het is gebeurd.'

'Dr. Welliver is van het dak gesprongen en hartstikke dood gevallen. Dat lijkt me niet zo moeilijk te begrijpen.'

'Ja, maar *waarom*?' zei Will.

'De helft van de tijd weet ik ook niet waarom ik bepaalde dingen doe.' Claire stond op.

Will greep haar hand om haar tegen te houden. 'Vind jij het logisch dat ze van het dak is gesprongen?'

Ze staarde naar zijn hand. 'Nee,' gaf ze toe.

'Dan moet je naar die vergadering komen,' zei hij op een dringende toon. 'Maar je mag er niet over praten. Julian zegt dat alleen de Jakhalzen ervan mogen weten.'

Ze keek naar de andere kant van de eetzaal waar Briana met de andere cool kids zat te roddelen. 'Proberen jullie me ergens in te luizen? Komt de bitch soms ook?'

'Claire, *ik* vraag of je komt,' zei Will. 'Je weet toch wel dat je mij kunt vertrouwen?'

Ze keek Will aan en ditmaal zag ze niet zijn bleke, ronde gezicht met de puistjes, maar zijn ogen. De zachtaardige bruine ogen met de lange wimpers. Ze had Will er nog niet op kunnen betrappen dat hij iets gemeens deed of zei. Hij was een onhandige stuntel en je kon je aan hem ergeren, maar er zat geen greintje kwaadaardigheid bij. *In tegenstelling tot mij.* Ze dacht aan alle keren dat ze hem nadrukkelijk had genegeerd of een gezicht had getrokken om wat hij zei, en hoe zij zich net als de anderen slap lachte om de hoeveelheid water die opspatte als hij in het meer sprong. *Uit welke varkensstal zou hij ontsnapt zijn?* had ze de meisjes horen giechelen en ze had hen niet op die wrede opmerking aangesproken. Ze schaamde zich diep, nu ze in die zachtaardige ogen keek.

'Oké, waar moeten we zijn voor die vergadering?' vroeg ze.

'Bruno zal ons de weg wijzen.'

Het pad dat achter de school tegen de heuvel opliep, was steil en lag vol stenen. Claire was hier tijdens haar nachtelijke omzwervingen nog niet geweest. Het was een onduidelijk pad en als Bruno Chinn hen niet de weg had gewezen, waren ze waarschijnlijk allang verdwaald. Bruno was dertien en ergens net zo'n buitenbeentje als zij drieën, gedoemd om altijd de kleinste jongen van de groep te zijn, maar hij was onverstoorbaar opgewekt. Hij klom als een klipgeit over wat rotsen en keek ongeduldig om naar zijn zwoegende klasgenoten.

'Wie het eerste boven is?' zei hij uitdagend.

Will bleef staan. Zijn gezicht was rood aangelopen en zijn T-shirt zat aan zijn lichaam geplakt. 'Ik kan niet meer. Kunnen we even pauzeren?'

Maar Bruno maakte een armzwaai, als een grijnzende Napoleon die zijn troepen aanvoert. 'Luie donders. Jullie mogen weleens iets aan je conditie doen!'

'Maak jij Bruno een kopje kleiner, of zal ik het doen?' zei Claire boos.

Will veegde het zweet van zijn gezicht. 'Ik moet heel even uitrusten. Dan red ik het wel,' zei hij amechtig, maar hij zag er niet uit alsof hij het zou redden toen hij hijgend en puffend weer verder zwoegde, op het mos uitglijdend met zijn schuiten van schoenen.

'Is het nog ver?' riep Claire.

Bruno stopte en draaide zich om. 'Voordat we verder gaan, moeten jullie iets beloven.'

'Wat dan?'

'Dat jullie aan niemand iets over deze plek vertellen. Het is *onze* plek en we willen niet het risico lopen dat dat stuk chagrijn van een Roman ons straks verbiedt hier te komen.'

Claire snoof. 'Denk je nou werkelijk dat hij niet weet wat jullie allemaal uitvreten?'

'Beloof het nou maar gewoon. Hef je rechterhand op.'

Met een zucht voldeed Claire aan het verzoek. Will en Teddy volgden haar voorbeeld. 'We beloven het,' zeiden ze in koor.

'Oké.' Bruno draaide zich om en duwde wat struiken opzij. 'Welkom in het hol van de Jakhalzen.'

Claire was de eerste van het drietal die de open plek betrad. Toen ze de met vochtig mos bedekte stenen traptreden zag, wist ze dat dit geen natuurlijke open plek was, maar eentje die door mensenhanden was gemaakt. Ze liep naar boven en kwam uit bij een cirkelvormig terras van verweerde granieten tegels met rondom dertien reusachtige zwerfkeien. Op twee daarvan zaten Lester Grimmett en Arthur Toombs. Vlakbij, half verscholen tussen de bomen, stond een klein stenen huis met mos op het dak en luiken voor de ramen alsof het allerlei geheimen tegen de buitenwereld moest beschermen.

Teddy liep naar het midden van het terras en keek verwonderd om zich heen. 'Wat is dit voor een plek?' vroeg hij verbaasd.

'Ik heb in de schoolbibliotheek naar informatie gezocht, maar helaas niets gevonden,' zei Arthur. 'Ik denk dat meneer Magnus dit huis tegelijk met het kasteel heeft laten bouwen.'

'Hoe hebben jullie deze plek gevonden?'

'Die hebben wij niet gevonden, die heeft Jack Jackman gevonden. Hij heeft het tot hoofdkwartier van de Jakhalzen verklaard en sindsdien komen we hier bijeen. Het huis stond half op instorten toen Jackman het voor het eerst zag. Hij en de eerste Jakhalzen hebben het opgeknapt. Ze hebben er een nieuw dak op gezet en zelf die luiken gemaakt. Als het koud is vergaderen we binnen.'

'Waarom wilde die Magnus een extra huis hier midden in het bos?'

'Ja, eigenaardig, hè? En deze keien zijn ook al zoiets raadselachtigs. Waarom *dertien*?' Arthur liet zijn stem dalen. 'Misschien had meneer Magnus een sekte of zoiets.'

Claire keek naar het gras dat tussen de stenen groeide. Ooit zouden hier uitlopers van bomen opschieten en na verloop van tijd zouden de jonge scheuten volwassen bomen worden.

De wortels van die bomen zouden de stenen oplichten en breken en dan zou er niets meer van het terras overblijven. Maar op deze zomerochtend, met in de verte heiige dampen, leek de open plek tijdloos.

'Volgens mij is dit veel ouder dan het kasteel,' zei ze. 'Volgens mij bestaat dit al heel lang.'

Ze liep naar de rand van het terras. Door een opening tussen de bomen zag ze de vallei. Daar had je Evensong met zijn vele schoorstenen en zijn toren, en erachter het donkere water van het meer. Hiervandaan, dacht ze, kun je de hele wereld zien. Twee kano's trokken op het meer een kielzog, leerlingen te paard bewogen zich als stipjes over het ruiterpad. Boven op de heuvel, met de wind in haar gezicht, voelde ze zich alziend en almachtig. De koningin van de wereld.

Ze hoorde een hond blaffen en wist dat Julian in aantocht was. Ze draaide zich om en zag hem de treden naar het terras beklimmen, zoals altijd met Beer op zijn hielen. 'Ik zie dat iedereen er is,' zei hij. 'Hebben jullie de eed gezworen?' vroeg hij aan Claire, Will en Teddy.

'We hebben beloofd dat we tegen niemand iets over deze plek zullen zeggen, als je dat bedoelt,' antwoordde ze. 'Maar jullie zijn geen geheim genootschap. Waarom moesten we helemaal hierheen komen?'

'Omdat niemand ons hier kan afluisteren en we dus kunnen zeggen wat we denken. En wat hier wordt gezegd, blijft onder ons.' Julian keek de kring rond. Ze waren nu met hun zevenen. Wat een stel, dacht Claire. Bruno, de hyperactieve berggeit. Arthur, de neuroot die op elk voorwerp dat hij wilde gebruiken eerst vijfmaal moest kloppen. Lester, die zulke afschuwelijke nachtmerries had dat hij vaak de hele school wakker maakte met zijn geschreeuw. Claire was het enige meisje en voelde zich tussen deze misbaksels dubbel uit de toon vallen.

'Er is iets aan de hand,' zei Julian. 'Ze verzwijgen de waarheid over dr. Welliver.'

'Hoe bedoel je?' vroeg Teddy.
'Ik ben er niet van overtuigd dat ze zelfmoord heeft gepleegd.'
'Ik heb het haar anders zien doen,' zei Claire.
'Maar misschien is het niet zo gegaan.'
Claire werd boos. 'Maak jij mij voor leugenaar uit?'
'Dr. Isles heeft de suikerpot van dr. Welliver in een steriel zakje gedaan en naar het forensisch laboratorium gestuurd. Dat heb ik met mijn eigen ogen gezien. En nadat ze was teruggekeerd van de autopsie, heeft ze een lang onderhoud gehad met een deel van de docenten. Ze maken zich zorgen, Claire. Ik geloof zelfs dat ze bang zijn.'
'Wat heeft dit met ons drieën te maken?' vroeg Will. 'Waarom moesten we hierheen komen?'
'Omdat,' zei Julian, 'het op de een of andere manier met jullie drieën verband houdt. Ik heb dr. Isles horen bellen met rechercheur Rizzoli. Ze noemde jullie namen. Ward. Clock. Yablonski.' Hij keek hen één voor één aan. 'Wat hebben jullie gemeen?'
Claire keek naar de jongens en haalde haar schouders op. 'Dat we allemaal een beetje vreemd zijn?'
Bruno giechelde op die irritante manier van hem. 'Hij bedoelt iets wat we nog *niet* weten.'
'Vergeet hun dossiers niet,' zei Arthur.
'Wat is er met onze dossiers?' vroeg Claire.
'Op de dag dat dr. Welliver is gestorven, had ik om elf uur een sessie met haar. Toen ik bij haar kwam, lagen er drie open dossiers op haar bureau. Blijkbaar had ze die zitten lezen. Het waren jullie dossiers.'
Julian zei: 'En 's avonds, toen ze al dood was, lagen die drie dossiers er nog steeds. Er is iets met jullie drieën wat haar was opgevallen.'
Claire keek de kring rond. De anderen keken haar afwachtend aan. 'Jullie weten al wat dat is. Onze ouders.' Ze wendde zich tot Will. 'Vertel ze hoe jouw ouders zijn gestorven.'

Will boog zijn hoofd en staarde naar zijn voeten, naar die reusachtige voeten in die schuiten van schoenen. 'Hun vliegtuig is neergestort. Ze zeiden dat het een ongeluk was, maar later heb ik gehoord...'

'Dat het geen ongeluk was,' zei Julian.

Will keek op. 'Het was een bom.'

'Teddy,' zei Claire, 'vertel de Jakhalzen wat je mij hebt verteld over je ouders en je zusjes.'

'Ik wil er niet over praten,' zei Teddy, nauwelijks hoorbaar.

Ze keek de anderen aan. 'Ze zijn vermoord. Net zoals mijn ouders en die van Will. Is dat wat jullie wilden horen? Dát is wat we gemeen hebben.'

'Vertel ons de rest, Claire,' zei Julian. 'Wat er met jullie pleegouders is gebeurd.'

Iedereen keek weer naar Claire.

Ze zei: 'Dat weten jullie al. Waarom doe je dit? Vinden jullie het leuk om het ons moeilijk te maken?'

'We willen alleen maar weten wat er aan de hand is. Met jullie en met de school.' Julian keek naar de andere Jakhalzen. 'Wij zeggen dat we later misdaadonderzoekers willen worden, dat we van de wereld een betere plek willen maken. We hebben uren besteed aan de studie van bloedgroepen en vleesvliegen, maar dat was allemaal slechts theorie. Nu wordt er pal onder onze neus een écht onderzoek verricht, waar *deze drie* iets mee te maken hebben.'

'Waarom ga je met je vragen niet naar dr. Isles?' vroeg Will.

'Ze zegt dat ze er niet over mag praten. In elk geval niet met mij,' zei hij op een licht verbolgen toon.

'En dus stellen jullie zelf een onderzoek in? Een stelletje scholieren?' Claire moest erom lachen.

'Waarom niet?' Julian liep naar haar toe. Hij stond zo dicht bij haar dat ze haar hoofd ver achterover moest buigen om hem te kunnen aankijken. 'Vragen jullie je niet af wat er aan de hand is, Claire? Vragen jullie je niet af wie jullie dood wil hebben? Wie dat zo wanhopig graag wil dat ze al twee keer geprobeerd hebben jullie te vermoorden?'

'Het is net die griezelfilm, *Final Destination*,' zei Bruno op zijn irritante, opgewekte toon. 'Over die kinderen die bij een vliegtuigongeluk dood hadden moeten gaan, maar ontsnappen en dan de hele tijd door de Dood achterna worden gezeten.'

'Dit is geen film, Bruno,' zei Julian. 'We hebben het niet over bovennatuurlijke zaken. Het zijn echte mensen die dit doen en ze hebben er een reden voor. We moeten uitzoeken wat die reden is.'

Claire lachte meewarig. 'Moet je hem horen. Denk je werkelijk dat jullie een zaak kunnen oplossen waar de politie niet eens uitkomt? Een stelletje schooljongens met microscopen en scheikundedozen? Zeg eens, Julian, hoe denk je tussen je lessen door tijd te hebben voor al dat speurwerk?'

'Ik kan beginnen met jullie vragen te stellen. Jullie zijn degenen om wie het gaat, Claire. Jullie móéten weten wat de link tussen jullie drieën is.'

Ze keek naar Will en Teddy. De endomorf en de ectomorf. 'Nou, het is níét dat we familie van elkaar zijn. Dat is duidelijk te zien. We lijken geen spat op elkaar.'

'We woonden ook op heel verschillende plekken,' zei Will. 'Mijn vader en moeder zijn in Maryland vermoord.'

'De mijne in Londen,' zei Claire. *Waar ik zelf ook bijna ben vermoord.*

'Teddy?' vroeg Julian.

'Ik zei dat ik er niet over wil praten,' zei hij.

'Maar het kan belangrijk zijn,' zei Julian. 'Wil je geen antwoorden op je vragen? Wil je niet weten waarom je ouders zijn gestorven?'

'Dat weet ik allang. Omdat we op een boot zaten. Op de stomme boot van mijn vader die ergens voor de kust van een stom eiland lag. Als we niet waren gaan varen, als we gewoon thuis waren gebleven...'

'Goed zo, Teddy,' zei Claire aanmoedigend. 'Vertel ons wat er op de boot is gebeurd.'

Eerst zei Teddy niets. Hij hield zijn hoofd gebogen en zijn blik op de ruwe tegels van het terras gericht. Toen hij uiteindelijk sprak, deed hij dat zo zachtjes dat ze moeite hadden hem te verstaan.

'Er waren mannen met geweren,' fluisterde hij. 'Ik hoorde gegil. Mijn moeder. En mijn zusjes. Ik kon niks voor ze doen. Het enige wat ik kon doen...' Hij schudde zijn hoofd. 'Ik haat water. Ik wil nooit meer op een boot.'

Claire liep naar hem toe en sloeg haar armen om hem heen. Ze voelde zijn hart in zijn magere borst kloppen als dat van een angstig vogeltje. 'Het was niet jouw schuld,' zei ze zachtjes. 'Je had hen niet kunnen redden.'

'Ik leef nog. Zij niet.'

'Dat mag je jezelf niet verwijten. Verwijt het de mensen die het gedaan hebben. Of de pokkewereld waarin we leven. Of je vader, dat hij met jullie is gaan varen. Maar verwijt het niet jezelf, Teddy. Nooit.'

Hij maakte zich met een ruk van haar los en stapte achterwaarts uit de kring. 'Ik wil niet meer meedoen met jullie stomme spel.'

'Dit is geen spel,' zei Julian.

'Wel waar! Voor jullie is het een spel!' zei Teddy kwaad. 'Voor jou en je stomme club. Snap je niet dat het voor ons iets heel anders is? Dat het om ons leven gaat?'

'Daarom moeten jullie juist proberen uit te zoeken wat er aan de hand is. Jullie drieën samen,' zei Julian. 'Steek de koppen bij elkaar en zoek uit wat jullie gemeen hebben. Jullie ouders, familie, school. Het gaat erom die ene link te vinden, die ene persoon die met jullie alle drie iets te maken heeft.'

'Die ene persoon?' vroeg Will kalm. 'De moordenaar bedoel je.'

Julian knikte. 'Ja, de moordenaar. Iemand die iets met jullie leven te maken heeft, of met dat van jullie ouders. Iemand die op dit moment misschien naar jullie op zoek is.'

Claire keek naar Will en herinnerde zich wat hij tegen haar had gezegd: *Ik heb het gevoel dat ik je ergens van ken.* Ze kon zich hem niet herinneren. Ze kon zich veel dingen niet herinneren, maar dat kwam omdat ze een kogel in haar hoofd had gehad. Ze kon die kogel bijna overal de schuld van geven – van haar slechte cijfers, haar slapeloosheid, haar opvliegende temperament.

En nu kreeg ze weer die pijn in haar hoofd. Dat kwam ook door die kogel.

Ze liep naar een kei en ging zitten om haar hoofd te masseren. Zachtjes wreef ze over de deuk in haar schedel. Het was een blijvende herinnering aan wat ze had verloren. Tussen haar voeten zag ze de loot van een jong boompje die tussen de tegels was opgeschoten. Zelfs graniet kon niet tegenhouden wat onstuitbaar was, dacht ze. Ooit zal deze scheut een boom zijn geworden die zo sterk is dat hij de tegels breekt en optilt. En als ik deze scheut zou kappen, komt er weer een andere.

Net zoals er altijd een nieuwe moordenaar komt.

Claire deed haar kast open en reikte naar de gehavende doos op de bovenste plank. Ze had er niet naar omgekeken sinds ze op Evensong was aangekomen en kon zich amper herinneren wat erin zat. Twee jaar geleden had ze hem samen met Barbara Buckley gevuld met spulletjes uit de flat van haar ouders in Londen. Sindsdien was de doos met haar meegereisd, van Londen naar Ithaca en van Ithaca naar Evensong, maar ze had hem niet één keer opengemaakt. Ze had het niet aangedurfd om hun gezichten weer te zien, bang voor de herinneringen die dat zou losmaken aan alles wat ze was kwijtgeraakt. Nu ging ze op haar bed zitten met de doos naast zich. Ze nam nog even de tijd om zich moed in te spreken en sloeg toen de kartonnen flappen opzij.

Bovenop lag een porseleinen eenhoorn. Izzy, dacht ze. Ik weet nog hoe hij heet. Hij was van haar moeder geweest, een mal prulding dat Isabel Ward ergens op een vlooienmarkt had gekocht. Ze had het haar geluksbeestje genoemd. *Maar het heeft je geen geluk gebracht, mam. Geen van ons.*

Ze zette hem voorzichtig op haar nachtkastje en haalde de andere voorwerpen uit de doos. Een fluwelen tasje met een koordsluiting dat de sieraden van haar moeder bevatte. De paspoorten van haar ouders. Een zijden sjaal die nog naar haar parfum rook, een frisse citroenachtige geur. En helemaal onderin twee fotoalbums.

Ze haalde ze uit de doos en legde ze op haar schoot. Je kon zien welke de nieuwste was, want daarin waren achterin nog een paar pagina's vrij. Ze deed die het eerst open en de eerste foto die ze zag, was van haar eigen lachende gezicht. Ze stond voor de ingang van Disney World, gekleed in een wijde gele jurk, en had een ballon in haar hand. Ze kon zich die jurk niet herinneren en ook niet dat ze naar Disney World was geweest. Hoe oud was ze hier? Drie? Vier? Ze kon kinderleeftijden nooit goed schatten. Als deze foto niet had bestaan, zou ze nooit geweten hebben dat ze in het Magic Kingdom was geweest.

Alweer een verloren herinnering, dacht ze. Ze had zin om de pagina uit het album te scheuren en de foto te versnipperen. Als ze het zich niet kon herinneren, kon het net zo goed nooit gebeurd zijn. Dit album was een boek vol leugens, de kinderjaren van een ander meisje, de herinneringen van een ander kind.

'Mag ik binnenkomen, Claire?' Will stond voor de open deur. Hij keek alsof hij niet over de drempel durfde te stappen. Bedeesd stond hij op de gang, met zijn hoofd tussen zijn schouders, alsof hij bang was dat ze met iets zou gaan gooien.

'Maakt mij niet uit,' zei ze. Het was bedoeld als een uitnodiging en toen hij zich terugtrok, riep ze: 'Hé, waarom loop je nou weg? Wil je mijn kamer niet zien?'

Nu kwam hij binnen, maar weer bleef hij aarzelend staan.

Hij keek nerveus naar de boekenplanken, de bureaus en de kaptafels. Hij keek naar alles, behalve naar de bedden, alsof hij bang was dat ze hem zouden bijten.

'Mijn kamergenoten zijn bezig hun koffers te pakken voor het schoolreisje,' zei hij. 'Ik vind het erg jammer dat we niet mee mogen naar Quebec.'

'Wie wil er nou uren in een bus zitten. Ik blijf liever hier,' zei ze, al was dat niet waar. Zij vond het ook waardeloos dat ze moesten achterblijven. Ze sloeg een pagina om in het album en zag weer een foto van zichzelf, ditmaal zat ze op een neerslachtig ogende pony en had ze een cowboyhoed op.

'Ben jij dat?' Hij lachte. 'Wat was je een schattige kleuter.'

Met een klap sloeg ze het album dicht. 'Ik doe alleen maar research, omdat het moet van Julian.'

'Ik ook.' Hij haalde een opgevouwen vel papier uit zijn zak. 'Ik ben een tijdlijn van onze levens aan het maken. Alles wat jou, mij en Teddy is overkomen, om te zien of er dingen zijn die elkaar overlappen. Ik moet Teddy nog om data vragen, maar die van jou heb ik er al ingezet. Wil je even kijken of het allemaal klopt?'

Ze pakte het vel papier van hem aan en keek naar de data van de twee grote tragedies in haar leven. De eerste was de dag waarop zij en haar ouders in Londen waren neergeschoten, maar ze had daar zulke vage herinneringen aan dat het bijna was alsof het niet haar was overkomen maar een ander meisje. Met de tweede gebeurtenis was dat niet het geval. Die was nog zo recent en ze voelde zich er zo schuldig om, dat ze er bijna misselijk van werd. Ze had zich er de afgelopen weken krampachtig voor afgesloten, maar nu ze de datum op Wills tijdlijn zag staan, kwamen de akelige herinneringen weer boven. Hoe ze die avond achteloos uit het raam was gesprongen. Hoe vermoeid en bezorgd Bob en Barbara eruit hadden gezien toen ze haar waren komen halen. *Ze zijn dood vanwege mij. Omdat ik zo'n zelfzuchtig kreng was.*

Ongeduldig gaf ze het papier met de tijdlijn terug aan Will. 'De data kloppen.'

Hij wees naar de fotoalbums. 'Heb je iets gevonden?'

'Alleen foto's.'

'Mag ik ze zien?'

Ze wilde hem niet nog meer van die domme foto's van haar als kleuter laten zien, dus legde ze het album weg en sloeg het andere open, dat van haar ouders. Op de eerste pagina zag ze haar vader, Erskine, lang en knap, in een pak met een stropdas. 'Dat is mijn vader,' zei ze.

'Hé, hij staat voor het Washington Monument. Daar ben ik geweest. Toen ik acht was, heeft mijn vader me meegenomen naar het *Air and Space Museum*. Ik vond het schitterend.'

'Gefeliciteerd.'

Hij keek haar aan. 'Waarom doe je dat, Claire?'

'Wat?'

'Waarom doe je altijd zo neerbuigend?'

Er lag een ontkenning op het puntje van haar tong, maar toen zag ze hoe hij keek en besefte ze dat hij gelijk had. Dat ze altijd neerbuigend tegen hem deed. Ze slaakte een zucht. 'Ik doe het niet met opzet.'

'Dus je vindt niet dat ik het verdien? Omdat ik een weerzinwekkend persoon ben of zo?'

'Nee. Ik doe het omdat ik niet nadenk. Het is een nare gewoonte van me.'

Hij knikte. 'Iedereen heeft nare gewoonten. Ik praat bijvoorbeeld veel te veel over kometen.'

'Hou daar dan mee op.'

'Zullen we afspreken dat we allebei ons leven zullen beteren?'

'Mij best.' Langzaam sloeg ze de pagina's van het fotoalbum om en zag nog meer foto's van haar knappe vader, in verschillende situaties. Met vrienden aan het picknicken in een bos. In een zwembroek op een strand met palmbomen. Daarna een foto van haar vader en moeder samen, arm in arm, poserend voor het Colosseum.

'Dat is mijn moeder,' zei ze zachtjes. Ze streek met haar wijsvinger over de foto. Opeens kwam de geur van de zijden sjaal uit de nevel van verloren herinneringen naar boven en rook ze haar moeders haar en voelde ze haar handen op haar wangen.

'Je lijkt op haar,' zei Will peinzend. 'Ze was erg mooi.'

Ja, ze was mooi en mijn vader was knap, dacht Claire, vol heimwee naar haar ouders starend. Ze dachten vast dat de hele wereld aan hun voeten lag toen ze voor deze foto poseerden. Ze waren een knap stel en hadden hun hele leven nog voor zich. En ze woonden in Rome. Zouden ze er ooit aan gedacht hebben, zouden ze zich ook maar een seconde hebben kunnen voorstellen, dat hun toekomst zo abrupt zou eindigen?

'Deze foto is van negentien jaar geleden,' zei Will toen hij de datum zag die Claire's moeder erbij had gezet.

'Ze waren pas getrouwd. Mijn vader werkte als attaché op de ambassade.'

'In Rome? Cool. Ben jij daar geboren?'

'Op mijn geboorteakte staat dat ik in Virginia ben geboren. Ik denk dat mijn moeder voor de bevalling naar huis is gegaan.'

Ze sloegen de pagina's om en zagen nog meer foto's van hetzelfde knappe stel, glimlachend aan een diner, champagneglazen heffend op een cocktailparty, wuivend op een motorboot. Het was *la dolce vita*, had haar moeder altijd gezegd. Een heerlijk leventje. En dat was duidelijk te zien op deze foto's, die een getuigenis waren van een eindeloze reeks uitjes met collega's en vrienden. Wat natuurlijk het karakteristieke is van fotoalbums. Daarin bewaar je de mooiste momenten van je leven. De momenten die je je altijd wilt herinneren, niet de momenten die je wilde vergeten.

'Dat ben jij zeker,' zei Will.

Het was een foto van Claire's moeder die glimlachend in een ziekenhuisbed zat met een baby in haar armen. Ze keek naar de datum die onder de foto stond en zei: 'Ja, dat is de dag waarop ik ben geboren. Mijn moeder zei dat het allemaal heel snel was gegaan. Dat ik zo'n haast had om op de wereld te komen, dat ze maar nét op tijd het ziekenhuis bereikte.'

Will lachte. 'En zo ben je nog steeds. Je wilt altijd weg, ergens naartoe.'

Ze sloeg de pagina's om. Allemaal babyfoto's waar ze niets aan had. Claire in een wandelwagentje. In een kinderstoel. Met een flesje in haar handen. Het hielp haar niet zich iets te herinneren omdat al deze foto's waren genomen voordat ze in staat was geweest herinneringen vast te leggen. Het had net zo goed het album van een ander kind kunnen zijn.

Ze kwam bij de laatste pagina. Op de laatste twee foto's stond ze niet. Het waren foto's van alweer een cocktailparty met glimlachende mensen met glazen in hun hand. Dat was de last die je als diplomatenvrouw moest dragen, zei haar moeder altijd gekscherend. *Blijven lachen en blijven schenken.* Claire wilde het album dichtdoen toen Will opeens zijn hand op de hare legde.

'Wacht even,' zei hij. 'Deze foto.'

'Wat is ermee?'

Hij trok het album op zijn schoot en boog zich eroverheen om een van de twee foto's van de cocktailparty te bestuderen. Op de foto stond de vader van Claire met een cocktailglas in zijn hand, lachend om iets wat een andere man zei. Onder de foto stond met de hand geschreven: 4TH OF JULY. HAPPY BIRTHDAY, USA!

'Deze vrouw,' zei Will. Hij wees naar een slanke brunette die rechts van Erskine Ward stond. Ze was gekleed in een laag uitgesneden groene japon met een gouden ceintuur en keek naar Claire's vader met een blik waar onverholen bewondering uit sprak. 'Weet je wie dat is?' vroeg hij.

'Zou ik dat moeten weten?'

'Kijk nou even. Probeer je te herinneren of je haar ooit hebt gezien.'

Hoe langer ze keek, hoe bekender de vrouw haar voorkwam, maar het was een ongrijpbare herinnering en ze was niet zeker van haar zaak. Misschien was het een herinnering die niet eens bestond maar die ze probeerde te forceren. 'Ik weet het niet,' zei ze. 'Waarom is het zo belangrijk?'

'Omdat *ik* haar ken.'

Ze fronste. 'Hoe kun jij die vrouw nu kennen? Dit is *mijn* fotoalbum.'

'En dat,' zei hij, terwijl hij naar de vrouw op de foto wees, 'is mijn moeder.'

26

Anthony Sansone arriveerde in het holst van de nacht, precies zoals de vorige keer.

Vanuit haar slaapkamer zag Maura een Mercedes de binnenplaats oprijden en een bekende, lange, in het zwart geklede figuur uitstappen. Toen hij onder de buitenlamp door naar de voordeur liep, volgde zijn schaduw hem heel even over de kinderhoofdjes en toen was hij uit het zicht verdwenen.

Ze liep snel naar beneden om hem te onderscheppen. Op de overloop van de tweede verdieping bleef ze staan en keek over de balustrade naar de in schaduwen gehulde hal waar Sansone en Baum op zachte toon met elkaar stonden te praten.

'...nog niet duidelijk waarom ze het heeft gedaan,' hoorde ze Baum zeggen. 'Onze contactpersonen maken zich grote zorgen. Er zijn te veel dingen die we niet over haar wisten, dingen die men ons had moeten vertellen.'

'Denk jij dat het zelfmoord was?'

'Als het geen zelfmoord was, hoe valt het dan te verklaren dat...' Baum stopte abrupt toen de vloer kraakte. Ze keken allebei omhoog en zagen Maura staan.

'Maura,' zei Baum met een gedwongen glimlach. 'Kun je niet slapen?'

'Ik wil de waarheid weten,' zei ze. 'Over Anna Welliver.'

'Haar dood is voor ons net zo'n groot raadsel als voor jou, Maura.'

'Ik heb het niet over haar dood. Ik heb het over haar leven. Jij zei dat je me geen antwoorden kon geven, Gottfried.' Ze keek naar Sansone. 'Misschien kan Anthony dat wel.'

Sansone zuchtte. 'Het is tijd voor openheid. Dat ben ik je wel verschuldigd, Maura. Laten we in de bibliotheek gaan zitten.'

'Dan wens ik jullie beiden een goede nacht,' zei Baum. Hij liep naar de trap, bleef daar staan en draaide zich om. 'Anna is er niet meer, maar daarom moeten we ons nog wel aan de belofte houden die we haar hebben gedaan. Vergeet dat niet, Anthony.' Hij liep naar boven en verdween in het donker.

'Wat bedoelde hij daarmee?' vroeg Maura.

'Dat er dingen zijn die ik je niet kan vertellen,' zei hij toen ze door de donkere gang naar de bibliotheek liepen.

'Waarom al die geheimzinnigheid?'

'Het is een vertrouwenskwestie. Anna heeft ons in strikt vertrouwen bepaalde dingen verteld. Dingen die we aan niemand mogen doorvertellen.' Aan het eind van de gang bleef hij staan. 'Maar nu vragen we ons af of wijzelf de waarheid over haar kenden.'

Overdag kwam er volop zonlicht binnen door de Palladiaanse ramen van de bibliotheek en zag je de gewreven houten tafels glanzen, maar nu was de ruimte gevuld met schaduwen en leken de nissen op donkere grotten. Anthony deed een van de leeslampen aan en binnen die kleine lichtcirkel namen ze tegenover elkaar plaats. Rondom hen rezen rijen en rijen boeken op, nauwkeurig gerangschikt, tweeduizend jaar aan kennis, maar de informatie die Maura op dit moment nodig had, moest komen van de man die tegenover haar zat, een man die zo ondoorgrondelijk was als een gesloten boek.

'Wie was Anna Welliver?' vroeg ze. 'Ik heb de autopsie bijgewoond. Haar lichaam is bedekt met littekens van martelingen. Ik weet dat haar man is vermoord, maar wat is er met Anna gebeurd?'

Hij schudde zijn hoofd en slaakte een diepe zucht. 'Zal het tussen ons altijd zo blijven?'

'Wat?'

'Waarom kunnen wij nooit een normaal gesprek voeren zoals andere mensen? Over het weer, over een toneelstuk. In plaats daarvan praten we altijd over jouw werk en dat is nu niet bepaald een vrolijk onderwerp. Maar dat is helaas wel wat ons elke keer met elkaar in contact brengt.'

'De dood, bedoel je?'

'En geweldpleging.' Hij leunde naar voren. De blik in zijn ogen was zo fel als een laserstraal. 'Wij hebben veel gemeen, jij en ik. Jij weet van het kwaad en dat is wat ons met elkaar verbindt. Wij begrijpen het.'

'Wat begrijpen we?'

'Dat het kwaad bestaat.'

'Zo wil ik de wereld niet zien,' zei ze.

'Maar je ziet het bewijs ervan elke keer dat er een lijk op je snijtafel ligt. Je weet dat het in de wereld geen rozengeur en maneschijn is. En ik weet dat ook.'

'Is deze vriendschap daarop gebaseerd, Anthony? Op dood en verderf?'

'De allereerste keer dat ik je zag, voelde ik al dat het in je zat. Het zit in je geworteld, vanwege wie je bent.'

Wie ik ben. De Koningin van de Doden. De dochter van een monster. Ze wist van het kwaad, het was met haar verbonden als het bloed in haar aderen, hetzelfde bloed dat door de aderen van Amalthea stroomde, haar moeder, een moordenares die de rest van haar leven in de gevangenis zou doorbrengen.

Anthony keek haar zo indringend aan dat ze het niet meer kon verdragen. Ze verbrak het oogcontact en keek naar de aktetas die hij op de tafel had gelegd. Ze kenden elkaar nu bijna twee jaar, maar één blik van hem was nog steeds voldoende om haar uit haar evenwicht te brengen en haar het gevoel te geven dat ze werd bestudeerd als een insect onder een microscoop.

'Ik zit hier niet om over mezelf te praten,' zei ze. 'Je zei dat je me de waarheid zou vertellen over Anna.'

Hij knikte. 'Voor zover ik je die *kan* vertellen.'

'Wist je dat ze was gemarteld?'

'Ja. En we wisten ook dat ze nog steeds gebukt ging onder wat haar en haar man in Argentinië is aangedaan.'

'Maar jullie hebben haar evengoed in dienst genomen. Als psycholoog, als therapeut voor kwetsbare kinderen.'

'Het is de raad van bestuur van Evensong die haar in dienst heeft genomen.'

'Jij moet die aanstelling persoonlijk hebben goedgekeurd.'

Hij knikte. 'Op basis van haar referenties, haar academische kwalificaties en haar toewijding aan slachtoffers van gewelddaden. En omdat ze een van *ons* was.'

'Lid van de Mefisto Club.'

'Ook zij droeg de littekens van geweldpleging. Tweeëntwintig jaar geleden werkten Anna en haar man in Argentinië voor een internationaal bedrijf. Ze zijn toen ontvoerd en gemarteld. Haar man, Frank, is uiteindelijk vermoord. De moordenaars zijn nooit gepakt. Anna heeft van die ervaring geleerd dat het rechtsstelsel ontoereikend is. Dat zich onder ons altijd monsters bevinden. Ze heeft haar baan opgegeven, is weer gaan studeren en heeft zich toegelegd op psychologische hulp voor de slachtoffers van gewelddaden. Zestien jaar geleden heeft ze zich bij ons aangesloten.'

'Het is niet zo dat jullie in de Gouden Gids staan. Hoe is ze achter het bestaan van de Mefisto Club gekomen?'

'Op dezelfde manier als alle andere leden. Via een tussenpersoon.'

'De Club heeft haar benaderd?'

'Haar naam is voorgedragen door een ander lid, iemand bij

de politie. Anna was hem opgevallen vanwege haar uitmuntende werk als therapeut. Hij wist dat haar man op een gewelddadige manier aan zijn einde was gekomen. Hij wist ook dat ze veel succes had met jonge slachtoffertjes en dat ze goede contacten had binnen het politieapparaat en bij de Kinderbescherming.' Hij deed de aktetas open. 'Toen ik hoorde dat ze dood was, heb ik haar lidmaatschapsdossier nogmaals bekeken.'

'Hebben jullie over elk lid een dossier?'

'Het wordt samengesteld tijdens de rekrutering. Ik heb de besloten informatie eruit gehaald, maar dit is wat ik met je kan delen.'

'Je vertrouwt me niet voldoende om me het volledige dossier te laten zien?'

'Maura.' Hij zuchtte. 'Ik vertrouw je, maar een deel van de informatie is alleen bestemd voor de leden.'

'Waarom laat je me het dossier dan überhaupt zien?'

'Omdat je je in het onderzoek hebt gemengd. Je hebt de autopsie bijgewoond. Je hebt een verzoek ingediend voor een volledig toxicologisch onderzoek van Anna's bloed, waaruit ik concludeer dat je eraan twijfelt of het om zelfdoding gaat. Als jij vragen stelt, luister ik. Omdat ik weet hoe goed je in je werk bent.'

'Ik kan mijn twijfels nog niet met bewijsmateriaal onderbouwen.'

'Maar iets heeft je instinct geprikkeld. Iets in je onderbewustzijn heeft details opgepikt waar je je nog niet eens van bewust bent. Het vertelt je dat er iets mis is.' Hij leunde op de tafel en bestudeerde haar aandachtig. 'Heb ik gelijk?'

Ze dacht aan de lege suikerpot en het mysterieuze telefoongesprek tussen Jane en Anna. Ze pakte de map die Sansone over de tafel naar haar toe had geschoven en deed hem open.

Op de eerste pagina stond een foto van Anna toen ze nog geen grijs haar had. Het was een foto van zestien jaar geleden, toen ze was voorgedragen om lid te worden van de Mefisto Club. Zoals altijd was ze gekleed in een zedige jurk met lange mouwen en een hooggesloten hals. Men had haar vanwege de keuze van haar kleding als excentriek beschouwd, maar Maura wist nu dat ze zich zo had gekleed om de littekens van de martelingen te verbergen. Anna's glimlach en ogen lieten niets merken van martelingen of een mogelijke zelfmoord.

Maura sloeg de bladzijde om en zag een nuchtere opsomming van biografische feiten. Geboren in Berlijn als dochter van een Amerikaanse legerofficier en zijn vrouw. Afgestudeerd in psychologie aan de George Washington University in Washington DC. Getrouwd met Frank Welliver. Ze had samen met haar man voor een internationaal headhuntersbureau gewerkt dat filialen had in Mexico, Chili en Argentinië.

Op de volgende pagina stonden krantenartikelen over de ontvoering van het echtpaar en de moord op Frank. In een daarvan stond dat de daders nooit gepakt waren.

'Anna heeft de tekortkomingen van het rechtsstelsel aan den lijve ervaren,' zei Sansone. 'Zo is ze één van ons geworden.'

'Een dergelijke kwalificatie voor lidmaatschap van een club is iets waar iedereen liever voor zou bedanken.'

'We zijn geen van allen lid geworden omdat we dat wilden, zoals men lid wordt van een countryclub. We voelden ons geroepen ons bij de club aan te sluiten omdat we na het ervaren van een persoonlijke tragedie achterbleven met een gevoel van woede, machteloosheid of wanhoop. Wij begrijpen dingen die gewone mensen niet inzien.'

'Over het kwaad.'

'Dat is één van de benamingen die je het kunt geven.' Hij wees naar het dossier. 'Anna wist er alles van. Na de dood van haar man heeft ze haar baan opgegeven en is ze weer gaan studeren om bevoegd therapeut te worden. Zij probeerde het kwaad te bestrijden door met de familieleden van de slachtoffers te werken. Wij hebben haar de kans geboden nog effectiever te zijn door een hele generatie opnieuw vorm te geven. Niet alleen als therapeut, maar ook als verkenner. Dankzij haar contacten bij de Kinderbescherming en andere overheidsinstanties was ze in staat in het hele land geschikte kinderen op te sporen.'

'Door achter allerlei moordzaken aan te gaan? Door haar vizier te richten op de overlevenden?'

'We hebben een dergelijk gesprek al eens gevoerd, Maura. Ik weet dat jij het afkeurt.'

'Omdat het riekt naar rekrutering voor jullie doeleinden.'

'Je hebt gezien hoe Julian hier is opgebloeid. Durf jij nog steeds te beweren dat deze school niet goed voor hem is?'

Ze gaf geen antwoord, omdat ze er niets tegenin kon brengen. Evensong was ideaal voor Julian. Hij was hier pas een paar maanden, maar was fysiek en mentaal al gegroeid.

'Anna wist dat hij het hier goed zou doen,' zei Sansone. 'Als we alleen naar zijn schooldossier uit Wyoming hadden gekeken, zou geen van ons hem als een geschikte kandidaat hebben beschouwd. Hij haalde alleen maar onvoldoendes, was voortdurend betrokken bij vechtpartijen, had zich schuldig gemaakt aan allerlei vergrijpen. Maar Anna zag in dat hij een survivor was. Ze wist dat hij jou in die bergen in leven had gehouden om geen andere reden dan menslievendheid. Zo wist ze dat hij een leerling was die bij ons past.'

'Het was dus háár beslissing?'

'Anna's goedkeuring was de doorslaggevende factor. De helft van de leerlingen die je hier ziet, is door haar gekozen.' Hij zweeg even en voegde er toen aan toe: 'Inclusief Claire Ward en Will Yablonski.'

Ze nam de tijd om daarover na te denken. Ze dacht aan het gesprek dat zij en Jane met Anna hadden gehad over deze drie kinderen, over de vraag of ze iets met elkaar te maken hadden. Anna had gezegd dat het toeval moest zijn, dat ze er niets achter moesten zoeken. Maar op de dag dat Anna was gestorven, had ze de dossiers van diezelfde drie kinderen zitten lezen.

Het was zo stil in de bibliotheek dat Maura haar eigen hartslag kon horen. De stilte verveelvoudigde het geluid van naderende voetstappen. Ze keek opzij toen er vier gedaanten uit de duisternis kwamen en in de lichtcirkel bleven staan.

'We moeten met u praten,' zei Julian. Naast hem stonden drie medescholieren. Het drietal in kwestie. Will, Teddy en Claire. Het door tragedies achtervolgde trio.

Alhoewel het bijna elf uur was en deze kinderen in bed hadden moeten liggen, keek Sansone hen aan met hetzelfde respect dat hij volwassenen toonde. 'Zit je ergens mee, Julian?' vroeg hij.

'De Jakhalzen hebben vanochtend een vergadering belegd over dr. Welliver,' zei de jongen. 'En deze drie leden hebben sindsdien een aanwijzing gevonden, maar we hebben uw hulp nodig voor verder onderzoek.'

Maura zuchtte. 'Julian, ik weet dat jullie willen helpen, maar het is al laat. Meneer Sansone en ik moeten –'

Claire viel haar in de rede. 'We willen onze dossiers lezen. We willen weten wat voor informatie de politie heeft over ons en onze ouders. We willen *alle* rapporten lezen.'

'Daar beschik ik niet over, Claire.'

'Maar u kunt er makkelijk aankomen. U of rechercheur Rizzoli.'

'Die informatie is niet beschikbaar voor derden, omdat het om lopende zaken gaat.'

'Wij zijn geen derden,' zei Claire. 'Deze onderzoeken gaan over ons, over *ons* leven. We hebben er recht op.'

'Ja, en als jullie volwassen zijn, krijgen jullie die informatie ook. Maar voorlopig zijn dit officiële documenten waarin details staan die jullie nu misschien nog niet kunnen bevatten.'

'Omdat we te jong zijn voor de waarheid? Is dat wat u daarmee eigenlijk wilt zeggen? Dat kinderen van dertien zoiets niet aankunnen? Dat klinkt alsof u geen flauw idee hebt wie we zijn en wat we allemaal hebben doorstaan.'

'Jawel, Claire, ik weet wat jullie hebben doorstaan,' zei Maura rustig. 'En ik begrijp het heel goed.'

'O ja? Wat weet u over mij? *Het meisje dat in haar hoofd is geschoten.* Dat is wat u over mij weet, maar u hebt geen idee wat het inhoudt. Hoe het is om in het ziekenhuis te ontwaken en je niet te herinneren hoe je daar terecht bent gekomen. Niet te weten dat je vader en moeder dood zijn. Te moeten leven met het gevoel dat je nooit meer in staat zult zijn een heel boek te lezen, een hele nacht door te slapen of zelfs maar een gedachte te kunnen uitwerken.' Ze drukte haar hand tegen haar hoofd. 'De man die op mij heeft geschoten, heeft mijn hele leven verpest. Ik zal nooit meer net zo zijn als alle andere mensen. Ik zal altijd raar blijven. Een buitenbeentje. Zeg dus niet dat u weet wie en wat ik ben.'

Verbaasd en zelfs bewonderend over die uitbarsting staarden de jongens naar haar.

'Het spijt me,' zei Maura. 'Je hebt gelijk, Claire. Ik weet er niets van.' Ze keek naar Will en Teddy. 'Hetzelfde geldt voor jullie. Ik weet niet hoe het voor jullie is. Ik snij lijken open en onderzoek hun organen, maar meer kan ik niet doen. Jullie drieën zullen mij dus moeten vertellen wat er in de dossiers ontbreekt. Over jullie leven, over wie en wat jullie zijn.'

'Zoals Claire al zei, zijn wij de buitenbeentjes,' zei Will. Teddy knikte triest. 'Wij zijn de kinderen bij wie niemand in de buurt wil komen, alsof iedereen aanvoelt dat we ongeluk brengen en ze niets met ons te maken willen hebben, voor het geval het besmettelijk mocht zijn.' Hij boog zijn hoofd. 'Voor het geval ze dan ook dood zullen gaan, zoals dr. Welliver.'

'Er zijn geen bewijzen dat dr. Wellivers dood iets anders is dan zelfmoord.'

'Dat kan best zijn,' zei Will, 'maar onze dossiers lagen open op haar bureau op de dag dat ze is gestorven. Alsof er op het moment dat ze erin keek, een vloek over haar werd uitgesproken.'

'Maura,' zei Julian, 'we willen graag helpen met het onderzoek. We hebben informatie.'

'Niets ten nadele van de Jakhalzen, Julian, maar de zaak wordt onderzocht door beroepsmensen.'

'We moeten het dus aan de politie overlaten?'

'Ja.'

'En als wij iets hebben gevonden dat de politie over het hoofd heeft gezien? Laat het ze zien, Claire.'

Nu pas zag Maura dat Claire een boek bij zich had. 'Dit is een van mijn fotoalbums,' zei Claire. Ze gaf het aan Maura.

Maura deed het open en zag een foto van een jonge man en vrouw die voor het Colosseum stonden. Ze waren allebei blond en het was een opvallend knap paar. 'Je ouders?' vroeg ze.

'Ja. Mijn vader werkte als attaché op de ambassade.'

'Ze waren een knap stel, Claire.'

'Maar hier gaat het niet om.' Claire bladerde snel naar de laatste fotopagina. 'Het gaat om de foto van deze cocktailparty. Dit is mijn vader. En ziet u de vrouw half achter hem, in de groene jurk? Weet u wie dat is?'

'Nee.'

'Dat is mijn moeder,' zei Will.

Maura keek verrast op. 'Weet je het zeker? Het zou iemand kunnen zijn die op haar lijkt.'

'Ik weet het zeker. Ik ken die jurk. Ze droeg hem altijd naar feestjes. Een groene jurk met een gouden ceintuur. Ze zei dat het de duurste jurk was die ze ooit had gekocht, maar dat kwaliteit loonde. Dat was haar motto. Ze zei dat de hele tijd.' Will stopte en zijn houding verslapte. Zachtjes herhaalde hij: 'Dat is mijn moeder.'

Maura keek naar het onderschrift: 4TH OF JULY. HAPPY BIRTHDAY, USA! 'Er staat geen jaar bij. We weten niet wanneer deze foto is genomen.'

'Waar het om gaat,' zei Julian, 'is dat ze *samen* op dat feestje waren. En wie denkt u dat er óók was?'

'Deze man,' zei Claire. Ze wees naar de blonde man die *en profile* was gefotografeerd terwijl hij met Erskine Ward stond te praten. Hij was langer dan Ward, had een fors postuur en brede schouders. Alle gasten dronken wijn. Hij was de enige die een blikje bier in zijn hand had.

'Dat is mijn vader,' zei Teddy.

'*Dit* is de link,' zei Julian. 'We weten nog niet waarom ze vermoord zijn en waarom iemand twee jaar later hun kinderen wil vermoorden, maar dit is het bewijs waar u naar zoekt. Claire's vader. Teddy's vader. Wills moeder. Ze kenden elkaar.'

De gescande foto gloeide op het scherm van Frosts computer. Mensen in avondkleding, deels gezeten, deels staand, de meesten met een glas in hun hand. De hoofdpersonen van het tableau waren Erskine Ward en Nicholas Clock, die tegenover elkaar stonden, maar met hun gezicht half naar de camera gedraaid, alsof iemand 'Lachen naar het vogeltje!' had gezegd. Wills moeder, Olivia, stond erbij. Ze stond naast een andere vrouw maar keek naar Erskine Ward. Jane bekeek alle andere mensen, op zoek naar de wederhelften van deze drie, maar zag ze niet in het welgestelde, in feeststemming verkerende gezelschap.

Frost wees naar Olivia. 'Ze geilt op Ward. Je ziet het aan haar gezicht.'

'Vind je?'

'Heel duidelijk. Niet dat er ooit een vrouw zo naar mij kijkt.'

'Het kan ook gewoon de blik zijn van een oude bekende, van iemand die hem goed kent.'

'Als ze elkaar zo goed kenden, waarom hebben we dan geen enkele andere link gevonden tussen Olivia en Erskine?'

Jane leunde achterover en draaide haar hoofd heen en weer om de knik uit haar nek te krijgen. Het was bijna middernacht en al hun collega's waren naar huis. Wij hadden nu ook thuis moeten zitten, dacht Jane. Maar vanwege de gescande foto's die Maura naar het Boston PD had gestuurd, zaten zij en Frost nog steeds aan hun bureaus gekluisterd. Maura had acht foto's uit het fotoalbum van de Wards gescand, foto's van barbecues en gala-avonden, van feestjes binnenshuis en buiten. Op geen van de andere foto's had Jane Olivia Yablonski en Nicholas Clock kunnen ontdekken, en dit was de enige waarop zij tweeën en Erskine Ward samen voorkwamen. Een 4th of July-feestje, niet bekend in welk jaar, ongetwijfeld met een heleboel andere mensen, van wie er een tiental op deze foto stonden.

Waar en wanneer was de foto genomen?

Frost klikte de andere zeven foto's één voor één aan en stopte bij eentje van het gezin Ward, zittend op een witte sofa. Claire was een jaar of acht. Ze waren op hun zondags gekleed, Erskine in een grijs kostuum, Isabel in een mooie jurk met een blazer. Achter hen stond een opgetuigde kerstboom.

'Dit is dezelfde kamer als die van de cocktailparty,' zei Frost. 'Zie je deze haard? Die staat ook op de andere foto. En dit...' Hij zoomde in op een hoek van de kamer. 'Is dat niet dezelfde decoratieve kroonlijst?'

'Ja,' zei Jane. Ze kneep haar ogen tot spleetjes om het met de hand geschreven onderschrift bij de foto te lezen: ONZE LAATSTE KERST IN GEORGETOWN. OP NAAR LONDEN! Jane keek Frost aan. 'Deze foto is in Washington genomen.'

'Daar was de cocktailparty dus. De vraag is, waarom waren Nicholas Clock en Olivia Yablonski uitgenodigd op een diplomatenfeestje? Nicholas zat in financiën. Olivia werkte als vertegenwoordigster voor een bedrijf dat medische apparatuur verkocht. Hoe en waar hadden deze drie mensen elkaar ontmoet?'

'Ga even terug naar de andere foto,' zei ze.

Frost klikte naar de foto van de cocktailparty, waarvan ze nu wisten dat hij in Washington was gehouden.

'Hier waren ze jonger,' zei Jane. Ze draaide zich met stoel en al om, pakte het dossier over de familie Ward van haar bureau en bladerde naar Erskine Wards curriculum vitae. 'Werkte op Buitenlandse Zaken, veertien jaar in Rome, vijf jaar in Washington. Vervolgens in Londen, waar hij een jaar later is vermoord.'

'Dit feestje is dus gehouden gedurende de vijf jaar dat de Wards in DC woonden.'

'Precies.' Ze deed de map dicht. 'Hoe hebben deze drie elkaar leren kennen? Het moet in Washington zijn geweest. Of...' Ze keek Frost aan en zag dat hij op hetzelfde moment op hetzelfde idee kwam.

'In Rome,' zei Frost en hij schoot van opwinding overeind op zijn stoel. 'Weet je nog wat die man bij NASA ons vertelde? Hoe Neil en Olivia zich hadden verheugd op hun reis naar Rome – waar ze elkaar hadden leren kennen.'

Jane draaide zich weer om, ditmaal om het dossier van de Yablonski's te pakken. 'Wij hebben ons al die tijd blindgestaard op Neil. Vanwege zijn baan. We hebben onze tanden stukgebeten op NASA en die stomme aliens, terwijl we Olivia onder de loep hadden moeten nemen.' De saaie Olivia met haar saaie baan, die er tijdens de NASA-feestjes van haar man verloren bij had gestaan. Olivia, die regelmatig naar het buitenland reisde om medische apparatuur te verkopen. *Wat verkocht je in werkelijkheid, Olivia?*

Jane zocht de betreffende pagina op. 'Hier heb ik het. Trouwdatum Olivia en Neil Yablonski. Vijftien jaar geleden. Ze heeft haar man in Rome leren kennen en dat was in dezelfde tijd dat Erskine Ward daar op de ambassade werkte.'

'En hij?' Frost wees naar Teddy's vader, Nicholas Clock, een forse, goedgebouwde man, een man die zo goed in zijn vel zat dat hij rustig bier dronk terwijl iedereen aan de wijn was, en die een comfortabele vrijetijdsbroek en een poloshirt droeg terwijl alle anderen zich in een kostuum met stropdas gestoken hadden. 'Was Nicholas Clock rond die tijd ook in Rome? Waren ze er alle drie?'

Jane bladerde in het dossier. 'We hebben niet voldoende informatie over Clock. Wat in dit dossier zit, is voornamelijk afkomstig van de politie in Saint Thomas.'

'Daar was hij alleen maar met vakantie. Er was daar niemand die hem kende.'

'Maar in Providence, waar hij werkte, kenden ze hem wél.' Ze bladerde verder. 'Hier heb ik het. Financieel adviseur bij Jarvis & McCrane, Chapman Street.' Ze keek Frost aan. 'Onze volgende halte.'

27

Ik wilde sowieso niet naar Quebec.

Met een chagrijnig gezicht keek Claire op de binnenplaats naar haar klasgenoten die opgewonden in de bus stapten. Ze had tegen Will gezegd dat ze geen zin had om uren in een bus te zitten, maar dit was een schitterende, nieuwe toerbus en niet zo'n oud, geel rammelding dat ze op de meeste scholen nog steeds hadden. Bruno strooide nog wat zout in de wonden door luidkeels uit de raampjes te roepen welke extra's er allemaal in zaten. 'Elke stoel heeft een eigen tv! En een koptelefoon! En WiFi!'

Nu kwamen de golden girls naar buiten. In processie trokken ze hun luxe weekendkoffertjes achter zich aan over het plein. Toen ze Claire passeerden, hoorde ze een van hen honend fluisteren: '*Glimworm*'.

'Bitch,' sneerde ze terug.

Briana draaide zich om en zei op luide toon: 'Ik wil graag dat iedereen dit hoort. Mijn kamer zit op slot. Als bij terugkeer mocht blijken dat er iets aan mijn spullen ontbreekt, weten we allemaal wie het heeft gedaan.'

'Schiet een beetje op, Briana,' zuchtte juffrouw Saul, die samen met mevrouw Duplessis probeerde iedereen in de bus te krijgen. 'Als we op tijd willen zijn voor de lunch, moeten we nu wel vertrekken.'

Briana wierp nog een vuile blik op Claire en stapte in de bus.

'Alles oké, Claire?' vroeg juffrouw Saul vriendelijk.

Van alle docenten op Evensong mocht Claire juffrouw Saul het meest, omdat zij je echt zag als ze naar je keek, en omdat ze om je gaf. En wat juffrouw Saul nu zag, moest duidelijk zijn: Claire vond het vreselijk dat ze moest achterblijven, ook al had ze nog zo hard geroepen dat ze niet mee wilde.

'Het is alleen maar omdat je nog maar zo kort op Evensong zit,' zei Lily. 'De volgende keer mag je mee. En het is toch ook leuk dat jullie vieren de school een paar dagen helemaal voor jezelf hebben?'

'Ja, enig,' antwoordde Claire somber.

'Meneer Roman heeft strobalen klaargezet, als jullie soms willen oefenen met kruisboogschieten. Tegen de tijd dat we terugkomen, ben je er vast een kei in.'

Bent u niet bang dat ik op de kippen zal schieten? dacht Claire, maar ze zei niets en keek juffrouw Saul na toen die instapte en het portier achter haar dichtging. De bus trok op en reed onder de boogpoort door, een wolkje dieselrook achterlatend. Claire hoorde geblaf en zag een zwarte flits toen Beer langs haar zoefde, achter de bus aan.

'Beer!' riep ze. 'Kom terug!'

De hond trok zich niets van haar aan. Claire rende hem achterna tot de rand van het meer, waar hij abrupt bleef staan en zijn neus in de lucht stak. Opeens had hij geen belangstelling meer voor de bus, die nu achter de bocht in de weg uit het zicht verdween, en holde hij weg in de tegenovergestelde richting.

'Waar ga je naartoe?' riep ze. Met een zucht jogde ze achter hem aan, eerst om het kasteel heen en toen over een pad de heuvel op. Op een gegeven moment dook de hond de struiken in en zocht hij zich al snuffelend een weg door het bos, steeds sneller, zo snel dat ze hem niet bij kon houden. 'Hier, Beer!' riep ze, maar ze zuchtte die toen ze zag dat hij verdwenen was. Zelfs de hond toonde geen respect voor haar.

Ze gaf het op en ging op een grote zwerfkei zitten. Tussen de bomen door zag ze het dak van de school. Het uitzicht was hier minder spectaculair dan vanaf het hol van de Jakhalzen, maar dit was ook mooi, zeker op deze stralende ochtend, met de schittering van de zon op het meer. De bus zou het terrein inmiddels wel hebben verlaten en op weg zijn naar Quebec. Ze zouden lunchen in een of ander duur Frans restaurant – daar had Briana in elk geval over lopen opscheppen – en daarna gingen ze naar het Quebec Experience Museum, waar ze in een buitenlift mochten die langs een rotswand opsteeg.

En ik zit hier op deze stomme kei.

Ze pulkte een plukje mos los en gooide het naar beneden. Ze vroeg zich af of Will en Teddy al hadden gegeten. Misschien hadden ze zin om samen iets te doen. Kruisboogschieten of zo. Maar in plaats van de heuvel af te lopen, strekte ze zich uit op de kei, als een slang die geniet van een door de zon verwarmde steen, en sloot haar ogen. Even later hoorde ze Beer janken en voelde ze hem langs haar been strijken. Ze stak haar hand uit om hem te aaien. Waarom was het toch zo fijn om een hond als gezelschap te hebben? Omdat je voor een hond nooit je gevoelens hoefde te verbergen en nooit hoefde te glimlachen als je daar geen zin in had?

'Braaf,' zei ze. Ze deed haar ogen open en keek naar hem. 'Wat heb je voor me meegebracht, Beer?'

De hond had iets in zijn bek en leek niet geneigd zijn prooi af te staan. Pas toen ze er een rukje aan gaf, liet hij hem op de grond vallen. Het was een zwarte, leren handschoen. Hoe kwam Beer midden in het bos aan een handschoen? Het ding stonk trouwens erg en ze zag het speeksel van de hond erop glinsteren.

Met een vies gezicht raapte ze hem op. Hij voelde zwaar aan. Ze keek erin en toen ze iets wits zag glanzen, hield ze hem ondersteboven en schudde ze er flink mee. Toen ze zag wat eruit viel, slaakte ze een gil en schoof als een haas achteruit, weg van het stinkende voorwerp dat op de kei terecht was gekomen.

Een hand.

'Het zijn altijd honden die ze vinden,' zei Emma Owen.

Maura stond samen met de jonge forensisch patholoog tussen de bomen waarvan het gebladerte voor gevlekte schaduwplekken zorgde. Een wolk van irritante vliegen zoemde om hen heen en de stank van het lijk vulde de lucht. Maura dacht aan andere door honden opgegraven lijken die ze door de jaren heen had ontleed. Honden hadden nu eenmaal een neus voor dergelijke stinkende verborgen schatten. Alhoewel dit lijk vrij hoog op de heuvel lag, had Beer het feilloos geroken en opgespoord tussen de dichte struiken die het vrijwel geheel aan het oog onttrokken. De man, die zo te zien gespierd en fit was geweest, was gekleed in een camouflagebroek, een donkergroen windjack, een T-shirt en bergschoenen. Een getand mes zat nog in de schede aan zijn onderbeen en een geweer met een telescoopvizier lag op een platte rots naast hem. Hij lag op zijn linkerzij, waardoor de rechterhelft van zijn gezicht en nek hadden blootgestaan aan de elementen en waren aangevreten door dieren. De huid was van het hoofd en gezicht gestroopt, de neus en het rechteroog waren verdwenen en de oogkas was schoon en leeg achtergelaten. Hondachtigen, dacht Maura, toen ze de tandafdrukken op de overgebleven huid en de gaatjes in het dunne bot van de oogkas zag. Waarschijnlijk coyotes. Al konden het in deze afgelegen bossen ook wolven zijn. Ondanks de wirwar van planten rond de man was goed te zien waar de dood door was veroorzaakt: een aluminium pijl met donkergroene staartveertjes was diep in de linkeroogkas gedrongen.

In andere omstandigheden zou Maura gedacht hebben dat het om een onfortuinlijke jager ging die was omgekomen vanwege de onoplettendheid van zijn maat. Maar deze man bevond zich onbevoegd op privéterrein en had vanaf de platte rots waarop zijn geweer lag vrij uitzicht gehad op het dal en de school. Hij had precies kunnen zien wie er arriveerde en wie er vertrok.

Ondanks dat ze gewend was aan de onaangename geur van lijken, draaide Maura zich om toen het lijk op een groot vel plastic werd gerold en er zo'n weerzinwekkende stank vrijkwam dat ze kokhalzend haar mouw tegen haar neus drukte. Het team van dr. Owen was uitgerust met beschermende kleding en maskers, maar Maura had als toeschouwer genoegen genomen met handschoenen en schoenbeschermers, alsof zij, de keiharde patholoog uit de grote stad, wilde bewijzen dat ze zo immuun was geworden dat een half in staat van ontbinding verkerend lijk haar niets meer deed.

Dr. Owen hurkte naast de dode man. 'Er is nauwelijks sprake van rigor mortis,' zei ze, toen ze de ledematen voorzichtig testte op lijkstijfheid.

'Het was vannacht tien graden,' zei een van de rechercheurs van Maine State Police. 'Een zwoele nacht.'

De patholoog tilde de zoom van het T-shirt van het slachtoffer op om de buik te bekijken. Maura kon zelfs van een afstandje de door autolyse veroorzaakte veranderingen zien. De dood heeft altijd een domino-effect op de weke delen. Proteïnen en ontbindende vliezen worden verteerd door lekkende enzymen, bloedcellen vallen uiteen en dringen door aderwanden heen, en in de daaruit resulterende soep van voedingsstoffen gedijen bacteriën die de buikholte vullen met gassen. Maura hield haar hand voor haar mond en neus en hurkte naast dr. Owen. Ze keek naar het patroon van blauwe aderen op de gezwollen buik en wist dat ze zouden zien dat de balzak net zo gezwollen was, als ze de broek naar beneden zouden trekken.

'Achtenveertig tot tweeënzeventig uur,' zei dr. Owen. 'Bent u het daarmee eens?'

Maura knikte. 'Gezien de relatief geringe schade die door

de dieren is aangebracht, neig ik naar de ondergrens van uw schatting. De vraatsporen zijn beperkt gebleven tot het hoofd, de nek en...' Maura keek naar de botstomp die uit de mouw van het windjack stak. '...de arm. De huid van de pols moet ontbloot zijn geweest. Daarom konden ze er makkelijk bij komen.' Ze vroeg zich af of Beer ook een hapje had genomen voordat hij zijn stinkende vondst naar Claire had gebracht. *Voorlopig maar liever geen vriendelijke likjes, Beer.*

Dr. Owen beklopte de zakken van het jack en de broek. 'Hier zit iets,' zei ze. Ze haalde een platte portefeuille uit de broekzak. 'Mooi zo. Nu kunnen we zien wie het is. Ik heb hier een rijbewijs, uitgegeven in Virginia, van ene Russell Remsen, zevenendertig jaar, één meter drieëntachtig, vijfennegentig kilo, bruin haar, blauwe ogen.' Ze bekeek het lijk. 'Dat zou hem best eens kunnen zijn, maar laten we hopen dat er ergens gebitsfoto's van hem zijn.'

Maura staarde naar het gezicht van de man, de ene helft weggeknaagd, de andere helft gezwollen en slijmerig van de stinkende lichaamssappen. Die sappen hadden het overgebleven ooglid doen zwellen tot een ballonachtig zakje. Aan de rechterzijde hadden dieren de nek ontdaan van huid en spieren. De schade liep door tot de rand van zijn kleding, waarin scherpe tanden gaatjes en rafels hadden gemaakt toen de dieren hadden geprobeerd bij de schouderspieren te komen. Daarna zouden ze aan de borstholte zijn begonnen. Ze zouden het hart, de longen, de lever en de alvleesklier naar buiten hebben getrokken om op te peuzelen. De ledematen zouden ze uit hun kom hebben gerukt, een buit die ze konden meenemen naar hun hol, voor de jonkies. Het bos zou ook een rol hebben gespeeld. Woekerplanten zouden zich om de ribben hebben gewikkeld, insecten zouden de vleesrestanten hebben verorberd. Over een jaar, dacht Maura, zou er van Russell Remsen niets anders zijn overgebleven dan wat stukjes bot die her en der verspreid lagen tussen de bomen.

‘Het wapen dat deze man bij zich had, is geen gewoon jachtgeweer,’ zei een van de rechercheurs, die naar het wapen keek dat op de rots lag. Hij pakte het met gehandschoende handen en liet het aan dr. Owen zien. Op de zijkant van de kolf stond het wapen van de fabrikant.

‘Wat voor soort geweer is het?’ vroeg Maura.

‘Een M110, Knight’s Armament, halfautomatisch, met tweepoot.’ Ze kon aan zijn gezicht zien dat hij onder de indruk was. ‘Met een sterke telescooplens en een magazijn voor twintig kogels, geschikt voor kaliber .308 en .762. Nauwkeurig tot een afstand van achthonderd meter.’

‘Allemachtig,’ zei dr. Owen. ‘Kun je hiermee van een kilometer afstand grootwild schieten?’

‘Het is niet ontworpen om te jagen. Het wordt in het leger gebruikt. Het is een bijzonder mooi en bijzonder duur scherpschuttersgeweer.’

Maura keek met een frons weer naar de dode man. ‘Wat deed deze man hier met een scherpschuttersgeweer?’

‘Een jager zou zo’n geweer natuurlijk ook best kunnen gebruiken. Het zou beslist goed van pas komen als je van heel ver een eland of zo wilt raken. Maar dat is te vergelijken met in een Rolls Royce naar de bakker gaan voor een halfje wit.’ Hij schudde zijn hoofd. ‘Het is wel ironisch. Zit hier een vent met het nieuwste, beste scherpschuttersgeweer dat je kunt krijgen, wordt hij gedood door het primitiefste wapen dat er bestaat, een pijl.’ Hij keek Emma aan. ‘Althans, ik ga ervan uit dat de pijl de dood heeft veroorzaakt.’

‘Ik weet dat de doodsoorzaak een uitgemaakte zaak lijkt, Ken, maar we zullen toch moeten afwachten wat de autopsie uitwijst.’

‘Ik wist dat je dat zou zeggen.’

Emma wendde zich tot Maura. ‘Wilt u de sectie morgen bijwonen?’

Maura dacht aan de gassen die vrij zouden komen, aan de

rottende organen die zichtbaar zouden worden zodra die gezwollen buik werd opengesneden. 'Ik denk dat ik deze maar oversla,' zei ze en ze stond op. 'Ik ben hier op vakantie, ik wilde eventjes niets met de dood te maken hebben, maar de dood laat me niet met rust.'

Emma kwam ook overeind en keek Maura zo bedachtzaam aan dat ze zich onbehaaglijk begon te voelen. 'Wat is hier aan de hand, dr. Isles?'

'Ik wou dat ik het wist.'

'Eerst een zelfmoord. Nu dit. En ik weet niet eens wat dit is. Een ongeluk? Moord?'

Maura keek naar de pijl in het oog van de dode man. 'Om dit te kunnen doen, moet je een scherpschutter zijn.'

'Niet per se,' zei de rechercheur. 'De bull's eye op de schietschijf waar boogschutters op oefenen, is kleiner dan een oogkas. Een béétje schutter kan hem van een afstand van pakweg vijftig meter raken, zeker met een kruisboog.' Hij voegde eraan toe: 'Aangenomen dat het de bedoeling is het oog te raken.'

'Met andere woorden, het kan ook een ongeluk zijn,' zei dr. Owen.

'Ik zoek naar aannemelijke scenario's,' zei de rechercheur. 'Laten we zeggen dat twee vrienden hier illegaal aan het jagen waren. De man met de kruisboog denkt een hert te zien, wordt helemaal opgewonden en schiet. Dan blijkt het zijn maat te zijn. Oeps! In paniek gaat hij ervandoor. Hij zegt tegen niemand wat er is gebeurd, omdat ze geen vergunning hadden en op privéterrein waren. Of omdat hij een voorwaardelijk in vrijheid gestelde gevangene is. Of omdat hij gewoon geen gezeur aan zijn kop wilde.' Hij haalde zijn schouders op. 'Ik heb wel vreemdere dingen meegemaakt.'

'Laten we hopen dat het zo is gegaan,' zei Maura. 'Want het alternatief is veel erger.'

'Dat er in deze bossen een moordzuchtige kruisboogschutter rondloopt?' zei Emma. 'Dat zou inderdaad niet prettig zijn, zo dicht bij de school.'

'En wat ook verontrustend is... Als deze man geen jager was, wat deed hij hier dan met een scherpschuttersgeweer?'

Niemand gaf antwoord, al was het antwoord voor de hand liggend. Maura keek naar het dal. Als ik een scherpschutter was, dacht ze, zou ik deze plek ook gekozen hebben. De struiken boden goede camouflage en je had vrij zicht op het kasteel, de binnenplaats en de weg.

Maar wie was het doelwit?

Ze dacht over die vraag na toen ze een uur later het pad weer afdaalde, tussen stenen en struiken door, afwisselend in de zon en in de schaduw. Ze dacht aan de schutter die boven haar op de heuvel had gezeten. Ze beeldde zich in dat zij een schietschijf op haar rug had. En dat hij een geweer had dat tot op achthonderd meter een doelwit kon raken. Ze zou niet eens weten dat er iemand naar haar keek, dat er iemand een geweer op haar richtte. Tot ze de kogel zou voelen.

Ze drong door de laatste struiken en kwam weer uit op het grasveld achter de school. Terwijl ze de blaadjes en twijgen van haar kleren sloeg, hoorde ze boze stemmen. Ze kwamen uit de schuur aan de rand van het bos. Ze liep ernaartoe, keek naar binnen en zag een van de rechercheurs die daarnet op de heuvel was geweest, samen met Sansone en Roman. Geen van de mannen liet merken dat ze haar zagen toen ze naar binnen ging. Ze keek om zich heen en zag een grote hoeveelheid tuingereedschap, bijlen, rollen touw en sneeuwschoenen. En aan een van de wanden hingen kruisbogen en kokers vol pijlen.

'Dit zijn doodgewone pijlen,' zei Roman. 'Ze zijn in elke goede sportwinkel te koop.'

'Wie kunnen er allemaal over deze wapens beschikken, meneer Roman?'

'Alle leerlingen. Dit is een school, of was dat u nog niet opgevallen?'

'Roman geeft al jaren les in kruisboogschieten,' zei Sansone. 'Het is een kunst waar zelfbeheersing en concentratie voor nodig zijn. Waardevolle eigenschappen die de leerlingen kunnen toepassen op al hun vakken.'

'Krijgen alle leerlingen les in kruisboogschieten?'

'Degenen die het willen,' antwoordde Roman.

'Als u hierin al zoveel jaar lesgeeft, bent u zelf vast een erg goede schutter,' zei de rechercheur tegen Roman.

'Goed genoeg,' bromde de boswachter.

'Goed genoeg?'

'Om te jagen.'

'Herten? Eekhoorns?'

'Eekhoorns zijn de moeite niet waard. Daar zit niet genoeg vlees aan.'

'Maar u kunt ze raken als u dat wilt.'

'Ik kan ook uw oog raken van honderd meter afstand. Is dat wat u wilt weten? Of ik de man op de heuvel in zijn oog heb geschoten?'

'U hebt dus de gelegenheid gekregen het lijk te bekijken?'

'De hond heeft ons ernaartoe gebracht. Ik hoefde het niet speciaal te bekijken. Het was nogal duidelijk hoe die vent aan zijn eind is gekomen.'

'Toch is het niet eenvoudig om een pijl in iemands oog te schieten. Zijn er op deze school nog meer mensen die dat kunnen?'

'Het hangt af van de afstand.'

'Honderd meter.'

Roman snoof. 'Van honderd meter afstand kan alleen ik dat.'

'De leerlingen niet?'

'Die hebben lang niet voldoende ervaring.'

'Hoe hebt u het geleerd?'

'Zelfstandig.'

'En jaagt u alleen met een kruisboog? Nooit met een geweer?'

'Ik hou niet van vuurwapens.'

'Waarom niet? Een geweer lijkt me veel makkelijker als je op grootwild jaagt.'

Sansone kwam tussenbeide. 'Meneer Roman heeft u verteld wat u wilde weten.'

'Het is een eenvoudige vraag. Waarom gebruikt hij geen jachtgeweer?' De rechercheur bleef naar Roman kijken, wachtend op zijn antwoord.

'Je hoeft zijn vragen niet te beantwoorden, Roman,' zei Sansone. 'Niet zonder dat er een advocaat bij is.'

Roman zuchtte. 'Ik wil zijn vraag best beantwoorden. Volgens mij weet hij het toch al.' Hij keek de rechercheur recht in de ogen. 'Vijfentwintig jaar geleden heb ik een man gedood.'

In de stilte die daarop volgde, hoorde de rechercheur Maura's adem stokken. Hij keek om en zei: 'Dr. Isles, zou u alstublieft de schuur willen verlaten? Ik wil dit gesprek graag onder vier ogen voortzetten.'

'Ze mag van mij best blijven, het maakt me niet uit,' zei Roman. 'Ik kan er net zo goed gewoon mee voor de dag komen. Ik hou niet van geheimen. Ik heb het ook nooit geheim willen houden.' Hij keek naar Sansone. 'Al vond u dat beter.'

'U weet er dus van, meneer Sansone?' vroeg de agent. 'En u houdt hem hier evengoed in dienst?'

'Laat Roman u vertellen hoe het is gegaan,' zei Sansone. 'Hij verdient het gehoord te worden, in zijn eigen woorden.'

'Goed. Ga uw gang, meneer Roman.'

De boswachter liep naar het raam en wees naar de heuvels. 'Daar ben ik geboren, een paar kilometer achter die heuvelrug. Mijn grootvader werkte hier als opzichter. Hij onderhield het kasteel, lang voordat het een school werd. Het was toen niet bewoond, het was een leegstaand gebouw dat op een koper wachtte. Er kwamen vaak onbevoegden op het terrein. Sommigen kwamen om te jagen. Die schoten een hert, namen het mee en verdwenen weer. Anderen kwamen om heibel te schoppen. Om ramen in te gooien, vuurtjes te stoken op de binnenplaats. En dat was nog lang niet het ergste. Als je hier onverwacht iemand tegenkwam, wist je nooit met welk soort je te maken had...'

Hij haalde diep adem. 'Het is hier vlakbij gebeurd. Hij kwam het bos uit. Het was een maanloze nacht. Opeens was hij er. Een grote kerel met een jachtgeweer. We zagen elkaar en hij hief zijn geweer op. Ik wist niet wat zijn bedoeling was. En dat zal ik ook nooit weten. Ik reageerde instinctief. Ik heb geschoten en hem in zijn borst geraakt.'

'Met een geweer.'

'Ja. Met een jachtgeweer. Hij was op slag dood.' Roman zuchtte en ging zitten. Hij legde zijn ruwe handen op zijn knieën en zag er opeens tien jaar ouder uit. 'Ik was net achttien geworden. Maar dat weet u waarschijnlijk al.'

'Ik heb uw achtergrond laten natrekken.'

Roman knikte. 'Hier blijft niets geheim. Het punt is, dat hij geen heilige was, ook al was hij de zoon van een arts. Maar ik had hem doodgeschoten, dus moest ik de gevangenis in. Vier jaar wegens doodslag.' Roman keek naar zijn handen, die na al die jaren van arbeid in de bossen vol littekens zaten. 'Ik heb sindsdien geen vuurwapen meer aangeraakt. Daarom ben ik zo goed met pijl en boog.'

'Gottfried Baum heeft Roman in dienst genomen toen hij uit de gevangenis kwam,' zei Sansone. 'En ik steek mijn hand voor hem in het vuur.'

'Hij moet evengoed mee naar het bureau om een verklaring te ondertekenen.' De rechercheur keek naar de boswachter en zei: 'Kom, meneer Roman, dan gaan we.'

'Directeur Baum zal wat mensen bellen, Roman,' zei Sansone. 'Hij komt straks naar het politiebureau. Zeg niets tot hij er is met een advocaat.'

Roman liep achter de rechercheur aan naar de deur, bleef

daar staan en keek om naar Sansone. 'Ik denk niet dat ik vanavond nog terugkom. U zit met een groot probleem, meneer Sansone. Ik heb die man niet gedood. U mag dus wel zorgen dat u de dader zo snel mogelijk vindt.'

28

De snelweg naar Providence was in dikke mist gehuld. Jane tuurde ingespannen naar de voertuigen die zich door de nevel bewogen als geesten. Zij en Frost gingen vandaag ook op zoek naar een geest, peinsde ze, terwijl de ruitenwissers keer op keer de grijze waas van de voorruit veegden. De geest van Teddy's vader, Nicholas Clock. Geboren in Virginia, afgestudeerd aan West Point met een graad in economie, natuurliefhebber en zeiler. Getrouwd, drie kinderen. Werkte als financieel adviseur bij Jarvis & McCrane, een baan waarvoor hij regelmatig naar het buitenland moest. Geen strafblad, geen schulden, zelfs geen uitstaande parkeerbonnen.

Dat was Nicholas Clock op papier. Een voorbeeldig staatsburger, echtgenoot en vader.

Nevelsluiers wervelden boven de weg. Het was alsof alles meedraaide, alsof er niets meer vastzat. Nicholas Clock was een geest, net als Olivia Yablonski, een geest die stilletjes van land tot land zweefde. Wat wilde dat eigenlijk zeggen, *financieel adviseur*? Het was een van die onduidelijke functies die beelden opriepen aan zakenmannen met aktetassen die de taal van de dollartekens spraken. Als je aan iemand vroeg wat hij voor de kost deed en hij *financieel adviseur* zei, wist je nog niets.

En eigenlijk was *vertegenwoordiger van een firma in medische apparatuur* net zo vaag.

Frost nam op toen zijn mobieltje ging. Jane wierp een snelle blik opzij toen hij, na even geluisterd te hebben, onthutst zei: 'Dat meen je niet. Hoe is zoiets mogelijk?'

'Wat is er?' vroeg ze.

Hij gebaarde dat ze stil moest zijn en concentreerde zich op wat er werd gezegd. 'Dus jullie hebben het niet kunnen onderzoeken? Jullie kunnen ons er verder niets over vertellen?'

'Wie was dat?' vroeg ze toen hij had opgehangen.

Op een verbijsterde toon zei hij: 'Die GPS-tracker die aan de huurauto zat? Die is verdwenen.'

'Was dat het lab?'

'Ja. De tracker is vannacht spoorloos verdwenen. Ze hadden hem alleen nog maar oppervlakkig bekeken en er stond geen merk op, dus weten ze niet waar hij vandaan komt, maar ze zeiden dat het in elk geval een technisch hoogwaardig ontwerp was.'

'Jezus. Blijkbaar zo hoogwaardig dat hij niet in handen van het Boston PD mocht blijven.'

'Ik word hier knap nerveus van.'

Jane tuurde weer naar de nevelslierten boven de weg. 'Je bent niet de enige,' zei ze, het stuur strak omklemmend. 'Gabriel had me gisteravond het liefst vastgebonden en in een kast opgesloten.' Ze slikte. 'Ik heb Regina voor alle zekerheid een weekje naar mijn moeder gebracht.'

'Dat zou ik ook wel willen. Een weekje onderduiken bij jouw moeder.'

Ze lachte. 'Dat vind ik nou zo prettig van jou. Dat je het gewoon toegeeft als je bang bent.'

'Ben jij dan niet bang?'

Ze gaf niet meteen antwoord. De ruitenwissers zwiepten monotoon heen en weer terwijl ze naar de weg tuurde die net zo onduidelijk was als de toekomst. Ze dacht aan vliegtuigen die neerstortten, kogels die in schedels drongen, haaien die mensen verslonden. 'Ook al zijn we bang,' zei ze, ' we hebben geen keus. Als je ergens tot je nek in zit, moet je stug doorgaan tot je eruit bent.'

Tegen de tijd dat ze Providence bereikten, was de mist overgegaan in motregen. Het adres van Jarvis & McCrane was in het zuidoosten van de stad, in de buurt van de industriehaven, een naargeestige buurt met veelal leegstaande gebouwen en doodse straten. Toen ze bij het pand aankwamen, wist Jane al wat ze daar zouden aantreffen.

Het bakstenen gebouw had twee verdiepingen. Ernaast was een parkeerterrein waar geen enkele auto stond. Aan de verschoten graffiti en dichtgetimmerde ramen was te zien dat dit gebouw al maanden, zo niet jaren, leegstond.

Frost keek naar de glasscherven op de stoep. 'Als Nicholas Clock hier werkte, hoe kon hij zich dan een duur zeiljacht veroorloven?'

'Dit was blijkbaar niet zijn voornaamste bron van inkomsten.' Ze deed haar portier open. 'Maar nu we hier toch zijn, kunnen we net zo goed even een kijkje nemen.'

Ze stapten uit. Jane ritste haar jack dicht en zette haar kraag op. De grijze bewolking hing zo laag boven de grond dat het was alsof de hemel op hen was neergedaald en hen met mistroostigheid omvatte. Het glas kraakte onder hun schoenen toen ze de straat overstaken. De voordeur van het gebouw zat op slot.

Frost liep een paar passen terug om op te kijken naar de ramen van de bovenverdieping, die bijna allemaal waren ingegooid. 'Ik zie geen bord met Jarvis & McCrane.'

'Volgens het kadaster zijn ze de eigenaar van dit gebouw.'

'Vind jij dat dit eruitziet als een bedrijf?'

'Laten we even aan de achterkant kijken.'

Ze liepen om het gebouw heen, langs een stapel kapotte kratten en een uitpuilende container. Achter het gebouw was een tweede parkeerterrein, overwoekerd door onkruid dat door scheuren in het beton was opgeschoten.

Het slot op de achterdeur was opengebroken.

Jane duwde met haar schoen tegen de deur, die piepend openging. Binnen was het donker. Jane voelde de eerste prikkeling van naderend gevaar.

'Oké,' fluisterde Frost zo dicht achter haar dat ze ervan schrok. 'Nu moeten we het enge gebouw doorzoeken.'

'Snap je nou waarom ik je heb meegenomen? Zodat je al deze pret niet zou mislopen.'

Ze keken elkaar aan en trokken gelijktijdig hun wapen. Dit was niet hun rechtsgebied, maar ze durfden geen van tweeën de donkere ruimte te betreden zonder een vuurwapen in hun hand te hebben. Jane knipte haar zaklantaarn aan en liet de lichtbundel door de ruimte gaan. Ze zag een betonnen vloer, een verfrommelde krant. Haar hartslag versnelde toen ze naar binnen ging.

Binnen was het nog kouder dan buiten, alsof de stenen muren jarenlang vocht hadden opgeslagen en zich daarin allerlei schimmels hadden ontwikkeld. Ze hoorde Frosts ademhaling toen ze behoedzaam naar voren liepen, steeds verder de holle ruimte in, terwijl het licht van hun zaklantaarns heen en weer zwiepte over palen en kratten. Toen Frost per ongeluk tegen een bierblikje schopte, schrokken ze zich lam van het rinkelende geluid van het aluminium op het beton. Ze bleven staan tot de echo's waren verstild.

'Sorry,' fluisterde Frost.

Jane blies haar adem uit. 'Nu weet al het ongedierte dat hier mocht zitten dat we er zijn, maar ik geloof niet dat er iemand is...' Ze zweeg abrupt en keek op naar het plafond.

Boven hen kraakte de vloer.

Haar hart begon nog sneller te kloppen. Ze spitste haar oren. Met Frost vlak achter zich liep ze langzaam naar de metalen trap. Daar bleef ze staan en keek op naar de bovenverdieping, waar door een van de ramen grijs daglicht naar binnen kwam. Misschien had het geluid dat ze hadden gehoord niets te betekenen. Misschien was het alleen maar de werking van het gebouw.

Ze liep zo geruisloos mogelijk naar boven, maar bij elke stap veroorzaakte het metaal een zachte galm die door de duisternis leek te trekken en hun komst verried. Toen ze bijna boven was, zakte ze op haar hurken. Langzaam hief ze haar hoofd op om over de rand van de vloer te kijken.

Opeens vloog er iets op haar af.

Ze dook ineen maar voelde het voorwerp langs haar hoofd suizen en hoorde glas kapotslaan tegen de muur achter haar. Ze gluurde weer over de rand en zag een ineengedoken figuur die zich haastig terugtrok in het donker.

'Ik zie hem!' zei ze tegen Frost en nu holde ze de laatste treden op naar boven. 'Politie!' riep ze, met haar pistool gericht op de donkere gedaante die in een hoek weggedoken zat. Hij maakte zich zo klein mogelijk en zijn donkere gezicht was in het duister nauwelijks waarneembaar. 'Handen omhoog,' beval ze.

'Lazer op,' riep hij. 'Ik was hier het eerst.' Hij hief zijn arm op. Jane zag dat hij weer een fles in zijn hand had.

'Laat die fles vallen!' beval ze.

'Ze zeiden dat ik hier mocht wonen! Ze zeiden dat het mocht!'

'Laat die fles vallen! We willen alleen maar met je praten.'

'Waarover?'

'Dit gebouw.'

'Het is van mij. Ze zeiden dat ik het mocht hebben.'

'Wie?'

'De mannen in de zwarte auto. Ze zeiden dat ze het niet meer nodig hadden en dat ik hier mocht wonen.'

'Oké.' Jane liet haar wapen zakken. 'Laten we even opnieuw beginnen. Hoe heet je?'

'Denzel.'

'Achternaam?'

'Washington.'

'Denzel Washington. Ja, vast.' Ze zuchtte. 'Goed, maakt niet uit. Wat zou je ervan zeggen, Denzel, als we allebei onze wapens wegstopten, zodat we rustig kunnen praten?' Ze stak haar pistool in haar holster en hief haar handen op. 'Oké?'

'En hij?' Denzel wees naar Frost.

'Jij de fles, ik mijn wapen,' zei Frost.

Denzel aarzelde nog een ogenblik en zette de fles toen met een harde tik tussen zijn voeten. 'Ik kan hem zó weer pakken,' zei hij uitdagend. 'Dus ik zou me maar netjes gedragen als ik jullie was.'

'Hoe lang woon je hier al?' vroeg Jane.

Denzel streek een lucifer af en bukte zich om een kaars aan te steken. In het licht van de vlam zag ze een met afval bezaaide vloer en een krakkemikkige stoel. Hij ging naast de kaars staan, een armoedige, in vodden geklede Afro-Amerikaan. 'Een paar maanden,' zei hij.

'Hoeveel maanden?'

'Zeven, acht.'

'Komt hier ooit iemand?'

'Alleen ratten.'

'Woon je hier helemaal alleen?'

'Waarom wil je dat weten?'

'Denzel,' zei Jane. Het was echt belachelijk om hem zo te noemen. 'We proberen erachter te komen wie de eigenaar is van dit gebouw.'

'Ik. Dat zei ik toch?'

'Niet Jarvis & McCrane?'

'Wie?'

'Nicholas Clock. Zegt die naam je iets? Heb je hem ooit ontmoet?'

Opeens snauwde Denzel tegen Frost: 'Wat doe je daar? Probeer je mijn spullen te jatten?'

'Er valt niks te jatten, man,' zei Frost. 'Ik kijk alleen maar.

Er ligt hier veel ijzervijlsel op de vloer. Dit moet een machinefabriek zijn geweest.'

'Denzel, we zijn hier niet voor jou,' zei Jane. 'We proberen alleen maar iets te weten te komen over het bedrijf dat hier twee of drie jaar geleden zat.'

'Toen zat hier niks.'

'Hoe weet je dat?'

'Omdat dit mijn stad is en omdat ik ogen in mijn hoofd heb.'

'Ken je een man genaamd Nicholas Clock? Eén meter vijfentachtig, blond haar, breed gebouwd, ongeveer vijfenveertig jaar oud, knap om te zien.'

'Waarom vraag je *mij* naar knappe kerels?'

'Ik vraag je alleen maar naar Nicholas Clock. Volgens onze gegevens werkte hij hier.'

Denzel snoof minachtend. 'Dan was hij niet erg goed in zijn werk.' Hij keek weer naar Frost en snauwde: 'Heb je niet gehoord wat ik zei? Blijf met je fikken van mijn spullen af.'

'Hé!' zei Frost die uit het kapotte raam keek. 'Er zit iemand in onze auto!'

'Wat?' Jane liep naar het raam en keek naar haar Subaru. Het rechterportier stond open. Ze trok haar wapen en zei: 'Naar beneden!'

'Nee. Jullie blijven hier,' zei Denzel en op hetzelfde moment voelde Jane de loop van een revolver tegen haar achterhoofd. 'Laat je wapen vallen. Allebei!' Hij sprak nu niet meer lijzig, maar kil en autoritair.

Jane liet haar Glock vallen.

'Jij ook, Frost,' beval de man.

Hij weet hoe we heten.

Het tweede pistool viel met een klap op de vloer. Denzel greep Jane's jack en dwong haar op haar knieën. Hij hield zijn pistool zo hard tegen haar achterhoofd gedrukt, dat de loop aanvoelde als de punt van een boor die een gat in haar schedel ging boren. Wie zou hier ooit hun lijken vinden? Het kon weken duren voordat iemand haar auto zag staan. Voordat iemand op het idee zou komen uit te zoeken wie de eigenaar was.

Frost werd naast haar op zijn knieën gedwongen. Ze hoorde de piepjes van de toetsen van een mobieltje. Toen zei Denzel: 'We hebben een probleem. Wil je dat ik het oplos?'

Ze keek opzij naar Frost en zag doodsangst in zijn ogen. Als ze nog wilden proberen terug te vechten, moesten ze het nú doen. Het was hun laatste kans. Zij waren met hun tweeën, maar die kerel was gewapend. Een van hen zou zo goed als zeker gewond worden, maar de ander zou het misschien redden. *Doe het nu, nu hij aan de telefoon is en niet oplet.* Ze spande haar spieren, haalde diep adem, misschien voor het laatst. *Omdraaien, wapen grijpen, loop wegduwen...*

De traptreden galmden toen er iemand naar boven kwam. De loop van het pistool drukte niet langer tegen haar hoofd. Denzel liep achteruit, buiten haar bereik en daarmee was alle hoop dat ze hem zijn wapen zou kunnen afnemen, verloren.

Nu klonken de scherpe tikken van harde hakken op de houten vloer.

'Dit is inderdaad een probleem,' zei een bekende stem die hen totaal van hun stuk bracht. 'Sta maar op. Het is tijd om open kaart te spelen.'

Jane stond op en draaide zich om naar Carole Mickey. Alleen was het niet de blondine met het stijve kapsel die had gezegd Olivia Yablonski's collega te zijn bij Leidecker Hospital Supplies. Deze vrouw droeg een nauwsluitende spijkerbroek en zwarte laarzen, en in plaats van het ouwelijke kapsel was haar blonde haar tot een strakke paardenstaart gebonden, waardoor haar hoge jukbeenderen scherp uitkwamen. Ze moest vroeger een opvallende schoonheid zijn geweest, maar nu stond de middelbare leeftijd in haar gezicht geëtst, in de rimpeltjes die vanuit haar ooghoeken uitwaaierden.

'Leidecker Hospital Supplies bestaat niet, neem ik aan?' zei Jane.

'Natuurlijk wel,' zei Carole. 'Jullie hebben onze catalogus gezien. We verkopen de nieuwste modellen rollators en badstoelen.'

'En die worden aan de man gebracht door vertegenwoordigers die nooit op kantoor zijn. Bestaan ze niet, of reizen ze net zoals Olivia Yablonski voortdurend de wereld over voor de CIA?'

Carole en Denzel keken elkaar aan.

'Je redenering neemt daarmee wel een erg grote stap,' zei Carole toen, maar die twee seconden pauze hadden voor Jane bevestigd dat ze het bij het juiste eind had.

'En jij heet natuurlijk niet echt Carole,' ging ze door. 'Net zo min als *hij* Denzel heet.'

'Voorlopig voldoen deze namen.'

Denzel zei: 'Ze vroegen naar Nicholas Clock.'

'Uiteraard. Ze zijn niet dom.' Carole raapte de wapens op en gaf ze terug aan Jane en Frost. 'Daarom heb ik besloten dat het tijd is om samen te werken.'

Jane pakte haar Glock aan en overwoog het wapen op Carole te richten en tegen haar te zeggen dat ze de pot op kon met haar samenwerking. Ze hadden haar en Frost onder bedreiging van een vuurwapen op de knieën gedwongen en laten geloven dat hun laatste uurtje geslagen had. Dat was niet iets wat je zomaar kon vergeven en vergeten. Maar ze hield zich in en stak het wapen in de holster. 'Hoe komt het dat jij hier toevallig bent?'

'We wisten dat jullie hierheen zouden komen. We hebben jullie in de gaten gehouden.'

'Dit is hetzelfde als Leidecker,' zei Frost. 'Een nepbedrijf. Nicholas Clock gebruikte het als dekmantel.'

'En ze zouden hem hier komen zoeken,' zei Carole.

'Maar Clock is dood. Hij is vermoord op zijn jacht.'

'Dat weten *zij* niet. We verspreiden nu al weken geruchten dat Clock nog leeft, dat hij met plastische chirurgie een ander uiterlijk heeft gekregen.'

'Wie is er naar hem op zoek?' vroeg Jane.

Carole en Denzel wisselden een blik. Carole leek tot een besluit te komen en zei tegen Denzel: 'Jij kunt beter op de uitkijk gaan staan.'

Hij knikte kort en liep weg. Ze hoorden hem de metalen trap afdalen. Carole keek uit het raam en wachtte zwijgend tot ze haar handlanger buiten zag.

Ze draaide zich weer om naar Jane en Frost. 'Dozen in dozen. Zo houdt de CIA controle op informatie. Hij weet wat er in zijn eigen doos zit, maar verder niets. Ik ga jullie nu een doos geven, die exclusief aan jullie tweeën toebehoort. De informatie mag aan niemand doorverteld worden. Is dat duidelijk?'

'En wie heeft álle informatie?' vroeg Jane. 'Wie heeft alle dozen?'

'Dat kan ik jullie niet vertellen.'

'Kun je dat niet of wil je dat niet?'

'Het zit gewoon niet in jullie doos.'

'We mogen dus niet weten welke plaats jij inneemt in deze hiërarchie.'

'Ik weet genoeg om deze operatie te leiden. Genoeg om te weten dat jullie inmenging in deze zaak een bedreiging vormt voor alles waar ik voor heb gewerkt.'

'De CIA mag geen operaties uitvoeren op Amerikaans grondgebied,' merkte Frost op. 'Je bent bezig met een illegale operatie.'

'Maar het is noodzakelijk.'

'Waarom doet de FBI dit niet?'

'Omdat het niet hun probleem was. Het was ons probleem. We zijn iets aan het opruimen wat lang geleden opgeruimd had moeten worden.'

'In Rome,' zei Jane kalmpjes.

Carole gaf daar geen antwoord op, maar haar plotselinge zwijgen bevestigde wat Jane dacht. Het was allemaal in Rome begonnen. Daar hadden de levenspaden van Nicholas, Olivia en Erskine elkaar gekruist bij een catastrofale gebeurtenis waarvan de naschokken nu nog voelbaar waren in de levens van hun kinderen.

'Hoe ben je daarachter gekomen?' vroeg Carole uiteindelijk.

'Zestien jaar geleden waren ze allemaal in Rome. Erskine werkte als attaché op de ambassade. Olivia werkte er zogenaamd als vertegenwoordiger.' Jane pauzeerde en zei toen op de gok: 'En Nicholas was er als financieel adviseur van Jarvis & McCrane, een firma die alleen op papier bestaat.'

Ze zag aan Carole's gezicht dat ze gelijk had. De vrouw staarde uit het raam en zuchtte. 'Ze waren zo verwaand. Zo verrekte zelfverzekerd. Het was ons al vaker gelukt, dus wat kon er misgaan?'

Ons. 'Jij was er ook bij,' zei Jane. 'In Rome.'

Carole liep bij het raam vandaan. Haar hakken tikten op de vloer. 'Het was een eenvoudige operatie. Olivia was het enige nieuwe lid van het team. De anderen hadden al vaker samengewerkt. We kenden Rome goed, vooral Erskine. Het was zijn thuisbasis en hij had alles geregeld. De juiste mensen op de juiste plekken. Het enige wat we hoefden te doen, was ons doelwit grijpen en hem het land uit werken.'

'Je hebt het over een... *ontvoering*?'

'Dat klinkt alsof je het afkeurt.'

'Dat is ook zo.'

'Je zou er anders over denken als je wist wie het doelwit was.'

'Het slachtoffer, bedoel je.'

'Een misdadiger die direct en indirect verantwoordelijk is voor de dood van honderden mensen. Ik heb het over Amerikanen, rechercheur Rizzoli. Vermoorde landgenoten. Mensen die in het buitenland verbleven. Niet alleen militairen, maar ook onschuldige burgers. Toeristen, zakenmensen, ouders en kinderen. Sommige monsters moeten gewoon vernietigd worden, voor het welzijn van de samenleving. Iemand met een baan als de jouwe zou daar begrip voor moeten hebben. Per slot van rekening doen jullie dat ook. Op monsters jagen.'

'Maar wij doen het binnen het kader van de wet,' zei Frost.

'De wet heeft geen tanden.'

'De wet waarschuwt ons wanneer we grenzen overschrijden.'

Carole snoof. 'We hebben een padvinder in ons midden.'

Jane keek naar haar partner. 'Hoe raadt ze het zo.'

'Wij doen wat er gedaan moet worden,' zei Carole. 'Iedereen weet dat er soms extreme maatregelen noodzakelijk zijn, maar niemand wil dat openlijk toegeven. Niemand wil de verantwoordelijkheid dragen.' Ze liep naar Jane toe, tot ze zo dicht bij haar stond dat haar houding intimiderend genoemd kon worden. 'Als je van de wereld een veiliger plaats wilt maken, heb je iemand nodig die het vuile werk voor je opknapt. Die iemand zijn wij. Wij waren daar om dat monster uit de circulatie te halen.'

'Je hebt het over *extraordinary rendition*, speciale uitlevering,' zei Frost.

'Uit jouw mond klinkt het erg klinisch, maar zo heet het inderdaad. Zestien jaar geleden hebben wij opdracht gekregen hem te grijpen, naar een privévliegveld te vervoeren en daarvandaan naar een gevangenis te brengen in een land dat bereid was medewerking te verlenen.'

'Om hem te ondervragen? Hem te martelen?' vroeg Jane.

'Wat hij zijn slachtoffers heeft aangedaan, was veel erger. Deze man werd niet gedreven door zijn politieke of religieuze overtuiging. Hij deed het voor het geld en is er stinkend rijk van geworden. Geef hem voldoende geld en hij regelt een bomaanslag in een nachtclub op Bali. Of hij laat op Heathrow een jumbo neerstorten. En door zijn rijkdom werd hij onaantastbaar – althans, via de gewone kanalen. We wisten dat hij in Italië nooit voor het gerecht zou worden gebracht. Dus moesten we op een andere manier het recht laten gelden. We hadden één kans om hem te grijpen. Als we het verknoeiden, als Icarus aan ons zou ontkomen, zou hij onderduiken, en met de financiële bronnen die hij tot zijn beschikking had, konden we het dan verder wel vergeten.'

'Icarus?'

'Een codenaam. Zijn ware naam doet niet ter zake.'

'Maar de operatie was geen succes,' zei Jane.

Carole liep weer naar het raam en keek door het gebroken glas naar buiten. 'We hebben de missie uitgevoerd. We hebben hem opgewacht bij zijn favoriete restaurant, waar hij met zijn vrouw, kinderen en twee lijfwachten zat te dineren. Toen ze naar buiten kwamen, waren we gereed. Eén team heeft de auto van de lijfwachten geblokkeerd. Het andere team is achter de auto met Icarus en zijn gezin aangegaan.' Ze draaide zich naar hen om. 'Heb je ooit over die bergwegen gereden?'

'Ik ben nooit in Italië geweest,' zei Jane.

'En ik kan er nu nooit meer naartoe.'

'Je zei dat jullie de missie hadden uitgevoerd.'

'Ja, maar op een uitermate bloederige manier. We hebben de achtervolging ingezet. We waren met ons vieren, in twee auto's. Het was een weg met levensgevaarlijke haarspeldbochten. We stonden op het punt hem te blokkeren toen er vanuit de tegenovergestelde richting een vrachtwagen aankwam. Icarus botste tegen de vangrail en kwam dwars op de weg te staan. De vrachtwagen raakte hem in volle vaart.' Carole schudde haar hoofd. 'Het was een puinhoop. Zijn vrouw en oudste zoon waren op slag dood. De jongste zoon blies enkele seconden later zijn laatste adem uit.'

'En Icarus?' vroeg Frost.

'Die was ongedeerd en hij verzette zich hevig. Nicholas en Erskine hebben hem overmeesterd en in een van onze auto's gegooid. Zes uur later lag hij, geboeid en verdoofd, in een vliegtuig. Toen hij wakker werd, zat hij in een cel. Weet je wat het eerste was wat hij zei toen hij me zag? *Jij bent dood.*'

'Jullie hadden zijn vrouw en kinderen omgebracht,' merkte Jane op.

'Ja, dat was betreurenswaardig. Onvoorziene omstandigheden. Maar we zijn in onze missie geslaagd. De vrachtwagenchauffeur was zo van streek dat hij de Italiaanse politie geen bruikbare informatie over ons kon geven. Erskine bleef op de ambassade werken. Nicholas bleef werken onder zijn dekmantel van financieel adviseur.'

'En Olivia ging weer niet-bestaande rollators slijten.'

Carole lachte. 'Olivia hield er tenminste iets aan over. Ze bleef nog een paar weken in Italië en ontmoette een saaie toerist genaamd Neil Yablonski. Bij kaarslicht in een Romeins restaurant zijn zelfs saaie toeristen aantrekkelijk. Een jaar later is ze met hem getrouwd.'

'En jullie hebben allemaal de draad van jullie leven weer opgepakt.'

'Dat was in elk geval de bedoeling.'

'Wat is er misgegaan?'

'Icarus is ontsnapt.'

In de stilte die daarop volgde, kwamen voor Jane alle puzzelstukjes op hun plek te liggen. De reden waarom er drie gezinnen waren vermoord. 'Wraak,' zei ze.

Carole knikte. 'Wraak om wat we hem hadden aangedaan. Hem en zijn gezin. Dertien jaar gevangenis hadden van hem een nog groter monster gemaakt. Gedurende die dertien jaar had hij zijn haat gevoed en gekoesterd tot hij nergens anders meer aan kon denken. Voor zijn ontsnapping moet hij hulp van binnenuit hebben gekregen. Hij moet zijn handlanger een fortuin hebben geboden. Hij verdween zonder sporen achter te laten. We hebben geen idee waar hij is en hoe hij eruitziet. We zijn er nooit in geslaagd al zijn geheime rekeningen op te sporen, dus hij had nog steeds een vermogen tot zijn beschikking. Ik ben er zeker van dat hij zich een nieuw gezicht heeft laten aanmeten. En dat hij nieuwe vrienden heeft op hoog niveau.'

'Je zei dat hij dertien jaar in de gevangenis heeft gezeten,' zei Frost.

'Ja.'

'Dan is hij dus drie jaar geleden ontsnapt.' Hij keek naar Jane. 'Daarom is Nicholas Clock toen opeens aan die zeiltocht begonnen.'

Carole knikte. 'Toen Icarus was ontsnapt, werd Nicholas erg nerveus. We waren allemaal nerveus, maar hij was de enige die zo bang was dat hij met alles is gekapt en zelfs ontslag heeft genomen bij de CIA. Ik was van mening dat Icarus ons niet zo makkelijk zou kunnen vinden. Tot de Italiaanse regering erbij betrokken raakte.'

'Waarom?' vroeg Jane.

'Politiek, WikiLeaks, weet ik het. De pers kreeg er lucht van dat de CIA zich op Italiaans grondgebied schuldig had gemaakt aan *extraordinary rendition*. Opeens deden de Italianen boos over de schending van hun soevereiniteit. Een CIA-missie waarbij drie onschuldige burgers waren gedood. In de berichten werden onze namen weliswaar niet genoemd, maar geld opent veel deuren. Vooral als het veel geld is.' Ze liep weer naar het raam en keek naar buiten, een slanke gedaante in silhouet afgetekend tegen het grijze daglicht. 'Erskine en zijn vrouw waren de eerste slachtoffers. Doodgeschoten in een steeg in Londen. Een paar dagen daarna kwamen Olivia en haar man om het leven toen hun vliegtuig neerstortte. Ik heb geprobeerd Nicholas te waarschuwen, maar hij heeft mijn bericht niet op tijd gekregen. Binnen één week waren alle drie mijn collega's dood.'

'Maar jij hebt geboft. Jij bent in leven gebleven,' zei Jane.

'Geboft?' Carole lachte bitter. 'Zo zou ik het niet noemen. Ik leef, maar ik heb geen leven. Ik moet altijd op mijn qui-vive zijn. Altijd met één oog open slapen. Dat duurt nu al twee jaar en ook al doen ze bij de CIA hun best om me te beschermen, het voelt nooit aan alsof het genoeg is. En het zal niet genoeg zijn om die drie kinderen in leven te houden.'

'Zou Icarus zo ver gaan? Zou hij kinderen vermoorden?'

'Wie denk je dat er op hen jaagt? Hij heeft Nicholas, Olivia en Erskine binnen één week vermoord. Nu jaagt hij op hun kinderen omdat hij deze families tot en met de laatste telg wil uitroeien. Het is een boodschap, snap je? Een boodschap aan iedereen die van plan is het tegen hem op te nemen. *Waag het niet mij iets in de weg te leggen, want dan vermoord ik jou en je hele familie.*' Ze liep terug naar Jane. Stress had de rimpels nog iets dieper in haar gezicht geëtst. 'Hij zal het nogmaals proberen.'

Toen er een auto langsreed, snelde Carole weer naar het raam. Ze keek de auto na. Lang nadat het geronk van de motor was weggestorven, stond ze daar nog, in afwachting van de verwachte aanval.

Jane pakte haar mobieltje. 'Ik bel de politie. Ik zal zeggen dat ze een ploeg naar –'

'We kunnen de politie niet vertrouwen. We kunnen níémand vertrouwen.'

'Die kinderen moeten beschermd worden.'

'Wat ik jullie heb verteld, is topgeheim. Je mag de politie er niet over inlichten.'

'En anders? Dan laat je ons vermoorden?' vroeg Jane minachtend.

Carole liep weer naar haar toe, zonder een greintje humor op haar gezicht. 'Maak je geen illusies. Als het moet, zal ik dat doen.'

'Als dit topgeheim is, waarom heb je het ons dan verteld?'

'Omdat jullie er al zo nauw bij betrokken zijn. En omdat jullie inmenging alles in het honderd kan gooien.'

'Waar heb je het over?'

'Ik heb het over de kans, misschien de enige kans die ik krijg, om Icarus uit te schakelen. Dat is in elk geval mijn plan. Als de drie kinderen zich samen op één plek bevinden, zal hij de verleiding niet kunnen weerstaan.'

Jane en Frost keken elkaar verbluft aan. 'Dit was dus allemaal *gepland*?' zei Jane. 'Je hebt er zelf voor gezorgd dat die kinderen op Evensong terechtkwamen?'

'Het was geen plan, maar een voorzorgsmaatregel. De CIA dacht dat ze bij hun pleeggezinnen veilig waren, maar ik betwijfelde dat. Ik heb ze in de gaten gehouden. Toen de eerste aanslag werd gepleegd, op het meisje...'

'...was jij de barmhartige samaritaan. De mysterieuze blonde vrouw die uit het niets verscheen. En weer in het niets verdween.'

'Ik ben bij Claire gebleven tot ik er zeker van was dat er geen gevaar meer dreigde. Toen de politie arriveerde, heb ik me ongemerkt teruggetrokken. Daarna heb ik ervoor gezorgd dat ze regelrecht naar Evensong werd gebracht, waar we al iemand hadden.'

'Dr. Welliver.'

Carole knikte. 'Anna heeft de CIA jaren geleden verlaten, toen haar man in Argentinië was vermoord, maar we wisten dat we haar konden vertrouwen. We wisten ook dat Evensong zo afgelegen lag en zo goed beveiligd was dat het meisje daar niets te vrezen zou hebben. Om dezelfde redenen hebben we het volgende kind er ook naartoe gebracht.'

'Will Yablonski.'

'Het was puur geluk dat hij niet in het huis was toen de bom ontplofte. Ik was net op tijd ter plaatse om hem mee te nemen.'

'Wat is er misgegaan in het geval van Teddy Clock? Je wist wat er zou komen. Je wist dat hij het volgende doelwit was.'

'Ja, dat had niet mogen gebeuren. Het huis was goed beveiligd, het alarmsysteem was ingeschakeld. Maar er is helaas iets misgegaan.'

'Dat kun je wel zeggen,' zei Jane smalend.

'Ik had agenten die het huis dag en nacht bewaakten. Die avond heeft iemand hun bevel gegeven hun posten te verlaten.'

'Wie?'

'Ze zeggen dat ik die opdracht heb gegeven, maar dat is niet waar.'

'Dus ze hebben gelogen?'

'Iedereen is te koop. Als je maar genoeg biedt, zwicht uiteindelijk iedereen.' Carole begon rusteloos te ijsberen. 'En nu weet ik niet wie ik wel en niet kan vertrouwen en hoe ver dit in de hiërarchie van de CIA doorloopt. Het enige wat ik weet, is dat *hij* erachter zit en dat hij nog niet klaar is. Hij wil die kinderen. En mij.' Ze stopte en draaide zich om naar Jane. 'Ik ben degene die hier een eind aan moet maken.'

'Hoe? Als je je eigen mensen niet eens kunt vertrouwen.'

'Daarom ben ik buiten de CIA gaan zoeken. Ik ga dit op mijn eigen manier doen, met mensen die ik persoonlijk heb gekozen. Dan weet ik tenminste dat ik op hen kan rekenen.'

'En je vertelt ons dit allemaal omdat je ons vertrouwt?' Jane wierp een blik op Frost. 'Dat is een hele ommekeer.'

'Jullie zijn in elk geval niet omgekocht door Icarus.'

'Hoe weet je dat?'

Carole lachte. 'Twee rechercheurs van Moordzaken, van wie er één bij de padvinderij heeft gezeten.' Ze keek naar Frost. 'Ja, ik heb je achtergrond uitgeplozen. Ik maakte geen grapje toen ik zei dat je padvinder moet zijn geweest.' Ze keek naar Jane. 'En jij hebt een zekere reputatie.'

'O ja?' zei Jane.

'Als ik het woord *bitch* gebruik, moet je dat niet verkeerd opvatten. Zo worden vrouwen als wij genoemd. Omdat we geen compromissen sluiten en geen genoegen nemen met half werk. We dribbelen net zo lang door tot we de bal in het doel kunnen schoppen.' Ze maakte een lichte buiging. 'Bitches weten elkaar te waarderen.'

'Tjee, ik voel me echt gevleid.'

'Wat ik hiermee wil zeggen,' vervolgde Carole, 'is dat het tijd is dat we gaan samenwerken. Om die kinderen in leven te houden hebben jullie mij nodig en omgekeerd.'

'Heb je ook een plan of is dit alleen maar in beginsel een bondgenootschap?'

'Ik heb altijd een plan. Anders was ik allang dood geweest. We gaan Icarus uitroken.'

'Hoe?'

'Met behulp van de kinderen.'

'Dit bevalt me helemaal niet,' zei Frost.

'Dan maar niet.'

'Met behulp van de kinderen? Ik weiger de kinderen in gevaar te brengen.'

'Ze verkeren al in gevaar, snap je dat nou nog niet?' beet Carole hem toe. 'Ik ben de enige reden dat Claire en Will nog leven. Ik heb hen gered.'

'En nu wil je hen gebruiken?' Frost keek naar Jane. 'Snap jij wat ze van plan is?'

'Laat het haar uitleggen,' zei Jane. Ze wendde geen ogenblik haar ogen van Carole af. Ze wist niets over deze vrouw, niet eens hoe ze in werkelijkheid heette en ook niet of ze haar kon vertrouwen. *Bitches weten elkaar te waarderen.* Dat geldt alleen als je de andere bitch kent. Jane wist over deze bitch alleen wat ze zag: een atletische blonde vrouw van midden veertig met dure laarzen en een prijzig horloge. Een vrouw die een zweem van wanhoop over zich had. Als haar verhaal klopte, was ze bij de CIA gekomen toen ze midden twintig was. De afgelopen twee jaar moest ze voortdurend verhuisd zijn, steeds onder een andere valse naam hebben geleefd. Zoiets was niet te doen als je een gezin had. Ze is een eenzame wolf, dacht Jane. Een survivor, die tot alles bereid is om in leven te blijven.

'Ik weet dat jullie je zorgen maken om de kinderen,' zei Carole. 'Maar als we geen einde aan deze zaak maken, zullen ze altijd in gevaar verkeren. Zolang ze in leven zijn, herinneren ze Icarus aan zijn falen. Hij wil laten zien dat hij niet met zich laat sollen. Dat hij meedogenloos wraak neemt als iemand hem een hak zet. Denk je even in hoe het voor die kinderen zal zijn als we hem niet uitschakelen. Ze zouden elk jaar een nieuwe identiteit moeten krijgen, elk jaar ergens anders moeten gaan wonen. Ze zouden eeuwig op de vlucht zijn. Ik weet hoe dat is. Het is geen leven voor een kind. Zeker niet voor tieners die vrienden en stabiliteit nodig hebben. Dit is hun enige kans op een normaal leven en ze hoeven niet eens te weten wat we gaan doen.'

'Hoe denk je dit voor hen verborgen te houden?'

'Ze zijn al waar ze moeten zijn. Op een verdedigbare plek. Met een toegangsweg die elektronisch beveiligd is. Op een school met docenten die voor hen zullen vechten.'

'Wacht even. Weet Anthony Sansone hiervan?'

'Hij weet alleen dat ze in gevaar verkeren en bescherming nodig hebben. Ik heb dr. Welliver verzocht hem dat te vertellen zonder in details te treden.'

'Hij is dus niet op de hoogte van deze operatie?'

Carole wendde haar ogen af. 'Zelfs dr. Welliver wist er niet van.'

'En nu is ze dood. Hoe komt dat?'

'Ik weet niet waarom ze zichzelf van het leven heeft beroofd. Maar ik heb twee agenten op het terrein en er zijn er nog meer onderweg. Dit zijn de kinderen van mijn collega's en ik zal mijn uiterste best doen om ze in leven te houden. Dat ben ik aan hen verschuldigd.'

'Gaat het je echt om de kinderen, Carole?' vroeg Jane. 'Of gaat het om jezelf?'

De waarheid stond op Carole's gezicht te lezen, in de manier waarop ze haar wenkbrauwen optrok, in de manier waarop ze haar hoofd opeens schuin hield. 'Oké, Jane, ik wil uiteraard ook graag weer een normaal leven en dat krijg ik pas als ik hem heb uitgeschakeld.'

'Aangenomen dat je hem zult herkennen als hij opeens voor je staat.'

'Alle gewapende indringers worden neergeschoten. Later zoeken we wel uit wie wie is.'

'Hoe weet je dat Icarus persoonlijk zal komen?'

'Omdat ik hem ken. Voor hem zijn deze kinderen en ik doelwitten van de hoogste orde. Hij wil het genoegen smaken ons te zien sterven. Als wij ons allemaal op dezelfde plek bevinden, zal hij het lokaas niet kunnen weerstaan.' Ze keek op haar horloge. 'Genoeg tijd verkwist. Ik moet naar Maine.'

'Wat verwacht je van ons?' vroeg Jane.

'Dat jullie je er niet mee bemoeien.'

'Ik ben verantwoordelijk voor Teddy Clock. En jij hebt nergens jurisdictie.'

'Het laatste waar ik behoefte aan heb, is dat een stelletje onnozele agenten op hun eigen schaduw gaat schieten.' Haar mobieltje ging. Ze draaide zich om en nam op met een bruusk: 'Ja.'

Jane kon haar gezicht niet zien, maar zag dat ze verstijfde en haar schouders naar achteren trok. 'We komen eraan,' zei ze kortaf.

'Is er iets gebeurd?' vroeg Jane.

'Ik had een agent bij de school.'

'En?'

'Ze hebben zojuist zijn lijk gevonden.' Carole keek Jane aan. 'Ik geloof dat het doek is opgegaan voor het laatste bedrijf.'

29

'We moeten hier weg,' zei Sansone terwijl hij aan het slot van de brandkast in de curiositeitenkamer draaide. Toen hij de deur opentrok, bleek er in de safe een vuurwapen te liggen. Maura keek zwijgend toe toen hij het magazijn vulde met .9mm kogels. Ze was verbaasd dat hij er zo behendig mee omging. Ze had hem nooit een wapen zien hanteren, maar het was duidelijk dat hij er niet alleen mee kon omgaan, maar ook bereid was het te gebruiken. 'Als we de kinderen nu wakker maken,' zei hij, 'kunnen we over tien minuten weg.'

'Waar zouden we met hen naartoe moeten?' vroeg Maura. 'In de buitenwereld zijn we kwetsbaar. Je hebt van dit kasteel een fort gemaakt, Anthony. Het heeft een alarmsysteem en ijzersterke deuren.' *En jij bent gewapend*, dacht ze, terwijl ze hem het magazijn op zijn plek zag schuiven. 'Jane heeft gezegd dat we ons hier moeten verschansen en wachten tot ze er is. Dat lijkt mij echt het beste.'

'Het is waar dat het kasteel uitstekend is beveiligd, maar we zijn evengoed een stationair doelwit.'

'Het is binnen veiliger dan buiten. Jane's instructies waren heel duidelijk. *Blijf bij elkaar. Blijf binnen. En vertrouw niemand.*'

Hij stak het pistool onder zijn riem. 'Laten we in elk geval nogmaals controleren of alles goed afgesloten is.' Hij liep de kamer uit.

Nu de avond was gevallen, was het frisser geworden en toen ze achter hem aan naar de grote hal liep, leek de temperatuur nog verder te dalen. Ze sloeg haar armen om haar lichaam terwijl hij controleerde of de voordeur vergrendeld was en het elektronische paneel van het alarmsysteem bekeek. Het alarm was in alle delen van het kasteel ingeschakeld.

'Ik wou dat rechercheur Rizzoli ons iets meer had verteld,' zei hij toen ze naar de eetzaal liepen, waar hij langs de ramen liep om de sloten te controleren. 'We hebben geen idee wie we tegenover ons hebben.'

'Ze zei dat ze ons niet meer mocht vertellen. We zullen het hier dus mee moeten doen.'

'Haar oordeel is niet onfeilbaar.'

'Ik vertrouw haar blindelings.'

'Maar mij vertrouw je niet.' Zijn opmerking was niet als vraag bedoeld en ze wisten allebei dat het waar was. Toen hij zich naar haar omdraaide, voelde ze zich opeens onrustbarend tot hem aangetrokken, maar in zijn ogen lag te veel duisternis. Ze bevatten te veel geheimen. Ze dacht er weer aan hoe geroutineerd hij het wapen had geladen. Nóg iets wat ze niet over hem had geweten.

'Ik weet niet eens wie je bent, Anthony,' zei ze.

'Misschien zal er ooit een dag komen...' Hij glimlachte flauwtjes. '...dat je dat wilt uitzoeken.'

Ze verlieten de eetzaal en liepen naar de bibliotheek. Nu vrijwel alle leerlingen en docenten afwezig waren, was het griezelig stil in het kasteel en op dit late uur zouden ze bijna kunnen geloven dat ze helemaal alleen waren. De laatste bewoners van een verlaten citadel.

'Denk je dat je me ooit zult vertrouwen, Maura?' vroeg hij terwijl hij alle ramen langsging, een sombere bewaker in een halfduister vertrek. 'Of zal er tussen ons altijd iets blijven wringen?'

'Je zou je om te beginnen iets meer voor me kunnen openstellen,' zei ze.

'Dat advies is dan wederkerig.' Hij pauzeerde even. 'Jij en Daniel Brophy. Zijn jullie nog bij elkaar?'

Toen hij Daniels naam noemde, bleef ze abrupt staan. 'Waarom vraag je dat?'

'Geef antwoord op mijn vraag.' Hij keek haar aan, maar de nis wierp een schaduw op zijn ogen.

'Liefde is geen uitgemaakte zaak, Anthony. Liefde is moeilijk, soms hartverscheurend. En een einde hoeft niet per se een einde te zijn.'

Ondanks het flauwe licht zag ze hem begrijpend glimlachen. 'Nog een reden waarom jij en ik zo op elkaar lijken. Afgezien van onze persoonlijke tragedies, afgezien van het werk dat we doen. We zijn allebei eenzaam,' zei hij zachtjes.

Na deze woorden was het zo stil in de bibliotheek dat ze schrokken toen de telefoon begon te rinkelen. Ontdaan over zijn woorden bleef Maura roerloos staan toen Sansone naar het toestel liep. Ontdaan, omdat het waar was. *Ja, we zijn allebei eenzaam.*

'Dr. Isles staat vlak naast me,' hoorde ze hem zeggen.

Het is Jane, dacht ze, maar toen ze de hoorn van hem aanpakte, bleek het de forensisch patholoog van Maine te zijn.

'Ik wilde even vragen of u mijn bericht hebt ontvangen. Aangezien u me niet hebt teruggebeld,' zei Emma Owen.

'Heb je gebeld? Wanneer?'

'Rond etenstijd. Ik heb met een van de docenten gesproken. Een nogal nors klinkende man.'

'Dat zal dr. Pasquantonio zijn geweest.'

'Ja, zo heette hij. Hij is blijkbaar vergeten het aan u door te geven. Ik sta op het punt naar bed te gaan, maar aangezien u me had gevraagd dit met spoed te behandelen, leek het me verstandig u nog even te bellen.'

'Gaat dit over de toxicologie?'

'Ja. Ik heb een vraag voor u. Was dr. Welliver écht psycholoog?'

'Ja. Klinisch psycholoog.'

'Nou, dan heeft ze blijkbaar bepaalde behandelmethoden op zichzelf toegepast. Het toxicologisch onderzoek heeft uitgewezen dat er lysergeenzuurdiethylamide in haar lichaam zat.'

Maura draaide zich om en staarde naar Sansone toen ze zei: 'Dat bestaat niet.'

'Het moet nog bevestigd worden met HPLC-fluorescentie, maar zo te zien was uw dr. Welliver op LSD aan het trippen. Ik weet dat sommige psychologen dat therapeutisch vinden. Een manier om je geest open te stellen voor spirituele ervaringen, enzovoorts. Maar hemeltjelief, zij werkte op een school! Trippen op LSD is nou niet bepaald exemplair gedrag.'

Maura stond doodstil met de hoorn zo hard tegen haar oor gedrukt dat ze haar hartslag kon horen. 'De val van het dak...'

'Kan heel goed het resultaat van hallucinaties zijn geweest. Of van acute psychose. Kunt u zich dat experiment van de CIA van jaren geleden nog herinneren, toen ze iemand LSD hadden gegeven en hij uit het raam sprong? Het valt nooit te voorspellen hoe iemand erop reageert.'

Maura dacht aan de korreltjes suiker die op de vloer van de badkamer terecht waren gekomen toen iemand de suikerpot boven het toilet had omgekeerd. *Om zich van het bewijsmateriaal te ontdoen.*

'Ik zal dit classificeren als een ongeluk en niet als zelfdoding,' zei dr. Owen. 'Een val van grote hoogte na inname van hallucinerende middelen.'

'LSD kan gesynthetiseerd worden,' zei Maura.

'Ja. Werd het oorspronkelijk niet uit een schimmel gewonnen dat op roggeplanten groeit?'

En wie weet er meer van planten dan dr. David Pasquantonio?

'O, god,' fluisterde Maura.

'Wat is er?'

'Ik moet gaan.' Ze hing op en keek Sansone aan, die naast haar stond met ogen vol vragen. 'We kunnen hier niet blijven,' zei ze. 'We moeten de kinderen halen en onmiddellijk vertrekken.'

'Waarom? Maura, wat is er veranderd?'

'De moordenaar bevindt zich al in het kasteel.'

30

'Waar zijn de anderen?' vroeg Maura.

Knipperend met zijn ogen stond Julian in de deuropening van zijn kamer. Hij droeg alleen een boxershort en zijn haar piekte alle kanten op. Een slaperige tiener die niets liever wilde dan weer in bed kruipen. Gapend wreef hij over zijn kin, die al wat baardstoppeltjes begon te vertonen. 'Liggen ze niet in bed?'

'Nee. Will, Teddy en Claire zijn geen van allen in hun kamer,' zei Sansone.

'Ik ben daarstraks nog bij ze gaan kijken.'

'Wanneer?'

'Om een uur of tien, half elf.' Nu zag Julian het pistool dat Sansone in zijn broekband had gestoken. Hij was meteen klaarwakker. 'Wat is er aan de hand?'

'Julian,' zei Maura, 'we moeten de kinderen gaan zoeken. En dat moeten we zo onopvallend mogelijk doen.'

'Moment,' zei hij. Hij liep zijn kamer in en toen hij een ogenblik later weer tevoorschijn kwam, had hij een spijkerbroek en gympen aangetrokken. Met Beer op zijn hielen liep hij door de gang naar de kamer van Will en Teddy.

'Ik snap er niks van,' zei hij toen hij de lege bedden zag. 'Daarnet waren ze er allebei nog. Ze hadden zelfs hun pyjama al aan.'

'Ze hebben niets gezegd over plannen om naar buiten te gaan?'

'Ze weten heel goed dat ze niet naar buiten mogen. Zeker vanavond niet.' Julian liep de kamer uit. Maura en Sansone volgden hem naar Claire's kamer, waar ze gedrieën hun blik lieten gaan over de slordige stapeltjes boeken op het bureau en de sweatshirts en sokken die in een hoek van de kamer lagen. Er was niets bijzonders te zien, niets dan de gebruikelijke wanorde van een tienermeisje. 'Het is niet logisch dat ze er niet zijn,' zei Julian. 'Ze zijn niet achterlijk.'

Opeens werd Maura zich ervan bewust hoe stil het was. Er hing een doodse stilte in de kamer en de gang. Een stilte zo doods als het graf. Als zich nog meer mensen in het kasteel bevonden, was daar niets van te merken. Ze rilde bij de gedachte dat ze alle kamers, alle nissen, alle trappenhuizen zouden moeten doorzoeken in een fort dat geïnfiltreerd was door een moordenaar.

Ze schrok toen de hond begon te janken. Beer keek naar haar op met een onwaarschijnlijk intelligente blik in zijn ogen. 'Hij kan ons helpen hen te zoeken,' zei ze. 'Als we hem hun geur laten ruiken.'

'Hij is geen bloedhond,' zei Julian.

'Maar hij is een hond en heeft de reukzin van een hond. Hij kan hun geur volgen als we hem duidelijk maken wat de bedoeling is.' Ze keek naar de kleren die Claire nonchalant in een hoek had gegooid. 'Laat hem daaraan ruiken,' zei ze. 'Dan zien we vanzelf wel wat hij doet.'

Julian haalde een hondenriem uit zijn zak, bevestigde hem aan Beers halsband en leidde het dier naar het bergje kleren. 'Goed snuffelen, Beer,' zei hij. 'Zo ruikt Claire. Je kent Claire. Je weet wie dat is.' Hij nam de grote kop van de hond in beide handen en keek Beer in zijn ogen. De band tussen hen was zo sterk dat het bijna onwezenlijk was. Die band was gesmeed in de bergen van Wyoming, waar de jongen en de hond hadden geleerd dat ze van elkaar afhankelijk waren en dat ze elkaar moesten vertrouwen als ze in leven wilden blijven. Maura zag vol ontzag dat de hond meteen begreep wat de jongen van hem verlangde. Beer liep naar de deur en blafte.

'Goed zo,' zei Julian. 'Zoek Claire!'

Beer trok de jongen mee de kamer uit, maar liep niet naar de trap. Hij liep de andere kant op, verder de gang in, naar de ongebruikte vleugel van het gebouw waar de schaduwen nog dieper waren en waar open deuren hun een blik gunden in lege vertrekken met door witte lakens afgedekt meubilair. Ze kwamen langs een olieverfschilderij van een vrouw in een rode japon die naar Maura leek te staren met ogen waarin een vreemde, metaalachtige glans lag, alsof ze een diep geheim koesterde.

'Hij gaat naar de oude bediendentrap,' zei Sansone.

Bij het donkere trappenhuis bleef Beer staan alsof hij zich afvroeg of het wel verstandig was naar die duisternis af te dalen. Hij keek om naar Julian en pas toen die knikte, liep de hond de smalle trap af. Ze hoorden zijn nagels tikken op de houten treden. In tegenstelling tot de hoofdtrap in de hal had deze trap geen mooi versierde leuning, maar het hout was glad gewreven door de handen van de bedienden die tientallen jaren het kasteel hadden onderhouden en de gasten van eten en drinken hadden voorzien. Het was er koud en er hing een vreemde sfeer, alsof de geesten van al die bedienden waren achtergebleven, gedoemd om tot in de eeuwigheid de trappen op en af te lopen met hun bezems en dienbladen. Maura huiverde. Ze had steeds het gevoel dat die geesten haar aanraakten. Ze wierp een nerveuze blik over haar schouder, maar zag alleen de donkere traptreden die opstegen naar de gang waar ze vandaan waren gekomen.

Langzaam daalden ze twee verdiepingen af, maar toen waren ze er nog niet. Een derde trap voerde naar het kelderniveau. Maura was nog nooit zo diep in het gebouw geweest.

De trap leek naar het binnenste van de heuvel te voeren. Ze rook het aan de lucht en merkte het aan de vochtigheid.

Beneden kwamen ze uit in een reusachtige keuken. Maura zag grote roestvrijstalen fornuizen, een koelcel, en rekken met potten en pannen aan het plafond. Hier werden 's ochtends hun eieren gekookt en hun broodjes gebakken, maar op dit late uur was er niemand meer aanwezig en was al het serviesgoed opgeborgen.

Opeens bleef Beer doodstil staan. Hij keek met een gefixeerde blik naar een deur en zijn nekharen kwamen overeind. Toen hij gromde, voelde Maura een ijzige huivering van angst over haar rug lopen. Er zat iets achter die deur. De hond nam een aanvalshouding aan.

Opeens sloeg er metaal op metaal. Het galmde alsof iemand bekkens tegen elkaar had geslagen.

Maura schrok zich lam en voelde haar hart bonken. Toen de echo verstierf, merkte ze dat Sansone haar pols vasthield. Ze had niet eens gemerkt dat hij die had vastgepakt. Hij stond naast haar en hield haar pols vast alsof het zijn taak was haar tot bedaren te brengen.

'Ik geloof dat ik hem zie,' zei hij zachtjes. Heel kalm. Hij liet Maura's pols los en liep de keuken door.

'Anthony...'

'Wees niet bang.' Hij liep naar het kookeiland en verdween uit het zicht toen hij knielde. Ze konden hem niet meer zien, maar wel horen. Hij zei zachtjes: 'Stil maar, alles is in orde, wij zijn het, wees maar niet bang.'

Maura en Julian keken elkaar nerveus aan en liepen toen ook naar voren. Ze zagen Sansone geknield naast Teddy Clock zitten, die beefde als een riet. De jongen had zijn knieën opgetrokken naar zijn borst en zijn armen eromheen geslagen.

'Hij lijkt in orde,' zei Sansone, naar Maura opkijkend.

'Hij is niet in orde,' zei ze. Ze hurkte naast Teddy, sloeg haar armen om hem heen, trok hem naar zich toe en wiegde hem zachtjes. Hij was helemaal verkleumd. Zijn huid was ijskoud en hij beefde zo dat ze zijn tanden hoorde klapperen. 'Stil maar, stil maar,' suste ze. 'Bij mij ben je veilig, Teddy.'

'Hij was hier,' fluisterde de jongen.

'Wie?'

'Het spijt me, het spijt me zo,' kreunde hij. 'Ik had ze daar niet moeten achterlaten, maar ik was zo bang. Ik ben gevlucht...'

'Waar zijn ze, Teddy?' vroeg Julian. 'Waar zijn Claire en Will?'

De jongen drukte zijn gezicht tegen Maura's schouder, alsof hij zich onzichtbaar wilde maken.

'Teddy, je moet het ons vertellen,' zei Maura. Ze maakte hem voorzichtig van zich los. 'Waar zijn ze?'

'Hij heeft ze in een kelder opgesloten...' Zijn vingers waren net klauwen, die wanhopig haar armen omklemden.

Ze maakte ze los en dwong hem haar in de ogen te kijken. 'Teddy. Waar zijn ze?'

'Ik wil niet naar die kelder!'

'Je hoeft het ons alleen maar aan te wijzen. We blijven heel dicht bij je. Je hoeft alleen maar aan te wijzen waar het is, meer niet.'

Bevend vroeg de jongen: 'Mag ik... de hond vasthouden? Mag hij bij mij blijven?'

'Natuurlijk,' zei Julian. Hij knielde en gaf Teddy de riem. 'Hou jij Beer maar bij je. Hij zal je beschermen. Beer is nergens bang voor.'

Teddy leek daaruit voldoende moed te putten om wankelend overeind te komen. Met de riem van de hond in zijn vuist geklemd alsof zijn leven ervan afhing liep hij de keuken door naar een deur. Hij haalde diep adem en duwde de klink naar beneden. De deur draaide open.

'Dat is een oude wijnkelder,' zei Sansone.

'Het is daar beneden,' fluisterde Teddy. Hij staarde glazig naar de donkere ruimte. 'Ik wil er niet naartoe.'

'Dat hoeft ook niet, Teddy. Jij kunt hier op ons wachten,' zei Sansone. Hij keek Maura aan en daalde toen als eerste de trap af.

Bij iedere tree leek de lucht bedompter te worden. Boven hun hoofd hingen kale peertjes die een gele gloed verspreidden. Ze zagen stapels lege wijnrekken die ooit gevuld moesten zijn geweest met duizenden flessen, ongetwijfeld met de beste Franse wijnen, voor de spoorwegmagnaat en zijn gasten. Die wijn was lang geleden gedronken en de rekken waren nu slechts een aandenken uit die gouden tijd van overvloed.

Onder aan de trap was een dikke deur waarvan de scharnieren aan de stenen muren waren geklonken. De deur van een oude opslagkamer. Maura zei tegen Julian: 'Ga jij maar terug naar de keuken om Teddy gezelschap te houden.'

'Hij heeft Beer. Die past wel op hem.'

'Ik wil niet dat je dit ziet.'

Julian bleef koppig naast haar staan toen Sansone de klink oplichtte. Boven begon Beer te huilen als een wolf. Het hoge, indringende geluid deed rillingen over Maura's rug lopen. Sansone duwde de deur open. Maura rook de geur die uit het donkere vertrek walmde. De geur van angstzweet. Haar ergste vermoedens werden bevestigd toen ze in de donkere ruimte tuurde. Vier gedaanten lagen op de grond, met hun hoofd en schouders tegen de muur.

De kinderen. O, god, het zijn de kinderen.

Sansone tastte naar de lichtschakelaar en draaide hem om.

Een van de gedaanten bewoog zich. Het was Claire. Ze keek hen met wijd opengesperde ogen aan en begon te jammeren, maar het spreken werd haar belet door het stuk tape dat op haar mond geplakt zat. De anderen bewogen zich ook – Will, de kokkin en meneer Pasquantonio. Ze waren allemaal gekneveld en hadden allemaal een stuk tape op hun mond.

Ze leven nog. Ze leven nog!

Maura knielde naast het meisje. 'Julian, heb je je mes bij je?'

Boven begon de hond nog harder en indringender te janken, alsof hij hen smeekte op te schieten.

Met een efficiënt klikje liet Julian zijn zakmes openspringen. Hij ging op zijn knieën zitten. 'Zit stil, Claire, anders kan ik je niet bevrijden,' zei hij, maar het meisje bleef zich bewegen, haar ogen angstig opengesperd, snuivend van de moeite die ze had om adem te halen. Maura trok de tape van haar mond.

'Het is een list!' schreeuwde Claire. 'Hij is er nog! Hij staat...' Ze zweeg abrupt, met haar blik gericht op iets – iemand – achter Maura.

Maura hoorde het bloed in haar oren suizen toen ze omkeek. De gedaante van een man vulde de hele deuropening. Hij had brede schouders en flonkerende ogen in een gezicht dat bedekt was met zwarte smeer. Haar blik ging echter naar het pistool in zijn hand. Er zat een geluiddemper op. Hij kon schieten zonder dat er een oorverdovende knal te horen zou zijn; de dood zou komen met een zacht plofje dat alleen hoorbaar zou zijn in deze stenen ruimte, diep in de krochten van het kasteel.

'Laat uw wapen vallen, meneer Sansone,' beval hij. '*Nu.*'

Hij weet hoe we heten.

Sansone kon niets anders doen dan het pistool langzaam uit zijn broekband trekken en op de grond laten vallen.

Julian zat op zijn knieën naast Maura en greep haar hand. Zestien pas, nog zo jong, dacht ze, toen ze elkaars hand omklemden.

Beer jankte weer. Van razernij. Of van frustratie.

Julian hief zijn hoofd op en Maura zag de verwarde blik in zijn ogen. Op hetzelfde moment besefte ook zij dat er iets niet klopte. *Als Beer nog leeft, waarom komt hij ons dan niet te hulp?*

'Schop het naar me toe,' zei de man.

Sansone duwde met de neus van zijn schoen tegen het pistool, dat over de vloer gleed en vlak bij de man bleef liggen.

'Ga op je knieën zitten.'

Zo gaat het dus gebeuren, dacht Maura. We krijgen ieder een kogel in ons hoofd.

'Op je knieën zei ik!'

Sansone boog verslagen zijn hoofd en zakte langzaam door zijn knieën. Maar het bleek slechts de aanzet te zijn voor een laatste wanhoopsdaad. Als een sprinter die uit de startblokken komt, vloog hij op de gewapende man af.

Ze stortten op de grond en worstelden met elkaar in de halfdonkere kelder.

Sansone's pistool lag nog op de grond.

Maura deed er een duik naar, maar voordat ze het kon grijpen, sloot iemand anders zijn hand om de kolf en richtte de loop op haar hoofd.

'Achteruit! *Achteruit!*' schreeuwde Teddy tegen Maura. Zijn handen beefden en hij hield zijn vinger rond de trekker. Hij riep over zijn schouder: 'Ik schiet haar dood, meneer Sansone! Ik meen het!'

Maura ging weer op haar knieën zitten. Totaal overdonderd keek ze toe toen de man Sansone achteruit duwde en dwong naast haar te knielen.

'Heb je de hond goed vastgebonden, Teddy?' vroeg de man.

'Ja. Aan een van de kasten. Hij kan niet loskomen.'

'Bind hun handen vast. Snel,' zei de man. 'Ze komen zo en we moeten gereed zijn.'

'Vuile verrader!' siste Claire toen Teddy Sansone's polsen op zijn rug bijeen bond. 'We waren je *vrienden*. Hoe kun je ons dit aandoen?'

De jongen reageerde niet op haar. Hij bond ook Julians handen bijeen.

'Teddy heeft ons met een list hierheen gekregen,' zei Claire tegen Maura. 'Hij zei dat u hier op ons wachtte. Die vuilak heeft ons in de val gelokt.' Ze staarde naar de jongen. Haar stem was vervuld met walging. Ondanks dat de dood boven haar hoofd hing, was het meisje onbevreesd, zelfs roekeloos. 'Jij was het dus. *Jij* hebt die stomme poppetjes in die boom gehangen.'

Teddy rolde de tape strak om Julians polsen. 'Waarom zou ik dat gedaan hebben?'

'Om ons bang te maken. Om ons in paniek te brengen.'

Teddy keek haar met oprechte verbazing aan. 'Nee hoor. Ik heb niets met die poppetjes te maken. Ze waren bedoeld om *mij* bang te maken. Zodat ik om hulp zou bellen.'

'En die arme dr. Welliver. Hoe heb je haar dat kunnen aandoen!'

Ze zag een trek van spijt over Teddy's gezicht glijden. 'Het was niet de bedoeling dat ze dood zou gaan. Alleen maar dat ze in verwarring zou raken. Ze werkte voor *hen*. Ze hield me constant in de gaten, ze wachtte tot ik –'

'Teddy,' zei de man op een scherpe toon. 'Vergeet niet wat ik je heb geleerd. Gedane zaken nemen geen keer. Je moet altijd vooruitkijken. Werk door.'

'Sorry,' antwoordde de jongen. Hij scheurde een stuk tape af en bond het zo strak rond Maura's polsen dat ze nooit los zou kunnen komen, hoe hard ze haar armen ook zou wringen.

'Goed zo.' De man gaf Teddy een infrarode verrekijker. 'Ga nu boven op de uitkijk staan. Geef me een seintje als ze er zijn en met hoeveel ze zijn.'

'Ik wil bij u blijven.'

'Ik wil je niet in de vuurlinie hebben, Teddy.'

'Maar ik wil helpen!'

'Je *hebt* me geholpen.' De man legde zijn hand op het hoofd van de jongen. 'Maar nu moet je naar het dak gaan. Jij bent mijn uitkijk.' Hij tastte naar zijn riem toen er een alarmsignaal piepte. 'Ze is bij het hek. Zet je koptelefoon op, Teddy, en ga snel naar boven!' Hij duwde de jongen voor zich uit toen ze de trap opliepen.

'Ik dacht dat we vrienden waren,' schreeuwde Claire toen de deur dichtging. 'Ik vertrouwde je, Teddy!'

Ze hoorden het hangslot op zijn plek vallen. In de keuken stond Beer te blaffen en te janken, maar vanwege de dikke deur klonk het gedempt, als het nachtelijke gehuil van een wolf in het bos.

Maura staarde naar de deur. 'Het was *Teddy*,' zei ze verslagen. 'Het is geen moment in me opgekomen...'

'Omdat hij nog maar een kind is,' zei Claire bitter. 'Niemand luistert naar ons. Niemand ziet ons aan voor volwaardige mensen. Tot we de volwassenen voor verrassingen zetten.' Ze keek op naar het plafond. 'Ze zullen rechercheur Rizzoli doodschieten.'

'Ze komt niet in haar eentje,' zei Maura. 'Ze zei dat ze een heel team zou meebrengen. Mensen die weten hoe ze zich moeten verdedigen.'

'Maar die kennen het kasteel niet zoals deze man. Teddy heeft hem steeds 's nachts binnengelaten. Hij kent elke kamer, elke trap. En nu wacht hij hen op.'

In de keuken stopte Beer met janken. Zelfs hij moest begrepen hebben hoe uitzichtloos hun situatie was.

Alles hangt nu van jou af, Jane.

31

Het kasteel maakte een verlaten indruk.

Jane stopte op het parkeerterrein. Zij en Frost keken op naar de donkere ramen en de gekartelde dakrand die afstak tegen de sterrenhemel. Bij het hek had niemand op hen gewacht en er had ook niemand opgenomen toen ze het kasteel een halfuur geleden had gebeld, toen haar mobieltje het nog deed. De zwarte SUV stopte naast hen. Door de raampjes zag Jane de silhouetten van Carole en haar twee collega's. De ene was Denzel, de andere was een bleke man met een kaalgeschoren hoofd. Toen ze een uur geleden gestopt waren om te tanken, had geen van beide mannen ook maar één woord gezegd. Het was duidelijk dat Carole de leiding had.

'Er is iets mis,' zei Jane. 'Ze moeten door de sensors gealarmeerd zijn. Maura moet weten dat we er zijn. Waar is iedereen dan?'

Frost keek naar Carole's SUV. 'Ik zou me een stuk prettiger voelen als de politie van Maine hier ook was. We hadden ze gewoon moeten bellen. CIA of geen CIA.'

Ze hoorden portieren dichtslaan. Carole en de mannen waren uitgestapt. Jane zag tot haar schrik dat ze zwaar bewapend waren. Denzel liep al naar het kasteel.

Als een haas stapte Jane uit. 'Wat moet dit voorstellen?'

'Oké, Jane, nu moet je ons in het gebouw binnenlaten,' zei

Carole, terwijl ze een oortelefoontje in deed. 'Ga naar de voordeur en spreek in de intercom. Laat ze je stem horen, zodat ze weten dat ze de deur veilig kunnen openen.'

'De afspraak was dat we alleen maar de kinderen zouden ophalen om ze naar een veiliger plek te brengen. Waarom zijn jullie bewapend als een stelletje Rambo's?'

'De plannen zijn veranderd.'

'Sinds wanneer?'

'Sinds ik heb besloten dat we het gebouw eerst moeten doorzoeken. Wij gaan naar binnen. Jullie wachten in de auto tot we jullie een teken geven dat alles in orde is.'

'Je zei dat dit alleen maar een evacuatie was. Dat is de enige reden waarom we erin hebben toegestemd jullie te helpen binnen te komen. Nu lijkt het er meer op dat jullie van plan zijn een aanval uit te voeren.'

'Het is een noodzakelijke voorzorgsmaatregel.'

'Doe niet zo idioot. Er zijn hier *kinderen*. Ik laat niemand binnen als jullie van plan zijn te gaan schieten.'

'Loop naar de voordeur, Jane. *Nu*.'

Denzel kwam terug. 'De voordeur zit niet op slot,' zei hij. 'We hebben hen niet nodig.'

'Wat?' zei Carole.

'Ik heb aan de deurknop gevoeld. We kunnen zo naar binnen.'

'Nu weet ik zéker dat er iets mis is,' zei Jane en ze liep op het kasteel af.

Carole blokkeerde haar meteen. 'Jij wacht in de auto.'

'Er zit een vriendin van me in dat gebouw. Ik ga naar binnen.'

'Nee, dat ga je niet.' Carole richtte haar pistool op Jane. 'Pak hun wapens af.'

'Hé!' zei Frost toen Denzel hem en Jane dwong op hun knieën te gaan zitten. 'Zijn we niet een klein beetje aan het overdrijven?'

'Je weet wat je moet doen,' zei Carole kortaf tegen Denzel. 'Als ik je nodig heb, krijg je een seintje.'

Jane zag Carole en de man met het geschoren hoofd naar het kasteel lopen. 'Dit zal ik je betaald zetten, kutwijf!' riep ze haar na.

'Denk niet dat ze zich daar iets van aantrekt,' zei Denzel lachend. Hij zette zijn voet tegen haar rug en drukte haar neer. Jane kwam languit op de klinkers terecht. Hij trok haar armen op haar rug en ze voelde een tie-wrap in haar polsen snijden.

'Klootzak,' siste ze.

'Schatje nou toch, heb je nog meer van die koosnaampjes voor me?' Hij duwde Frost neer en boeide ook hem met een verbluffende behendigheid.

'Gaan jullie altijd zo te werk?' vroeg ze.

'Zo gaat *zij* altijd te werk. De IJskoningin.'

'En dat vind jij niet erg?'

'Zolang de klus geklaard wordt.' Hij kwam overeind, deed een paar stappen achteruit en zei in het microfoontje van zijn headset: 'Ik heb ze geboeid... Begrepen... Zeg maar wanneer.'

Jane rolde op haar zij om naar het kasteel te kijken. Carole en de man waren al naar binnen. Die liepen nu door de donkere gangen, stuiterend van de adrenaline, gereed om op iedere schaduw te schieten. Het doel van deze missie was niet om levens te redden; de kinderen waren alleen maar pionnen in een oorlog die werd gevoerd door een vrouw met slechts één doel voor ogen. Een vrouw met ijs in haar aderen.

Denzel kwam weer naar haar toe. Toen ze opkeek, zag ze hem boven haar uit torenen. Zoals hij daar in silhouet stond afgetekend tegen de sterrenhemel was het net alsof zijn wapen een verlengstuk van zijn arm was, een dodelijke toverstaf. Ze dacht aan wat Carole tegen hem had gezegd: *Je weet wat je doen moet.* Opeens kregen die woorden een heel nieuwe betekenis. Denzel deed weer een stap, maar nu bij haar vandaan. Hij keek niet meer naar haar. Hij draaide zijn hoofd van links naar rechts, speurend in de duisternis, en ze hoorde hem fluisteren: 'Wat ís dat?'

Er floot iets door de lucht, als de wind, als een mes dat door een lap zijde snijdt.

Denzel viel op haar neer. Hij landde zo hard dat de lucht uit haar longen werd geperst. Ze hapte naar adem onder zijn gewicht en voelde zijn lichaam stuiptrekken terwijl haar bloes werd doorweekt met warm vocht. Ze hoorde Frost haar naam roepen, maar kon zich vanwege het dode gewicht van Denzel niet bewegen. Ze kon alleen maar om zich heen kijken terwijl er weer voetstappen naderden. Tergend trage voetstappen.

Ze keek naar de hemel, naar de sterren. Wat veel sterren. Ze had de Melkweg nog nooit zo helder gezien.

De voetstappen stopten. Een man stond naast haar, zijn gezicht bestreken met zwart. Ze wist wat er nu ging gebeuren. Het bloed dat uit Denzels lichaam stroomde vertelde haar genoeg.

Icarus is hier.

32

Het was de hond die hen alarmeerde. Dwars door de dikke deur van hun gevangenis heen hoorde Claire dat Beer weer was gaan janken, en wel zo luid dat het geluid via het trappenhuis tot in de wijnkelder doordrong. Ze wist niet waarom hij weer was gaan janken. Misschien begreep hij dat hun laatste uurtje had geslagen, dat de Dood weer de trap afdaalde, ditmaal om zijn werk af te maken.

'Hij komt terug,' zei Claire.

In de bedompte ruimte stonk het naar angst. Het was een scherpe, bijtende geur, als die van dieren die weten dat ze naar de slachtbank geleid worden. Will schoof heel dicht naar haar toe. Zijn huid was bedekt met een laagje zweet. Hij was erin geslaagd de tape van zijn mond te wurmen en fluisterde: 'Kruip achter me en ga liggen, Claire. Wat er ook gebeurt, doe alsof je dood bent.'

'Wat ben je van plan?'

'Jou te beschermen.'

'Waarom?'

'Weet je dat niet?' Hij keek haar aan. Hij was nog steeds dezelfde mollige, pukkelige Will die ze inmiddels zo goed kende, maar ze zag iets nieuws in zijn ogen, iets wat ze niet eerder had opgemerkt. Iets wat zo helder straalde dat ze het wel móést zien. 'Straks krijg ik misschien geen kans meer,' fluisterde hij, 'om je te vertellen dat...'

Er morrelde iemand aan het hangslot. Ze hielden hun adem in toen de deur piepend openging. Ze zagen de loop van een pistool. Het pistool werd door iemand met beide handen vastgehouden. De onbekende persoon droeg zwarte handschoenen en bewoog het wapen heen en weer, alsof hij een doelwit zocht maar niet vond.

Een man met een kaalgeschoren hoofd kwam binnen en zei: 'Hij is hier niet. Maar de anderen zijn er wel.'

Nu kwam er ook een vrouw binnen. Haar haar zat verborgen onder een bivakmuts en ze bewoog zich met soepele bewegingen. 'Ik wist dat die hond niet zomaar zat te janken,' zei ze. De twee in het zwart geklede indringers bleven naast elkaar staan en bekeken de geknevelde gevangenen. De vrouw liet haar blik op Claire rusten en zei: 'Wij kennen elkaar. Kun je je mij nog herinneren, Claire?'

Claire staarde haar aan en zag opeens weer de koplampen die in volle vaart op haar af waren gekomen. Ze herinnerde zich hoe de wereld op zijn kop was komen te staan, en het geluid van brekend glas en van pistoolschoten. Ze herinnerde zich ook de beschermengel die uit het niets tevoorschijn was gekomen en haar uit de auto had geholpen.

Pak mijn hand, Claire. Als je in leven wilt blijven.

De vrouw richtte haar blik nu op Will, die met open mond naar haar staarde. 'En jij kent mij ook, Will.'

'U was daar,' fluisterde hij. 'U bent...'

'Iemand moest je redden.' Ze haalde een mes tevoorschijn. 'En nu moet ik weten waar die man is.' Ze hield het mes opgeheven, als een beloning voor het juiste antwoord.

'Snij me los,' zei Sansone op een verbeten toon, 'dan zal ik u helpen hem te overmeesteren.'

'Sorry, maar dit spel is niet voor burgers,' zei de vrouw. Ze keek de gezichten langs. 'Waar is Teddy?'

'Teddy kan de pest krijgen,' zei Claire. 'Hij is een vuile verrader. Hij heeft ons in deze val gelokt.'

'Teddy is misleid,' zei de vrouw. 'Ze hebben hem iets voorgelogen. Jullie moeten me helpen hem te redden.'

'Hij komt heus niet tevoorschijn. Hij heeft zich ergens verschanst.'

'Weet je waar?'

'Op het dak,' zei Claire. 'Daar moest hij op de uitkijk staan.'

De vrouw wierp een snelle blik op haar partner. 'Naar het dak.' In plaats van Sansone te bevrijden, knielde de vrouw achter Claire en sneed de tape rond haar polsen door. 'Jij kunt ons helpen, Claire.'

Met een zucht van opluchting wreef Claire haar polsen en voelde de bloedcirculatie in haar handen weer op gang kwam. 'Hoe kan ik u helpen?'

'Omdat jullie leeftijdgenoten zijn, zal hij naar jou luisteren.'

'Juist niet,' zei Will. 'Hij helpt die man.'

'*Die man*,' zei de vrouw tegen Will, 'is gekomen om jullie te vermoorden. En niet alleen jullie, maar ons ook. Ik jaag al drie jaar op hem.' Ze keek Claire aan. 'Hoe kom je op het dak?'

'Via een deur in de torenkamer.'

'Wijs ons de weg.' De vrouw trok Claire overeind.

'En zij?' Claire wees naar de anderen.

De vrouw gooide het mes op de grond. 'Zij mogen zich van hun boeien ontdoen, maar ze moeten hier blijven. Dat is veiliger.'

'Wat? Waarom?' Claire stribbelde tegen toen de vrouw haar meetrok.

'Ik wil niet dat ze me voor de voeten lopen.' De vrouw deed de deur dicht.

Ze hoorden Sansone vloeken. Hij riep: 'Doe die deur open!'

'U moet ze daar niet opgesloten laten zitten,' zei Claire.

'Het is voor iedereen echt het beste, voor hen, voor jou, zelfs voor Teddy.'

'Ik geef geen zak om Teddy.'

'Maar ik wel.' De vrouw rukte aan Claire's arm. 'Wijs ons de weg naar de toren.'

Ze liepen de trap op naar de keuken waar Beer nog steeds stond te blaffen, half verstikt vanwege zijn verwoede pogingen om los te komen. Claire wilde hem losmaken, maar de vrouw trok haar mee naar de bediendentrap. De man ging voorop en keek bij elke tree spiedend naar boven. Claire kende niemand die zich zo geruisloos kon voortbewegen als deze twee. Het waren net katten. Hun voetstappen waren onhoorbaar en hun ogen gingen voortdurend heen en weer. Claire zat tussen hen in en kon daarom niets zien, niet boven en niet beneden, dus keek ze maar naar de traptreden en probeerde zich net zo geruisloos te bewegen als de man en de vrouw. Ze moesten een soort geheim agenten zijn, dacht ze, die waren gekomen om hen te redden. Ze wilden zelfs die schoft van een Teddy redden. Claire had veel tijd gehad om over alles na te denken toen ze geboeid in de kelder had gezeten, luisterend naar het gejammer van de kokkin en de fluitende neusgeluiden die meneer Pasquantonio maakte bij het ademhalen. Ze had nagedacht over alle aanwijzingen waar ze geen aandacht aan had besteed. Dat niemand ooit het computerscherm van Teddy mocht zien, dat hij altijd op ESCAPE klikte als je binnenkwam. Hij had die man natuurlijk berichten zitten sturen, dacht ze. Al die tijd was hij de handlanger geweest van de man die nu was gekomen om hen te vermoorden.

Ze wist alleen niet waarom.

Ze waren inmiddels op de derde verdieping aangekomen. De man bleef staan en keek afwachtend naar Claire.

'Daar,' fluisterde ze. Ze wees naar de wenteltrap die naar het kantoor van dr. Welliver leidde.

De man begon de stenen traptreden te beklimmen. Claire bleef vlak achter hem. Het was een steile trap en het enige wat ze van hem kon zien, was zijn achterwerk en het jachtmes dat aan zijn riem hing. Het was zo stil dat ze bij elke stap het zachte schuren van hun kleding hoorde.

De deur van de torenkamer stond op een kier.

De man duwde hem open en tastte naar de lichtschakelaar. Ze zagen het bureau van dr. Welliver en de dossierkast. De gebloemde bank met de dikke kussens. Claire kende elke centimeter van deze kamer. Hoeveel uren had ze niet op die bank gezeten terwijl ze dr. Welliver vertelde over haar slapeloze nachten, haar hoofdpijn en haar nachtmerries. In deze kamer, met de wierookgeur, de zachte pastelkleuren en de magische kristallen had Claire zich veilig genoeg gevoeld om haar geheimen te delen. En dr. Welliver had geduldig geluisterd. Ze had haar hoofd met het zilveren kroeshaar zachtjes op en neer bewogen en er had altijd een kopje kruidenthee naast haar op het tafeltje gestaan.

Claire bleef bij de deur staan toen de man en de vrouw snel de kamer en de aangrenzende badkamer doorzochten. Ze keken achter het bureau en deden de kast open. Geen Teddy.

De vrouw liep naar de deur die toegang gaf tot de torenomgang. De deur waardoor dr. Welliver haar kantoor had verlaten toen ze haar fatale sprong had gemaakt. Toen de vrouw naar buiten ging, kwam er een zomerse windvlaag naar binnen, een zwoele wind die de geur van de dennenbomen met zich meevoerde. Claire hoorde snelle voetstappen en een kreet. Even later kwam de vrouw weer binnen. Ze had Teddy bij zijn kraag en dwong hem op de vloer te gaan zitten.

Teddy keek op naar Claire. 'Waarom heb je hun verteld waar ik was? Waarom heb je me verraden?'

'Waarom niet?' beet Claire hem toe. 'Jij hebt precies hetzelfde gedaan.'

'Je weet niet wat voor mensen dit zijn!'

'Ik weet wat voor iemand *jij* bent, Teddy Clock.' Claire haalde uit om hem een schop te geven, maar de vrouw greep haar vast en duwde haar naar een hoek van de kamer. 'Blijf hier staan,' beval ze. Toen vroeg ze aan Teddy: 'Waar is hij?'

Teddy trok zijn knieën op, sloeg zijn armen eromheen en schudde zijn hoofd.

'Wat is hij van plan? Voor de dag ermee, Teddy.'

'Ik weet het niet,' jammerde de jongen.

'Je weet het wél. Je kent hem beter dan wie ook. Vertel het me nou maar gewoon, dan komt alles dik in orde.'

'Jullie gaan hem vermoorden. Daarom zijn jullie hier.'

'En jij vindt het niet leuk als er mensen vermoord worden, hè?'

'Nee,' fluisterde Teddy.

'Dan wil je dit dus ook niet zien.' De vrouw draaide zich plotsklaps om en zette de loop van haar pistool tegen Claire's voorhoofd. Claire bleef stokstijf staan, zo geschrokken dat ze geen woord kon uitbrengen. Teddy gaapte hen aan met grote ogen van schrik.

'Vertel me waar hij is, Teddy,' zei de vrouw. 'Anders liggen de hersens van je vriendinnetje zo dadelijk verspreid over deze mooie bank.'

De man met het geschoren hoofd keek net zo geschrokken als de kinderen om deze onverwachte gang van zaken. 'Wat doe je nou, Justine?'

'Ik probeer ze te dwingen mee te werken. Zeg het maar, Teddy. Wil jij je vriendinnetje zien sterven?'

'Ik *weet* niet waar hij is!'

'Ik tel tot drie.' Ze drukte de loop hard tegen Claire's voorhoofd. 'Een...'

'Waarom doet u dit?' riep Claire. 'Ik dacht dat u aan onze kant stond!'

'Twee...'

'U zei dat u ons wilde helpen!'

'Drie.' De vrouw zwenkte het wapen weg en haalde de trekker over. De kogel sloeg in de muur en een regen van stukjes pleisterwerk daalde neer op Claire's hoofd. De vrouw trok minachtend haar lip op en draaide zich weer om naar Teddy.

Claire liet zich meteen op de grond zakken en kroop trillend van de zenuwen achter het bureau. *Waarom doet ze dit? Waarom zijn ze tégen ons?*

'Oké, dat heeft niet gewerkt,' zei de vrouw. 'Blijkbaar weet je echt niet waar hij is. Dan gaan we over op plan B.' Ze greep Teddy bij zijn arm en sleurde hem overeind.

De man zei: 'Je bent niet goed wijs. Het zijn kinderen!'

'Het moet gebeuren.'

'We kwamen alleen voor Icarus.'

'*Ik* bepaal wie ons doelwit is.' Ze trok Teddy's headset van zijn hoofd en duwde hem naar buiten. 'En om hem te vangen gaan we wat aas uitgooien,' zei ze en ze tilde Teddy over de leuning van de torenomgang.

Teddy gilde en zocht met zijn voeten wanhopig naar een steunpunt. Als de vrouw zijn arm niet zo stevig omklemd had gehouden, zou hij naar beneden zijn gevallen.

Ze sprak in het microfoontje van de headset. 'Nee, dit is Teddy niet. Drie keer raden wie er over de balustrade van de toren hangt? Het is een aardige jongen, maar als ik hem loslaat, is hij zo dadelijk alleen nog maar een vlek op het pad.'

'De jongen heeft er niets mee te maken,' snauwde de kale man.

De vrouw negeerde hem en bleef in het microfoontje praten. 'Ik weet dat je op deze golflengte zit. Je weet nu hoe de situatie is. Je weet ook dat jij kunt voorkomen dat hij doodvalt. Het maakt mij niet veel uit. Ik hou niet van kinderen. Maar schiet een beetje op, want ik kan hem bijna niet meer houden.'

'Dit kun je niet maken, Justine,' zei de kale man en hij liep op haar af. 'Trek die jongen omhoog.'

'Kop dicht,' beval ze. En ze blafte in Teddy's microfoon: 'Je hebt dertig seconden en die gaan nú in! Als je je niet vertoont, laat ik hem los.'

'Justine, trek die jongen omhoog,' zei de man weer.

'Zeikerd.' De vrouw tilde Teddy terug over de reling. Toen richtte ze haar pistool op de man en vuurde.

De kogel sloeg met zo'n kracht in dat de man achteruit vloog. Hij smakte tegen het bureau en gleed naar beneden. Met een akelige bons sloeg zijn hoofd tegen de vloer, pal naast Claire. Ze staarde naar het gat boven zijn linkeroog. Het bloed dat eruit gutste, werd snel opgezogen door dr. Wellivers roze vloerkleed.

Ze heeft hem doodgeschoten. Haar eigen partner.

Justine bukte zich, raapte het pistool van de dode man op en stak het in haar broekband. Toen gooide ze Teddy's headset van zich af en sprak in haar eigen microfoontje. 'Waar ben je? Ons doelwit is onderweg naar de torenkamer. Kom onmiddellijk hier.'

Er klonken voetstappen op de trap.

De vrouw greep Teddy weer en gebruikte hem als een menselijk schild tegen de man die nu binnenkwam. Het was de man die Claire daarstraks voor de vijand had gehouden. Ze begreep er helemaal niets meer van. Ze had gedacht dat de vrouw hen was komen redden en dat de man met het zwart gemaakte gezicht en de camouflagekleding, de man die hen in de kelder had opgesloten, was gekomen om hen te vermoorden. *Wie kan ik vertrouwen?*

De man kwam langzaam naar voren, zijn pistool gericht op de vrouw, maar Teddy stond in de vuurlinie, lijkbleek en bevend.

'Laat hem gaan, Justine. Dit is een zaak tussen jou en mij,' zei hij.

'Ik wist dat ik er uiteindelijk in zou slagen je uit te roken.'

'Deze kinderen hebben er niets mee te maken.'

'De kinderen zijn mijn troefkaart. Zij zijn de reden dat je nu hier bent. Nog steeds fit, zie ik, maar ik vond je oude gezicht leuker.' De loop van haar pistool lag plat tegen Teddy's slaap. 'Je weet wat je moet doen, Nick.'

'Je schiet hem evengoed dood.'

'Maar er is altijd een kans dat ik het niet doe. In tegenstelling tot de zekerheid, waar jij dan getuige van zou moeten zijn.' Ze haalde de trekker over. Teddy gilde. De kogel had zijn oor half uiteen gereten. Bloed stroomde langs zijn hals. 'De volgende keer schiet ik op zijn kin,' zei ze. 'Laat dat pistool vallen.'

Teddy snikte: 'Sorry, papa.'

Papa?

De man liet zijn pistool vallen en stond nu ongewapend tegenover de vrouw. 'Denk je nu werkelijk dat ik hierheen ben gekomen zonder vangnet, Justine? Als je mij vermoordt, is het met jou ook gedaan.'

Claire staarde naar de man en zocht naar gelijkenissen met de Nicholas Clock op de foto's in haar album. Deze man had dezelfde brede schouders, hetzelfde blonde haar, maar zijn neus en kin zagen er anders uit. Plastische chirurgie. Had Justine dat daarnet niet gezegd? *Ik vond je oude gezicht leuker.*

'Iedereen denkt dat u dood bent,' fluisterde ze.

'Ik was ervan overtuigd dat je na Ithaca tevoorschijn zou komen,' zei Justine. 'Dat je iets zou doen om Olivia's zoon te redden. Maar uiteindelijk ging het je dus toch alleen om je eigen vlees en bloed.'

Claire begreep opeens dat deze vrouw iemand opdracht had gegeven Bob en Barbara te laten vermoorden. En dat ze Wills oom en tante had vermoord, enkel en alleen opdat Nicholas Clock terug zou komen van de dood. En nu ging ze hem écht doden. Net zoals ze de anderen had vermoord.

Ze moest iets doen.

Claire keek naar de man die zojuist door Justine was doodgeschoten. De vrouw had zijn pistool, maar hij had ook een mes. Claire had het aan zijn riem zien hangen toen ze achter hem aan naar boven was gelopen. Justine lette niet op haar; ze was volledig op Clock geconcentreerd.

Claire boog zich over de dode man. Ze stak haar hand onder zijn lichaam, op zoek naar het mes.

'Als je mij doodt,' zei Clock, 'is het voor jou meteen afgelopen. Alle belangrijke persbureaus krijgen dan een video in hun inbox. Al het bewijsmateriaal dat ik de afgelopen jaren over jou heb verzameld, Justine. Alles wat Erskine, Olivia en ik bij elkaar hebben weten te krijgen. De CIA zal je opsluiten in een kerker zo diep onder de grond dat je zult vergeten hoe daglicht eruitziet.'

Justine hield Teddy nog steeds tegen zich aangedrukt en haar pistool was nu gericht op zijn kin, maar in haar ogen schemerde onzekerheid. Zou ze echt een rampzalige reeks gebeurtenissen in werking zetten als ze Clock vermoordde?

Claire sloot haar hand om het handvat van het mes. Ze probeerde het uit de schede te trekken, maar het zat klem onder het gewicht van de dode man.

Nicholas Clock zei op een kalme, redelijke toon: 'Je hoeft dit niet te doen. Geef me alleen mijn zoon. We zullen stilletjes verdwijnen.'

'Maar dan zal ik me elke dag afvragen wanneer je tevoorschijn zult komen om je verhaal te doen.'

'De waarheid zal juist aan het licht komen als je me doodschiet,' zei Clock. 'Hoe jij Icarus hebt geholpen uit de gevangenis te ontsnappen. Hoe je zijn bankrekeningen hebt leeggeroofd. De enige vraag waar ik nog geen antwoord op heb, is waar je zijn lijk hebt gedumpt nadat je hem zodanig had gemarteld dat hij je de inloggegevens had gegeven.'

'Je hebt geen bewijs.'

'Ik heb genoeg om je kaartenhuis te laten instorten. We hebben het met ons drieën helemaal uitgeplozen. Je hebt je eigen collega's vermoord. Om geld. Je weet wat dat wil zeggen.'

Er kwamen mensen de trap op gerend.

Nu of nooit. Dit is je laatste kans.

Claire rukte het mes los en sprong naar voren. Ze richtte de punt op het dichtstbijzijnde doelwit: de achterkant van Justine's dijbeen. Het scherpe mes gleed door de stof van haar broek en zonk bijna tot aan het handvat in haar vlees.

Justine gilde, deed wankelend een stap opzij en liet Teddy los. Nicholas Clock bukte zich onmiddellijk om zijn wapen op te rapen.

Justine vuurde als eerste. Drie droge knalletjes. De muur achter Clock werd bedekt met een rode waas toen Clock neerviel. Hij kwam op zijn rug terecht en het licht in zijn ogen werd al dof.

'Papa!' schreeuwde Teddy. *'Papa!'*

Spierwit van pijn en woede draaide Justine zich om naar Claire, het meisje dat het lef had gehad terug te vechten. Het meisje dat de Dood tweemaal te slim af was geweest, maar hem nu voor de laatste keer zou ontmoeten. Claire zag hoe de geluiddemper van het pistool op haar hoofd werd gericht. Hoe Justine haar armen strekte om het wapen stil te houden. Dat was het laatste wat ze zag voordat ze haar ogen sloot.

De explosie was zo enorm dat ze achterwaarts tegen het bureau werd geworpen. Geen zacht plopje ditmaal, maar een donderklap waar haar oren van tuitten. Ze wachtte op de pijn. Er moest pijn komen, maar het enige wat tot haar bewustzijn doordrong was het geluid van haar ademhaling.

En toen Teddy's stem, die wanhopig schreeuwde: 'Help hem! Help hem alstublieft! Help mijn vader!' Ze deed haar ogen open en zag rechercheur Rizzoli die zich over Nicholas Clock boog. En ze zag Justine, languit op haar rug, met starende ogen en een grote plas bloed onder haar hoofd.

'Frost!' riep Rizzoli. 'Roep Maura! We hebben een gewonde.'

'Papa,' jammerde Teddy. Hij trok aan Clocks arm en was zich niet eens bewust van zijn eigen pijn en van het bloed dat uit zijn kapotgereten oor droop. 'Ga niet dood, pap. Ga niet dood. Alsjeblieft niet.'

De plas bloed rond het hoofd van Justine werd steeds groter. Het bloed kroop naar Claire als een of ander slijmdier dat zich aan haar wilde vastzuigen. Claire rilde, stond op en liep wankelend achteruit, naar een hoek van de kamer, weg van de gewonden. Of de doden.

Weer klonken er hollende voeten op de trap en toen stormde dr. Isles binnen.

'Het is Teddy's vader,' zei Rizzoli zachtjes.

Dr. Isles ging op haar knieën zitten en legde haar vingers in de hals van de man. Ze scheurde zijn shirt open en zag dat hij een kogelvrij vest droeg. Maar een kogel was in het vlees vlak boven het vest gedrongen en Claire zag een rivier van bloed uit de wond stromen en een meertje vormen op de plek waar dr. Isles knielde.

'U moet hem redden,' riep Teddy. 'Alstublieft. Alstublieft...'

Snikkend bleef hij dat herhalen terwijl de laatste glans van bewustzijn in de ogen van zijn vader doofde.

33

Nicholas Clock kwam niet meer bij bewustzijn.

De vaatchirurgen van Eastern Maine Medical Center repareerden zijn gescheurde slagader, verwijderden het bloed uit zijn long en beschouwden de operatie als geslaagd, maar Clock kwam niet bij uit de narcose. Hij ademde zelfstandig en zijn hartslag en bloeddruk waren in orde, maar hoe langer hij in coma bleef, hoe pessimistischer de artsen klonken. Jane hoorde hen praten over *ontoereikende bloedtoevoer naar de hersenen* en *blijvend neurologisch letsel.* Ze hadden het niet meer over herstel. In plaats daarvan gingen de gesprekken nu over verzorgingstehuizen, kathethers, sondes en meer dingen waarvan Jane foto's had gezien in de nepcatalogus van Leidecker Hospital Supplies.

Maar ook in bewusteloze toestand wist Nicholas Clock de waarheid aan de wereld te openbaren.

Zeven dagen na de schietpartij dook er een video op. Al Jazeera was de eerste die de film uitzond en toen die eenmaal in de ether was gebracht, was er geen houden aan. Binnen achtenveertig uur was Nicholas Clock over de hele wereld te zien op computer- en televisieschermen. Kalm en methodisch deed hij verslag van de gebeurtenissen die zestien jaar geleden in Italië hadden plaatsgevonden. Hij beschreef hoe de CIA via *extraordinary rendition* een terroristenfinancier met de codenaam Icarus had geschaduwd, gevangen genomen en het land uit gesmokkeld. Hij onthulde details over Icarus' gevangenschap en de ondervragingstechnieken die op hem waren toegepast. Hij vertelde hoe Icarus uit de streng beveiligde gevangenis in Noord-Afrika had kunnen ontsnappen met de hulp van een corrupte CIA-agent genaamd Justine McClellan. Dit kwam niet als een verrassing noch maakte het veel indruk op de cynisch geworden Amerikaanse bevolking.

Maar dat er Amerikaanse gezinnen vermoord waren, op Amerikaans grondgebied, dat was een andere zaak.

De zes rechercheurs die zich met het onderzoek naar de moord op de Ackermans hadden beziggehouden zaten in de vergaderzaal van het Boston PD naar de nieuwsuitzending van CNN te kijken waarin de toedracht van de moorden uiteengezet werd. De Ackermans waren niet vermoord door een Colombiaanse immigrant genaamd Andres Zapata; zij en de andere twee pleeggezinnen waren afgeslacht om Nicholas Clock te laten geloven dat zijn zoon, Teddy, in levensgevaar verkeerde. Ze waren vermoord om Clock te dwingen zich bloot te geven.

Zolang Justine dacht dat ik dood was, zou Teddy niets overkomen. Ze had geen reden hem iets te doen. Maar als ik hem zou gaan halen en er met hem vandoor zou gaan, zou Justine net zo lang op ons jagen tot ze ons te pakken zou hebben. We zouden voortdurend over onze schouder moeten kijken. Teddy weet dat ik nog leef. Hij begrijpt waarom ik ervoor heb gekozen onzichtbaar te blijven. Ik doe het voor hem; ik doe het alleen maar voor hem.

Maar nu is dat veranderd. Justine moet een van onze berichten onderschept hebben en weet nu dat ik nog leef. Ik heb niet veel tijd. Dit is misschien de enige kans die ik krijg om het bewijsmateriaal dat ik de afgelopen twee jaar heb verzameld, bekend te maken. Bewijzen dat Justine Elizabeth McClellan de terrorist die bekendstaat onder de naam Icarus heeft geholpen te ontsnappen. Dat het zo goed als zeker is dat ze Icarus heeft vermoord nadat ze de nummers van zijn bankrekeningen en de toegangscodes tot die rekeningen van hem had losgekregen. Dat zij, of mensen die ze daarvoor had ingehuurd, de Wards en de Yablonski's en mijn gezin hebben vermoord, omdat wij vragen hadden over het feit dat ze opeens zoveel geld had. Omdat we dat nader wilden onderzoeken. Daar heeft zij een stokje voor gestoken. Onze gezinnen waren onschuldige slachtoffers.

De drie kinderen die in leven zijn gebleven – Claire, Will en Teddy – zijn nu pionnen in een klopjacht. Justine heeft hen bijeengebracht als lokaas, om mij te dwingen tevoorschijn te komen. Ze maakt gebruik van al haar bronnen, zowel de officiële als de clandestiene. Ze heeft de CIA *wijsgemaakt dat Icarus nog leeft. Dat hij haar doelwit is.*

Dat is niet zo. Ik *ben haar doelwit.*

Als iemand deze video te zien krijgt, wil dat zeggen dat Justine haar doel heeft bereikt. Dat ik tot u spreek vanuit mijn graf. Maar de waarheid zal niet samen met mij sterven. En ik, Nicholas Clock, zweer dat alles wat ik heb gezegd, de waarheid is…

Jane keek naar haar collega's. Crowe zat erbij met een strak gezicht en een frons tussen zijn wenkbrauwen, en dat was geen wonder: zijn triomf over het onderzoek naar de moord op de Ackermans was hiermee in één keer tenietgedaan en alle misdaadverslaggevers van Boston wisten dat. Zijn snelle veroordeling van Andres Zapata zou altijd een smet op zijn staat van dienst blijven. Crowe merkte dat ze naar hem keek en keek terug met een smeulende woede in zijn ogen.

Voor Jane had dit een triomfantelijk moment moeten zijn, nu was bewezen dat haar intuïtie juist was geweest, maar ze zag geen reden voor vreugde. Nicholas Clock lag in coma en zou misschien nooit meer wakker worden. Teddy had in wezen nogmaals zijn vader verloren. Ze dacht aan alle mensen die waren vermoord: de Clocks, de Yablonski's en de Wards. De Ackermans, de Temples en de Buckleys. Dood, allemaal dood, omdat één vrouw de verleiding van onmetelijke rijkdom niet had kunnen weerstaan.

Toen de uitzending voorbij was, stonden de rechercheurs op en verlieten de kamer, maar Jane bleef zitten en dacht na over gerechtigheid. *De doden hebben niets aan gerechtigheid. Voor hen komt het altijd te laat.*

'Mooi werk, Rizzoli,' zei inspecteur Marquette.

Ze keek op en zag hem in de deuropening staan. 'Dank u.'

'Waarom kijk je dan alsof je je beste vriend hebt verloren?'

'Omdat dit geen voldoening geeft.'

'Je hebt Justine McClellan ontmaskerd. Geeft dat geen voldoening?'

'Alleen als ik de doden weer tot leven zou kunnen wekken.'

'Dat is ons werk niet. Wij zijn alleen maar de schoonmakers, de straatvegers, degenen die andermans rotzooi moeten opruimen.' Hij fronste toen zijn mobieltje ging. 'De pers is buiten zinnen en dat is nogal een probleem, omdat dit een erg gevoelige zaak is.'

'Dat meent u niet,' zei ze schamper. 'Vanwege een corrupte CIA-agent en een stelletje vermoorde landgenoten?'

'De FBI heeft ons de zwijgplicht opgelegd. Voorlopig houden we het dus bij *geen commentaar*, oké?' Hij glimlachte naar haar. 'En nu wegwezen. Naar huis. Neem een lekker koud biertje. Je hebt het verdiend.'

Ze had Marquette nog nooit zo aardig meegemaakt. En een koud biertje klonk goed. Ze had dat inderdaad verdiend. Ze schoof haar paperassen bij elkaar, legde ze op haar bureau en vertrok.

Maar ze ging niet naar huis.

In plaats daarvan reed ze naar Brookline, naar het huis van

iemand die na deze nieuwsuitzending net zo gedeprimeerd zou zijn als zij. En die helemaal niemand had met wie ze erover kon praten. Toen ze de straat inreed, zag ze tot haar opluchting dat er nog geen reportagewagens voor de deur stonden, maar die zouden niet lang op zich laten wachten. Alle verslaggevers van Boston wisten waar dr. Maura Isles woonde.

Binnen brandde licht en Jane hoorde klassieke muziek, de klaaglijke melodie van een viool. Ze moest twee keer aanbellen voordat er werd opengedaan.

'Hallo, Maura,' zei Jane. 'Heb je de televisie-uitzending gezien? Het staat ook al op internet.'

Maura knikte vermoeid. 'Ja, de bom is gebarsten.'

'Daarom kom ik even langs. Ik had zo'n idee dat je wel wat gezelschap kon gebruiken.'

'Ik vrees dat ik geen goed gezelschap ben, maar ik ben blij dat je er bent.'

Jane liep achter Maura aan naar de woonkamer. Op de lage tafel stond een geopende fles rode wijn en een glas waar nog maar een bodempje in zat. 'Een fles op tafel wil zeggen dat je van plan was het op een zuipen te zetten.'

'Doe je mee?'

'Mag ik in plaats van wijn een biertje uit je koelkast halen?'

'Ga je gang. Er staat nog een flesje van de vorige keer dat je hier was.'

Jane liep naar de keuken. Op het aanrecht stond niet één vuil bord of kopje. De keuken was zo schoon dat je er operaties kon uitvoeren, maar zo was Maura. Alles had een vaste plek, maar opeens viel het Jane op hoe nietszeggend een keuken eruitzag zonder rommel, zonder rondslingerende spulletjes. Het was bijna alsof hier niemand woonde. Alsof Maura haar leven zo steriel hield, dat alle levensvreugde eruit was geschrobd.

In de koelkast stond een flesje Adam's ale. Het was waarschijnlijk maanden oud, maar ze wipte de dop eraf en nam het mee naar de woonkamer.

De cd stond nog aan, maar Maura had het geluid zachter gezet. Ze gingen op de bank zitten. Maura dronk haar wijn en Jane nam een teug van het bier, goed oppassend dat ze niet op Maura's smetteloze bank of kostbare Perzische tapijt morste.

'Je bent zeker wel blij dat je gelijk hebt gekregen,' zei Maura.

'Extatisch. Ik voel me geniaal. Het leukste was dat Crowe onderuit is gegaan.' Ze nam een slok. 'Al is het natuurlijk niet genoeg.'

'Wat is niet genoeg?'

'Dat we de zaak hebben opgelost. De waarheid is aan het licht gekomen, maar dat verandert niets aan het feit dat Nicholas Clock waarschijnlijk nooit meer wakker zal worden.'

'Maar de kinderen zijn in orde,' zei Maura. 'Daar gaat het om. Ik heb Julian vanochtend gesproken en hij zei dat Claire en Will het goed maken.'

'Maar Teddy niet. Ik denk niet dat het met hem ooit nog in orde zal komen,' zei Jane. Ze staarde naar het bierflesje. 'Ik heb hem gisteren bij zijn pleegouders gezien. We hebben hem ondergebracht bij de familie Inigo, waar hij al eerder is geweest. Hij heeft geen boe of bah tegen me gezegd. Volgens mij geeft hij mij de schuld van wat er is gebeurd.' Ze keek Maura aan. 'Of ons allemaal. Mij, jou, Sansone.'

'Niettemin is Teddy altijd van harte welkom als hij naar Evensong terug wil.'

'Heb je dat met Sansone besproken?'

'Ja. Vanmiddag.' Maura pakte haar glas, alsof ze een hartversterkertje nodig had om over dit onderwerp te praten. 'Anthony heeft me een interessant voorstel gedaan, Jane.'

'Wat dan?'

'Om als forensisch adviseur voor de Mefisto Club te werken. En om deel te gaan uitmaken van de staf van Evensong, waar ik de gelegenheid zou krijgen "jonge geesten te vormen", zoals hij dat noemt.'

Jane trok haar wenkbrauwen op. 'Denk je niet dat zijn aanbod op een persoonlijker vlak ligt?'

'Nee, dit is letterlijk wat hij zei. Ik moet hem beoordelen op zijn woorden, niet op mijn interpretatie van die woorden.'

'Jezus.' Jane zuchtte. 'Jullie draaien om elkaar heen alsof jullie allebei blind zijn.'

'Als ik niet blind was, wat zou ik dan zien?'

'Dat Sansone voor jou een veel betere keuze is dan Daniel.'

Maura schudde haar hoofd. 'Ik geloof dat ik voorlopig helemaal geen man moet kiezen. Maar ik zit over zijn voorstel na te denken.'

'Wat wil dat zeggen? Dat je weg zou gaan bij de Forensische Dienst? En dat je Boston zou verlaten?'

'Ja.'

De vioolmuziek steeg tot een hoge, droevige noot. Een noot die tot diep in Jane's borst doordrong. 'Neem je dat echt serieus in overweging?'

Maura pakte de afstandsbediening van de cd-speler en zette de muziek uit. De stilte hing tussen hen in als een dik fluwelen gordijn. Ze keek om zich heen, naar de witte, leren bank, het glanzende mahoniehout van de meubelen. 'Ik weet niet wat de toekomst voor me in petto heeft, Jane.'

Licht streek langs de ramen. Jane stond op om tussen de gordijnen door naar buiten te kijken. 'Helaas weet ik wel wat de zeer nabije toekomst voor je in petto heeft.'

'Hoe bedoel je?'

'De eerste reportagewagen is gearriveerd. Die ellendige hyena's kunnen niet eens op de persconferentie wachten. Ze komen al voor je deur liggen.'

'Ik heb instructies gekregen niet met de pers te praten.'

Jane draaide zich om en fronste. 'Van wie?'

'Ik ben een halfuur geleden opgebeld door een staflid van de gouverneur. Ze staan onder druk van Washington om dit stil te houden.'

'Daar is het te laat voor. CNN heeft het al bekendgemaakt.'

'Dat heb ik tegen hem gezegd.'

'Jij gaat dus niet met de pers praten?'

'Hebben we een keuze?'

'We hebben altijd een keuze,' zei Jane. 'Wat wil je zelf?'

Maura stond op en kwam naast Jane staan. Buiten laadde een cameraman zijn apparatuur uit de auto voor de op handen zijnde invasie van Maura's grondgebied.

'Het makkelijkste zou zijn,' zei Maura, 'om het bij *geen commentaar* te houden.'

'Niemand kan ons tot praten dwingen.'

Maura dacht daarover na. Er kwam nog een reportagewagen aanrijden. 'Maar is dat niet de reden waarom het is gebeurd?' vroeg ze. 'Omdat er te veel geheimen waren? Omdat te veel mensen niet de waarheid vertelden? Als je een geheim in de schijnwerpers zet, verliest het zijn macht.'

Dat was precies wat Nicholas Clock met zijn video had gedaan, dacht Jane. Hij had de waarheid geopenbaard en dat had hem het leven gekost. Maar daarmee had hij wel het leven van zijn zoon gered.

'Weet je, Maura, dat is nou precies waar jij zo goed in bent. Je zet ergens een schijnwerper op en weet alle geheimen eraan te ontfutselen.'

'Mijn probleem is alleen dat me dat alleen lukt met *dode* mensen. Die zijn de enigen waar ik iets mee kan doen. Ik heb behoefte aan iemand met een iets aangenamere lichaamstemperatuur en ik denk niet dat ik hem in deze stad zal vinden.'

'Ik zou het vreselijk vinden als je Boston zou verlaten.'

'Jij hebt een gezin, Jane. En familie.'

'Als je familie wilt, mag je mijn ouders hebben. Dan mogen ze jou gek maken in plaats van mij. Frankie krijg je er gratis bij. Een compleet pretpakket.'

Maura lachte. 'Toch is dat pretpakket echt van jou, Jane.'

'Ik wil er alleen maar mee zeggen dat familie je niet automatisch gelukkig maakt. Telt je werk niet mee? En...' Ze wachtte even en vroeg toen zachtjes: 'En je vrienden?'

Buiten kwam nog een reportagewagen aanrijden. Portieren sloegen dicht.

'Maura,' zei Jane, 'ik ben geen goede vriendin geweest, maar ik beloof je hierbij plechtig dat ik voortaan beter mijn best zal doen.' Ze liep naar de lage tafel en kwam terug met haar flesje bier en Maura's glas. 'Laten we dus drinken op onze vriendschap.‘

Glimlachend klonken ze.

Jane's mobieltje ging. Ze viste het uit haar tas en zag dat het een nummer in Maine was. 'Rizzoli,' zei ze.

'U spreekt met dokter Stein van het Eastern Maine Medical Center. Ik ben de neuroloog die meneer Clock behandelt.'

'Ja, ik heb u ontmoet.'

'Ik, eh, ik weet niet goed hoe ik u dit moet vertellen...'

'Is hij dood?' vroeg Jane, die al vermoedde waarom de arts haar belde.

'Nee! Althans... dat denk ik niet.'

'Weet u het niet zeker?'

De arts zuchtte gegeneerd. 'We hebben geen verklaring voor hoe het is gebeurd, maar toen de verpleegster vanmiddag naar zijn kamer ging voor de dagelijkse verzorging, lag hij niet in bed en hing het infuusslangetje los aan de standaard. We hebben de afgelopen vier uur het hele ziekenhuis uitgekamd, maar hem niet gevonden.'

'Vier uur? Wordt hij al zo lang vermist?'

'Misschien nog langer. We weten niet precies wanneer hij zijn kamer heeft verlaten.'

'Ik bel u zo terug,' zei ze. Ze verbrak de verbinding en toetste snel het nummer van de Inigo's in. De telefoon ging over. Eenmaal. Tweemaal.

'Wat is er aan de hand?' vroeg Maura.

'Nicholas Clock wordt vermist.'

'*Wat?*' Maura staarde haar aan. 'Ik dacht dat hij in coma lag.'

Nancy Inigo nam op: 'Hallo?'

'Is Teddy thuis?' vroeg Jane.

'Bent u dat, rechercheur Rizzoli?'

'Ja, en ik maak me zorgen over Teddy. Waar is hij?'

'In zijn kamer. Hij is na school rechtstreeks naar huis gekomen en naar boven gegaan. Ik wilde hem net gaan roepen voor het eten.'

'Gaat u alstublieft even naar zijn kamer.'

De traptreden kraakten onder Nancy Inigo's gewicht toen ze naar boven liep. Onderhand vroeg ze aan Jane: 'Wat is er aan de hand?'

'Dat weet ik niet. Nog niet.'

Jane hoorde Nancy op de deur kloppen en zeggen: 'Teddy? Mag ik binnenkomen? Teddy?' Een stilte. Toen, geschrokken: 'Hij is er niet!'

'Doorzoek het huis,' beval Jane.

'Wacht even. Er ligt een briefje op het bed. Het is Teddy's handschrift.'

'Wat staat er?'

Jane hoorde door de telefoon papier ritselen. 'Het is aan u geadresseerd, rechercheur Rizzoli,' zei Nancy. 'Er staat *Dank u. We redden het verder wel.* Meer niet.'

Dank u. We redden het verder wel.

Jane zag in gedachten Nicholas Clock op wonderbaarlijke wijze uit zijn coma ontwaken, het infuusslangetje verwijderen en het ziekenhuis verlaten. Ze zag Teddy het briefje op zijn bed leggen alvorens stilletjes het huis van de Inigo's te verlaten en spoorloos te verdwijnen. Ze wisten allebei precies waar ze naartoe gingen, omdat ze dezelfde bestemming hadden: een toekomst samen, als vader en zoon.

'Hebt u enig idee wat dat wil zeggen?' vroeg Nancy.

'Ja, ik denk dat ik weet wat het betekent,' zei Jane zachtjes, en ze hing op.

'Nicholas Clock leeft dus nog,' zei Maura.

'En dat niet alleen. Hij heeft eindelijk zijn zoon terug.' Jane keek uit het raam naar de reportagewagens en het groeiende aantal verslaggevers en cameramannen. Ze glimlachte, maar de felle lampen van de cameraploegen werden wazig vanwege haar tranen. Ze hief haar bierflesje op en fluisterde: 'Op jou, Nicholas Clock.'

Game over.

34

Bloed laat zich makkelijker verwijderen dan herinneringen, dacht Claire. Ze stond in het kantoor van dr. Welliver naar de nieuwe vloerbedekking en meubels te kijken. Het zonlicht glansde op het smetteloze interieur en de kamer rook naar de frisse buitenlucht en naar citroen. Door het open raam hoorde ze het gejoel van de kinderen die op het meer aan het roeien waren. Zaterdagse geluiden. Haar blik ging door de kamer, die zo grondig was opgeknapt dat het moeilijk te geloven was dat hier zulke verschrikkelijke dingen waren gebeurd. Maar hoe hard men ook had geschrobd, de beelden die in Claire's herinnering geëtst stonden, konden niet worden uitgewist. Toen ze naar het lichtgroene tapijt keek, zag ze op het patroon van ranken en besjes de gedaante van de dode man die naar haar staarde. Toen ze zich omdraaide naar de muur, zag ze de waaier van bloed van Nicholas Clock. Toen ze naar het bureau keek, zag ze Justine ernaast liggen, geveld door de kogel uit het pistool van rechercheur Rizzoli. Waar ze in deze kamer ook naar keek, overal zag ze lijken. En ook de geest van dr. Welliver was er nog steeds, glimlachend achter haar bureau, nippend aan de eindeloze kopjes thee.

Zoveel geesten. Zou ze zich er ooit van kunnen bevrijden?

'Kom je, Claire?'

Ze draaide zich om en zag Will in de deuropening staan. Ze

zag nu niet meer de mollige, pukkelige Will; ze zag nu *haar* Will, de jongen die zich alleen maar zorgen had gemaakt over hoe hij haar zou kunnen beschermen toen ze hadden gedacht dat ze allemaal vermoord zouden worden. Ze wist niet of dat liefde was; ze wist ook niet precies wat ze voor *hem* voelde. Ze wist alleen dat hij iets voor haar had gedaan wat geen enkele andere jongen ooit had gedaan, en dat wilde veel zeggen. Misschien wilde dat álles zeggen.

En hij had erg mooie ogen.

Ze wierp nog een laatste blik om zich heen, nam in stilte afscheid van de geesten en zei: 'Ja, ik kom.'

Samen liepen ze de trappen af en gingen naar buiten, waar de andere leerlingen van het mooie weer genoten, in het meer zwommen en op het gras lagen. Sommigen waren aan het kruisboogschieten op de doelen die meneer Roman die ochtend had klaargezet. Claire en Will volgden het pad dat ze nu allebei goed kenden, het steile pad de heuvel op, tussen de bomen, de met mos bedekte stenen en de wilde jeneverbesstruiken door. Ze bereikten de stenen trap en beklommen die naar het terras met de kring van dertien zwerfkeien.

De anderen waren er al. Ze zag de bekende gezichten: Julian en Bruno, Arthur en Lester. Op deze mooie ochtend zongen de vogels in de bomen en lag Beer te slapen op de warme stenen. Ze liep naar de rand van het terras en keek naar het kasteel met zijn gekartelde dakrand. Het leek uit het dal op te rijzen als een oude bergketen. Evensong. *Thuis.*

Julian zei: 'Hierbij open ik deze vergadering van de Jakhalzen.'

Claire draaide zich om, liep terug naar de kring en nam haar plaats in.

Woord van dank

Nu ik al meer dan twintig jaar boeken schrijf, heb ik de waarde van blijvende vriendschappen in deze business leren waarderen, en een schrijver kan zich geen betere vriendinnen wensen dan mijn fantastische literair agent, Meg Ruley, en mijn geweldige redacteur, Linda Marrow. Door dik en dun staan jullie me bij en ik hef mijn glas martini op in een toost aan jullie beiden! Veel dank ook aan Gina Centrello, Libby McGuire en Larry Finlay die altijd in me hebben geloofd, aan Sharon Propson die van *book tours* zo'n genot maakt, aan Jane Berkey en Peggy Gordijn voor hun trefzekere, onfeilbare leiding, en aan Angie Horejsi voor haar intellect en wijsheid.

Bij de research voor *De laatste sterft* heb ik gebruikgemaakt van oude, vertrouwde bronnen. Dank aan mijn zoon Adam voor zijn deskundigheid inzake vuurwapens, aan Peggy Maher, Enidia Santiago-Arce en hun geweldige collega's in het NASA GODDARD SPACE FLIGHT CENTER die geduldig de vragen van deze oude Trekkie hebben beantwoord, en aan Bob Gleason en Tom Doherty die zo vriendelijk waren me mee te nemen op die buitengewoon gezellige excursie.

Bovenal dank ik mijn man, Jacob. Na al die jaren ben jij nog steeds de enige.